Astrid Paprotta

Die ungeschminkte Wahrheit

PIPER ORIGINAL

Astrid Paprotta

Die ungeschminkte Wahrheit

Kriminalroman

Piper München Zürich

Originalausgabe
1. Auflage Juni 2004
2. Auflage Oktober 2004

Satz: Uhl + Massopust, Aalen
Druck und Bindung: Clausen & Bosse, Leck
Printed in Germany ISBN 3-492-27077-8

www.piper.de

1

An einem Frühlingsabend kurz vor acht kletterte Pit Rehbein ganz in schwarz gekleidet auf den Rand eines Brunnens vor der Oper und begann zu singen. Das Plakat im Schaukasten kündigte *Die Zauberflöte* an, eine leichte Übung für Pit Rehbein.

»*Dies Biiildnis ist bezaubernd schön*
Wie noooch kein Auge je gesehn.«

Er unterbrach sich, hob seine Bierflasche und rief: »Zauberflöte! Kriegen Sie hier billiger«, dann sang er weiter.

»*Ich füüühl es, wie dies Götterbild*
Mein Herz mit neuer Regung füllt.«

Es gab dünnen Applaus und viel Gelächter, und auch die beiden Polizisten, die zufällig vorbeikamen, lachten. Die meisten Leute jedoch, penibel gekleidete Opernbesucher, ignorierten Pit Rehbein.

Er trank einen Schluck, dann beugte er sich zu den Polizisten herunter. »Was möchte die Staatsgewalt denn hören? Ich hätte noch *Tosca* im Angebot, *vissi d'arte, vissi d'amore*!«

»Nee, laß gut sein«, rief der Jüngere der beiden Uniformierten. »Komm da runter, die Show ist vorbei.«

»Wer sagt das?« fragte Rehbein.

»Ich sag das.« Der Polizist ging zum Sie über. »Sie könnten da reinfallen. In den Brunnen, meine ich, also los.«

»Fällt Ihnen auf, daß ich kein Trinkgeld kriege?« Mit großer Geste deutete Pit Rehbein auf die Opernbesucher. »Aber für den Schmirgel da drin bezahlen die sonst was.«

»Was ist Schmirgel?« fragte der Polizist.

»Na, die Aufführung soll nicht besonders gut sein.« Rehbein sprang vom Brunnenrand, dabei schwappte ein Rest aus seiner Bierflasche dem Beamten auf die Uniform.

»Tut mir leid«, sagte er. »Wollte ich nicht.«

»Ja, ja.« Aus zusammengekniffenen Augen blickte der Polizist auf seine Jacke: nur ein kleiner Fleck.

Es war der erste schöne Tag im Mai.

2

Mittags verdunkelte sich die Stadt. Ein fernes, dumpfes Knurren war zu hören, wie von einem bösen Hund, der gleich angriffslustig um die Ecke bog. Doch erst am Abend schlug das Gewitter zu. Blitze zogen eine Lichtschnur durch die Wolken, und der Regen überfiel Straßen, Keller und Cabrios. Kühler wurde es kaum; seit zwei Wochen hatte der Sommer die Stadt im Würgegriff. Machen Sie sich keine Hoffnung, hatte ein Wetterfrosch im Radio gesagt, es wird bloß schwüler.

»Die haut mir dann wieder auf'n Kopp«, sagte Ina Henkel. Sie stand am Fenster ihres Zimmers im Polizeipräsidium und sah zu, wie der Wind Abfallkörbe aus den Halterungen riß und der Regen auf Zeitungen einprügelte, die in Fetzen durch den Rinnstein schwammen. Sie mochte den Sommer nur, wenn sie nicht arbeiten mußte.

»Wer?« fragte Stocker.

»Die Schwüle. Krieg ich Kopfschmerzen von.«

»Das bilden Sie sich ein«, sagte Stocker. »Wenn Sie dieses Biowetter nicht so genau studieren würden, hätten Sie auch keine Probleme. Sie lesen mir vor, daß der Blutdruck sinkt und fallen zehn Minuten später ins Koma.«

Das Wetter, das den Namen Gundula bekommen hatte, die glühende Gundula, war das Thema der Woche. Die Leute fachsimpelten über Temperatur und Luftfeuchtigkeit und stellten fest, daß schwüle Hitze viel schlimmer war als trockene und daß dies vielleicht mit jener seltsamen *gefühlten* Temperatur zusammenhing, von der die Meteorologen so viel redeten. Die Zeitungen brachten Gundula auf die Titelseiten, schrieben »Deutschland stöhnt« und »Deutschland dampft« und druckten die guten Ratschläge der Mediziner: viel trinken, wenig bewegen, öfter mal ein Nickerchen, luftdurchlässige Kleidung, Schatten, Kopfbedeckung, Kräutertee.

»Kräutertee«, sagte Ina Henkel, »hab ich früher immer in die Pflanzen gekippt.«

»Ich auch«, sagte Stocker.

Sie drehte sich um, was vermutlich die erste ernsthafte Bewegung war, die sie seit einer halben Stunde machte. »Sie auch?«

»Natürlich«, sagte er. »Als Kind tut man das.«

Sie hatte nicht erwartet, daß Stocker getan hatte, was Kinder tun. Im Grunde schien es so, als sei der neununddreißigjährige Leiter der Mordkommission als neununddreißigjähriger Leiter der Mordkommission auf die Welt gekommen. Er lachte selten, ließ sich grundsätzlich von niemandem duzen, außer von seiner Frau vielleicht, und ordnete sein Leben in To-do-Listen. Sie fand es passend, daß er, der sieben Jahre älter war, den Eindruck erweckte, die Hitze mache ihm nichts aus, denn während sie seit Stunden glaubte, noch nicht einmal einen Arm heben zu können, pusselte er herum. Aber seinen Kräutertee hatte er früher auch weggekippt; wenigstens war er ein Kind gewesen.

Sie sagte: »Das wundert mich jetzt.«

»Ich mag keinen Kräutertee«, sagte er schlicht und begann die Tastatur auf seinem Schreibtisch mit einem feuchten Tuch abzuwischen, dessen Inhalt nach *4711* roch. Sauberkeit war wichtig bei der Hitze, erzählten die Mediziner und sprachen von Hygiene, *peinlicher* Hygiene, aber Stocker wischte seine Tastatur seit jenem kalten Tag im Herbst, an dem er gelesen hatte, daß sich auf jeder Taste und besonders in den Zwischenräumen gemeinhin mehr Bakterien tummelten als auf der Brille eines öffentlichen Klos. Er begann links oben, rieb über jede Taste, um irgendwann einmal rechts unten anzukommen. Er war beim *L*, als ein Kollege mit einem Zettel kam, den er als Fächer benutzte. »Da liegt ein toter Penner im Ostpark.«

»Kreislauf«, sagte Stocker bestimmt.

»Nein, Schuß.«

»Goldener.«

»Eher Blei.«

Der Erste Kriminalhauptkommissar Ralf Stocker trug eine helle Hose, die Oberkommissarin Ina Henkel ein dünnes Sommerkleid und ihre schönsten Pumps. Vielleicht waren sie zu optimistisch gewesen, was den Verlauf des Wetters betraf und die Mordlust der

Menschen. Ina wollte den Kollegen mit dem Zettel fragen: Wer macht denn so was bei 35 Grad? Mechanisch kramte sie in ihrer Tasche nach dem Calvin-Klein-Flakon, weil sie sich vor jeder Leiche besprühte. Sie haßte Leichen im Sommer, denn die rochen nach zwei Stunden schon, zumindest bildete sie sich das ein.

»Da habt ihr jetzt einen tüchtigen Sumpf«, sagte der Kollege.

Es war acht Uhr abends, dunkel wie in der Nacht, und der Regen schickte sich an, die halbe Stadt wegzuschwemmen.

»Ja, der Sänger. Wie soll ich sagen«, sagte Jendrik, »das war ein lustiger Typ. Das letzte Mal hab ich ihn vor der Oper gesehen, das muß im Frühjahr gewesen sein, da stand er auf dem Brunnen und sang – na ja, diese Oper, die sie drinnen wohl gespielt haben. Jedenfalls sang er ein paar Strophen – nennt man das Strophen? – und machte sich über die Leute lustig, die Opernbesucher, aber Randale hat er keine gemacht. Richtig Randale hat er überhaupt nie gemacht, und richtig singen konnte er wohl auch nicht.«

Der junge Streifenbeamte hielt eine Stablampe mit der rechten Hand und stützte mit der linken seinen Ellbogen. Schwer war so eine Lampe nicht, doch Ina Henkel wußte, daß er damit das Zittern seiner Hände verbarg. Jendrik war als erster hier eingetroffen, und er sah genauso übel aus wie sie alle hier, verdreckt und durchnäßt und verschreckt. Ja, vor der Oper, begann er erneut, da habe er ihn das letzte Mal getroffen, und daß er sich so genau erinnerte, läge daran, daß der Sänger, als er vom Brunnen sprang, ihm einen Rest aus seiner Bierflasche auf die Uniform gekippt hatte, nicht mit Absicht natürlich, das sei einfach so passiert. Sicher, sagte Jendrik, ein komischer Typ sei das irgendwie gewesen, aber doch ziemlich begabt, weil er von der Musik wohl etwas verstand.

Ein paar Meter entfernt stand Jendriks Streifenwagen, dessen Blaulicht im Regen ersoff. Im Minutenabstand stürzten Feuerstrahlen aus den Wolken, um zuckend vor ihren Füßen zu landen und diesen Menschen zu beleuchten, den Jendrik den Sänger nannte, sein Gesicht mit dem halb geöffneten Mund und den blicklos starrenden Augen. Dieses Gesicht. Ina glaubte sich in einen englischen Gruselfilm versetzt. Fehlte nur noch der schwarze Hund aus dem Moor, der alles verschlang, aber zum Glück war hier kein Moor in der Nähe, wenn sonst schon alles ähnlich war. Der Wind war jetzt so stark, daß es sinnlos war, einen Schirm aufzuspannen. Es wäre ja auch gefährlich gewesen, wegen der Blitze.

»Ich rekapituliere«, sagte Stocker zu Jendrik. »Sie können ihn identifizieren, Sie hatten mit ihm zu tun.« Leicht gebeugt stand er über der Leiche, mit den Händen auf den Knien. »Sie konnten ihn tatsächlich gleich erkennen?« Er richtete sich auf.

»Doch«, sagte Jendrik. »Irgendwie schon.« Er sah jetzt nicht mehr hin. »Der ist immer mal wieder auffällig geworden, aber nicht schlimm. War halt ein paar Mal betrunken, Sie wissen schon, dann stand er nachts in Vorgärten herum und sang seine Arien, und wir haben ihn halt mitgenommen. Er war immer sehr freundlich, tja –«

»Tja«, wiederholte Stocker. »Ohne festen Wohnsitz?«

»So kann man das nicht sagen«, sagte Jendrik. »Er hat immer die Adresse einer Verwandten angegeben, seiner Schwester, glaube ich. Zu den Pennern paßte der gar nicht, ich meine, man kann ihn nicht zur Obdachlosenszene zählen, ich hab ihn weder am Bahnhof noch sonstwo gesehen, Junkie war er auch keiner. Vielleicht war er ein Lebenskünstler«, sagte Jendrik, und in seiner Stimme schwang etwas mit, das nicht zu deuten war, eine kleine Sehnsucht vielleicht, ein Traum. »Der ist immer wieder irgendwo untergekommen, fast jedes Mal hat ihn eine Frau abgeholt, wenn er aus der Zelle kam. Also, jedes Mal eine *andere.*«

»Ach was«, sagte Stocker.

Jendrik nickte. Wieder zuckte ein Blitz über den Toten hinweg; Jendrik schloß die Augen und sagte: »Rehbein, Pit. Eigentlich Peter.«

»Das war also nicht seine Art?« Ina Henkel leuchtete dem Toten mit ihrer eigenen Lampe ins Gesicht.

»Nein«, sagte Jendrik, »nein. Das ist –« Er sprach nicht weiter.

Ina ließ den Lichtkegel über den Körper des Toten wandern. Sein Hals war eine einzige große Wunde; sie tippte auf Schüsse aus kurzer Entfernung. Sein Gesicht war unversehrt, obwohl es auf den ersten Blick nicht so ausgesehen hatte. Es war kein Blut, das im Regen verlaufen war und dem Toten über Stirn und Wangen rann, sondern Schminke – und es war viel zu viel, als hätte ein betrunkener Bestatter sich an ihm ausgetobt. Alles glänzte, Tusche, Lidschatten, Lippenstift und Rouge, alles war dick aufgetragen auf Lippen, Wimpern und Wangen.

»Wie findet ihr das?« Als die Kriminaltechniker kamen, vergaßen sie, sich über Regen und Wind zu beschweren und die Tatsache, daß man kaum Spuren sichern konnte. Dampfend in ihren weißen, hochgeschlossenen Monturen beugten sie sich über die Leiche und spekulierten darüber, ob sie es mit einem toten Transvestiten zu tun hatten.

»Nein, guck dir an, wie dick dieser Kleister ist, die Transen verstehen was vom Schminken, der hier nicht.«

»Die Klamotten passen auch nicht dazu. Olle Jeans und T-Shirt und dann diese Bemalung, das ist doch absurd.«

Stocker fragte: »Hat dieses bemalte Gesicht irgendeine Bedeutung?«

»Wenn er den Kleister nicht selber aufgetragen hat«, sagte Ina, »dann vielleicht.«

»Tja.«

»Weil«, fügte sie hinzu und wußte, daß er dasselbe dachte, »wir dann vielleicht einen Bekloppten hätten.«

»Psychisch gestört.« Stocker korrigierte sie so automatisch wie andere Leute »Gesundheit« sagten, wenn jemand niesen mußte. Egal. Irre Mörder waren die letzten, mit denen sie es zu tun haben wollte.

»Die Kosmetik geben wir nicht an die Presse«, sagte Stocker.

Ina nickte und kämpfte sich durch den Matsch zu einem weiteren Streifenwagen vor, in dem das Pärchen saß, das den Toten gefunden hatte. Ein kleiner, dürrer Mann hielt die Hand einer großen, noch dünneren Frau und betrachtete Inas völlig versaute Schuhe, bevor er berichtete, daß sie herumgelaufen waren, um Plätze zu vergleichen, Grillplätze, als das Gewitter kam und –

»Was meinen Sie mit Grillplätzen?« fragte Ina.

»In der Nähe wird manchmal gegrillt«, sagte er. »Da kommen

türkische Familien abends nach der Schicht. Manchmal sitzen auch Obdachlose hier, die grillen aber nicht.«

»Aha. Und?«

»Wir schreiben eine Seminararbeit im Bereich Gender Studies, dabei untersuchen wir das Grillverhalten von Familien.«

Was für ein Gemetzel. Was waren denn Gender Studies – müßte man Stocker fragen, der spulte solche Sachen auf Knopfdruck herunter.

»Also das Grillverhalten von Familien«, ergänzte die Frau, »im Gegensatz zum Grillverhalten von Studenten.«

Auch das noch. »Gibt es da Unterschiede?«

»Doch«, sagte die Frau, »das ist ja gerade das Thema unserer Arbeit.«

»Na gut«, sagte Ina. »Und in diesem Zusammenhang –« Sekundenlang hatte sie die Vision, wie der tote Rehbein auf einem Grill rotierte.

»– lag er einfach da«, hörte sie den Mann sagen. »Er lag auf der Seite, das heißt, er lag auf dem Bauch, aber sein Kopf war seitlich verdreht, wissen Sie? Das war schon ein Indiz, daß er tot war.«

Was du nicht sagst. »Haben Sie etwas verändert?« fragte Ina. »Oder ihn berührt?«

»Natürlich nicht«, sagte die Frau. »War ja auch blutig«, fuhr sie sachlich fort. »Und so komisch im Gesicht.«

Ina ging nicht darauf ein. »Ist Ihnen irgend etwas aufgefallen?« Die Standardfrage. »Haben Sie jemanden in der Nähe gesehen?«

Kopfschütteln.

»Spaziergänger? Geräusche? Irgendwas?«

»Nein«, sagte die Frau. »Na ja, weiter weg ein paar Kinder mit ihren Eltern, die rannten aber alle, weil es anfing zu donnern.«

»Sonst nichts?«

»Nein, sonst nichts.«

Ein Toter, der vom Himmel fiel. Der Streifenbeamte Jendrik hatte sein Ableben bedauert, wer noch?

The jaws of hell,
anytime, anytime,
we can wipe you out,
anytime, anytime.

Ina drehte die Radiohead-CD gerade so laut, daß die Nachbarn nicht wieder gegen die Wand klopften. Alle Fenster waren weit geöffnet, doch es kam keine Kühle herein, nur Mief. Abgase, fauliges Wasser, Blut, Schweiß und Tränen, all die Gerüche, die sie mit sich herumschleppte und von denen Stocker sagte: »Das bilden Sie sich ein.« Egal was er sagte, nur ihre Duftsammlung kam dagegen an, all die Fläschchen, für die sie im Bad ein eigenes Glasregal aufgestellt hatte, eckige, runde und ovale Flakons, kantige, winklige, elliptische, konische und komische. Sie könnte in *Wetten daß* auftreten, so viele Düfte hatte sie auf Anhieb identifizieren können.

Jerry bevorzugte die herberen Düfte, bei den schweren fing er an zu niesen. Sie nahm den schwarzweißen Kater vom Boden und drückte ihn an sich; Jerry war der verläßlichste Kerl in ihrem Leben, er blieb einfach da. Irgendwo draußen schickte ein plärrender Fernseher künstliche Lachsalven durch die Gegend und das Licht einer Straßenlampe warf ein Muster aufs Parkett. Sorgfältig zeichnete sie es mit der Fußspitze nach: ein Zinken, eine Knubbelnase, irgendwas in der Art.

Ina Henkels Wohnung sah wie alle Wohnungen aus, in die zwei Menschen eingezogen waren und ihren Plunder verstaut hatten – und die einer dann wieder verlassen hatte. Lücken blieben. Lücken nannte sie es selbst, weil sie nicht von Leere sprechen wollte, doch im Gegensatz zu Freundinnen, denen das gleiche passiert war, stürzte sie sich nicht in hektische Einkäufe, um die Lücken zu füllen. Es war egal. Es gefiel ihr sogar, daß viel Platz um die wenigen Möbelstücke herum blieb und die kahlen Wände das weiße Licht aus drei Stehlampen reflektierten. Wichtig waren Telefon und Kühlschrank, um Pizza und Salat für zwei zu bestellen und den Rest für den nächsten Abend zu verwahren. Hilfreich war auch Benny Unger, ein hübscher Kerl Mitte zwanzig, der halbe Hähnchen, Currywürste und Pommes in einem umgebauten Wohnwagen an der Straßenecke verkaufte, dessen knallrote Aufschrift das ganze Viertel in den Bann zog: »Hunger? Unger!« Benny, der Brathähnchenmann, der auch ein guter Nachbar war, hatte gesagt, ihre Wohnung könnte strenggenommen beides sein, Sozial- oder Designerwohnung, es käme nur darauf an, wie man diese spärliche Möblierung interpretierte, als reduziert auf das Nötigste oder reduziert auf das Wesentliche.

Früher hätte sie nächtelang geheult über so eine halb verlassene Wohnung und den ausgebüchsten Kerl, früher, wann war das gewesen? Sie setzte sich aufs Sofa, lehnte sich zurück und fixierte die weiße Wand – vor zwei, drei Jahren oder so, als sie im Urlaub die halbe Welt bereisen und die andere Hälfte auf den Einkaufszettel setzen wollte, um nicht dauernd an den Job zu denken. Früher, als es nach dem Job das Leben gab, war sie sommersüchtig, kinosüchtig, kneipensüchtig und dauernd verliebt, aber auch eine blöde, ängstliche Polizistin, der Leichen den Schlaf raubten, weil der Anblick toter Gesichter sie aufschreien ließ in der Nacht. Jetzt war sie sehr fleißig im Job. Sie machte mehr Überstunden als die Kollegen, sie bot sich regelrecht an. Sie hatte begonnen mit den Tätern zu sprechen, mit diesem Abschaum stand sie auf du und du.

Auf der Wand die Umrisse einer Hand. Nach fünf Minuten oder zehn machten die Krallenfinger eine Bewegung, und die Hand hielt eine Waffe. Der Übergang war fließend, das war er immer. Die Zeit blieb stehen. Erst die leere Hand und dann die Waffe. Ina legte den Kopf zurück und schloß die Augen, und als sie sie wieder öffnete, sah sie wegsackende Beine und Blut an der Wand.

Unmöglich, den Kopf abzuwenden oder aufzustehen, unmöglich, sich auch nur zu bewegen, denn die Hand an der Wand war ihre eigene. Sie wollte das nicht sehen und sah es jede Nacht, ihre Hand und ihre Waffe, nur das Blut war nicht ihres. Alles war schwarzweiß, und nur das Blut bildete einen roten Flecken, so war es immer. Früher war die Wand bloß weiß gewesen, früher, als sie noch keine Mörderin war.

Paß auf, häng nicht herum.

Waren das nicht Toms Abschiedsworte gewesen? »Häng doch nicht dauernd so rum.«

Als sie damit angefangen hatte, stundenlang die Wand anzustarren, um kurze Zeit darauf sogar durch ihn hindurchzusehen, den Mann, mit dem sie lebte, da hatte er gesagt: »Häng doch nicht dauernd rum, du bist ja halb tot.«

»Dann geh doch«, hatte sie gesagt, und er: »Das werd ich auch tun.«

Schön, er hatte es getan, und sie glotzte noch immer die Wand an, als wartete sie darauf, daß auch der Täter, mit dem sie es gerade zu tun hatte, dort erschien. Als sie das erste Mal dort ihre eigene Waffe sah, nicht wie sie abgefeuert wurde, sondern wie sie sich senkte, *nachdem* sie abgefeuert worden war, in jener Zeit hatte sie begonnen, mit den Mördern zu sprechen, weil sie ja jetzt auf Augenhöhe mit ihnen stand: Was hast du gedacht, was hast du geplant, wie stellst du das an?

Verdammter Arsch.

Jerry, friedlich schnurrend, lag neben ihr auf dem Sofa. Sie legte eine Hand auf seinen schwarzweißen Kopf – dem ging's gut. Bekam sein Fressen und sein Spielzeug und scherte sich um nichts.

»Erzähl was«, murmelte sie, doch das kümmerte ihn nicht. Sie hatte ihn bekommen, kurz nachdem sie Tom kennengelernt hatte.

Seit Tom ausgezogen war, spürte sie hin und wieder einen leichten Schmerz, den sie exakt zwischen Brust und Magen orten konnte, so eine Art Liebeskümmerchen, das sich hin und wieder meldete wie ein zu schweres Essen.

Denk nicht daran. Mach deine Arbeit, paß auf. Aufpassen hieß: erkennen, recherchieren, analysieren, die Teile wieder zusammenfügen, halbwegs jedenfalls. Sie stand vom Sofa auf, eine Bewegung, die so mühsam war, als hätte man sie aus einem schweren Traum gerissen, und ging ins Schlafzimmer, wo der Schreibtisch stand.

Dieser Rehbein war seit vierundzwanzig Stunden tot.

Ina klappte ihr Notebook auf und sah sich die Liste an: Pit Rehbein hatte zwei Schußwunden in Schulter und Nacken, verursacht von einer nicht registrierten Pistole, 7,65 Millimeter. Zu allem Übel hatte er auch noch Würgemale am Hals, die von einem Strick stammen konnten, als hätte der Täter zuerst versucht, ihn zu erdrosseln und sich dann darauf besonnen, daß er ja verdammt noch mal eine Schußwaffe hatte. Dieses irre Gesocks. Der Regen hatte vieles weggeschwemmt, trotzdem hielten die Kriminaltechniker es für wahrscheinlich, daß er an jener Stelle erschossen worden war, an der man ihn gefunden hatte. Die Schminke auf seinem Gesicht gab auch nicht viel her, das war Dutzendware aus dem Kaufhaus. Doch hatten sie einen Papierfetzen in der Unterhose des Toten gefunden, einen dreimal gefalteten Zettel mit dem handschriftlichen Eintrag *Vic553-delta*. Der Mann trug nichts bei sich, keinen Ausweis, keine Schlüssel, kein Geld, nur diesen Zettel. Warum schob er sich den in die Unterhose, wenn er doch Jeans mit vier Taschen trug? Weil es für ihn ein wichtiger Zettel war, eine Aufzeichnung, die niemand so schnell bei ihm finden sollte? Was sollte das bedeuten, *Vic553-delta*, war das eine Telefonnummer, irgendwas Verschlüsseltes?

Der Zettel trug seine Handschrift, zumindest hatte seine Schwester das behauptet. Ina sah sich das Vernehmungsprotokoll noch einmal an. Lydia Rehbein, sechsunddreißig Jahre, allein lebend, Sekretärin. Und nicht nur das; allem Anschein nach war sie eine tüchtige Sekretärin, mit todschicker Kleidung und einer Frisur, wie ein Gino sie schnitt, ein Tino oder ein Marco für viel zu viel Geld. Selbst die Polizisten, die sie vom Tod ihres Bruders unterrichteten, schienen ein Zeitproblem darzustellen, weil doch die Arbeit rief, der harte Job. Sie sagte aus, ihr Bruder hätte keine Fehler gemacht, denn wer nichts tut, kleiner Scherz am Rande, der macht auch keine Fehler. Er wollte Romane schreiben, Musik studieren, Kunstgeschichte studieren und hatte nichts davon getan. Er lebte von der Hand in den Mund, was ja kein richtiges Leben war, er jobbte im Winter und lag im Sommer, wie sie sagte, auf der faulen Haut, gehätschelt und getätschelt von irgendwelchen dummen Frauen. Nein, sie kannte keine Namen. Frauen halt. Dumme Frauen. Ihr selber, hatte Lydia Rehbein gesagt, würde es im Traum nicht einfallen, einen gesunden Mann auszuhalten, der zu faul zum Arbeiten war, einen Mann mit großen Träumen und einem kleinen, jämmerlichen Leben. Doch er sah ja gut aus, nicht wahr? Also lebend, oh Gott. Der arme Kerl. Nein, sie hatte ihn monatelang nicht gesehen und überhaupt: wenn sie sich trafen, pumpte er sie an. Ja, so hat das enden müssen mit ihm, traurig, traurig, aber wahr.

Pit Rehbein war zweiunddreißig Jahre alt geworden. Seine Schwester nannte ihn Peter, schließlich hieß er so. Pit, hatte sie naserümpfend gesagt, allein der Name hätte schon so einen asozialen Klang.

Gegen halb elf beschlich sie das merkwürdige Gefühl, daß die Luft immer dumpfer wurde und sich wie ein Koloß ins Zimmer schob. Ina klappte das Notebook zu. Der Fernseher in der Nachbarschaft schickte die *Tagesthemen* durch die Nacht, guten Abend, meine Damen und Herren. Pit Rehbein würde kein Thema sein, aber vielleicht befaßte sich *Fadenkreuz* damit, wenn sie nicht weiterkamen, *Fadenkreuz, das Kriminalmagazin*, in dem Kollegen aus dem ganzen Land danach lechzten, der blonden Moderatorin Denise Berninger ihre Ermittlungsergebnisse zu Füßen zu legen – Kommen wir leider nicht weiter – Bitten wir die Zuschauer um Mithilfe – Wer kann Angaben machen – Bist du zu haben, Denise? *Fadenkreuz*, vom örtlichen Sender ins Land geschickt, stellte ungeklärte Verbrechen nach und ließ Polizisten im Studio noch etwas dazu sagen, was weder neu noch abendfüllend war. Der Witz war Denise Berninger selbst, falls man sie einen Witz nennen konnte. Eine Tragödin, das kam schon eher hin. Stocker fand die Sendung albern, sicher, Stocker fand alles albern, sogar Denise, meinte aber auch, daß so eine Fernsehfahndung nicht zu verachten sei und hatte einmal den Kollegen Kissel ins Studio geschickt, der über dem Boden schwebend zurückgekommen war und überall herumerzählte, Denise sei kleiner als es den Anschein habe.

Benny dagegen war ein Riese, Benny Unger, der Brathähnchenmann, den sie unterm Fenster pfeifen hörte wie diesen Romeo – hatte der überhaupt gepfiffen vor Julias Fenster? Gesungen? Oder war er nur diesen Balkon hochgeklettert – sie kannte sich nicht aus in diesen Dingen, ihre Bildung, hatte Hauptkommissar Stocker mehrmals geklagt, ließ zu wünschen übrig. Egal, hatte sie geantwortet, man brauchte schließlich kein Vordiplom in Literatur, um einen Mordfall aufzuklären.

Es gebe kein Diplom in Literatur, hatte er gesagt, schon gar kein Vordiplom.

Benny Unger pfiff und rief dann leise ihren Namen. Sie lehnte sich aus dem Fenster und sagte: »Es ist gleich elf.« Ab zehn Uhr abends nannte sie immer die Uhrzeit, nur der Form halber, und Benny Unger spielte seinen Part mit einem ähnlich sinnfälligen Satz: »Ich hab noch Licht gesehen.«

»Es ist noch was übrig«, sagte er, als er zwei Minuten später seine durchtrainierten 180 Zentimeter durch die Tür schob. Seit er wußte, was sie tat (seine Frage »Was machste denn beruflich?« hatte sie allerdings erst beim dritten Mal beantwortet), war er schier verrückt danach, ihr Currywürste anzubieten, weil er die Fernsehkommissare immer Currywürste essen sah. Er kam aus Dresden, wohnte im Haus gegenüber, war ein paar Jahre jünger und versuchte ein besonders guter Nachbar zu sein.

»Ich ess' doch jetzt keine Currywurst mehr«, sagte Ina.

»Es wär aber ein guter Grauburgunder.« Mit einem verheißungsvollen Blick langte er in seine Tasche und holte die Flasche hervor. »Sind dir nicht letztens wieder mal die Getränke ausgegangen?«

»Ja, letztens.« Sie guckte auf die dreiviertel volle Flasche und hätte ihm gern gesagt, daß sie lieber Rotwein trank.

»Da machen wir Schorle«, sagte er. »Mit viel Eis.«

»Eis? Du meinst Eiswürfel? In den Wein?«

»Für mich schon.« Er verbeugte sich leicht. »Ich komme aus dem Osten, ich habe keinen Geschmack.«

Als sie mit den Gläsern aus der Küche kam, hatte Benny schon den Kater auf dem Schoß.

»Ich glaub ja manchmal, der ist schwul«, sagte sie. »Er hat's echt mit Kerlen, das war schon immer so.«

»Dann kommt er ja zur Zeit nicht unbedingt auf seine Kosten.« Benny blies ihm ins Ohr, worauf Jerry zu schnurren begann. »Außer bei mir natürlich.«

»Sag mal –« Ina holte Luft, doch fiel ihr keine passende Erwiderung ein.

»Wird so ein Tier nicht hysterisch bei dem Wetter?« fragte er.

»*Ich* werde hysterisch«, murmelte sie, »vor allem, wenn es nachts nicht abkühlt.«

»Irgendwie hatte der Osten schönere Sommer«, sagte er.

»Wenn du meinst.« Ina drückte sich das kalte Glas gegen die Stirn. Benny nervte sie gern damit, daß der Osten landschaftsmäßig dem Westen überlegen sei, guck doch bloß mal das Erzgebirge an. Die Elbe in Dresden, das war ein Fluß. In Hamburg fing er schon an, seine Erhabenheit zu verlieren. Überhaupt Dresden! Vergleiche doch Dresdner Bauwerke mal mit denen Münchens, lauf am Elbufer entlang und mach dann einen Spaziergang in Frankfurt am Main, haha!

Früher konnte man antworten, dann geh doch rüber! Warum sagte man das heute nicht mehr?

»Hast du gewußt«, fragte er, »daß in Eiswürfeln auch alle Bakterien konserviert werden?«

»Nein.« Ina bewegte ihr Glas hin und her und sah der kreisenden Flüssigkeit zu. Stocker mit seiner Bakterien-Phobie würde das interessieren.

»Diese Leichen«, fing Benny an und trank erst einmal bedächtig, während Ina ihn anschnauzen wollte, er möge bitte die Klappe halten, »diese Leichen müssen doch auch massig Bakterien absondern, nicht? Sonst würde ein Krankenwagen doch Tote mitnehmen. Tut er aber nicht.«

»So was Ähnliches«, murmelte sie. Leichengifte. Kein Gift im Grunde, aber fieses, unsichtbares Zeug.

»Da kann man sein ganzes Leben lang superreinlich sein«, murmelte Benny, »und dann das.«

»Sie kriegen's ja nicht mehr mit.« Sie seufzte. Viel zu oft fing er von den Toten an. Fragte er sie aus, womit er ohnehin keinen Erfolg hatte, dann kaum über die Täter, die Mörder, immer nur über die Opfer, den Tod. Wenigstens stellte er die Standardfrage nicht, mit der fast jeder Kerl ankam, sobald er ihren Beruf erfuhr: Hast du schon mal jemanden getötet? Umgebracht, umgelegt, ermordet, kaltgemacht, um die Ecke gebracht, gekillt. Dabei hätte sie ihm antworten können: Ja, hab ich, und weißt du, wie das ist? Das wolltest du doch sicher als nächstes wissen, stimmt's? Dunkel ist es. In meinem Kopf war alles dunkel, und erst hinterher wurde es wieder hell. Aber danach, verstehst du, herrscht ein anderes Licht, ist es nie mehr so klar, nie wieder rein, ist es eher wie eine schmutzige Beleuchtung, die von nun an das ganze Leben lang brennt wie eine Funzel. Sie unterdrückte ein Kichern – kein Lebenslicht, eine Lebensfunzel.

»... ende«, hörte sie Bennys Stimme. Sie holte tief Luft und sah ihn an.

»Huhu!« rief er.

»Sorry«, sagte sie. »Ich bin müde.«

»Ich hatte gefragt, was du am Wochenende machst.«

Sie schüttelte den Kopf. Arbeiten vermutlich. Frische Leiche, weißt du? Keine Zeit. Pit Rehbeins merkwürdige Notiz fiel ihr wieder ein: *Vic553-delta*. Könnte strenggenommen auch ein Gewürz sein, sollte sie den Hähnchenmann danach fragen?

Was war so wichtig daran, daß er sich diesen Zettel in die Shorts schob?

Am nächsten Morgen, als sie die Tür zu ihrem Büro aufriß, wollte sie Stocker erneut danach fragen, doch es blieb keine Zeit. Sie sah ihn telefonieren, und als sie seine Worte hörte, behielt sie die Hand auf der Türklinke: »Wo genau? Präzise bitte.«

Sie parkten hinter zwei Streifenwagen am Ende der Straße. An einem Kiosk konnte man tagsüber etwas trinken, direkt daneben befand sich ein Pissoir, da wurde man die Flüssigkeiten wieder los. Auf buckligem Pflaster stand eine Bank, bedeckt mit alten Zeitungen und Taubendreck. Hier führte ein kleiner Weg in ein Gebüsch, wo die Streifenbeamten Spalier standen, die Blicke in die Wolken gerichtet, bloß nicht auf den Boden, auf den Mann, der da lag, auf die Reste eines Mannes, auf Füße, Beine, Rumpf und Arme und einen Kopf, der so schief auf dem Hals saß, als gehörte er gar nicht zum Rest des Körpers.

Seminarthema Genickschuß: Ina spielte es mit sich selber durch. Aufgesetzte Waffe oder Schuß aus kurzer Distanz, wenn der Kopf des Opfers nach vorn geneigt ist. Ausschuß im Stirnbereich. Sie stand frierend in der Hitze und verlief sich bald mit den Augen, weil sie in einen schwarzen Krater guckte und schwarze Krater in einem Menschen nichts zu suchen hatten.

»Was sagen Sie, Frau Henkel?« Stocker streifte Handschuhe über, was für Ina das Zeichen war, dasselbe zu tun. Stocker hielt ein Auge auf sie, seit sie geschossen hatte. Er stellte solche Fragen wie: »Haben Sie Ihre Waffe dabei? Wann hatten Sie das letzte Schießtraining? Warum nicht? Glauben Sie, davon wird es besser?«

Es war noch kein Techniker und auch kein Pathologe da, der ihnen das hätte abnehmen können, also hielten sie die Luft an, während sie mit den Händen nach der Leiche tasteten. Auf den Kopf achten, weil man nicht erkennen konnte, wie fest der mit dem Hals noch verbunden war, auf den eigenen Atem achten und so tun, als täte man das jeden Tag. Behutsam, als sei er ein neugeborenes Baby, berührten sie die Schultern des Toten und drehten ihn so, daß sein Gesicht der Sonne zugewandt war.

Kein altes Gesicht. Nur ein paar Falten ließen sich erahnen unter dieser braunen Paste, die auf der Stirn mit Blut vermischt war. Er war geschminkt, so wie Pit Rehbein, trug Jeans wie Pit Rehbein, trug Lidschatten, Lippenstift und Rouge.

»Du meine liebe Güte.« Stocker hob den Kopf und fixierte die Streifenbeamten. »Kennt den jemand?«

Ein gemurmeltes Nein. Aber sie hatten vielleicht nicht so genau hingesehen.

»Was ist denn das hier?« Stocker machte eine weit ausholende Bewegung. »Das ist doch so ein Treff hier, der Kiosk da vorne wird doch gerne von Obdachlosen belagert.«

»Wenn er auf hat«, murmelte einer der Streifenbeamten, und Stocker sagte patzig: »Ja natürlich, wenn er geöffnet hat.« Er zerrte an seinen Handschuhen. »Hat er auf?«

Sie nickten.

Aus irgendeinem Grund schien er zufrieden. Erneut beugte er sich über den Toten, als ein Funkgerät zu schnarren begann und der Uniformierte, dem es gehörte, so hastig zur Seite sprang, als hätte dieses Geräusch die Totenruhe gestört. Ina hörte nicht, was Stocker sagte. Einen Moment lang sah sie nur diesen kleinen, rothaarigen Kollegen von der Streife mit seinem Funkgerät, dessen Namen sie immer vergaß und ihn deshalb den Iren nannte, sah, wie er wortlos zu fuchteln begann, was man komisch finden könnte, hätte man jetzt Sinn dafür. Doch deswegen starrte sie ihn nicht an. Es war die Art, wie er den Kopf zu ihr drehte, noch während er der krächzenden Stimme lauschte. Ein wenig hob er die Schultern dabei, fast wie um Verzeihung bittend, dann wischte er sich die Stirn. Er steckte das Funkgerät wieder ein, schlich heran und sagte leise: »Zentrale hat da gerade einen ähnlichen Fund gemeldet.«

»Was denn«, rief Stocker, »noch einen?« Einen Moment lang sah er wie ein Mann aus, der sich fürchtete.

Der Streifenbeamte nickte. »Leichenfund hinter einer Kirche. Auch so jemand –« Er machte eine unbestimmte Handbewegung.

»Das gibt's nicht«, sagte Stocker.

»Doch, schon«, sagte der Kollege und wiederholte leise: »Hinter einer Kirche.«

Dreimal rief der Pfarrer das Wort Schande in die heiße Luft. Er war gekleidet wie ein Sanitäter, mit weißer Hose und weißem T-Shirt, nur hellblaue Flip-Flops störten die Harmonie. Schlappend lief er im Kreis herum und rief, daß es das noch nie gegeben hätte, diese Schande, einen Menschen einfach im Gebüsch zu verscharren.

»Das gibt es öfter als Sie denken«, sagte Ina.

»Aber doch nicht hinter einer Kirche!« schrie der Pfarrer.

Nein, vielleicht nicht hinter einer Kirche, und nein, nicht die dritte ähnlich zugerichtete Leiche innerhalb von vierundzwanzig Stunden, nein, das war nicht üblich, das war – wie nannte man das – ein Omen?

Nein, das nannte man Serie. Und eine Serie war das Unangenehmste, was passieren konnte.

Eine Frau, Mitte Dreißig vielleicht. Sie trug eine Cordhose und ein viel zu warmes Sweatshirt. Ihre Lippen waren geschlossen, aber ihre Augen nicht. Diese Augen – Ina sah auf sie herunter, diese Angst darin, für immer festgehalten, dieser letzte Blick, der nur das Unbegreifliche sah. Daß da jemand kommt und löscht alles aus.

Sie ging einen Schritt zurück. Schleichst du dich heran, oder näherst du dich friedlich, um erst einmal zu quatschen? Nein, du schleichst dich nicht heran, du willst, daß sie es wissen. Dreh dich um, sagst du, da weiß sie, was kommt, auch wenn sie es nicht begreift. Diese Angst in ihren Augen, die hast du haben wollen, nicht wahr? Aber dann wolltest du auf Nummer sicher gehen, hast vielleicht gelesen, daß Genickschüsse tödlich sind, ein Schuß, ein Treffer. Knie dich hin, sagst du, und sie? Sie sagt nichts mehr, kann nichts mehr sagen, kann noch nicht einmal schreien. Oder hat sie geschrien, und niemand hat es gehört? Gehst du das Risiko ein, daß sie schreit? Drückst ihr die Waffe in den Nacken, und dann schließt du ihre Augen nicht.

Genickschuß vermutlich, wie bei dem Mann zuvor. Bei Rehbein hast du noch geübt mit dem Genickschuß, da hast du dich zuerst vielleicht gar nicht getraut. Rehbein hatte zwei große Wunden und außerdem diese Würgemale am Hals. Mit dem Mann von vorhin hast du es schon besser getroffen, da hast du die Waffe aufgesetzt, nicht? Aber den richtigen Punkt hast du auch bei ihm noch nicht getroffen – hier schon, bei ihr. Das ist eine saubere Wunde, du schießt dich langsam ein. Nur das verdammte Schminken kriegst du nicht hin, oder soll das so sein?

Sie legte den Kopf in den Nacken und schloß die Augen. Leichenmalerei, neues Wort. Als sie die Augen wieder öffnete, begegnete sie Stockers Blick.

»Nun«, begann er, räusperte sich und ging langsam um die tote Frau herum. Auch sie war geschminkt wie eine Frau sich niemals schminken würde, noch nicht einmal, wenn sie übertrieb: schichtweise Rouge, tonnenweise Make-up und ein Lidstrich, der fast bis zur Schläfe ging.

»Hat er das vorher gemacht oder danach?« murmelte Ina.

»Hält man denn still?« Stocker hob die Schultern. »Gucken Sie, die hat die Lippen zusammengepreßt, die sind auch nicht bemalt wie bei den Männern. Nein, ich denke, er schminkt sie nach dem Exitus, und diesmal kam er an die Lippen nicht richtig heran.«

»Ich kenne sie nicht!« schrie der Pfarrer dazwischen. »Ich kenne sonst alle hier.«

»Wer sind *alle*?« Ina ging zu ihm hinüber, und das permanente Schlappen seiner Flip-Flops hörte auf. Plötzlich stand er ruhig da und rieb sich die Stirn.

»Ja hier, die Leute. Obdachlose.« Er seufzte. »Sie kommen hierher unter die Bäume, und solange sie friedlich bleiben, dürfen sie da auch sitzen. Sie belästigen ja niemanden, ich meine, wenn man vorne zur Kirche reingeht, sieht man sie nicht.«

»Und man soll sie nicht sehen?«

»Das ist eine rhetorische Frage«, sagte er streng.

»Kirchenbesucher sind doch gute Menschen, oder?«

»Hören Sie auf«, sagte er.

»Oder etwa nicht?«

»Erwarten Sie denn, daß jeder Kirchenbesucher ein Herz für Arme hat?« Er lächelte verkniffen. »Es kommen nicht nur Gläubige zum Gottesdienst, das wissen Sie doch genau.«

»Schön«, sagte Ina. »Es handelt sich also um Obdachlose, die hinter Ihrer Kirche kampieren.«

Der Pfarrer nickte. »Ich hatte schon mal Lebensmittel für sie, da kamen aber immer mehr. Das geht nicht, ich kann sie nicht durchfüttern. Sie kriegen ja auch Sozialhilfe.«

»Und diese Frau hier?«

Heftig schüttelte er den Kopf. »Die war noch nie dabei. Oder falls doch, dann weiß ich nichts davon. Fragen Sie die Kollegen, vielleicht –«

Hinter der Absperrung standen die Kollegen, wie er sie nannte, vier Männer und eine Frau. Sie waren gekommen, um im Schatten zu sitzen und waren über eine Leiche gestolpert, stumme Leute, die jetzt geduckt im Sonnenlicht standen und aussahen, als würden sie frieren. Ihr Leben steckte in Plastiktüten. Einer der Männer hob die Hand wie ein aufmerksamer Schüler. Er trug ein rotes Halstuch.

»Sind Sie die Frau Kommissarin?«

»Ja«, sagte Ina.

»Sie sind aber sehr jung.« Er nickte bedächtig.

Was antwortete man auf sowas?

»Sie lag da«, sagte er. »Wie tot.«

»*War* tot«, murmelte die Frau neben ihm.

»Ja«, sagte er. »Wie so 'ne Puppe, ganz still.«

»Kennen Sie sie?« fragte Ina.

Kopfschütteln. Es war ansteckend, pflanzte sich fort. Niemand hatte sie zuvor gesehen, hier nicht und auch nicht woanders. Ina versuchte es weiter. »Wie ist das nachts, schlafen Sie manchmal hier?«

»Wer?« fragte der Mann mit dem Halstuch.

»Sie.«

»Ich?« Er legte den Kopf schief.

»Sie sind das Siezen nicht gewohnt«, rief der Pfarrer.

»Und ich bin es nicht gewohnt«, sagte sie, »daß einer ständig dazwischenquatscht. Gehen Sie mal weg hier.«

»Ich wollte nur helfen.«

»Im Winter«, sagte der Obdachlose, während die anderen zustimmend nickten. »Manchmal schlafen wir im Winter hier, wenn es nicht zu kalt ist. Im Sommer ist es wieder zu warm, ja? Da geht kein Lüftchen hier in der Nacht, da sind wir dann anderswo.«

»Es gibt aber Leute, die hier schlafen?« fragte Ina und ärgerte sich, daß sie den Pfarrer verscheucht hatte, weil sie auch ihn das jetzt hätte fragen können.

»Ich hab schon hier geschlafen«, sagte die einzige Frau in der Runde. »Aber wie er sagt, es ist so eng und schwül. Zum Sitzen ist es schön, aber nicht zum Liegen. Wir schlafen gern im Ostpark. Wenn sie hier geschlafen hat« – sie deutete zu der Stelle, an der die Leiche lag – »dann hat sie es nicht besser gewußt. War vielleicht neu.«

»Kennen Sie denn ihn hier?« Ina nahm das Foto von Pit Rehbein, das seine Schwester ihnen überlassen hatte und das einen selbstbewußt grinsenden Mann zeigte.

Die Frau lächelte.

»Kennen Sie ihn?«

»Na, der schwarze Peter ist das doch, der Pit.«

Ina sah Stocker herankommen und sagte: »Erzählen Sie von ihm.«

»Der hat die aber nicht umgebracht, oder?«

»Nein, bestimmt nicht. Woher kennen Sie ihn?«

»Vom Großmarkt. Da kann man aushelfen, er ist mit so Wagen rumgefahren, Wagen voller Gemüse, ich hab das Gemüse sortiert. Da nennen sie ihn schwarzer Peter, weil er immer bloß schwarz angezogen ist. Der kann Sprachen, also Italienisch oder Spanisch, ich weiß nicht genau. Und singen tut er wie ein junger Gott.«

Ina schlug ihr Notizbuch auf, weil sie sich das komische Wort, das Rehbein sich notiert hatte, nicht merken konnte. »*Vic553-delta*«, las sie vor. »Sagt Ihnen das was?«

Nein, das sagte ihnen nichts. Sie versuchte es erneut, sagte einmal *Vic*, dann *Witsch* und buchstabierte es schließlich, aber das hatte auch keinen Erfolg.

»Hat Pit Rehbein mal so etwas gesagt?«

Nein.

»Der Olaf hat mal beim Pit gewohnt«, sagte der jüngste Mann in der Runde.

Ina drehte sich so schnell herum, daß er zurückwich. »Er hatte eine Wohnung?« Hätte das seine bescheuerte Schwester nicht wissen müssen?

»Ja, das hab ich gehört«, sagte er.

»Wer ist Olaf?«

»Kumpel halt. Wollen Sie mit ihm reden?«

Sie nickte, und der Mann sagte: »Dann müssen Sie zum Großmarkt kommen, morgens um sechs. Wenn Sie vorne reinkommen, gleich scharf links, da sind Tomaten. Meistens ist er da, nicht immer. Der Olaf ist ja Student und arbeitet nicht viel. Kommen Sie?«

Sie nickte erneut. Tomaten. Scharf links. Morgens um sechs.

Der Mann schob einen Finger in den Mund und nuschelte: »Was heißt *hatte*?«

Sie sagte nichts.

»Sie haben *hatte* gefragt. Pit *hatte* eine Wohnung, haben Sie gefragt.«

Ina preßte die Lippen zusammen. Es war immer so beschissen, das zu sagen. Stocker nahm es ihr ab, förmlich wie immer. »Herr Rehbein ist tot.«

Sie sagen nichts, guckten nur auf ihre Füße. Ein Seufzen, so ein rasselndes Geräusch, sonst war es still.

»Er wurde getötet wie diese Frau hier«, sagte Stocker. »Und ich möchte Ihnen dringend raten: Passen Sie auf. Schließen Sie sich zusammen, gehen Sie nirgendwo alleine hin, wo wenig Menschen sind. Schlafen Sie nicht alleine.«

»Da macht einer Jagd?« fragte die Frau.

»Tja«, murmelte Stocker. »Das könnte sein.«

»Warum denn?«

Stocker sagte nichts. Wieder war es still, bis der Mann mit dem Halstuch, der zuerst gesprochen hatte, erneut einen Finger hob. Er sah Ina an, als wollte er sie zum Bleiben zwingen.

»Ja?« sagte sie.

»Sind tot, ja?«

»Ja.« Sie wollte noch etwas sagen, aber ihr fiel nichts ein.

Tot und scheinbar vom Himmel gefallen, Menschen, die niemand vermißte, Pit Rehbein, ein Mann ohne Namen und eine namenlose Frau. Vom Himmel gefallen wie der Täter selbst, ein Geist ohne Spuren.

Am Nachmittag, als Stocker nach dem dritten Mord das Schreckenswort Serie ausgesprochen hatte, war die Versammlung im Konferenzraum der Mordkommission größer als gewöhnlich. Ganz vorn saß ein Kriminaltechniker mit rotem Gesicht, der von einem Hund sprach, irre oder nicht, dem das Wetter sehr entgegengekommen war, zumindest an dieser abgelegenen Stelle im Park, wo es keine verwertbaren Spuren gab. »Wir haben genug Schuhabdrücke«, sagte der Techniker, »aber brauchbare Fasern sind Mangelware. Wir haben keine Kippen im Umkreis, als hätte der Hund die alle aufgesammelt, falls es welche gab. Wir haben es da zu tun mit« – er überlegte, doch eine neue Wendung fiel ihm nicht ein – »einem Hund.«

Stocker klopfte mit einem Stift auf den Tisch. »Was wir sagen können ist, daß da offenbar einer herumgeht und Obdachlose erschießt, respektive Menschen, die er dafür hält. Ob wahllos oder bewußt ausgewählt, wissen wir nicht. Wie es scheint, geht er präzise und geräuschlos vor. Das erste Opfer hat er vermutlich erst erwürgen wollen, es dann aber erschossen, zumindest gibt es Würgemale am Hals. Die anderen Opfer haben diese Male nicht. Das ganze Vorgehen spricht gegen Nazis und sonstigen Pöbel, der die Leute lieber lautstark totprügelt oder tritt. Bislang hat nur eines der drei Opfer einen Namen, Rehbein, Peter, genannt Pit. Von den anderen beiden machen wir Fotos und zeigen sie in der Szene herum, eventuell kommen Zeitung und Plakate hinzu.«

Ein Kollege hob artig die Hand und fragte: »Könnte man nicht Denise bitten, ob sie das bringt? Wegen der Reichweite.«

Ja, wegen der Reichweite. Ina schüttelte den Kopf. Und dann willst du es natürlich sein, der sich zur ihr Studio setzt, wegen der Reichweite und überhaupt.

»Die Furie aus *Fadenkreuz*?« Stocker verzog die Lippen. »Ich vergesse immer ihren Vornamen.«

Da schien er der einzige zu sein. Denise Berninger war der blonde Engel der Verbrechensopfer – und aller männlichen Polizisten, von Stocker einmal abgesehen. Das lange Haar zurückgekämmt und mit *taubengrauen Augen* legte sie jeden einzelnen Zuschauer in Fesseln und sprach selbst die schlimmsten Worte so aus, daß sie erhaben klangen: Mord, Totschlag, Vergewaltigung – Großaufnahme – Täter flüchtig, Polizei hilflos, Angst, Schmerz, Grauen. Reglos, niemals lächelnd und die ganze Welt fixierend, leitete die Berninger ihre Kriminalfälle gern mit Wendungen ein wie: »Blicken wir in einen Abgrund des Bösen …« oder: »… bekommen wir eine Ahnung, was das Böse ist.«

Mit dem Bösen hatte sie es. »Zu was ist der Mensch fähig?« war eine weitere ihrer Lieblingsfragen, die ihr bisher kein Mensch hatte beantworten können.

»Frau Berninger wird sich das ohnehin nicht entgehen lassen«, sagte Stocker, »die müssen wir um nichts bitten.« Er nahm seinen Stift und ließ ihn umgehend wieder auf den Tisch fallen. »Die nicht.« Er sah in die Runde. »Bitte, ich möchte noch mehr zum Täter hören.«

»Der will uns was erzählen«, sagte Ina. »Oder was haben wir von diesem Make-up zu halten?«

»Das kommt auf keinen Fall an die Presse«, sagte Stocker. »Und auch nicht zu Frau Berninger. Diesen Vorsprung brauchen wir, falls die Trittbrettfahrer kommen und sich bezichtigen.«

»Ja, aber was bedeutet die Schminkerei?«

»Er schickt sie schön ins Paradies«, sagte der Kollege Alexander Kissel. »Wenn man auf Erden schon ein bisserl verwildert war. Hat er vielleicht freundlich gemeint.«

»Es sind keine bekannten Leute«, murmelte Ina.

»Was hast du denn gedacht?« Kissel lachte ihr ins Gesicht. »Stadtbekannte Penner, die für Szenemagazine posieren, gibt es nicht.«

Sie ignorierte ihn. »Bisher gibt es nur zwei Leute, die den Rehbein halbwegs kannten. Diese Frau hinter der Kirche war zumindest denen unbekannt, die sie gefunden haben, na ja, und von dem Mann heute morgen wissen wir es noch nicht.«

»Das hat System«, sagte Stocker. »Er scheint hinter Einzelgängern herzuschleichen, die sich abseits halten, was sein Risiko enorm verringert, entdeckt zu werden. Rehbein in dieser entlegenen Ecke im Park, der Mann und die Frau an Stellen, die zwar tagsüber, aber nicht nachts bevölkert sind. Da kann er in aller Ruhe –«

»– schießen und schminken«, beendete ein Kriminaltechniker seinen Satz. »Wir vermuten, daß ein Schalldämpfer benutzt wird. Den Kleister trägt er natürlich auch nicht mit den Fingerspitzen auf, da nimmt er Schwämmchen und Pinsel.«

»So gehört sich das auch«, murmelte Ina.

»Wir brauchen Fakten über die Opfer«, sagte Stocker, »auch wenn ich glaube, daß er wahllos vorgeht. Aber die müssen ja zumindest mal einen Namen kriegen, nicht?« Er schob seinen Stuhl weit zurück, als läge etwas auf dem Tisch, von dem ein ekelerregender Geruch ausging.

»Da kommt noch mehr«, sagte er dann.

3

Hallo Denise. Er verbeugte sich ein wenig in den leeren Flur hinein. Einen Moment lang blieb er reglos stehen, wie immer, um sich das Geräusch ihrer Schritte auszumalen, wie immer, und den Klang ihrer Stimme, wenn sie ihn begrüßte.

Hallo Michael.

Dann drehte er sich um, zog im Gehen sein Hemd aus und hängte es auf einen Bügel. Er war zu Hause, sein Tag hatte keine Bedeutung mehr und schon gar nicht seine Arbeit. Nur der Abend war wichtig, die Zeit mit ihr, wenn seine Wohnung zu seiner Insel wurde, mit dem Fernseher als Fenster zur Welt.

Es war nicht mehr so drückend heiß, daß alle Leute Amok laufen wollten, sobald ihnen einer zu nahe kam, und auch in der U-Bahn war niemand mitgefahren, der die Fahrgäste mit einem Messer belästigte. Was ja schon vorgekommen war. Hast du schon mal diese Typen unter zwanzig beobachtet? Ohne Messer gehen die nicht mehr aus dem Haus, und auf ihre Handys trommeln die ohnehin die ganze Fahrt über ein, wobei es interessant wäre zu erfahren, was das wohl für Kontakte sind, die sie fortwährend pflegen müssen.

Er schloß die Augen; die Stille war angenehm. Draußen, wo Leute ihre Absonderlichkeiten spazierenführten, gab es keine Ruhe. Einen halbnackten Mann hatte er gesehen, der stur auf einer Kreuzung stand und etwas schrie, das er Regierungserklärung nannte, und kurz danach eine Frau, die so stark gepierct war, daß man fürchten mußte, sie liefe aus, wenn sie an einem der Stecker zog.

Denise war so sparsam mit ihren Schmuck. Ohrringe und eine Halskette, mehr nicht. Keine Spur ordinär. Ringlose Hände: gut.

Deine Schuhe, wie sehen deine Schuhe aus? Schade, daß man die nie sieht. Sicher sind es elegante Schuhe aus weichem Leder, Schuhe, die klacken, wenn du über Marmorböden gehst oder Parkett.

Wie jeden Tag prüfte er den Zustand seiner Pflanzen auf dem

Fensterbrett. Weil er glaubte, daß sie lebten, daß sie Empfindungen hatten, traute er sich nie, welke Blätter abzuschneiden. Da mußte man warten, bis es von selbst geschah.

Beim Auspacken seiner Tüten stellte er fest, daß er wieder viel zu viel gekauft hatte, als kaufte er für zwei Personen ein. Er schnitt zwei Scheiben Brot und beschnupperte den Schinken: nicht verdorben. Auch die Butter einwandfrei. Seine Nase war gut, es sei denn, diese Bauern und Wurstfabrikanten erfanden etwas, um so eine Nase lahmzulegen, weil es ihnen egal war, ob sie ihre Produkte mit Salmonellen oder Schweinepest verseuchten, mit Geflügelhorror oder Rinderwahn, solange sie Gewinne machten und nichts an die Öffentlichkeit drang.

Leichengeruch war ja nun überhaupt nichts für eine feine Nase – was hatte sie in der letzten Woche noch über Leichengeruch gesagt? Daß er *schwer* war, richtig, »schwerer Leichengeruch«, hatte Denise gesagt, »breitete sich im ganzen Haus aus.«

Ach du lieber Gott. Nein, in so einem Haus hätte er nicht länger wohnen mögen. Schwerer Geruch; er lächelte. Drückend meintest du wohl, bleiern, gewaltig, ungeheuerlich. Schwerer Leichengeruch, schweres Parfüm. Süßliches Parfüm, wie diese Frau im Supermarkt es trug. Du hättest sie sehen sollen, sie war ohne Benehmen, so grausam und kalt. Als ihre kleine Tochter auf die Fleischtheke deutete, weil sie ein Schnitzel haben wollte, fing sie an zu brüllen, daß das viel zu teuer sei, ja sicher, und an der Kasse nahm sie eine Stange Zigaretten mit. So ein Gesindel.

Doch er sollte sich nicht aufregen beim Essen. Er aß langsam, wie der Arzt es ihm geraten hatte. Sie schlucken zuviel Luft beim Essen, hatte er gesagt, daher kommen auch die Magenschmerzen, entweder reden Sie zuviel oder Sie essen zu schnell.

Ja, das war möglich. Man mußte diesem Arzt ja nicht auf die Nase binden, daß man abends alleine aß und morgens auch und daß man keinesfalls Selbstgespräche führte und sich auch kein Haustier hielt, mit dem man plauderte. Auch mit seinen Pflanzen sprach er kein Wort, obwohl er glaubte, daß sie lebten. Redete er beim Essen, dann war das im Stillen, mit ihr. Es war ein lautloses Tischgespräch, das sein Magen doch kaum bemerken konnte.

Nach dem Essen schob er das benutzte Geschirr in die Spülmaschine, weil er immer gleich alles aus dem Weg haben wollte. Ob sie alleine aß, morgens und abends auch? Das war kein guter Gedanke. Er mochte sich nicht vorstellen, daß sie am Frühstückstisch mit jemandem redete, er wollte überhaupt nicht daran denken, daß irgendeiner bei ihr war.

Im Wohnzimmer kontrollierte er, ob das Band im Videorecorder reichte, was er auf Anhieb erkennen konnte, denn wer viel aufnahm, entwickelte ein Gespür für die Spulen. Knapp zwei Finger breit: das reichte noch für eine Stunde. Er nahm jede Folge auf. Das war eine gute Idee, weil sie ja nicht täglich auf Sendung war und er in der restlichen Zeit die Bänder anschauen konnte.

Bis es soweit war, schlug er die Zeit mit der Fernbedienung tot und zappte von den Nachrichten zu einer Quizsendung, wo eine dämliche Moderatorin ihren dusseligen Kandidaten fragte, wo der schiefe Turm von Pisa stand. Sie hatten alle keinen Stil; keine dieser Fernsehgänse besaß Denise Berningers Stolz und ihre Erhabenheit, mit der sie den Mob in seine Schranken wies.

Du und ich, hatte er ihr geschrieben, weißt du, was wir erreichen können? Doch für das erste Treffen war es noch zu früh. Da könnte ja jeder kommen, würde sie denken, nein, da würde er ihr mehr bieten müssen.

Beim Vorspann lehnte er sich zurück. Hände waren zu sehen, die ins Leere griffen, Füße, die rannten und ein Mund, der sich zu einem Schrei verzerrte, dann war sie da. Denise Berninger sagte: »Ich begrüße Sie zu einer neuen Folge von *Fadenkreuz*, dem Kriminalmagazin.« Sie sagte niemals »Guten Abend«, was wohl auch taktlos gewesen wäre bei einer Reise in die Hölle.

Sie trug den roten Blazer, der ein wenig unvorteilhaft war, weil er diesen Goldton in ihrem Haar nicht so zur Geltung brachte wie der dunkelblaue oder der schwarze. Sie sagte: »Vor zwei Wochen öffnete eine einundachtzigjährige Frau ihrem Mörder die Tür. Sie hatte nur ein paar Euro im Haus, denn sie ist immer sehr vorsichtig gewesen. Für ein paar Euro wurde sie erschlagen.«

Sie schwieg und sah dabei weiter in die Kamera, nahm keine Sekunde lang den Blick von der Welt. Dann sprach sie weiter.

»Vielleicht wird der Täter, wenn er gefaßt wird, versichern, daß er abhängig war und abgebrannt, daß er seine Not stillen mußte und daß diese Not viel stärker war als er. Aber vielleicht denken wir auch daran, daß er leichtes Spiel hatte, eine alte Frau zu überwältigen, und daß er wußte, wie leicht es sein würde, sie durch den Flur zu stoßen, wo sie stolperte und stürzte. Er kostete ihn keine große Anstrengung. Alte Knochen brechen leichter.«

Sie schwieg erneut, während hinter ihr das Paßbild einer freundlich lächelnden Oma erschien.

»Sie hat drei Kinder großgezogen. Sie hat vierzig Jahre lang gearbeitet und lebte von einer kleinen Rente. Doch es ging ihr gut, seit sie ein neues Hüftgelenk hatte. Sie ging gerne spazieren und plauderte mit den Nachbarn. Sie mochte die Menschen. Sie wollte noch leben.«

4

Früher Abend im Ostpark, die Sonne zog sich langsam zurück und hinterließ nur schwere Luft aus Dampf und Rauch. Zu dritt durchkämmten sie die Anlagen und fanden die Obdachlosen an einem kleinen Weiher. Ein paar lagen auf Bänken, doch die meisten hockten schwatzend auf einer Wiese. Männer pfiffen, als sie Ina sahen, und eine Frau hielt ihr ein Kissen entgegen: Sven, das war Sven, ihr kleiner Sohn. Sie saß bei den anderen und war doch allein, eine Frau, die nur einen Fetzen trug, ein durchlöchertes Kleid ohne Farbe und Form. Nur mit den Haaren gab sie sich Mühe, die hatte sie hochgesteckt mit kleinen, farbig schimmernden Spangen.

Deppenarbeit, man lief herum und zeigte Fotos. Wer ist das, schon mal gesehen? Sie zeigten das Bild des lebenden Pit Rehbein und die beiden Leichenbilder, die immer gleich aussahen, wie Leichenbilder eben, auch wenn sich die Fotografen noch so große Mühe gaben. Anscheinend bekam man die Lider nicht richtig auseinander, und die Lippen blieben verzerrt. Man hatte sie abgeschminkt, die beiden namenlosen Toten, und jetzt waren Wachsgesichter zu sehen wie von vergammelten Puppen, die man aus dem Keller gekramt hatte.

Die Frau mit dem Kissen deutete auf den zweiten Toten und sagte gleichgültig: »Das ist der Vater von Sven.« Sie preßte das Kissen noch enger an ihre Brust. »Sven ist acht Monate alt.«

»Ach was«, rief ein älterer Mann mit langem Haar. »Ich bin auch schon der Vater von Sven gewesen. Jeder ist der Vater von Sven.« Er hob die Arme zum Himmel. »Alle Welt ist der Vater von Sven, das ganze Universum hat dieses Sofakissen gezeugt. Gib mal her.« Er riß Ina die Fotos aus der Hand. »Die nicht.« Er warf das Bild der Toten von der Kirche auf den Boden. »Der hier« – er tippte auf Pit Rehbein – »ist dieser arrogante Schnösel, der mir immer erzählt hat, ich hätte kein Klassenbewußtsein, na, was sagste jetzt? Ich hab schon am Band gestanden und Mehrwert produziert, da hat der noch seine Mama von innen gesehen. Der da« – jetzt tippte er auf den zweiten Toten – »ist so 'ne Art Kumpel von dem. Die waren was Besseres, das haben sie jedenfalls gedacht. Die hättet ihr hin und wieder hier gesehen, wenn das Wetter schön war und die Herren Langeweile hatten. Jetzt seht ihr sie gar nicht mehr, denn jetzt sind sie tot, hab ich recht?«

Das fragten sie alle: Sind die tot? Manche hatten eine große Scheu, die Fotos zu berühren, hielten sie behutsam zwischen zwei Fingern, und zuweilen sah es aus, als sprächen sie ein stilles, kleines Gebet. Ja, die beiden Männer hatten sie wohl dann und wann gesehen, kaum daß man sich erinnern konnte, was für Typen das waren. Flüchtige Bekannte, sehr flüchtige nur, kaum je ein Wort mit ihnen gewechselt, und überhaupt hatte man sie ewig und drei Tage nicht gesehen, die Frau schon mal gar nicht, nein.

Aber sie fragten: Sind die tot? Sind doch keine alten Leute, sind doch eher jung. Ist man doch noch längst nicht so krank, daß man abkratzt irgendwo. Tot, einfach so? Aber wenn die Bullen jetzt kommen, nicht wahr, wenn die kommen und fragen, dann sind sie nicht bloß einfach so gestorben, sind sie –

Ja, antworteten die Bullen darauf, um all die guten Ratschläge immer wieder zu verbreiten: Aufpassen, nicht allein bleiben, nicht an einsamen Orten schlafen. Ängstliche Gesichter gab es kaum, eher guckten sie ratlos und verwirrt. Wie jetzt? Der kommt doch nicht zu uns, oder doch? Warum denn, was ist das denn für einer, was haben wir dem getan?

Irgendwann am Abend, als die ersten schon schliefen, ein bißchen benebelt von der Wärme, vom Alkohol und dieser ganzen Fragerei, lehnte Ina sich gegen einen Baum und sah jenem Kollegen zu, der vom Betrugsdezernat gekommen war und die Mordkommission hübsch spannend fand, wie er immer sagte, ein Kollege, der schlechtsitzende Anzüge trug und auch noch Hans-Jürgen hieß. Er brüllte zwei Männer an: »Redet keinen Scheiß, ich will von euch nur wissen, wer das ist.« So machte er es die ganze Zeit, obwohl der korrekte Stocker den Appell ausgegeben hatte, man dürfe die Penner nicht duzen. Noch nicht einmal von Pennern dürfe man sprechen oder von Nichtseßhaften oder gar von Stadtstreichern, weil das wertende Ausdrücke waren; obdachlos, hatte Stocker gesagt, sei eine neutrale Wendung, obdachlos, das war okay.

Hans-Jürgen im graublauen Anzug scherte das nicht. »Du blöder Penner«, brüllte er, »das geschieht doch nur zu deinem Besten, willste denn der Nächste sein?«

Der blöde Penner hatte seinen Spaß mit ihm. Lachend rief er: »Ich pass' schon auf mich auf.«

Und Hans-Jürgen brüllte: »Nix, der kommt von hinten!«

»Dann guck ich mich halt um.«

Zu Hause fiel Ina ein, daß Hans-Jürgen immer wieder seine Hände auf Schultern und Knie dieser Leute gelegt hatte, wenn auch nur, um sie dabei anzubrüllen. Sie wollte das nicht, mochte sie nicht berühren. Doch sie hatte sie höflich gesiezt.

Scheißspiel. Wie kam man raus aus seiner Haut?

Brüllen konnte sie ohnehin nicht. Manchmal setzte sie an und verschluckte sich dabei, sie brachte es auch nicht fertig, jemanden zu beschimpfen, selbst wenn ihr danach war. Aber schießen hatte sie gekonnt – einen Menschen abknallen, das ging.

Ina sah auf die Uhr: fürs Bett noch zu früh, auch wenn sie in der Nacht schon wieder raus mußte, um diesen Olaf im Großmarkt zu treffen, der sie vielleicht zu Pit Rehbeins mysteriöser Wohnung führte. Alles lag herum, auch die Frauenmagazine, die sie vor kurzem gekauft und noch immer nicht gelesen hatte, sie selber lag herum und glotzte im Zimmer umher.

Sie nahm den Kater vom Boden und setzte ihn auf ihren Bauch, doch Jerry hatte andere Pläne. Ein kurzer Hieb mit der Tatze, dann sprang er maunzend wieder herunter, um sich seiner Gummimaus zu widmen.

»Schön«, murmelte sie, »dann nicht.« Mit was so ein Tier zufrieden war. Mit nichts eigentlich. Die Maus besaß er seit Ewigkeiten und fand sie immer noch spannend.

Hans-Jürgen mit Bindestrich. So hatte er sich im Präsidium vorgestellt, und weil er eine zackige Art hatte, fand der Kollege Kissel es lustig, ihn Hajott zu nennen, was Hans-Jürgen sich aber schnell verbeten hatte. »Hans-Jürgen Auermann«, *so* hatte er sich vorgestellt, »Hans-Jürgen mit Bindestrich, Auermann wie das Fotomodell«, wobei es ihm natürlich nicht eingefallen wäre, Modell zu sagen. Er sagte auch nicht Computer, sondern *dieses blöde Ding da*, und seine geschiedene, jedoch immer noch eng mit ihm befreundete Frau hieß Bine. Ina kicherte vor sich hin: Bine und Hans-Jürgen, das paßte zusammen. Hans-Jürgen Auermann brachte jeden Tag ein Pausenbrot mit ins Büro, wenn auch nicht von Bine geschmiert, sondern notgedrungen von ihm selbst.

Komisch, daß sie ihn nie mit Namen anredete. Sie sagte: »Du, hör mal«, und er dann: »Bitte, ich höre.«

Die Lichterreihe im CD-Player erlosch: alle Titel gespielt. Wirklich alle? Welche CD war es denn gewesen? Sie sah nach: Techno, anscheinend zu leise gespielt. Sie konnte Musik nur genießen, wenn Nachbarn sie hinterher fragten, ob sie schwerhörig sei.

Das müßte weggehen, all das. Diese Zustände, sobald sie alleine war. Aufhören, an die Wand zu starren, um die eigene Waffe zu sehen, wie sie sich senkte, und das fremde, von ihr vergossene Blut. Sie sackte nach vorn und preßte die Stirn auf die Knie. Konzentrier dich. Denk an was anderes, denk, denk, denk, häng nicht herum. Nach einer Weile richtete sie sich wieder auf – okay, noch mal von vorn. Rehbein und der namenlose Mann waren in der Obdachlosenszene nahezu unbekannt, von flüchtigen Begegnungen einmal abgesehen, bei der beide offenbar keinen guten Eindruck hinterlassen hatten, weil sie als arrogante Schnösel galten, als Groß- und Lästermäuler. Die namenlose Frau kannte keiner. Auch mit Rehbeins merkwürdiger Unterhosen-Notiz konnte keiner etwas anfangen. Niemand wußte, was *Vic553-delta* zu bedeuten hatte.

Jetzt du.

Hast du sie gekannt? Oder greifst du dir nur Leute, die abseits kampieren, der Sicherheit wegen?

Und das Schminken ist deine persönliche Note? Willst du zeigen, wie kaltblütig du dennoch bist, den Tatort nicht unverzüglich zu verlassen, sondern an den Leichen auch noch – herumzumachen?

Üblicherweise gingen Serientäter nicht so rasend vor. Sie hatten diese Phantasie, viele Jahre lang, und dann kam der Tag, an dem sie es taten. Das reichte dann eine Weile, dann taten sie es wieder. Mußten es tun, blabla, dieses Psychogestammel, hatten eine schwere, schlimme Kindheit.

Du hast dich gleich ausgetobt. War es das gewesen, oder kriegen wir noch mehr?

Sie ging ins Schlafzimmer, klappte das Notebook auf und wählte sich ins Internet ein. Aber eigentlich war es sinnlos, es erneut zu versuchen, denn sie hatte schon im Präsidium alle erreichbaren Suchmaschinen nach *Vic553-delta* befragt. Dabei war genausowenig herausgekommen wie bei dem anschließenden Gegrübel, das Hauptkommissar Stocker gerne Brainstorming nannte.

Ein Jugo, wegen dem vic, eine Abkürzung des Namens, dann eine verschlüsselte Telefonnummer.

Etwas mit Flüssen, wegen dem Delta.

Etwas Mathematisches.

Ein Anagramm – ein was? Also, liebe Kollegin, eine Spielerei, bei der man die Buchstaben verdreht und ein neues Wort erhält. Kehlen wäre ein Anagramm von Henkel.

Aber mit *Vic553-delta* haute das nicht hin, denn Unsinn ergab Unsinn, nicht?

Wollte Rehbein nicht Romane schreiben? Ein Titel. Na, dann isses ja wurscht.

Sie sah auf die Uhr; im Fernsehen lief *Fadenkreuz,* und sie hatte so eine Ahnung. Als sie den Fernseher einschaltete, plauderte gerade ein Pathologe über das Vorkommen von Insekten in einer verwesenden Leiche, anhand derer er –

Ina drehte den Ton ab. Sie wartete, bis das vorbei war und die Moderatorin wieder den Bildschirm ausfüllte. In Schwarz heute, schick, schick, hübscher Kontrast zum blonden Haar. Die halbe Moderatorin füllte den ganzen Bildschirm; von der Taille an aufwärts. Denise Berninger hatte ihre ringlosen Hände ruhig auf ihrem Pult liegen, denn große Gesten lagen ihr nicht. Ihr lag der stählerne, ungerührte Blick, der in eigenartigem Kontrast zu ihren Worten stand, die sie mit einer Stimme vortrug, die diese Kerle hypnotisierend nannten. Hypnotisierend! Ina hatte sich wiederholt gefragt, was die Kerle an ihr fanden, sie fühlte sich belästigt durch diesen Blick. Ja, ich weiß, du bist die Allergrößte. Kannst du lachen? Kannst du lieben? Zombie. Sie zuckte zusammen, als hinter der Berninger die Umrisse eines Parks auftauchten, dann in schnellem Schwenk das Pissoir neben dem Kiosk und schließlich das Gebüsch hinter der Kirche. Sie langte nach der Fernbedienung und stellte den Ton wieder an.

»... drei Obdachlose ermordet. Die Polizei hält sich bislang mit Informationen zurück. So wissen wir noch nicht, ob es sich um einen Serientäter handelt oder um eine Abrechnung im Milieu.«

Abrechnung im Milieu. Du hast doch keine Ahnung.

»Was bleibt, ist die Angst«, sagte die Berninger und machte eine ihrer *hypnotisierenden* Pausen. »Diese Menschen sind ohne Obdach, ohne Schutz. Jeder von ihnen ahnt, daß er der nächste sein könnte. Keiner von ihnen hat die Möglichkeit zu fliehen.«

Hetz sie nur auf.

»Wir werden Sie informieren«, sagte die Berninger, »sobald wir mehr wissen.«

Ina lehnte sich zurück. Denkbar, daß sie bald ganze Sendungen damit füllen könnte. Daß es nicht aufhörte und man herumstolperte, Tag und Nacht, nur um ihm hinterherzustolpern, immer zu spät zu kommen; möglich, daß man einen Geist jagte, der kam und ging, wie es ihm paßte. Sie hatte Angst vor dem, was vielleicht kam.

Angst, na schön – ewig nichts gegessen, das kam schon eher hin. Diese leere Wohnung, diese Stille, die sie haßte, die dumpfe Schwüle überall. Sie schnappte sich die Schlüssel, schlug die Tür viel zu laut zu und rannte zur Straßenecke, wo Benny Unger, mit Shorts und T-Shirt bekleidet, gerade die Schotten dichtmachte.

»Oh«, sagte er zur Begrüßung. »Aber wir könnten noch in die Kneipe gehen.«

Am Tresen der mit lauter fröhlichen Menschen gefüllten Kneipe war es noch stickiger als bei ihr zu Hause, doch das machte nichts. Benny erzählte von seinem neuen PC, mit dem er den Brathähnchen- und Würstchenverkauf logistisch voranzutreiben gedachte, und gab einen Überblick über neue Vertriebswege und PC-gestützte Liefermöglichkeiten für halbe Hähnchen, während sie ihm auf die Oberschenkel guckte und überlegte, daß er gerade mal fünfundzwanzig war.

Ja und? Schließlich war er keine fünfzehn. Fünfundzwanzig, da war er sieben Jahre jünger, na und?

Warum war das überhaupt interessant? Er stand den ganzen Tag im Brathähnchenwagen. Er sächselte. Und er war der Nachbar, was auch nicht unbedingt von Vorteil war, ließ man es irgendwann mal wieder sein.

»Es war nicht so einfach mit dem neuen PC«, sagte er. »Dreimal mußte ich ihn neu aufsetzen.«

Sie unterdrückte ein Gähnen. »Wieso, ist er denn hingefallen?«

»Er hat das Paßwort nicht gefressen.«

»Er wollte vielleicht ein Brathähnchen.«

»Nee, komm, verarschen kann ich mich alleine.« Er hob einen Finger. »An der Qualität von Paßwörtern unterscheiden sich die Cleveren von den Doofen. Die Doofen wundern sich hinterher, wie leicht es geknackt wurde, weil jeder gescheite Hacker mitdenkt.«

»Klar«, sagte sie.

Er nickte. »Also in deinem Fall wäre *Jerry* das denkbar blödeste Paßwort.«

»Klar«, sagte sie erneut und nahm sich vor, es unverzüglich zu ändern.

»Das ideale Paßwort«, fuhr Benny fort, während er gestikulierend jedes Wort unterstrich, »besteht niemals aus Klartext, sondern aus den Anfangsbuchstaben der Wörter eines Satzes, der dir im Kopf herumspukt, der dir aber andererseits peinlich wäre, wenn du ihn vor Leuten sagen müßtest.«

»Hab ich nicht verstanden«, sagte sie.

»Also, wenn ich zum Beispiel scharf auf, sagen wir, so 'ne Nachrichtensprecherin wäre, hätte ich als Paßwort *IWUEHF*.«

»Heißt?«

»Ich will unbedingt Eva Herman flachlegen«, sagte er gleichgültig.

»Echt?« Sie kicherte.

»Das war ein Beispiel«, sagte er streng. »Ich steh nicht auf blond.«

»Nicht?«

»Nee, das wüßte ich.« Flüchtig sah er sie an. »So wie bei dir ist okay, dunkles Haar und blaue Augen. Kontraste.«

»Aha«, murmelte sie und sah wie hypnotisiert auf seine Hand, die drei Zentimeter vor ihrem Knie zur Ruhe kam.

»Paß auf«, sagte sie. »Ich hau jetzt ab, ich muß morgen verdammt früh raus.«

In dieser Nacht träumte sie von einem spinnenartigen Wesen, das Löcher in eine Wiese buddelte. Sie wachte dauernd wieder auf. Gegen halb vier machte sie Licht und hoffte, daß es ein Ende hatte.

Kurz nach sechs wartete Hans-Jürgen-wie-das-Fotomodell-Auermann schon vor dem Großmarkt und sagte fröhlich: »Guten Morgen!« Sein graublauer Anzug sah aus, als hätte er darauf geschlafen.

»Es hat kaum abgekühlt«, beschwerte er sich.

Ina verdrehte die Augen. »Laß doch das Jackett weg, um Himmels willen.« Sogar Stocker erschien bei 30 Grad im T-Shirt.

»Ich trage ein Kurzarm-Hemd«, sagte Hans-Jürgen.

»Na, wenn du meinst.« Sie stellte sich auf die Zehenspitzen. Wohin jetzt? Scharf links, hatte der Obdachlose vor der Kirche gesagt. Tomaten. Olaf, Rehbeins Kumpel.

Aber hier war ein großes Durcheinander. Mit Gemüse beladene Wagen rollten mit erschreckender Geschwindigkeit vorbei, so daß sie ständig zur Seite springen mußte, und von überallher kamen stakkatohaft gebrüllte Befehle, die sich wohl nur denen erschlossen, die sich hier auskannten, »zehn Kilo vor!«, »die Spanischen für Ali!«, »... mach hinne, Mann!«

Überall waren Tomaten, dauernd standen sie im Weg. Ein Mann, der eine Karre schob, schrie: »Wat denn los, ihr Penner?«

»Wir suchen einen Olaf«, schrie Hans-Jürgen zurück.

»Was?«

»Ooolaf.«

»Schrei nicht.« Plötzlich die Ruhe selbst, deutete der Mann auf einen Stand mit Paprika, ein paar Meter weiter.

»Das sind aber keine Tomaten«, sagte Hans-Jürgen nachdrücklich und zückte schon sein Notizbuch, bevor sie sich überhaupt vorgestellt hatten.

Olaf Kern sah wie ein Banker aus, der Abenteuerurlaub machte. In seinem kurzgeschnittenen Haar glänzte Gel und seine saubere Hornbrille blitzte. Die schmächtige Gestalt steckte in einem Overall, den er mit zwei Gürteln zusammengebunden hatte. Abwartend sah er sie an.

»Die Sache ist die –« Hans-Jürgen fing an, wie nur Hans-Jürgen-schön-spannend-ist-die-Mordkommission anfangen konnte, und genauso fuhr er auch fort. »Jemand, den Sie kannten, der Pit Rehbein, der ist tot.«

Olaf krümmte sich wie nach einem Schlag in den Magen und flüsterte: »Oh nein, nein.«

Weil Ina fürchtete, Hans-Jürgen würde augenblicklich »Doch, doch« antworten, kam sie ihm mit der erstbesten Frage zuvor. »Sie haben mal in seiner Wohnung gewohnt?«

»Wir suchen nämlich seine Wohnung«, sagte Hans-Jürgen. »Wir suchen auch seine Bekannten.«

Eine Weile starrte Olaf ins Nirgendwo, dann sagte er so leise, daß sie es ihm fast von den Lippen ablesen mußten: »Heute steht in der Zeitung etwas von Obdachlosenmorden. Dann ist Pit also einer von denen?«

»Ja«, sagte Hans-Jürgen nur.

»Pit wurde nämlich manchmal für einen Penner gehalten. Oder für einen Junkie. Oder für einen Säufer.« Olaf guckte auf seine sauberen Fingernägel.

»Und das war er nicht?« fragte Ina.

»Pit war ein Aussteiger, würde ich sagen, wenn das Wort nicht so abgedroschen wäre. Oder vielmehr, er ist nie eingestiegen. Er hat gesucht und gesucht, wollte in keine Mühle, hat er immer gesagt.«

»Woher kannten Sie sich?« fragte Hans-Jürgen.

»Na, von der Arbeit.« Olaf blickte an ihnen vorbei. »Er hat ja auch hier gejobbt. Außerdem malen wir beide, seine Bilder sind aber sehr, wie soll ich sagen, düster. Ich studiere Kunstgeschichte, aber vielleicht gehe ich nächstes Jahr auf die Schauspielschule, wenn sie mich nehmen.« Er legte den Kopf zurück und sprach zur Decke. »Ja, seine Bilder waren düster, dabei war er ein heiterer Mensch, aber das ist ja oft so. Er hat mich aufgenommen, als ich bei meiner Freundin rausgeflogen bin, so war er nämlich. Man hat sich kaum drehen können da drin, aber er hat es gemacht.«

»Kennen Sie weitere Freunde von ihm?«

Olaf schüttelte den Kopf.

»Leute, mit denen er Streit hatte?«

Olaf versuchte ein Lächeln. »Er hatte mit niemandem Streit. Er hat das weggelacht. Verstehen Sie?«

»Nein«, sagte Hans-Jürgen.

»Zum Beispiel, wenn sie ihm bei der Bank keinen Dispokredit geben wollten, weil er ihnen zu arm war, hat er gesagt: Na gut, ihr habt eure Vorschriften, schönen Tag noch. Alles Traurige fand er eigentlich lustig.«

»Kennen Sie seine Schwester?«

»Nicht persönlich. Er mochte sie nicht besonders.«

»Sie wußte nichts von seiner Wohnung«, sagte Hans-Jürgen in

einem Tonfall, als sei das ungeheuerlich. »Offiziell war er bei ihr gemeldet.«

»Kann sein«, sagte Olaf. »Er hat ihr nicht viel erzählt, weil sie ihn immer zur Sau gemacht hat. Sie fand ja auch, er wär so ein Versager. Er wollte sie da nicht haben, in der Wohnung. Die Wohnung ist billig und sieht auch so aus, aber Pit hat sich nicht daran gestört. Er guckte halt, daß er die Miete zusammenkratzen konnte, im Grunde wollte er ja nur Bilder malen und singen und Romane schreiben, er hat sich vorgestellt, daß das eines Tages klappen könnte. Er hat sich mit Jobs durchgeschlagen, hier im Großmarkt oder auf Baustellen, aber er hatte auch ziemlich schräge Jobs, hat mal Abführmittel getestet oder war mal –« Er zog die Nase hoch und schwieg.

»War mal?« wiederholte Ina. Der Junge sah aus, als würde er gleich untergehen wie ein Boot, das in einen schweren Sturm geriet.

»Er war schon mal eine Leiche, wissen Sie?« Olafs Stimme kippte. Hastig nahm er seine saubere Brille ab und begann sie mit dem Ärmel seines Overalls zu putzen. »Für so eine Haltet-den-Dieb-Sendung war er Komparse, das fand er lustig. Ja, er spielte die Leiche.«

Großer Gott. »Welche Sendung?« fragte Ina der Form halber.

Olaf setzte die Brille wieder auf. »Die mit der Blonden. So ein Kriminalmagazin, ich halte ja nichts davon. Mehr weiß ich auch nicht, ich meine, ich hab die Sendung noch nicht einmal gesehen.«

»Berninger?« fragte Ina. »Die Moderatorin?«

»Kann sein. Blond und böse.«

Aber ja. Ina sah Hans-Jürgen an, der sich mühte, diese Information zu verarbeiten. Das Mordopfer Pit Rehbein als Leiche spielender Statist in *Fadenkreuz*? Interessant.

»Wann haben Sie ihn denn zuletzt gesehen?« fragte sie.

»Ja, das war seltsam«, sagte er. »Wir waren verabredet, hier in der Kneipe, aber er ist nicht gekommen. Hier gearbeitet hat er auch nicht mehr, aber das war nichts Besonderes; er kam ohnehin nur, wenn sie ihn brauchten. Nur daß er eine Verabredung nicht einhält, war komisch. Das wird so drei Monate her sein, und danach habe ich ihn nicht mehr gesehen.«

»Auch nichts über ihn gehört?« fragte Ina. »Von anderen oder so?«

»Nein.«

»Sagt Ihnen das was?« Sie zeigte ihm den Zettel mit Rehbeins Notiz *Vic553-delta*.

Olaf schüttelte den Kopf.

Sie ließ sich Zeit, dann reichte sie ihm die Fotos der namenlosen Toten, und er starrte sie an.

»Der« – er deutete auf den Mann – »den habe ich vor einer ganzen Weile mal gesehen, mit Pit zusammen, hier in der Kneipe. Aber es ist lange her.« Seine Stimme schwankte. »Die Frau habe ich noch nie gesehen. Wissen Sie, wie alt sie war?«

»Nein«, sagte Ina. »Wir kennen noch nicht mal ihren Namen.«

»Noch nicht alt«, murmelte er. »Und, wenn man genau hinsieht, eigentlich nicht schlecht.«

Olaf Kern hatte lange überlegen müssen, ob Pit Rehbein im Haus Nummer 19 oder 29 gewohnt hatte, sich dann aber für die 19 entschieden und gesagt, es sei ein sehr häßliches Haus, das häßlichste Haus in der ganzen Straße.

»Sie wird ihn vielleicht gekannt haben«, sagte Hans-Jürgen im Wagen.

Ina gähnte. »Wer wen?« Sie wußte die Antwort und auch Auermanns folgenden Satz.

»Denise den Rehbein, das könnte doch sein. Da wird man sie nach fragen müssen.«

»Und das möchtest du tun?«

»Och«, sagte Hans-Jürgen und fügte betont gleichgültig hinzu: »Wenn man mich läßt.«

»Was ziehst du an?«

»Och«, sagte er wieder. »Ich habe da diesen …« Er zog die Nase kraus. »Oder willst du mich jetzt veräppeln?«

»Ach was, nein.«

»Na gut.« Er schwieg eine Weile. »Ich weiß nicht, was du hast«, sagte er dann. »Denise ist hochseriös, die macht keinen Klamauk. Die läßt auch keine Krawallblättchen an sich ran, das macht sie alles nicht mit, das habe ich gelesen. Die schottet ihr Privatleben ab, die geht auch in keine Talkshow. Das ist eine hochseriöse Journalistin.«

»So. Gestern hat sie gefaselt, es könnte sich auch um eine Abrechnung im Milieu handeln? Als ob die sich gegenseitig per Genickschuß abknallen und dann auch noch schminken.«

»Aber woher soll sie das denn wissen«, rief Hans-Jürgen, »das mit dem Schminken, wenn wir es nicht herauslassen? Jetzt sei mal nicht so zickig.«

»Zickig? Ich sag dir was –«

»Nein, nein«, sagte Hans-Jürgen. »Du magst sie nicht, weil sie blond ist.«

»*Bitte?*« Vergiß ihre *taubengrauen* Augen nicht, du Blödmann.

»Dabei hast du gar keinen Grund.« Hans-Jürgen-ich-bin-doch-ein-Charmeur-Auermann versuchte Boden gut zu machen. »Du siehst genauso gut aus. Ich meine, deine Augen heben sich angenehm von deinen Haaren ab.«

»Um Gottes willen«, sagte sie, doch Hans-Jürgen-ich-brech-die-Herzen-der-stolzesten-Frauen-Auermann war nicht mehr zu stoppen.

»Dann hast du auch noch *dunkel*blaue Augen, das ist sowieso recht selten, also, was ich sagen will –«

»Nein, laß es«, wiederholte sie. »Daß ihr immer mit euren Äußerlichkeiten kommt.«

»Das ist ein Teilaspekt«, sagte er kryptisch, um sich dann, sicher war sicher, wieder dem Fall zuzuwenden. »Man hat bei Rehbein keine Schlüssel gefunden«, sagte er laut. »Er muß sie ihm abgenommen haben, wer geht denn ohne Schlüssel aus dem Haus? Dann war er vielleicht schon vor uns in der Wohnung. Vielleicht hat Rehbein gedealt oder erpreßt, es steht ja alles offen. Oder der Täter wollte nur Rehbeins Identität verwischen. Keine Papiere, keine Schlüssel, nichts. Nur auf die Unterhose ist er nicht gekommen, ich meine, daß er da diesen Zettel drin hat. Würde ich auch nicht drauf kommen.«

Ina sagte nichts. Es war heiß im Wagen, und sie dachte ans Meer. Plötzlich fiel ihr ein, wie schön es einmal gewesen war, das Wasser zu sehen, den Wind zu spüren und ein leises Lachen zu hören, wenn sie auch noch Hände fühlte, Hände auf der Haut. Früher, früher. Sie schloß die Augen, und es dauerte eine Weile, bis sie begriff, daß Kollege Auermann, Hans-Jürgen mit Bindestrich, sich über Penner im allgemeinen ausließ, nicht mehr über den Kunst liebenden und im Großmarkt Paprika sortierenden Pit Rehbein, der immer für einen Penner gehalten wurde, im besonderen.

»Es hat ja schon welche gegeben«, sagte er gerade, »die hocken mit der Bettelbüchse in der Fußgängerzone und fahren hinterher im Daimler weg.«

»Wenn du meinst.«

Hans-Jürgen hielt vor der Hausnummer 19 und sagte: »Das ist alles schon vorgekommen.«

Doch wer hier wohnte, besaß wohl keinen Daimler. Das vierstöckige Haus war mit Graffiti und den Parolen längst vergangener Demonstrationen übersät. Moos wuchs an den Stellen, wo der Putz herausgefallen war oder vielleicht war es auch nur der Flaum hier geborener und gestorbener Vögel. Im Hausflur mahnte ein vergilbtes Schild, daß die Treppen von den Mietern wöchentlich zu putzen seien. Unterm Dach wartete der Mann vom Schlüsseldienst, ließ sich ihre Ausweise zeigen und sagte: »Die Tür hätten Sie auch einfach eindrücken können.«

Es war nur ein Zimmer, eine traurige kleine Unterkunft mit Bett, Gasofen und Schrank. Ina lief zum Fenster, weil es so muffig roch, doch es ließ sich nicht öffnen. Eine Stereoanlage schien der einzige Luxus zu sein; ein paar CDs lagen daneben, *Die Zauberflöte*, *La Traviata*, Kathleen Ferrier, Maria Callas: Arien. Bilder lehnten an der Wand und zeigten schwarze, rote und graue Quadrate. In viele dieser Quadrate waren Gesichter mit aufgerissenen Mündern gemalt, aber nur in die grauen. Pit Rehbeins düstere Bilder.

Was bedeutete *düster* überhaupt? Wenn man nichts zu lachen hatte?

»Nun«, fing Hans-Jürgen an, und Ina betete, daß er jetzt nicht *interessant* sagen würde oder was man sonst noch alles absonderte, wenn man es auch nicht so genau wußte.

Hans-Jürgen sagte: »Ich habe mal einen Bericht über berühmte Bilder gesehen, die bestehen nur aus ausgemalten Flächen, also der Künstler malte ein Quadrat und malte es dann farbig aus. Die hängen im Museum und werden da auch laufend zerstört.«

»Mich interessiert etwas ganz anderes«, sagte Ina, während sie in die kleine Küche ging. Rehbein war ein ordentlicher Mensch gewesen, bei ihr zu Hause sah es schlimmer aus. Ein paar Farbdosen standen auf dem Boden und saubere Becher auf der Fensterbank. Der Wasserkessel auf dem Gasherd hatte keinen Deckel, die Uhr an der Wand zeigte die falsche Zeit. Nirgends ein Hinweis darauf, wann Rehbein sich hier ein letztes Mal aufgehalten hatte, nirgends Notizen, kein Hinweis auf *Vic553-delta*, was immer das auch war.

»Er hat also ein Bett.« Ina legte die Fingerspitzen aneinander. »Warum sollte er im Park pennen? Und sag jetzt nicht, es war zu heiß, und er wollte in die freie Natur.«

»Ich sage nichts«, sagte Hans-Jürgen.

»Also hat er sich nicht da aufgehalten, um zu übernachten.«

»Vielleicht hat er Inspiration gesucht«, sagte Hans-Jürgen. »Er setzt sich in die Natur und wird vom Täter, der einfach so herumstreunt, entdeckt. Ich meine, dem Täter ist es doch wurscht, ob da einer schläft oder sonst was macht, der sieht den da und fertig. Oder Rehbein war mit jemandem verabredet, der dann sogar seine Leiche aufgefunden, das aber aus bestimmten Gründen nicht gemeldet hat.«

»Oder der Täter war die Verabredung«, sagte Ina. »Aber was ist mit den anderen? Gut, der Namenlose scheint sein Kumpel gewesen zu sein, war das dann Zufall? Oder waren sie beide in einer Geschichte drin? Und die Frau? Warum kennt die keiner?«

Sie wußten nicht weiter. Sie befragten die Nachbarn, verschreckte alte Leute, die jetzt auf Anhieb gar nicht hätten sagen können, ob der junge Mann unterm Dach sich jemals merkwürdig benommen hatte – nein, der war nur immer schwarz gekleidet, aber sonst? Besuch? Ja, wird wohl so gewesen sein, bekamen diese jungen Leute nicht laufend Besuch? Was hatte er denn angestellt?

Inas Handy klingelte in dem Moment, als die alte Frau aus dem ersten Stock sagte: »Es ist nie laut da oben, da könnte ich Ihnen ganz andere Geschichten erzählen, zum Beispiel der da unten –«

»Hören Sie mich?« Hauptkommissar Stocker leitete jeden Anruf übers Handy mit dieser Frage ein. »Das zweite Opfer ist identifiziert.«

»Okay«, sagte sie. »Wir sind hier fertig, wir –«

»Und wir haben ein viertes.«

»*Was?*«

»Opfer.« Stocker klang angeschlagen. »Wir haben Nummer vier.«

Solange sie keine Namen hatten, wurden sie mit den Orten in Verbindung gebracht, an denen man sie fand, der Mann hinter dem Pissoir, die Frau hinter der Kirche. Im Konferenzraum warf Stocker eine rote Mappe auf den Tisch und gab dem Mann hinter dem Pissoir einen Namen. Er hieß Max Jakobi und war einmal Journalist gewesen – Feuilleton, wie Stocker betonte, denn er schrieb Musik- und Filmkritiken, bevor alles aus dem Ruder gelaufen war. Ein Lokalredakteur, der sich die Fotos der nicht identifizierten Opfer ansah, hatte ihn erkannt und angegeben, Jakobi sei ein Kokser gewesen, der auch noch mit dem Trinken angefangen hatte, als seine Freundin ihn verließ, weil er ein Kokser war. Seine Artikel, wenn sie denn überhaupt pünktlich eintrafen, hätte zum Schluß kein Mensch mehr lesen können, so abgehoben und wirr seien sie gewesen. Nicht daß er verrückt war, hatte der Redakteur gesagt – abgehoben halt, ein regelloser Mensch. Jakobi sei abgetaucht, nur hin und wieder hatte man ihn in Jazzkneipen gesehen, wo er zuviel trank und den Musikern erzählte, was sie falsch machten, hin und wieder auch auf einer Bank im Park. Max Jakobi, fünfunddreißig Jahre, war vor einem Jahr aus seiner Wohnung ausgezogen, ohne die Miete für die letzten drei Monate gezahlt zu haben, danach verlor sich seine Spur.

So sah es also aus: Rehbein, ein unentdeckter Künstler, ein Jobber mit Wohnung. Jakobi, ein vekrachter Journalist, vermutlich ohne Wohnung. Die Frau hinter der Kirche, nach der keiner krähte, und jetzt die Nummer vier, der Mann aus dem Ostpark, der zweite Mann aus dem Ostpark, denn Pit Rehbein hatte man auch dort gefunden.

Er war der Älteste bisher, aufgefunden in den Morgenstunden von einem trödelnden Kind, das keine Lust hatte, zur Schule zu gehen. Als das Kind ihn fand, lag er bäuchlings auf einer Bank. Das Kind sah das Blut und das Einschußloch, rief übers Handy die Polizei an und sagte: »Guten Morgen, ich hab hier bestimmt eine Leiche.«

Stocker breitete die Fotos aus: alles wie zuvor. Zwei Schüsse ins Genick und ein grell geschminktes Gesicht, in dem die mit Kajal umrandeten Augen zu flehen schienen, laß doch, laß mich doch leben. Ein Mensch in Lumpen. Viel zu warme, durchlöcherte Kleidung trug er und viel zu viel davon, als hätte er alles am Leib, was er besaß. Ein Gespenst, wie es Kindern im Traum erschien oder Kindern, die in dunklen, muffigen Kellern nach etwas suchten, weil ihre Eltern sie runtergeschickt hatten, und die wußten, sich absolut sicher waren, daß jetzt gleich ein Wesen um die Ecke bog, um sie zu greifen und für alle Zeit in ein böses Land zu verschleppen, so sah er aus.

Ina lehnte sich zurück. Dieser Mann da, dieser ältere, schrill geschminkte Mann in seinen zerrissenen Kleidern war der böse Mann aus dem Keller ihrer Eltern. Tausend Mal hatte sie ihn gesehen, jedes Mal zumindest, wenn sie Kartoffeln oder sonstwelchen Kram holen mußte, der im Keller lagerte, und sie war mit Herzklopfen heruntergestiegen und kam mit feuchten Fingern wieder hoch.

So wie jetzt. Herzklopfen, feuchte Finger. Dieses irre Schwein, das die Leute verstümmelte, denn so war es doch, auch wenn er sie schminkte.

Verachtest du sie so? Oder willst du ein Komiker sein?

Da war noch etwas. Der Mann war in Lumpen gehüllt, aber sein Gesicht war rasiert. Keines der drei männlichen Opfer hatte einen Bart gehabt. Zu blöd die Frage, um sie laut zu formulieren: Sucht er sogar gezielt nach glatt rasierten Männern, damit er sie schminken kann? Denn hätte er sie an Ort Stelle sogar noch rasiert, wäre das den Kriminaltechnikern unmöglich verborgen geblieben.

»Wir *waren* im Ostpark«, hörte sie Kissel sagen, »drei Stunden mindestens.« Der empörte Ton in seiner Stimme war nicht zu überhören, schließlich hatten sie die Leute gewarnt und immer wieder »paßt auf« gesagt – nein, *passen Sie auf*, immer höflich, bis auf Hans-Jürgen-viele-von-denen-fahren-heimlich-Daimler-Auermann, der sie alle rundheraus geduzt hatte.

Stocker sagte: »Der Park ist groß. Und ich gehe weiter davon aus, daß er sich Einzelgänger sucht.« Er seufzte. »Fundort war Tatort, wie gehabt.«

Ina nahm eines der Fotos, das die ganze Szene einfing, die Bank unter Bäumen mit dem Mann in Lumpen. Ja, er blieb fremd, dieser Geist aus einer anderen Welt. Mit Pit Rehbein war das anders. Zwar hatte er ähnlich ausgesehen, doch war sie in seiner Wohnung gewesen, diesem kleinen, ordentlichen Loch mit lauter Bildern, die sie nicht verstand und Opern-CDs, mit denen sie ohnehin nichts anfangen konnte. Aber es hatte ihn jemand beschrieben, hatte geredet über ihn und gesagt: »Er war ein heiterer Mensch.«

»Ich hätte noch etwas zum Rehbein.« Sie sah hoch. Stocker nickte, hatte müde Augen.

»Rehbein«, sagte sie, »war mal eine, wie nennt man das jetzt, Statisten-Leiche – nein, ein Leichen-Statist bei der Berninger. Und das ist ein Punkt, da möchte ich gerne –«

Weiter kam sie nicht. Gemurmel kam auf, ein Ächzen und ein paar andere merkwürdige Laute, die sich schließlich zu einer Frage formten: »Bei Denise?«

Sie nickte.

»Was heißt Leichen-Statist?« fragte Stocker. »Hat er eine Leiche gegeben? Für diese Filmchen da?«

»Ja«, sagte sie.

»Ach«, sagte Stocker.

»Und wir haben ja die Aussage«, fuhr sie fort, »daß er schon zusammen mit diesem – wie heißt er jetzt – Jakobi gesehen wurde, der Nummer zwei. Vielleicht waren sie beide mal da.«

Stocker sah sie ausdruckslos an. »Sie wollten damals nicht hin.«

Sie schüttelte den Kopf. Als sie bei der Suche nach dem Mörder eines alten Mannes nicht weiterkamen, hatte der damalige Leiter der Mordkommission ihr vorgeschlagen, mit dem ungelösten Fall zur Berninger ins Studio zu gehen; sie sei doch telegen, nicht wahr, und reden könne sie ohnehin viel besser als Berichte schreiben. Doch sie hatte sich gewehrt und gesagt, da gehe sie nicht hin, nicht zur Berninger, und überhaupt, was zog man da an? Was antwortete man, wenn Denise, aus ihren *taubengrauen* Augen starrend, ihre Lieblingsfrage stellte: »Wie viel Böses steckt im Menschen?« Es hatte ja schon Kollegen gegeben, die es im Studio mit einer Antwort versuchten: »Das wissen wir nicht«, allen Ernstes, was so klang als setzten sie gleich noch hinzu: »Es sind noch nicht alle Spuren ausgewertet.«

Das tu ich mir nicht an, hatte Ina damals gesagt, also wurde Kissel geschickt, der hinterher behauptete, die Augen von Denise seien nicht unbedingt taubengrau, eher schiefergrau, aber ungemein, versteht ihr, ungemein betörend.

»Diesmal gehen Sie«, sagte Stocker. »Natürlich ohne Kamera, so von Frau zu Frau. Vielleicht kann die sich ja wirklich an den Rehbein erinnern.«

»Ich gehe mit!« rief Kissel. »Mich kennt sie schon.«

»Mitnichten.« Stocker fing an, mit seinem Stift auf den Tisch zu klopfen.

»Sie wird wohl ohnehin«, murmelte er schließlich, »diese Geschichte hier noch ordentlich ausweiden. Das ist doch ein Fressen für die.«

5

Auf uns, Denise, auf unseren Weg. Ruhig blickte sie ihn an, als er sein Weinglas hob, um ins Leere zu prosten, wie immer. Wie sie ihn anlächeln würde, vermochte er sich nicht vorzustellen, denn noch nie hatte er auf ihrem Gesicht ein Lächeln gesehen. Doch hätte es ihn nicht überrascht, würde sie mit einem französischen Trinkspruch antworten, *a votre santé, Michel.*

Bei der Arbeit hatten sie ihn auch schon Michel genannt, aber nicht französisch ausgesprochen, das wäre ja zuviel verlangt, sondern bäuerlich plump: *Michl.* Er schüttelte den Kopf, denn er hatte sich verboten, hier, in seiner kleinen Höhle, an die Kollegen zu denken. Nicht aufregen, nichts hatte mehr Bedeutung außer dem Weg, den er mit ihr ging.

Vor ihm auf dem Boden lagen die Videobänder der letzten Monate. War es Februar oder März gewesen, als sie das über die Hölle sagte? Es mußte im Winter gewesen sein, denn sie hatte eine Jacke mit aufgesetztem Pelzkragen getragen, eine schwarze Jacke mit schwarzem Pelz. Schwarze Jacke, schwarzer Pelz, Hölle.

Richtig, Prost. Es war das Band vom elften Februar. Es ging doch nichts über ein gutes Gedächtnis. Er stellte den Ton lauter und löschte alles überflüssige Licht, als Denise in Großaufnahme erschien, als sie sagte: »In den Morgenstunden des dritten Januar wurde hinter einem Müllcontainer die Leiche einer jungen Frau gefunden.«

Hinter ihr lief jetzt eine nachgestellte Szene ab und zeigte einen Mann, der seinen Hund spazierenführte und plötzlich etwas sah, was da nicht hingehörte, Beine, verrenkte, abgespreizte Beine.

Denise sah ruhig in die Kamera, als sie das Unvorstellbare sagte: »Sie wurde mißhandelt und vergewaltigt. Die Mißhandlungen waren so stark, daß sie daran starb.« Eine Pause folgte, in der sie den Blick nicht von ihm nahm, dann sprach sie weiter.

»Was heißt das, an Mißhandlungen zu sterben? Sie hatte Brandwunden am ganzen Körper, verursacht von ausgedrückten Zigaretten. Sie hatte Platzwunden am ganzen Körper, verursacht von Schlägen. Sie starb an inneren Blutungen, und ihre Schreie hat niemand gehört.«

Im Bild erschien jetzt schemenhaft das Gesicht einer jungen Frau. Denise sagte: »So sieht die Hölle aus.«

Er nahm die Fernbedienung und drückte in dem Moment auf Standbild, als sie ihren Satz beendet hatte und ihre Augen sich ein wenig zusammenzogen. Jetzt war sie wie ein Racheengel auf seinem Bildschirm, reglos lauernd und bereit, das Nötige zu tun.

Aber die Hölle ist groß, Denise, und die Teufel kannst du kaum noch zählen. Zwei Wochen später war der Täter gefaßt, kannst du dich erinnern? Den hatten sie gerade therapiert aus der Psychiatrie entlassen, mit den besten Empfehlungen und so weiter, der streunte herum.

Er setzte sich an seinen kleinen Arbeitstisch, von wo aus er den Fernseher noch sehen konnte, und zog die Tastatur heran. Liebe Denise.

Noch hatte er nicht alles geschrieben, was geschrieben werden mußte, was aber die Voraussetzung für das erste Treffen war. Alles mußte stimmen, wenn sie einander begegneten, und deshalb mußte er das Richtige tun, damit sie zu ihm fand.

Bald. Es würde nicht mehr lange dauern.

Er schrieb schnell; die Hölle, schrieb er, ist die Schattenwelt, die immer größer, immer mächtiger wird. Du weißt das, ich weiß das. Die zieht sich Nachwuchs, die Hölle, überall. Wo du hinguckst, hauen sie dich übers Ohr und wollen dich verletzen, überall leben sie ohne Regeln, ohne Werte und Respekt. Teufel haben keine Hoffnung, Denise, die sind schon tot. Die holen sich Menschen zum Spielen in die Hölle. Wir sehen die unterste Stufe menschlichen Lebens, aber wir sind doch nicht nur zum Zuschauen auf der Welt, zum Ausharren und Erdulden. Ich will das Böse für dich zerstören, Denise.

Ja. Er lehnte sich zurück. So würde es gehen. Langsam glaubte er, was er schrieb. Er war der einzige, der bei ihr war, und das mußte sie begreifen.

6

Der Kollege Kissel hatte ihr Erfolg mit der Berninger gewünscht, und obwohl es fast aufrichtig geklungen hatte, wußte Ina längst nicht mehr, wie Alexander Kissel etwas meinte. Seit sie kaum noch den Absprung schaffte und oft noch gegen Mitternacht in ihrem Zimmer saß, um jede Akte nach dem kleinsten Indiz zu befragen, erging er sich in blöden Witzen. »Wie beschäftigt man Frau Henkel stundenlang? Man gebe ihr einen Zettel, der von beiden Seiten beschriftet ist: *Bitte wenden.*«

Sehr komisch, aber immer noch besser, als daß er von dieser Starre erfuhr, die sie überfiel, sobald sie nach Hause kam, von den Blutschatten an ihrer weißen Wand und ihrem Unvermögen, das alles abzustellen.

Sie ging ihm aus dem Weg. Seit damals ging sie Kissel aus dem Weg, jenem Moment, der noch nicht lange zurücklag und den sie trotzdem *damals* nannte. Damals und einen Tag zurück hatten sie sich noch wie normale Menschen benommen, normale Menschen und gute Kollegen eben, doch dann hatte sie geschossen. Kissel war der erste am Tatort gewesen und hatte ihr nicht in die Augen sehen können. Er hatte sich abgewandt und kein Wort mit ihr gesprochen, und er sah ihr heute noch nicht richtig in die Augen.

Beschmutzt, gebrandmarkt.

Hallo, Frau Berninger (hallo Denise), hier ist eine aus der Armee des Bösen, empfangen Sie mich trotzdem?

Der Pförtner hatte sie in den vierten Stock des Senders geschickt, nicht ohne nachdrücklich auf seine Armbanduhr zu tippen und verschwörerisch zu raunen: »Die haben Sendung.« Hier gab es nicht viel zu sehen, einen kahlen Flur mit Teppichboden, zwei deckenhohen Pflanzen und einer Glastür, die in einen Empfangsraum führte. Ina fuhr zusammen, als es hinter der Tür zu poltern begann und eine Frau ihr mit der Geschwindigkeit einer Überfalltäterin entgegenstürzte – sie war zu schreckhaft,

Stocker sagte ihr das oft, was sie sogleich zurückwies, viel zu schreckhaft für eine Polizistin.

Die Überfalltäterin schien eine Empfangsdame zu sein, eine ungeheuer glückliche Empfangsdame im todschicken Kostüm, die alles, was sie sagte, so außerordentlich fand, daß sie es dauernd wiederholte. »Aber natürlich«, rief sie, »natürlich, aber ja, aber ja, nach der Sendung können Sie Denise kurz sprechen, darf ich denn fragen, worum es sich handelt? Nein?«

»Nein«, echote Ina und hoffte, nicht unfreundlich zu klingen.

»Das Organ?« Die Empfangsdame lächelte glücklich, aber unerbittlich.

»Das was? Welches Organ?«

»Ja eben, für welches Presseorgan sind Sie tätig? Sie verstehen, aber ich muß das wissen, ich meine, da könnte sonst jeder, nicht wahr, könnte ja jeder kommen, und das möchten wir nicht.« Sie machte eine kurze Pause, vielleicht um das Gesagte wirken zu lassen, und setzte dann, vielleicht um das Gesagte nicht so hart wirken zu lassen, hinzu: »Gell?«

Es half nichts. Ina zeigte ihr den Polizeiausweis und hoffte, daß sie das jetzt so verstand, wie sie es verstehen sollte. Nicht jeder, nein, aber außer Journalisten suchten doch Polizisten die Berninger heim, aber ja, auf kollegialer Ebene gewissermaßen, kein Grund, sie unnötig aufzuscheuchen, nicht wahr?

»Aber ja«, rief die Empfangsdame fröhlich, »aber ja, natürlich, Sie waren doch schon mal bei uns, nicht wahr? Sicher, ja sicher, da möchten Sie einen Fortschritt vermelden, möchten Sie –«

Ina nickte und nuschelte etwas, das wie »so ähnlich« klingen sollte. Lauter setzte sie hinzu: »Es dauert auch nicht lange.« Schon möglich, daß die männlichen Kollegen, unter dem wunderbaren Vorwand, der Lösung eines Falles sehr nahe zu sein, hier wieder einfielen, um Denise das auch feierlich mitzuteilen; ein Anruf täte es da keinesfalls.

»Ja fein, ja fein.« Mit großer Geste wies die glückliche Empfangsdame auf eine Sitzgruppe und sagte: »Wir haben noch zehn Minuten Sendung, gell? Und dann muß sie noch in die Maske, zum Abschminken, und dann ist sie soweit, ja?«

»Ja«, sagte Ina.

Unter der Decke hing ein Monitor, der die laufende Sendung zeigte. Statisten, wie Pit Rehbein wohl einer gewesen war, spielten Mörder und Leiche, rannten weg oder lagen mit verrenkten Gliedern im Dreck, während andere Statisten verstörte Passanten mimten, deren stinknormaler Alltag aus den Fugen geriet, als sie plötzlich über Tote stolperten: dieser Schreck! Dann sie; die Berninger, groß im Bild, hatte wieder ihren *Ich-fang-dich*-Blick, eine Domina ohne Lack und Leder. Was sie sagte, war nicht zu verstehen, denn hier im Empfangsraum lief die Sendung ohne Ton. Sie neigte den Kopf ein wenig, schaut mich an, dann drehte sie sich zu einem ernst blickenden Mann, der sehr steif da saß, die Hände auf das Pult gelegt wie ein Religionsschüler. Das mochte der Kollege des heutigen Abends sein, der Stichwortgeber der Berninger, der zu sagen hatte: »Wir kommen mit diesem Fall leider nicht weiter.«

Er nickte zu allem, was sie sagte, und als er zu Ende genickt hatte, reichte sie ihm die Hand. Fast hätte er sich im Sitzen verbeugt, doch bevor das geschah, wurde er ausgeblendet und die Berninger, wie ihr eigenes Monument in Nahaufnahme, bewegte die Lippen zum Abschiedsgruß. Sie nickte leicht und guckte streng, dann kam der Abspann: *Fadenkreuz, das Kriminalmagazin.*

Schicken Blazer trug sie bei der Hitze, zeigte selbst bei 30 Grad keine Haut. Ina sah auf die Uhr und klopfte mit der Fußspitze auf den Teppich. Zehn Minuten, fünfzehn, zwanzig. Die glückliche Empfangsdame führte ein paar lautstarke Telefonate, die zu ihrer Zufriedenheit verliefen, weil sie am laufenden Band »Super!« rief, »ja, super, super, fein!« Zwei Männer mit Papierstößen kamen aus dem Aufzug, rannten nickend an Ina vorbei, kamen zurück, diesmal ohne Papierstöße, und nickten erneut, eine ältere Frau kam mit einer leeren Kaffeekanne, dann eine jüngere Frau, die wie Berningers kleine, häßliche Schwester aussah.

Ein verhuschtes Mäuschen in Jeans und schwarzem Schlabbershirt, XXL, das zur Empfangsdame schlurfte und wartete, bis die ihr Telefonat beendet hatte. Schlagartig wurde es still, weil die Empfangsdame demonstrierte, daß sie auch leisere Töne beherrschte. Flüsternd neigte sie sich dem Mäuschen entgegen, das sich daraufhin umdrehte und zurückgeschlurft kam. Ina kniff die Augen zusammen und unterdrückte den heftigen Impuls, etwas Unpassendes zu sagen, »huch« oder so, »nein, das glaub ich jetzt nicht!«

Das Mäuschen reichte Ina eine kalte Hand. »Denise Berninger. Meike sagt, Sie möchten mich sprechen?«

Meike. Die glückliche Empfangsdame hatte einen Namen. Und die Berninger einen Geist, ein schlechtes Double oder was?

»Ja.« Ina registrierte, daß sie fast einen Kopf größer war. Sie hatte sich vorgestellt, die Berninger müsse riesig sein. »Das ist – ehm – ich brauche nur ein paar Informationen. Kriminalpolizei. Henkel.«

Was für ein Gefasel. Das ging doch gleich zu Beginn schon schief.

»Mmh«, sagte das Mäuschen, »dann gehen wir doch mal –« Sie machte eine vage Geste und schlurfte voran, an der glücklichen Meike vorbei durch einen weiteren Flur, von dessen vollgepflasterten Wänden die Fernseh-Berninger ihre unerbittlichen Blicke warf, vorbei an einer kleinen Küche in ein winziges Zimmer mit Schreibtisch, zwei Stühlen, Fernseher und Palmen. Sie setzte sich, hob die Beine an und drückte die Fußsohlen gegen die Schreibtischkante. Das blonde Haar, während der Sendung straff zurückgekämmt, fiel ihr ins Gesicht; das Gesicht, gewöhnlich mit Rouge ins rechte Licht gerückt, war bleich. Dreißig war sie, wenn die Bildzeitung das richtig mitbekommen hatte; hier wirkte sie eher wie ein cracksüchtiges Schulkind.

Denise, die nicht wie die Berninger aussah, fragte: »Um was geht es?«

Ina verstand sie kaum, weil auch ihre Stimme nicht die der Berninger war, nicht so metallisch und längst nicht so laut. Sie legte die Fingerspitzen aneinander und versuchte sich zu konzentrieren. »Es geht um diese drei Morde, die Zeitungen bezeichnen sie als Obdachlosenmorde. Inzwischen sind es vier.«

Das war auch nicht gerade die Eröffnung, die sich Polizeischüler merken mußten. Sie räusperte sich und kriegte kaum mit, als die Berninger – oder ihre kleine Aschenputtel-Schwester – wisperte:

»Vier, ja, ich hatte die Agenturmeldung.« Sie sah sich suchend um. »Jetzt hab ich sie nicht mehr.«

Jetzt hast du sie nicht mehr. Ina nahm das Foto Pit Rehbeins aus ihrer Tasche und hielt es zwischen Daumen und Zeigefinger. »Kennen Sie ihn?«

Die Berninger sah sich das Foto wie eine Museumsbesucherin an, die versuchte, ein Bild zu begreifen, ein Bild, wie Rehbein es gemalt hatte, ein Durcheinander aus schwarzen, roten und grauen Quadraten. Zögernd sagte sie: »Ich glaube.« Sie sah weiter hin. »Er hat mal hier gearbeitet, nicht?«

Ja, wenn du es nicht weißt. Ina legte ihr das Foto auf den Tisch. »Wann haben Sie ihn zuletzt gesehen?«

Die Berninger nahm die Füße herunter und stützte die Ellbogen auf die Knie. »Das war – ich weiß nicht mehr.«

»Als Sie ihn zuletzt gesehen haben, was ist da passiert?«

»Nichts.« Aschenputtel-Denise ließ den Kopf hängen und murmelte: »Ich glaube, er war betrunken, ich weiß nicht.« Ruckartig setzte sie sich gerade hin und fragte, jetzt mit der original *Ich-krieg-euch-alle*-Berninger-Stimme: »Gehört er zu den Toten?«

»Ja.«

Sie holte tief Luft, als nehme sie Anlauf für einen wichtigen Satz, der aber nicht kam. Eine ganze Minute lang saß sie so da, ohne ein Wort, eine lange Zeit für das Schweigen, wenn das Schweigen Zuschauer hatte. Schließlich fragte sie so leise, daß es kaum zu verstehen war: »Wer tut das denn?«

»Bitte«, sagte Ina, »erzählen Sie mir ganz genau, was passierte, als Sie ihn das letzte Mal gesehen haben. Sie sagten, er war betrunken?«

»Ich glaube. Ich bin nur kurz dabeigewesen.« Denise wippte ein wenig auf ihrem Stuhl hin und her. »Das war bei einem Dreh hier draußen auf dem Parkplatz. Er war schon einmal Komparse, und später wollte er es wieder machen, aber diesmal hat es nicht geklappt. Er hat einfach nicht gemacht, was man ihm gesagt hat, er fand das alles falsch. Er wollte es anders machen, konnte es besser als der Regisseur, meinte er. Ich glaube, es war vor drei Monaten. Oder vier.« Ihre Stimme verlor sich ein bißchen.

Ina fragte: »Sind es immer dieselben Leute, die Sie als Komparsen haben?«

»Nein, die wechseln. Das sind Studenten oder Leute wie Pit, die alle möglichen Jobs suchen.«

Ina lehnte sich zurück. »Wie gut kannten Sie ihn?«

Die Antwort war ein Schulterzucken im Zeitlupentempo.

»Frau Berninger, können Sie mir das sagen?«

»Eigentlich gar nicht. Er hat zweimal hier gedreht.«

»Sie haben eben seinen Namen genannt.« Die Berninger schwieg.

»Kennen Sie alle diese Komparsen – die ständig wechselnden Komparsen, wie Sie sagten – mit Namen?«

»Nein.«

»Aber Peter Rehbein.« Ina schlug ein Bein übers andere; plaudern wir hier nicht nett, Denise? »Sie haben ihn Pit genannt. Wie seine Freunde.«

»So hat er sich vorgestellt«, sagte Denise, die gar keine *taubengrauen* Augen hatte, bloß graue. Graublau vielleicht. »Er war sehr nett. Er fiel mir auf.« Sie wickelte eine Haarsträhne um den Finger, ließ sie los und wickelte die nächste. »Ich hatte einen Spaziergang gemacht, es war Drehpause. Ich gehe immer runter zu einer Wiese, wo das Licht so schön ist, da saß er in der Sonne. Wir haben uns kurz unterhalten, er hat sich vorgestellt. Ich glaube, er liebte die Natur genauso.«

Aufschlußreich. Ina unterdrückte ein Seufzen. Auermann, komm her und guck dir deinen Racheengel an: ein Engelchen. Wenn sie solchen Frauen begegnete, war sie immer nahe daran, die Geduld zu verlieren. Sie gingen stundenlang spazieren, liebten die Natur, und wenn sie vom Spaziergang kamen, lasen sie; sie lasen ungeheuer viel, waren richtige *Leseratten*, kamen gar nicht zurande ohne Bücher, sogen fremdes Leben förmlich ein. Gewöhnlich kannten sie kein Schwein. Sex gab es in Fernsehspielen, dann zappten sie schnell weiter, bis sie eine Kultursendung erwischten. Sie wollten nicht glücklich sein und zählten unaufhörlich die Miesen des Lebens ab, immer wieder von vorn.

Die Berninger sah sie an – wie lange schon? Konzentration, verdammt, sie sah ihr direkt in die Augen. Ina räusperte sich.

»Ich glaube, daß er die schönen Dinge mochte«, sagte die Berninger. »Diesen Eindruck hatte ich von ihm. Warum möchten Sie das so genau wissen?«

Blöde Frage. Ina murmelte: »Ich möchte mir ein Bild machen.«

»In diesem Fall auch?« Denise stand auf und verwandelte sich geradewegs in die Berninger. »Wenn drei Penner ermordet wurden, galt das bestimmt nicht Pit persönlich.« Ihre Stimme wurde lauter. »Dann hätte es jeden treffen können und wird auch noch andere treffen. Verstehen Sie, wen es trifft?« Sie stützte die Hände auf den Tisch und kam sehr nah an Ina heran. »Wanzen. Schädlinge. Arme.«

Ina sah sie an. Eine überflüssige Wahrnehmung plötzlich – ihr Parfüm war von Armani, und ihre Augen hatten eine Sekunde lang ausgesehen, als wären sie aus flüssigem Stahl.

»Haben Sie Vermutungen?« fragte sie. »Als Journalistin?«

Aschenputtel kehrte zurück. »Ich bin keine Journalistin«, murmelte Denise.

»Sondern?« Ina fragte es aus reiner Neugier.

»Ich habe hier als Maskenbildnerin gearbeitet, das ist meine Ausbildung. Sie haben mich gefragt, ob ich diese Sendung machen wollte, und dann bekam ich eine Schulung. Atem- und Stimmtechnik.«

Interessant. Da könnte ja jeder kommen: So ein Satz erhielt doch gleich eine neue Bedeutung. Manchmal kam anscheinend jeder. Ina fragte: »Haben Sie trotzdem eine Vermutung?«

»Das ist eine Jagd«, sagte Denise. »Und das geht weiter.«

»Bei Pit Rehbein wurde eine Notiz gefunden.« Ina sah sie unverwandt an. »*Vic553-delta.*« Sie reichte ihr den Zettel.

Denise schien sehr lange zu überlegen. Sie schloß die Augen und murmelte: »Delta«, dann schüttelte sie den Kopf.

»Haben Sie das schon mal gehört oder gelesen?«

»Ich weiß nicht«, murmelte sie. »Das ergibt doch keinen Sinn.«

»Nein?«

Kopfschütteln.

»Kennen Sie Max Jakobi?«

Kopfschütteln.

Ina wartete ein paar Sekunden, bevor sie ihr das Foto des Mannes hinter dem Pissoir zeigte, Jakobi, halbwegs wiederhergestellt, abgeschminkt und von der toten Puppe zum toten Menschen gemacht – sie reagierte nicht. Dann die Bilder der namenlosen Toten, die Frau hinter der Kirche und der Mann aus dem Ostpark.

»Sind das die anderen?«

»Ja.«

»Vermißt die jemand?«

»Bis jetzt nicht.«

»Darum haben Sie nur solche Fotos, nicht die von lebenden Menschen.«

»So kann man sagen, ja.«

»Und Sie haben sie manipuliert.«

»Was meinen Sie?« fragte Ina.

»Sie sehen fast sanft aus. Aber sie haben doch gelitten.« Denise ging zum Fenster und preßte eine Hand gegen die Scheibe. Ein Parkplatz war da unten, nichts Besonderes, ein schwacher Laternenschein in der beginnenden Dunkelheit. Zwei, drei Minuten lang blieb sie reglos stehen, und als sie sich umdrehte, war ihr Gesicht eine merkwürdige Maske, so als hätte man der *Ich-zeig-euch-die-Hölle*-Berninger, ein paar Tränen in die Augenwinkel gemalt. Mit ausdrucksloser Stimme sagte sie: »Ich kenne sie nicht. Ich kann Ihnen nicht helfen.«

7

Zuerst fand er sie nur schön. Er fand sie schöner als andere Frauen im Fernsehen und schöner als die Frauen, die er kannte. Sie schwatzte nicht. An Frauen konnte er nicht ertragen, wie sie immer nur ich, ich, ich sagten und nie zuhören wollten. Sie war anders.

Wir werden uns finden, Denise.

Michael stand am Fenster und sah zu, wie der Ast eines Baumes sich im schwindenden Tageslicht in einen gewaltigen Arm verwandelte, der sich auf etwas senkte, das schwächer war als er, auf eine Kreatur vielleicht, die um ihr Leben bettelte. Diese Gewalt war überall, jetzt schon in seinem Kopf, in seinen Träumen, und sie nahm ihm den Atem und ließ ihm keine Ruhe mehr. Er sah jeden Tag Gewalt, er spürte sie schon, konnte sie riechen.

Wir müssen stark sein, wenn wir das aushalten wollen.

Früher war er nur hin- und hergelaufen, wenn er zu Hause war, hier auf dem Boden seiner Wohnung war er herumgetrampelt und hatte die Nachbarn erschreckt. Er wußte nicht, was er wollte. Lange Zeit hatte er eine Freundin gehabt, so lange, daß er sich kaum noch an ihren Namen erinnerte, weil er aufgehört hatte, sie anzusprechen. Er war froh, als sie weg war, doch als sie weg war, fing er mit dem Herumrennen an. Dann war sie gekommen, Denise, und mit ihr ein anderes Gefühl, er fing an zu träumen. Erst träumte er von ihr allein und dann von einem Leben mit ihr. Und vom Glück.

Damals beim Herumzappen, als ich dich das erste Mal gesehen habe, fand ich sogar, daß *Fadenkreuz* ziemlich grausam ist, Verbrechen, nur Verbrechen, Täter und Opfer, überall Gewalt. Was, wenn Kinder das sehen, oder wenn ihr die Leute so aufhetzt, daß sie jeden Nachbarn für ein Monster halten? Er ließ die Jalousie herunter, um den Baum nicht mehr zu sehen, und ging langsam im Zimmer umher. Er mochte keine Grausamkeiten, und Verbrechen erschreckten ihn eher als daß er Distanz wahren konnte. Denise war ihm zunächst nur aufgefallen, weil sie nie lächelte; alle grinsten doch unentwegt – die hier nicht. Schön war sie auch, und sie hatte Haltung und Würde und all das, wofür es kaum noch Worte gab, weil doch jeder Depp im Land nur groß herauskommen wollte.

Das war am Anfang, Denise. Deine Schönheit.

Am Anfang hatte er noch nicht begriffen, daß er seine Frau gefunden hatte, diese Erkenntnis war erst später gekommen, als er nicht aufhören konnte, sie anzuschauen. Woche für Woche ihr Gesicht, Tag für Tag die Gedanken, alle Suchmaschinen im Internet nach ihrem Namen befragt und alle Fotos gesammelt, alle Idioten zurechtgewiesen, die etwas an ihr bemängelten, für sie eingekauft, ohne es zu merken, mit ihr gesprochen, hier, in der Wohnung und überall, mit ihr durch die Straßen gegangen, an Dealern und Bettlern und Schlägern vorbei, all das, bis er es plötzlich begriffen hatte: sie und er. Bestimmung. Er war der einzige, den sie lieben würde. Er mußte nur dafür sorgen, daß sie es auch verstand.

Vierundzwanzig Briefe bisher. Einfach war es nicht zu schreiben, denn gewöhnlich schrieb er nur zweimal im Jahr seinen Eltern zum Geburtstag einen Brief. Zwar rief er auch an, doch bestanden sie auf einem Schreiben, wie sich das gehörte. So war er erzogen; es gab Regeln, an die man sich hielt, es gab Werte wie Höflichkeit und Rücksichtnahme. Doch das hier waren keine Geburtstagsgrüße, in diesen Briefen steckte sein Leben. Er hatte sich ein Buch mit frommen Geschichten gekauft, weil er verstehen wollte, warum sie von der Hölle sprach und vom Bösen, er war ja kein besonders religiöser Mensch. Doch mußte es Erklärungen geben, etwas mußte hinter all dem stehen, für das es Ausdrücke gab, Gier, Haß, Fanatismus, niedere Beweggründe, Verachtung; es mußte etwas seinen Namen zurückerhalten, das sich dunkel über alles legte. Die Hölle war es vermutlich, das Böse. Dennoch hatte ihn das fromme Büchlein ein wenig gelangweilt, bis er zu jener Stelle kam, die alles entschied: Auch an seinem Namen würde sie ihn erkennen, denn er hatte einen Namensvetter im Himmel, und wenn vielleicht doch nicht im Himmel, dann aber im irdischen Kampf.

Der Erzengel Michael, hatte er im dritten Brief geschrieben, ist ein Helfer und Beschützer, der gegen die Kräfte aus dem Dunkeln kämpft und die Menschen und die Welt von zerstörenden Energien befreit.

Er drehte sich um. Sie sah ihn an. Wo er auch stand, in welche Richtung er schaute, sie sah ihn an. Schemenhaft ihr Gesicht, doch sie nickte ihm zu.

Wir sind auf dem Weg, Denise.

Als Kind hatte er gelernt, daß der Teufel einmal ein Engel war, den sie aus dem Himmel gestürzt hatten. Jetzt war er hier.

8

In der beginnenden Dunkelheit kroch die Angst hervor. Vielleicht war sie unsichtbar unter der Sonne und schlief wie ein wildes Tier in seiner Höhle, doch in der Dunkelheit war sie da. Mehr Zeitungsverkäufer als gewöhnlich warteten an den Ampeln, um Autofahrern die Abendzeitung vor die Windschutzscheibe zu halten – »VIERTER OBDACHLOSENMORD« – und mehr Autofahrer als gewöhnlich hielten die paar Cent aus den Seitenfenstern den Zeitungsverkäufern entgegen. Leute blieben vor dunklen Ecken stehen und kehrten um, Kinder rannten Hand in Hand nach Hause.

»VIERTER OBDACHLOSENMORD. KEINE SPUR«

Ina fuhr langsam am Bahnhof vorbei und durch Straßen mit windschiefen Hauswänden. Streunende Katzen verschwanden hinter Mülltonnen, und ein paar Menschen rückten enger zusammen, als sie am Straßenrand hielt. Sie wirkten so, als müßten sie einander stützen, eine kleine, demoralisierte Truppe, die Anschluß suchte an ein Heer. Wie der Tote aus dem Ostpark trugen sie viel zu viel am Leib; die Frauen hielten Flaschen in den Händen und die Männer Zweige. Sie waren nicht alt. Ihre Gesichter verrieten, daß sie bereit sein wollten, wenn er kam.

Sag was. Ina legte die Arme auf das Steuer und sah zu ihnen herüber als wären sie Affen im Zoo. Sie wußte, daß sie einfach nur herüberglotzte, doch fiel ihr nicht ein, was sie tun sollte. Aussteigen, ihnen sagen, wir haben aufgestockt, haben jetzt zwanzig Leute mehr für diese Fahndung, euren Fall? Ihnen sagen, beruhigt euch, wir haben eine Sonderkommission? Ihnen sagen, na ja, diese Sonderkommission hat sich schon fast alle erreichbaren polizeibekannten Gewalttäter vorgenommen, bloß keine Anhaltspunkte gefunden? Ihnen sagen, daß der Polizeipräsident persönlich die verschroben formulierte Order ausgegeben hatte, es dürfe auf keinen Fall der Eindruck erweckt werden, daß sich da nicht richtig gekümmert werde, weil es sich offenbar um ein Milieu handele, von dem böswillige Journalisten annahmen, daß die Polizei sich nicht mit allen Kräften dafür einsetze?

»Ich hoffe, ich war deutlich«, hatte er hinzugefügt, sollte sie ihnen das erzählen? Die lachten sich tot oder spuckten ihr vor die Füße oder was immer sonst.

Einer der zerlumpten Männer kam auf ihren Wagen zu, seinen jämmerlichen Zweig in beiden Händen. »Was ist?« rief er, »was wollen Sie?«

Sie schüttelte den Kopf.

»Es gibt nichts zu sehen, du blöde Kuh!«

»Okay«, murmelte sie und fuhr wieder los.

Stochern im Nebel, kaum Schlaf und das Gefühl, den Täter nicht stoppen zu können, so vergingen die nächsten Tage und Nächte. Im Frühstücksfernsehen hielt ein Reporter zwei Obdachlosen Mikrofone vor die Nase und fragte: »Haben Sie Angst?«

»Na ja.« Sie starrten in die Kamera. »Schon. Bißchen halt. Is' ja net einfach, is' ja irgendwie schon – woll'n mal sagen – unverschämt.«

In den Akten die Aussage eines ehemaligen Kollegen Max Jakobis, der ihn vor ein paar Wochen auf einer Vernissage gesehen hatte, nicht drinnen, sondern draußen, wo er mit dem Galeristen stritt, der ihn nicht einlassen wollte. Jakobi habe abgerissen ausgesehen und äußerst verbittert gewirkt, als er immer wieder jammerte, das Glas Sekt stünde ihm zu und die gottverdammten Häppchen auch. Er habe gezittert, hatte der Mann gesagt, und wie ein Junkie gewirkt, weil er plötzlich in sich zusammengefallen war und sich trotz des einsetzenden Platzregens nicht von der Stelle bewegt hatte. Saß einfach im Regen und bewegte sich nicht. Max Jakobi, Nummer zwei.

War das die letzte Erinnerung an ihn? Jakobi, hatte einer seiner wenigen Freunde gesagt, wollte ganz neu anfangen, weil er dachte, sein ganzes Leben sei verseucht gewesen. Immer ranklotzen und immer auf Termin, Nächte in Hotels verbringen, um Interviews mit Leuten zu führen, die ihn nicht interessierten, plötzlich nicht mehr schreiben können und dennoch schreiben müssen, plötzlich merken, daß es die falsche Arbeit war und die falschen Drogen und daß ihm zu Hause die Liebe starb; er habe, hatte Jakobi kurz vor seinem Verschwinden gesagt, eine Arschloch-Existenz geführt, die er dringend beenden müsse. Er wollte von vorn beginnen, bei Null anfangen und aus dem Nichts heraus wieder wachsen. »Aber da muß er sich endgültig verloren haben«, hatte der Freund gesagt. »Er hat sich wohl verschätzt, er dachte, daß er locker wieder eine Wohnung finden würde, eine Existenz. Er hat ja den Ausstieg zuerst als eine Art Abenteuerurlaub angesehen. Aber er ist nicht mehr klargekommen.«

Max Jakobi, hinter einem Pissoir erschossen aufgefunden, das Gesicht bemalt wie ein klagender Clown. Jakobi, Nummer zwei. Nummer drei und vier noch immer namenlos. Niemand meldete sie als vermißt, kein Mensch erkundigte sich nach ihnen. Sie hatten nicht gelebt, wie es schien, oder wenn doch, dann mit sich allein.

Frühmorgens starrte Ina ihr stummes Handy an – bleib ruhig. In der Nacht zuvor, als sie nicht nach Hause wollte, war sie in einer Bar neben einem hübschen, langhaarigen Kerl gelandet, der beim Reden unentwegt Strichmännchen auf Bierdeckel malte. Eine Weile hatte sie überlegt, ihm noch vor dem nächsten Morgen ihre halbleere Wohnung zu zeigen und ihr lachhaft überdimensioniertes Bett, doch dann war sie sicher gewesen, daß noch vor dem nächsten Morgen die Meldung kommen würde: Nummer fünf.

Die Meldung war nicht gekommen, und am Morgen grübelte sie darüber nach, ob er ihr nun seinen Namen genannt hatte oder nicht.

Keine Zeit für so einen Kram. Und wenn doch, wußte sie nie, ob ihre Dämonen sie in Ruhe lassen würden, denn manchmal, wenn sie mit einem Kerl zusammen war, hatte sie das unbezähmbare Bedürfnis, ihm zu sagen, hey, du vögelst gerade eine Mörderin, hast du das gewußt? Wie findest du das?

Auf dem Hof des Präsidiums fing der Ire sie ab, der rothaarige Streifenbeamte, der sie so erschrocken angesehen hatte, als sie vor der zweiten Leiche standen und über Funk von der dritten erfuhren. »Ich hatte da gestern jemanden festgenommen«, sagte er, »aber die werden ja alle wieder freigelassen.«

»Ich weiß«, sagte sie. »Der Kollege Kissel hat ihn vernommen, aber da hat sich nichts ergeben.«

»Der hat sich aber gefreut.« Gleich würde er mit dem Fuß aufstampfen. »Der war renitent und hat mich angegriffen. Dann hat er sich lautstark dahingehend geäußert, daß die Opfer das verdient hätten und daß das alles eine prima Sache sei. Ich dachte jetzt –«

»Ich weiß nicht, wie viele wir festnehmen müßten, wenn es danach ginge«, sagte sie.

»Ich dachte nur. Entschuldigen Sie bitte.« Mit einer Mischung aus Zorn und Ratlosigkeit sah er sie an, dann ging er ohne Gruß und knallte die Tür seines Streifenwagens zu.

Im Konferenzraum nannte Stocker den Namen des vierten Toten: Hubert Marschall. Neben ihm saß der zuständige Staatsanwalt Ritter und kaute an seiner Unterlippe.

»Wir haben wieder einen Namen«, sagte Stocker, »aber keinerlei Spuren.«

Hubsi mit dem Hund. Zwei Männer hatten ihn erkannt und mehr über den Hund geredet als über ihn; der Hund, das war so ein kleiner brauner mit großen traurigen Augen, der dem Hubsi, wenn er eine Zigarrenkiste in der Fußgängerzone aufstellte, ein paar Cent extra brachte. So ein Tier half da enorm. Hubsi mit dem Hund, genau, bloß hatten sie gedacht, der sei schon länger tot oder wenigstens verschollen.

Auch im Sozialamt war sein Foto von Hand zu Hand gegangen, bis einer sich erinnerte: Marschall, Hubert, einundfünfzig Jahre, wohnungslos, mittellos, ein stiller Mann. Kein großer Trinker, das nicht, denn er trug Verantwortung für seinen Hund. Seine Sozialhilfe organisierte er in zwei Briefumschlägen, einen für sich und einen für den Hund; gut die Hälfte, hatten sie im Sozialamt erzählt, hatte er immer für Hundefutter zurückgelegt. Einmal war er bis nach Griechenland getrampt, und sie dachten, er sei schon wieder auf der Walz, weil er seit drei Monaten nicht mehr vorbeigekommen war.

Marschall also. »Jakobi wiederum«, dröhnte Stockers Stimme nach einer kurzen Pause, »war nun überhaupt nicht in diesem Milieu, wie soll ich sagen, verwurzelt. Jakobi hing in Künstlerkneipen herum, mit Rehbein zum Beispiel, aber mehr als daß er ein ordentlicher Trinker und Kokser war, der gerne die Klappe aufriß, haben die Wirte dieser Kneipen auch nicht über hin gewußt.« Er schien sich in Rage zu reden, weil alles zerfaserte und zerfiel. »Dagegen gibt es bislang keinerlei Berührungspunkte zwischen Rehbein und Jakobi auf der einen und diesem Marschall auf der anderen Seite, ganz zu schweigen von der Frau, deren Identität noch immer nicht bekannt ist. Daß Rehbein wiederum einmal für diese Berninger-Sendung gejobbt hat, ja Gott –« Er drehte die Handflächen nach außen und schwieg.

»Wissen Sie was?« murmelte Ina.

»Nein«, zischte Stocker. »Sagen Sie es einfach.«

»Irgendwie fallen die vom Himmel, und dann sind sie gleich tot.«

»Präzise bitte.«

»Na ja.« Sie blätterte in ihrem Notizbuch, und als sie den Kopf hob, starrten alle in dem überfüllten Raum sie an. »Dieser Olaf Kern, der mit dem Rehbein im Großmarkt gejobbt hat, gibt an, er hätte Rehbein das letzte Mal vor zirka drei Monaten gesehen. Rehbein brauchte doch den Job, warum ist er so lange abgetaucht? Der Jakobi ist ihm einmal in einer Kneipe begegnet, auch vor einer ganzen Weile, wie er sagt. Die Berninger meint sich auch zu erinnern, daß ihre letzte Begegnung mit Rehbein vor ungefähr drei oder vier Monaten war. Die Nummer vier, Marschall, hat sich seit Monaten seine Sozialhilfe nicht geholt. Die Frau vor der Kirche hat anscheinend überhaupt noch niemand gesehen. Das ist – ich weiß nicht – die wurden 'ne Weile nirgends gesehen, und dann sind sie als Leichen wieder da.«

Verhaltenes Gekicher. Sie räusperte sich, hatte keinen Witz machen wollen.

»Marschall«, sagte Stocker, »soll ja öfter mal auf der Walz gewesen sein. Das untermauert nur, was ich schon sagte: Der sucht sich Einzelgänger, will damit vielleicht auf Nummer sicher gehen. Da gibt es keine wirklichen Bezugspunkte zwischen den Opfern, da verschwenden wir unsere Zeit. Möglicherweise beobachtet er sie eine Weile, bevor er sie exekutiert.«

Bei diesem Wort hob der Staatsanwalt den Kopf.

»Etwa nicht?« fragte Stocker.

»Doch, doch«, murmelte Ritter. Er war ein unscheinbarer Mann um die Vierzig, der auf Konferenzen den Eindruck erweckte, vor sich hin zu träumen.

Stocker deutete wie ein Lehrer in den Raum. »Die Kollegen haben bereits rechtsradikale Gruppierungen und sonstige Gewalttäter überprüft und werden das fortsetzen, auch wenn das Vorgehen des Täters kaum für diesen Täterkreis spricht. Wir haben ein vorläufiges Profil –« Er blätterte in seiner roten Mappe.

»Einzelgänger«, sagte Kissel laut. »Zurückgezogen lebend, wenig soziale Kontakte, möglicherweise selbst von sozialem Absturz bedroht. Projiziert den Selbsthaß nach außen, tötet sich in den verhaßten Pennern quasi selbst. Große Probleme mit Muttern gehabt, nie richtig abgenabelt.«

Stocker ignorierte ihn. »Sie sind sich nicht einig. Es gibt zwei Punkte, das kalte, methodische Vorgehen und die Tatsache, daß er die Opfer schminkt. Das könnte als eine Art Wiedergutmachung an den Opfern gewertet werden oder als Ablenkungsmanöver. Entweder haben wir einen reinrassigen Psychopathen oder eine Art Fanatiker, der uns den Psychopathen vorspielt.« Er verzog die Lippen.

»Kommt alles auf dasselbe raus«, sagte jemand.

»Und wir haben im Moment nur eine aussichtsreiche Möglichkeit. Wir locken ihn.« Stocker reckte den Kopf und schien jeden einzelnen im Raum auf seine Tauglichkeit zu überprüfen. »Wir fangen im Ostpark an, da hat er zweimal zugeschlagen. Ideal wäre, wenn er sich einem Polizeibeamten nähert. Oder einer Beamtin.«

»Das ist sehr gefährlich«, murmelte der Staatsanwalt.

»Für den Täter, ja«, sagte Stocker. Er beugte sich zu Ina herüber. »Ich frage Sie später, ob Sie da mitmachen wollen.«

Als sie sagte, daß sie es tun würde, spürte sie nichts, keine Furcht und auch keine Freude über das Ausbleiben der Furcht. Es war nichts Neues, dieses Nichts, das an jenem Tag in sie eingedrungen war, als sie den Mann erschossen hatte, und es war an die Stelle der

Angst getreten, die sie einmal vor jeder Leiche empfunden hatte, vor diesem Anblick, vor dem Tod. Sie hatte nicht gewußt, wie sie es dem Polizeipsychologen beschreiben sollte, weil ein Nichts sich nun einmal nicht beschreiben ließ. Vielleicht war es etwas, das alles einsaugte und in sich begrub, alle Angst und alle Leidenschaft, wie ein Vakuum. Es betäubte, aber es begrub auch das Schöne.

Nicht daß sie das Stocker jemals sagen würde, sie sagte es überhaupt keinem Kollegen, und mit ihren Freundinnen redete sie auch nicht mehr soviel.

Aufgedreht, jetzt abgedreht, abgedreht im Sinne von: da war wohl ein Schalter, der wurde umgelegt. Kleine Flamme sozusagen, viel Raum für die Arbeit.

Sie fragte: »Sind wir auf uns allein gestellt?«

»Sie haben Verbindung mit Kollegen.« Stocker zögerte. »Sie sind sich also sicher? Im äußersten Notfall –«

»Den wir uns wünschen«, sagte sie.

Er seufzte. »Im Notfall sind Sie auf sich selbst gestellt, bis Verstärkung kommt, das sind Sekunden. Ich würde es in der Tat begrüßen, wenn Sie sich anschließen, weil er auch schon eine Frau – ja, Sie wissen, was ich meine. Ich sehe nur ein Problem bei Ihnen.«

Nicht schon wieder. Daß sie ein gestörtes Verhältnis zu ihrer Waffe hätte, würde er gleich sagen, daß sie überhaupt ein wenig gestört sei und dann womöglich wieder in der Gegend herumballern würde, daß sie nicht klug genug war und daß er fand, sie sei eine schlechte Polizistin – all das, was sie selber glaubte, wenn sie zu Hause in sich zusammenfiel.

»Ihre Klamotten«, sagte Stocker.

»Was ist damit?«

»Haben Sie irgendwo eine alte Jogginghose?« Er sah sie von oben bis unten an. »Sie können nicht im Gucci-Kostüm auf der Parkbank liegen.«

»Leider besitze ich kein Gucci-Kostüm.«

»Aber Prada-Hosen.«

»Richtig«, sagte sie. Stockers Frau, eine Schönheit wie aus einem alten Hollywood-Film, hielt ihn modisch auf Trab.

»Haben Sie denn was an Lumpen?« fragte er.

»Tut's meine Jeans?«

»Und oben rum?«

»Für oben rum«, sagte sie, »hätte ich ein altes Sweatshirt, das mein Ex vergessen hat. Grauenhaftes Teil.«

»Aber man hebt es halt doch auf«, murmelte er, und bevor sie darauf so etwas erwidern konnte wie *Das kann man immer noch zum Putzen gebrauchen*, sagte er übergangslos: »Mir wurde zugetragen, daß die Berninger wieder etwas für die nächste Sendung plant. Wenn die irgendwie herausfinden oder gar in die Welt posaunen sollte, daß wir uns da auf die Lauer legen, wird es ordentlich krachen.«

»Die ist keine Journalistin«, sagte Ina, »die findet nichts raus.«

»Sie hat Einfluß. In den oberen Etagen hat man Angst vor ihrem Verdikt.« Er griff nach Inas Bericht. »Und sie kannte wirklich nur den Rehbein flüchtig und die anderen nicht?«

»Es gibt keine Anhaltspunkte.« Sie legte die Fingerspitzen aneinander. »Sie ist halt komisch.«

»Inwiefern?«

»Die kommt mir vor wie so eine multiplizierte, Sie wissen schon.«

»Pardon?«

»Na, so eine – also, vor allem ist sie unscheinbarer als im Fernsehen, okay, das ist egal. Aber sie wirkt auch längst nicht so – wie soll ich sagen – drakonisch. Eher verklemmt, verzagt, was weiß ich. Als hätte sie ein Double oder so.«

Stocker verschränkte die Arme und wippte leicht auf seinem Stuhl. »Was Sie sagen wollten, ist multiple Persönlichkeit, aber die gibt es ohnehin nur in der Phantasie gewisser Therapeuten. Worauf Sie hereingefallen sind, was Sie also wirklich meinen, das ist die Glitzerwelt des Fernsehens. Maske ist alles.«

Maske. Sie wußte nicht, ob es das gewesen war, das ihr die ganze Zeit im Kopf nachhallte. Die Berninger hatte von manipulierten Fotos gesprochen, als sie die Bilder der Toten sah. Sicher, sie waren abgeschminkt worden. Niemand draußen wußte von diesem Make-up, nur der Täter, niemand sonst. Sie schloß die Augen, um wieder diesen besonderen Klang von Berningers Stimme zu hören, das Drängende darin, als sie sagte: »Verstehen Sie, wen es trifft? Wanzen. Schädlinge. Arme«, mit dieser kurzen Pause nach jedem Wort. »Das ist eine Jagd«, hatte sie gesagt, »und das geht weiter.«

»Ist was?« fragte Stocker.

Sie schüttelte den Kopf, wußte nicht, wie sie formulieren sollte, was sie nicht richtig denken konnte. »Sie hat früher als Maskenbildnerin gearbeitet«, sagte sie schließlich.

»Tja. Sie hat ihre Chance bekommen, und sie hat sie genutzt. Jetzt ist sie 'ne heilige Kuh.«

»Was ja seltsam ist –«, fing sie an.

»Na?« Stocker schnippte mit den Fingern.

»Na ja, ich meine, es ist doch so: Sie hat Leute geschminkt und sich dann mit Verbrechen befaßt, nicht? Jetzt kommt da einer, begeht Verbrechen und – ehm – schminkt.«

»Großer Gott«, sagte Stocker. »Passen Sie auf, was Sie sagen. Sagen Sie das nie in einer Konferenz.« Er streckte sich. »Machen Sie mal eine Pause. Die Nacht könnte schlimm werden.«

9

Michael schlägt eine Schneise ins Dunkel, und die Offenbarung sagt, er soll den Drachen töten. Das klingt einfach. Das ist schwer.

Er legte die Hände auf das Lenkrad und versuchte das Beben seiner Fingerspitzen zu ignorieren, hatte er doch den Eingang des Senders im Blick. Er saß allein im Auto, wie immer, er saß seit einer Stunde hier und sah dem Spiel auf dem Parkplatz zu, dem Aufflammen von Licht und diesem Gewinke, wenn Leute sich abholen ließen.

Niemand wird dich abholen, Denise.

Keiner, mit dem du lachend über die Straße gehst. Du gehörst nicht zu diesen Frauen.

Einmal hatte er sich einen gesichtslosen Mann vorgestellt, wie er mit ihr schlief. Nicht sich selbst, das wagte er nicht, nur einen Körper, an den sie sich schmiegte. Ihr Gesicht hatte sich aufgelöst dabei und dann ihr Körper und dann alles andere um sie herum.

Er wußte, daß sie nicht glücklich war. Er wollte das auch nicht. Er paßte auf ihre Augen auf, wenn sie im Fernsehen erschien, und er hatte jede Regung in ihrem Gesicht studiert. Er nahm den Klang ihrer Stimme wahr und wußte es jetzt: sie wartete auf ihn.

Es war nicht sicher, wann sie kam. Fuhr man direkt nach der Sendung los, mußte man noch eine Weile warten, weil diese Fernsehleute ja nicht Knall und Fall nach Hause konnten. Die mußten abgeschminkt werden, mußten die abgelaufene Sendung vielleicht noch besprechen, und das brauchte seine Zeit. Das letzte Mal hatte es fast zwei Stunden gedauert. Du hattest die Haare offen, nicht so wie in der Sendung, aber du bist es gewesen. Konnte dich kaum erkennen, so schnell ist alles gegangen. Konnte dein Gesicht nicht sehen.

Sie war so schnell verschwunden, daß er nicht hatte erkennen können, in welchem Auto sie vom Parkplatz fuhr.

Paß auf, ich habe eine neue Liste für dich, einen Dieb, der alten Leuten hinterherschleicht, wenn sie zum Einkaufen gehen, und einen Dealer, der Kinder anfixt, und einen Bettler, der mit einer todtraurigen Geschichte ein paar Cent erschnorrt, um den Leuten, wenn sie so gut sind, die Geldbörse aus der Hand zu reißen.

Kannst du das brauchen? Jetzt komm.

Als er sie endlich sah, spürte er einen Krampf in der Brust, weil es so anders war, sie nicht nur im Fernsehen zu sehen, sondern auch hier, auf der Straße, weil es bedeutete, daß sie in seiner Nähe war, daß er nur aussteigen und auf sie zugehen müßte, um mit ihr zu reden, sie anzuschauen und bei ihr zu sein. Doch das wagte er noch nicht. Alles mußte stimmen, wenn es soweit war, und wenn er womöglich anfing zu stottern und zu stammeln, würde er alles zerstören, noch bevor es begann.

Sie war allein, wie das letzte Mal auch, und alles ging so schnell. Sie trug schwarz, hob kurz die Hand und stieg in ein Taxi, noch bevor er sie richtig hatte sehen können.

Hast wie eine Witwe ausgesehen.

Das Taxi wird dich nach Hause bringen, in deine leere, stille, einsame Wohnung, nicht wahr?

Langsam fuhr er los. Nach der Legende erweckte der Erzengel Michael die Toten aus den Gräbern und empfing die Seligen im Paradies.

10

Ein paar Büsche, ein paar Bäume, ein paar Steine. Kieswege, auf denen man in der Stille die eigenen Schritte knirschen hörte, als käme ein Koloß daher. Ein paar Grasflecken, ein paar Scherben, Abfälle vom Tag. Kraftloses Laternenlicht fiel auf die Wege, und manchmal, wenn kein Blatt sich im Wind bewegte, konnte man die Grillen hören oder jenes leise Murmeln, das von den Bänken kam. Diese Ecke im Park suchte man sich nicht aus, um sich von einem Spaziergang auszuruhen. Vielleicht wäre es ein Ort für Liebespaare, wenn sie starke Nerven hatten und nicht einer den anderen alle naslang fragte: Hast du nichts gehört? Sicher war es ein Ort, den man sich aussuchte, wenn man nicht jedem vor die Füße fallen wollte, weil man zum Schlafen nichts anderes hatte als Bänke, Kies und Gras.

Ein Ort zum Sterben war es auch.

Ina sah auf den Mann herunter, der sich auf der Bank von einer Seite auf die andere drehte. Er öffnete die Augen, sah ins Halbdunkel und sagte: »Siehst aus wie meine Tochter.«

Sie wußte nicht, was sie antworten sollte – passen Sie auf sich auf vielleicht. Das Übliche.

»Keiner mehr da«, murmelte der Mann. Er schloß die Augen wieder. »Hab ihr'n Auto gekauft, wie sie achtzehn war. Aber Schulden, Schulden. Sind jetzt alle weg, die Frau, die Kinder.«

»Ja«, sagte sie nur.

»Jetzt setz dich doch.« Er machte Anstalten sich aufzurichten, und sie sagte: »Nein, nein.«

»Du magst mich nicht.«

»Ich muß weiter«, sagte sie.

Er stützte sich auf einen Ellenbogen. »Hab gesunde Haut.«

Sie unterdrückte ein Kichern; darauf legte er Wert? Tatsächlich hatte er höchstens einen Dreitagebart.

»Doch«, murmelte er. »Macht die Falten weg.«

»Ja«, sagte sie wieder; mit Kindern redete sie manchmal genauso, Ja und Amen zu allem, was sie sagten.

»Fünfzig Euros. Gut.« Seine Lider zitterten, gleich schlief er wieder ein. »Die neue Salbe.« Er schloß die Augen. »Gut, gut.«

Hautsalbe. Guter Gott. Ina zog am Ausschnitt ihres Sweaters, wo das Mikrofon befestigt war. »Seid ihr da?«

Erst einmal keine Reaktion. Das müßte schneller gehen.

»In den Büschen«, kam schließlich eine muntere Männerstimme, von der Ina nicht wußte, wem sie gehörte. »Wir sehen dich gut.«

»Der Typ hier auf der Bank scheint ein bißchen hinüber zu sein«, sagte sie. »Habt ihr ein Auge auf ihn?«

»Setz dich zu ihm«, schnarrte die Stimme aus dem Knopf in ihrem linken Ohr, »halt ihm Händchen. Oder so.«

Dumm, wenn man nicht wußte, wen man vor sich hatte, beziehungsweise hinter sich. Einer der Drogenfahnder könnte es sein, die auf der Einsatzbesprechung mehrmals betont hatten, daß sie sich umgehend gemeldet hätten, als sie von Stockers Vorhaben hörten. Eine ganze Menge Kollegen hatte sich freiwillig gemeldet, doch die Drogenfahnder gaben den Ton an, das taten sie immer.

Sie drehte sich ein wenig – nichts war von ihnen zu sehen. Eine kleine, wendige, dunkel gekleidete Patrouille hinter Büschen und Bäumen, von der sie hoffte, daß sie sich im Ernstfall wie ein veritables Sonderkommando verhielt.

Sie drehte sich erneut und sah einen Köter, ein geducktes Vieh an einem Baum.

»Ein Hund«, murmelte sie und wunderte sich, wie sie hatte

glauben können, *überhaupt nichts mehr* zu empfinden, was der Angst ähnlich war. »Wenn's ein Kampfhund ist, knallt ihn ab.«

»Wo ist das Herrchen?«

»Ich weiß nicht. Habt ihr den nicht kommen sehen?« Sie blieb stehen und ließ die Arme hängen. Sahen diese Tölen nicht auch im Dunkeln alles, anders offenbar als ihre Kollegen?

Der Hund hieß Apollo, und das Herrchen hatte sich zum Pinkeln in die Büsche geschlagen. Es war ein recht junges Herrchen, das den Hund beim Namen rief, einen Schlenker machte und auf sie zukam. Ina verschränkte die Arme, schob eine Hand unter den Sweater und spürte das Holster mit dem Fremdkörper darin, der Waffe. Der Hund schien ein junger Rottweiler zu sein, einer von der Sorte, die sie gerade aus dem Polizeidienst entfernt hatten, weil man sie zum Beißen tragen mußte, zumindest hatte es zwei Exemplare gegeben, die flüchtige Einbrecher schwanzwedelnd laufen ließen. Auch Apollo war nicht zum Beutemachen aufgelegt. Er ignorierte sie, im Gegensatz zu seinem jungen Herrn, der betont langsam an ihr vorüberging und »Oh Mann« zischte, »du Schlampe«.

Schön. Sonst noch was im Angebot? Pistole, 7,65 Millimeter, Rouge, Lidschatten, Kajal und Lippenstift?

»Scheint rauszugehen«, flüsterte es im linken Ohr.

»Ihr hättet ihn kommen sehen müssen«, sagte sie lauter als beabsichtigt.

»Wir sind noch nicht ganz verteilt«, kam die Stimme des Kollegen. »Eigentlich sind wir immer noch zu wenig.«

Ina ging den Weg zurück, den sie gekommen war und setzte sich auf eine Bank. Die Luft war dumpf. Gewitter war angesagt, wie beim ersten Mord an Pit Rehbein. Sie zog die Kapuze über den Kopf und rutschte hin und her, bis sie eine halb liegende, halb sitzende Stellung fand, die ihr angemessen erschien. Die Füße durften nicht auf der Bank liegen, sonst käme sie nicht schnell genug hoch.

Kommst du heute? Traust du dich?

»Auermann im Anmarsch«, sagte die Stimme in ihrem Ohr.

Da sie ihn auf der Einsatzbesprechung verpaßt hatte, konnte sie sein Outfit in der Dunkelheit nur halb genießen. Hans-Jürgen-du-blöder-Penner-Auermann hatte sich in eine Cordhose gezwängt und sogar das Hemd gegen ein T-Shirt getauscht. Er stolperte, blieb stehen.

»Ina! Grundgütiger!«

»Findest du dein Plätzchen nicht?« Sie beugte sich vor, um ihn besser sehen zu können.

»Ich hab dich für ein Junkie-Mädel gehalten. Ich dachte, so jung und schon so verdorben.« Er rieb sich die Hände. »Nun ja, ich habe einen Rundgang gemacht. Auf der Wiese am Weiher liegen sie auf Zeitungen und Handtüchern oder was das ist, dann sind da drüben ein paar auf Bänken. Ich selber« – er machte eine unbestimmte Handbewegung – »haue mich da drüben hin. Ohne Zeitung, ein richtiger Mann braucht so was nicht.«

»Dann mach mal«, sagte sie.

»Ob die das zu schätzen wissen?« Im Gehen drehte er sich noch einmal um. »Aber das halten die für selbstverständlich, es halten ja alle alles für selbstverständlich, Sozialhilfe, Wohngeld, warme Suppe, kommt und schüttet euer Füllhorn aus.«

»Ist gut«, sagte sie.

»Nein, gar nicht«, rief er. »Das Tollste ist, wenn sie frech sagen, das stünde ihnen ja zu. Niemandem steht irgend etwas zu, das ist schon mal der Anfang. Einem Menschen steht sein *Leben* zu, dann muß er sehen, was er daraus macht.«

»Ja«, murmelte sie, ohne richtig zugehört zu haben. Was hatte er eben gesagt? Nicht den Kram über Sozialhilfe, das davor. Daß er sich ohne Zeitungen, ohne Unterlage hinlegen würde. Daß die anderen, die richtigen Obdachlosen auf ihren Unterlagen schliefen, sofern sie nicht auf Bänken lagen.

Ja, das taten sie. Logisch, kein Mensch konnte auf dem nackten Boden schlafen; sie selbst hatte einmal eine Nacht bei Freunden auf einer Decke verbracht, die auf einem Teppichboden lag, selbst da hatte ihr am nächsten Morgen alles weh getan. Gut, noch mal von vorn. Sie hatten bei keinem Opfer solche Unterlagen gefunden, nichts, weder Zeitungen noch Handtücher noch Plastiktüten.

Hast du das alles mitgenommen? Wie umsichtig bist du denn?

Und warum? Warum riskierst du es, aufzufallen mit dem ganzen Krempel? Oder mußtest du nichts mitnehmen, weil die Leute an den Stellen, an denen wir sie fanden, gar nicht *geschlafen* hatten?

Doch der Fundort war der Tatort – und jetzt?

»Wie arbeitet es sich mit dem?« kam es aus dem Knopf im Ohr. »Huhu!«

»Was?« Sie blickte sich um. Kam er?

»Schlaf bloß nicht ein. Auermann, wie arbeitet es sich mit dem?«

»Gut, gut«, sagte sie.

Ein Kichern, dann Funkstille.

Die Zeit sei reif, hatte Stocker gesagt, von dem sie nicht wußte, wo er sich hier aufhielt. »Wird er nicht gestoppt, schlägt er wieder zu.«

Die Zeit war reif, und sie blieb stehen. Ereignislos würde die Nacht vergehen, weil es immer so war, weil es nie passierte, wenn man damit rechnete.

Sie hörte die Blätter im Wind und die Grillen bei der Arbeit, selbst tausend Mücken konnte sie hören, zumindest bildete sie sich das ein. Positives Denken: Sie stellte sich ihren rechten Fuß vor, mit dem soliden, schwarzen Puma-Schuh bewaffnet, wie er ihm unter die Kniescheibe fuhr, erst unter die rechte, dann unter die linke. Dann zwischen die Beine, nichts überstürzen, dann in den Magen. Ihn selbst vermochte sie sich nur als dunkle, gesichtslose Gestalt vorzustellen, wie einen Kapuzenmann, einen Ku-Klux-Klan-Idioten in Schwarz.

Irgendwann fingen ihre Füße an zu zucken. Sie stand auf und ging ein paar Mal um die Bank herum. Nur die eigenen Schritte und ein Rauschen im Kopf, bis Stimmen die Stille zerrissen, ein anschwellender Gesang wie von brünstigen Katern. Sie sprang auf die Bank. »Wo ist das?«

»Keine Panik«, kam die muntere Stimme. »Da zanken sich zwei weibliche Bewohner. Auermann ist vor Ort.«

»Was macht er da?«

»Schlichten.«

»Auermann?«

Wieder ein Kichern.

Sie blieb stehen, bis es ruhig war, dann suchte sie wieder ihre Position auf der Bank, halb liegend wie im Suff, was aber unbequem war. Also wieder hoch; im Grunde war sie noch nie betrunken gewesen, zumindest nicht vom Alkohol. Jetzt fiel ihr das andere Wort nicht ein – was war man denn nach einem Joint oder nach Speed, was war man da, speedy? Nach den Schüssen damals hatte sie eine Zeit lang abwechselnd Speed und Tranquilizer genommen, was keinem Menschen aufgefallen war, noch nicht einmal ihr selbst. Nicht up, nicht down, null.

Blödes Zeug. Nicht denken. Nicht schlafen. Nicht trinken, das schon mal gar nicht, denn sie hatte höllische Angst, sich in die Büsche zu schlagen, das hatte sie noch nie gekonnt.

Gegen zwei stellten sogar die Grillen die Arbeit ein, und das Summen, das sie hörte, kam aus dem eigenen Kopf. Wären die Kerle nicht überall in den Büschen, hätte sie vermutlich gezittert. Sie waren hoffentlich überall. Sie traute sich nicht nachzufragen, nachher hieß es noch, sie sei ängstlich.

Ein Hänfling vielleicht? Bist du so ein kleiner Zarter? Haben dich früher die bösen Buben verdroschen, und Mami hat nicht geholfen? Für den Genickschuß brauchst du keine Kraft. Es könnte auch eine Frau sein, theoretisch, hatte sie Stocker sagen wollen, es aber dann doch gelassen, weil er geantwortet hätte, daß theoretisch alles möglich war.

»Ina!«

Sie schreckte hoch.

»Es kommt einer von Westen. Der ist 'ne ganze Weile nur rumgestanden, jetzt läuft er in deine Richtung.«

Westen. Links. »Ich sehe nichts.« Fast hätte sie gesagt, es sei dunkel, aber das wußten sie selbst.

»Zehn Uhr«, flüsterte die Stimme.

Sie drehte den Kopf und ließ sich wieder zurückfallen, als wäre sie halb im Tran, nur der linke Fuß blieb fest auf dem Boden, der Absprungfuß. Hinter ihr ein beruhigendes Geraschel wie von durchgeknallten Hasen, das ihr signalisierte, daß sie von ihrem Aussichtsposten in ihre Nähe kamen.

Dann sah sie ihn an einem Baum, schwerer und viel größer als gedacht. Vielleicht pinkelte er nur und ging dann wieder. Bestimmt würde er das tun.

»Ich hab ihn«, flüsterte sie.

Er blieb aber nicht stehen, sondern kam langsam auf sie zu. Beide Hände in den Hosentaschen, verdammt. Linkshänder, Rechtshänder?

»Okay«, sagte die Stimme im Ohr, mehr war nicht nötig. Ein Knacken, dann Stille, dann Schluß.

Lautlos auch er da vorn, Schritt für Schritt, leise und bedächtig. Aber immer näher. Der wollte was, der hatte eine Absicht. Der hatte sich was ausgesucht. Als sie endgültig begriff, daß er genau auf sie zukam, daß er ein Ziel hatte, dem er sich näherte, spürte sie eine zügellose Wut. Er wagte es tatsächlich. Er kam.

Ruhig atmen, warten, sie durfte nicht blindlings einen Mann anfallen, dem es nachts einfiel, durch einen Park zu gehen.

Immer näher, näher, Schritt für Schritt, ein dunkler Geist, fast konnte sie ihn riechen. Sie hielt den Kopf gesenkt und konzentrierte sich ganz auf seine Füße. Jetzt wurde er langsamer und damit leiser, doch er kam voran.

Gleich.

Die Schuhe, die Füße, Schritt für Schritt, noch drei Schritte, noch zwei – sie hob den Kopf in dem Moment, als er eine Hand aus der Tasche nahm.

Jetzt.

»Polizei, bleiben Sie stehen!«

Was sie von ihm hörte, war ein gezischtes »*Was?*«, und was sie sah, war seine Hand an der Hosentasche, das war vielleicht eine Zehntelsekunde, bevor sie sich von der Bank abstieß.

Ein irrer Lärm folgte; die Kollegen stürzten im selben Moment aus dem Gebüsch, als sie im Aufspringen ihr ganzes Gewicht auf das linke Bein verlagerte, in die Höhe sprang und ihn im Flug mit dem rechten Fuß oberhalb des Magens traf. Er fiel, und sie gaben ihm den Rest, schleiften ihn von der Bank weg und preßten seine Arme auf den Boden. Sie brüllten, und der Mann brüllte auch. Wie ein waidwundes Vieh lag er auf dem Rücken, mit bösen Hunden um ihn herum. Einer hockte sich auf ihn, ein anderer trat seine Füße auseinander, und der Dritte knallte ihm im Rhythmus seines Geschreis den Handrücken gegen die Wange: »DAS! IST! JETZT! ABER! PECH! JA?«

Die Drogenfahnder kamen ihr mordlustig vor. Ina spürte ein Zittern in den Händen und einen scharfen Schmerz im linken Knie. Vermutlich beim Absprung verrenkt, so tadellos der auch gewesen war. Die Puppen im Training hatte sie noch nie so weit oben getroffen.

Der Schreihals ließ von dem Mann ab, und als er aufsprang und sich demutsvoll vor ihr verbeugte, erkannte Ina die Stimme aus ihrem Ohr.

»Bitte, Kollegin.«

Der Mann auf dem Boden aber hörte nicht auf zu schreien. »Hundert Euro«, schrie er, »und meine Kreditkarte! In meiner Brieftasche!«

War das ein Schweizer? Es hörte sich wie Chräditcharte an.

Stocker, von dem sie nicht wußte, wo er die ganze Zeit gewesen war, kam wie ein Feldherr nach der Schlacht auf sie zu und sagte: »Sie erinnerten mich an Emma Peel.«

Schön, doch lieber wäre sie mit Scully verglichen worden, was jedoch nur in ihren Träumen geschah.

»Warum haben Sie Ihre Waffe nicht gezogen?«

»Dazu war doch überhaupt keine Zeit.«

»Nicht?« Stocker sah sie mit einer seltsamen Mischung aus Abscheu und Achtung an. »Manchmal könnte ich Sie stundenlang prügeln«, zischte er. »*Stundenlang*!«

»Ja«, sagte sie nur.

»Weil Sie so *kreuzdämlich* sein können.«

»Ja, okay.«

»Zieht die Waffe wieder nicht!« Er schien sich nicht beruhigen zu wollen, die Blicke der Fahnder signalisierten, daß sie hier den ganzen Verkehr aufhielten, in ihre kleine, private Fehde verstrickt.

Das Geschrei hatte viele geweckt. In kleinen Gruppen standen sie da und hielten ihre Plastiktüten an den Körper gepreßt, weil man offenbar in jeder Sekunde darauf aufpassen mußte. Kollegen liefen zusammen und bildeten einen Kreis um die Obdachlosen, weil sie fürchteten, sie würden sich geschlossen auf den Mann stürzen; von irgendwoher kam der Ruf: »Die haben ihn.«

Eine Lampe wurde eingeschaltet und schien dem Mann in das verzerrte Gesicht. Ina blieb über ihm stehen und zeigte ihm ihren Ausweis, wohl wissend, daß er den kaum lesen konnte. »Kriminalpolizei«, sagte sie. »Und?«

Als sie ein kurzes Schluchzen hörte und dann in seinem Gesicht ein verzerrtes, aber glückliches Lächeln sah, wußte sie, daß sie ihn nicht hatten. Den hier vielleicht. Aber nicht *ihn*.

»Gott sei Dank«, sagte er. »Ich dachte schon – ich habe nicht verstanden, was Sie vorhin gesagt haben, ich dachte, Sie wollten an mein Geld.«

»Und was wollten Sie von mir?«

»Nichts, um Gottes willen.«

»Nichts.« Sie verspürte den Wunsch, ihn erneut zu treten. Auch wenn *er* es vermutlich nicht war, kotzte er sie an, und sie hätte nicht sagen können, warum das so war. »Sie stromern nachts um zwei im Park herum, gehen auf eine Bank zu, auf der jemand liegt –«

»Ich wollte doch bloß gucken«, unterbrach er sie, »was mit Ihnen ist.«

»So«, sagte sie.

»Ich dachte, lebt die noch oder ist die schon tot? Wenn Sie Hilfe gebraucht hätten, ich hätte doch angerufen, ich habe doch mein Telefon hier.«

Was hatte er denn noch? »Ihren Ausweis bitte«, sagte sie, und als hätten sie darauf gewartet, begannen zwei der Fahnder ihn zu durchsuchen. Ausweis, Schlüssel, Handy, Tempos, Kaugummis, Brieftasche mit Frau, Tochter, Kreditkarte und zwei Kondomen. Keine Waffe, keine Utensilien fürs Schminken.

»Also, was wollten Sie nachts um zwei im Park?« fragte sie und ging vorsorglich zwei Schritte zurück, denn würde er jetzt die Frage stellen, ob das verboten sei, würde sie ihn wohl doch wieder treten, auch wenn das verboten war.

»Ich wollte ins Hotel.« Er betonte die erste Silbe, *Ho*tel. »Ich kenne den Weg nicht, ich dachte, ich komme da hinten raus.« Er zuckte mit dem Kopf. »Ich dachte, das ist eine Anlage, aber es ist ja so weitläufig. Ich dachte, ich komme da hinten raus, aber da ging es immer weiter. Es hat ja so viele Wege hier.«

»Ja«, mischte Stocker sich ein, »wir haben hier viel Grün.« Seine Stimme klang freundlich, doch seine Augen glitzerten kalt.

Schweizer. Unglücklich, das zog womöglich Kreise. Walter Langenstein dem Paß nach, wohnhaft in Zürich, neunundvierzig Jahre alt.

Plötzlich bekam er Oberwasser. »Was wollen Sie denn von mir? Ich bin Einkaufsleiter und treffe mich mit Kollegen, was wußte ich denn, was das neuerdings für Sitten hier sind. Ich war schon einmal hier, da hatte es eine andere Regierung, da war es aber angenehmer.«

»Wir möchten Sie noch auf dem Revier sehen.« Stocker reichte ihm die Hand, damit er aufstehen konnte. »Wann sind Sie denn eingereist?«

»Vorgestern.«

»Was sich nachprüfen läßt.«

»Freilich.« Der Mann starrte ihn an. »Was ist das denn hier?«

Wenn man so genau wüßte, was das hier war – ein gelungener Versuch, einerseits. Andererseits schien er mißlungen. Gemurmel erhob sich unter den Obdachlosen, als der Mann abgeführt wurde, Gemurmel, das in einer Frage endete: »Und jetzt?«

Weiter weg stand Auermann. Ina sah, wie er sich auf die Zehenspitzen stellte, den Kopf reckte, um nach einem Moment der Anspannung wie ein lauerndes Tier ein paar Schritte ins Dunkel zu gehen. Dann hörte sie es auch. Jemand schrie. Eine Frau kam auf Auermann zu und ging mit kleinen Tippelschritten vorwärts. Sie hob die Arme, ließ sie sinken und hob sie erneut, eine an unsichtbaren Fäden geführte, halb aus dem Leim gehende, weinende, schreiende Marionette.

»Am Hundeschild.« Man verstand sie kaum. »Am Hundeschild, beim Abfall. Bei den vergifteten Pflanzen.«

Auermann rannte los, und als wäre das ein Signal, die Marionettenfäden abzuschneiden, drehte die Frau sich wieder um und lief ihm hinterher.

Alle rannten sie ihm hinterher, die Taschenlampen voran, durch Gestrüpp und unter Bäumen entlang, deren tief hängende Äste sich in den Haaren verfingen. Die Schreie der Frau wiesen den Weg in einen von Schildern gesäumten, unwegsamen Winkel: »Vorsicht Giftpflanzen, Fahrradfahren nicht gestattet« und schließlich jenes Schild mit dem Bild eines Hundes, das Kinder den durchgestrichenen Hund nannten.

Der schwarze Hund mit dem roten *X* ragte über einem Bündel empor, das verdreht und verrenkt zwischen Steinen und weggekipptem Abfall lag. Es war warm, es roch nach Moder und Verfall. Das Menschenbündel hatte dunkles Haar und ein rotbraunes Gesicht, rot vom Rouge und braun vom Puder, nur die Lippen, die auch einmal rot gewesen waren, schimmerten blau. Wieder reichten die schwarzen Kajal-Striche bis zu den Schläfen, wie bei einem traurigen Clown. Ein junges Gesicht. Es war eine Frau. Auf den nackten Oberkörper war mit Lippenstift ein rotes *X* gemalt, das gleiche wie auf dem Hundeschild.

Stille, bis auf das Weinen der Frau, die sie hierher geführt hatte, ein anschwellendes Weinen, das in einem Schrei endete, einer Totenklage, »Johanna, Johanna, Johanna.«

Ina lehnte sich gegen einen Baum und versuchte einen Gedanken an den anderen zu reihen – der Schweizer wohl nicht. Der Mann, den sie so heldenhaft überwältigt hatten, der konnte es nicht gewesen sein. Oder doch, warte, da mußte man alles ganz genau prüfen, das mit der Einreise, wann er angekommen war und wie lange sie hier schon im Abfall lag, ausradiert mit einem roten *X*, die durchgestrichene Frau.

Übelkeit und so ein Zittern in den Knien. Diese Ratte, sie kam und sie ging.

In ihrem Kopf fingen kleine Kinder an zu tanzen, Zwerge, die immer vom durchgestrichenen Hund sprachen, wenn sie dieses Verbotsschild sahen, und das war vermutlich auch der Grund dafür, daß sie eine Weile an nichts anderes mehr denken konnte als an das Kind, das dieses Bündel hier gewesen war. Ein Kind vielleicht, das glücklich herumgehüpft war oder auch nicht, ein Kind aber, das die Welt gesehen hatte, ohne sich je vorstellen zu können, einmal so zu enden, blicklos in einen düsteren Himmel starrend, ein paar Tage lang und ein paar Nächte.

So waren sie immer, diese Gedanken, die sie schwindelig machten, seit sie die Toten sah. Daß man in vergammelten Häusern und in Hinterhöfen lag oder in einem Grab im Gestrüpp, an dem nie jemand stand.

»Johanna, Johanna.« Eine wenigstens weinte um sie. »Johanna«, schrie die Frau, die das Bündel gefunden hatte, und alle sahen zu, wie Hans-Jürgen Auermann sie an den Schultern packte, ihren Kopf gegen seine Brust drückte und anfing, ihr übers Haar zu streichen.

Ein Eichhörnchen sprang zwischen zwei Bäumen hervor und reckte den Kopf dem fahlen Morgenlicht entgegen. Arglos hüpfte es an den Menschen vorbei, die mit ihrer Habe auf den Wegen standen, mit Zeitungen für die Nächte und Plastiktüten für die Tage. Ihr Gemurmel verstummte, als sie die Totenträger mit der Bahre kommen sahen, und sekundenlang war es so still, daß man nur die Schritte der Träger hörte, Knirschen auf Kies. Ein Mann nahm seine Baseballkappe ab und ging einen Schritt nach vorn.

»Komm raus«, schrie er, »KOMM RAUS!«

Die Träger schienen zu zögern. Es waren Männer in schwarzen Anzügen, einer mit Halbglatze, der andere mit Mozartzopf, Vater und Sohn. Einen Moment lang sahen sie zu der Gruppe herüber, als wollten sie sich vergewissern, daß der Mann, der geschrien hatte, nicht das Bündel meinte, das sie hier wegtrugen.

»Komm her!« schrie er erneut. »Ich will deine Fresse sehen! Ich hab keine Angst!«

Doch, hast du, wollte Ina ihm sagen, ich auch, aber es ist eine andere Angst, nicht die ums nackte Leben. Sie rieb sich die Augen, die vor Erschöpfung brannten.

Erneut die Schritte der Träger, wie sie sich langsam entfernten, und weiter weg das Schluchzen einer Frau. Das letzte Geräusch, das Ina aus dem Park mitnahm, war das leise Singen der Vögel.

Es hallte nach, als sie ins Präsidium fuhren, so ein unschuldiges Geräusch. Im Wagen war es still. Auermann fuhr, Ina saß neben ihm und sah im Rückspiegel Stocker in die Morgendämmerung starren. Daneben, zitternd und mit gesenktem Kopf, Beate Siebert, die Frau, die die Tote gefunden hatte. Sie trug nur fadenscheinige Kleidung am Leib. Alles verschwamm; Ina sah den Täter vor sich, eine dunkle Hülle ohne Gesicht, ein Wesen, das kam und das ging und keine Spuren hinterließ. Der zum Fundort gerufene Pathologe war in einer ersten Schätzung davon ausgegangen, daß die Frau seit vier Tagen tot war, alles in allem, bedachte man die Wärme und die feuchte Luft. Die Kriminaltechniker hatten wieder keine Schleifspuren gefunden, nur ein paar blaue Fasern unter den Nägeln der Toten. Hatte sie sich gewehrt, ihn an seinem blauen Hemd gepackt oder was immer er getragen hatte? Doch wenn es keine Schleifspuren gab und sie davon ausgingen, daß der Fundort auch der Tatort war, bedeutete das denn, daß die Frau sich dieses vermoderte Gelände zum Schlafen ausgesucht hatte? Ja, hatten die Techniker gesagt, allem Anschein nach.

»Nein«, sagte Beate Siebert im Präsidium, als Ina und Stocker mit der Befragung begannen, »das tut doch kein Mensch.«

Das Zimmer war heiß, doch sie fror. Sie fragte, ob sie den angebotenen Kaffee bezahlen müsse und bedankte sich umständlich, als sie erfuhr, daß dem nicht so war. Bevor sie sich setzte, klopfte sie ihre schäbige Hose ab. Johanna, sagte sie, die schlief doch nicht zwischen Giftpflanzen und Müll, Johanna doch nicht, die schlief nur selten auf der Straße. Sie selber schon, was sich so ergeben hatte, seit ihr Mann, ihr *beschissener* Mann, sie aus dem Haus geprügelt hatte und sie herumlief und nichts fand, dieses blöde Leben halt, wer suchte sich den Dreck denn aus?

Johanna war anders gewesen. Johanna hatte sich bestimmt niemals schlagen lassen, die hätte sich gewehrt.

Als Stocker fragte, ob sie den vollen Namen der Toten kenne, fing sie wieder an zu weinen »Johanna Mittermaier«, sagte sie schließlich. »Das Wort ist so schlimm.«

»Welches Wort?« fragte Stocker.

»Die Tote.«

»Ja«, sagte er.

»Johanna Mittermaier«, wiederholte Beate Siebert. »So hat sie ihre Gedichte unterzeichnet, daher weiß ich das. Ich hab sie immer in der Kneipe gesehen, da hat sie ihre Gedichte verkauft. Die konnte sie direkt auf Bestellung schreiben, man hat ihr ein Thema gegeben, und sie hat gedichtet.«

Johanna. Beate Siebert machte lange Pausen; verträumt war sie halt gewesen, die Johanna, immer mit dem Kopf in den Wolken, hat immer gedacht, gedichtet und geträumt. Die hatte die Straße nicht gebraucht, nur manchmal, sie war nämlich eine Künstlerin gewesen. Johanna war ein Schmetterling und flog zwischen Menschen herum.

Und du hast sie trotzdem erwischt? Ina sah auf Beate Sieberts zitternde Hände. Pit Rehbein hatte die Straße auch nicht gebraucht.

Sie rieb sich die Schläfen. Johanna Mittermaier. Vier Tage tot. Wieder eine Schlagzeile, da hast du sie, aber die richtige scheint es nicht zu sein. *Der Obdachlosenmörder*, findest du das angemessen? Oder ist es egal, solange du nur endlich mal ganz groß herauskommst, denn das gibt euch Psychos doch den Kick, wenn ihr eure kleine, verborgene Scheißexistenz in den Mittelpunkt der Welt stellen könnt. Was ist dein Muster? Siehst du alles als vernichtenswert an, was ohne geregelte Arbeit ist und arm? Dann hast du ja hier eine Menge zu tun, erstens. Zweitens mußt du dir die Leute gezielt aussuchen und gehst nicht so wahllos vor, wie Stocker meint. Ist das so? Hast du dann drittens die Leute gekannt und müssen wir dich viertens in deren eigenem Milieu suchen? Aber wer von diesen Leuten ist so clever, daß er keine Spuren hinterläßt?

»Wie sind Sie überhaupt an diese Stelle des Parks gekommen?« hörte sie Stocker fragen. Vielleicht hatte er Angst, die Frau, die so dünn und blaß vor ihm saß, könnte unter seinen Fragen zerbrechen, weil er umständlich hinzusetzte: »Sie gehen diesen dunklen Weg, der ist abseits, nicht, und Sie sind nicht mit den anderen – ehm – Kollegen zusammen, und dann gehen Sie da also hin und –«

»Ich mußte mal«, sagte Beate Siebert.

»Wie?«

»Ja Gott, ich *mußte*. Ich wollte nach vorne zu den Bänken, aber da hätte es sein können, daß schon einige da sind. Ich kann mich nicht in die Büsche schlagen, wenn welche da sind, das bringe ich nicht.« Sie verschränkte die Hände. »Und dann bin ich über sie – bin ich gestolpert. Ich wußte nicht, daß es ein Mensch ist, hab mein Feuerzeug angemacht.« Sie sah von einem zum anderen. »Und da war Johanna. Da lag sie. Sie war so fremd und –« Sie weinte.

»Ja«, sagte Stocker nur. Er starrte vor sich hin und sah wie einer aus, dem alles zuviel wurde, schreiende Journalisten, Polizeipräsident und Staatsanwalt, die doch alle dieselbe Frage stellten: Wann sorgt ihr dafür, daß das aufhört? Ihr legt Fallen aus im Park, ihr Hansel, und nebendran liegt schon wieder eine Leiche.

»Möchten Sie noch Kaffee?« fragte Ina die weinende Frau, weil Stocker ihr ein Zeichen gab, weiterzumachen und ihr absolut keine Frage einfiel. Es waren tausend Fragen, nur die eine nicht. Sie glaubte Gedanken zu haben, nach denen sie die Hand ausstrecken konnte, doch im selben Moment lösten sie sich auf.

Johanna brauchte die Straße nicht, hatte Beate Siebert gerade gesagt und hinzugesetzt: nur manchmal. Wenn sie niemanden fand, wenn niemand ihr Obdach gab, dann schon. Dann hatte sie aber gewiß kein verstecktes, vermodertes Gelände gebraucht, doch die Techniker sagten, Fundort sei Tatort, wie in allen Fällen bisher.

»Ich habe noch«, murmelte Beate Siebert. Was hatte sie? Kaffee, ja klar, der Becher war noch fast voll.

Ina drückte die Fingernägel in die Handflächen, Konzentration, verdammt noch mal. »Wo hat Johanna denn gewohnt«, fragte sie, »wenn sie nicht auf der Straße war?«

»Sie kannte viele Leute«, sagte Beate Siebert. »Studenten und Künstler, wie sie. Sie hat oft irgendwo Unterschlupf gefunden. Ich hab sie noch nicht einmal im Winter im Wohnheim gesehen.«

»Kannten Sie diese Leute auch?«

»Nein«, sagte Beate Siebert, »ich passe doch nicht zu denen.«

»In welcher Kneipe haben Sie sich getroffen?«

»Das war beim Pierre. Wissen Sie, wen ich meine?«

Ina nickte. »Pierre's« hieß das Loch in der Nähe des Osthafens, und so gewollt schick wie der Name war auch die Einrichtung aus häßlichen Bauhaus-Imitaten. Soviel sie wußte, wurden dort gelegentlich flüchtige Dealer geschnappt.

»Wann«, fragte sie langsam, »haben Sie Johanna das letzte Mal gesehen?« Es war die Frage, die sie sofort hatte stellen wollen, schon im Auto, schon im Abfall, als sie Johanna Mittermaier gesehen hatte, dieses Bündel mit roter Schminke und blauen Totenflecken.

»Das war –« Beate Siebert ließ sich Zeit. Sie schloß die Augen und sagte schließlich: »Das muß im Frühjahr gewesen sein.«

Ina wollte Stocker anschreien: Hören Sie das? Ich wußte, daß sie so etwas sagt. Doch Stocker starrte ausdruckslos vor sich hin.

»Im Frühjahr«, wiederholte sie. »Das ist ein paar Monate her.«

»April oder so«, sagte Beate Siebert. »Es hat geregnet.«

»Ist das üblich gewesen«, fragte Ina, »daß Sie sich eine so lange Zeit nicht gesehen haben?«

»Nein, ich habe sie bestimmt so alle ein bis zwei Wochen beim Pierre getroffen, aber ich dachte, sie hätte uns vielleicht satt.«

»Es ist also eine Weile her.« Ina sah sie an; sie wirkte klein und verloren und saß fast auf der Kante des Stuhls. »Warum erinnern Sie sich daran, daß es geregnet hat?«

»Ja, weil –« Beate Siebert richtete sich ein wenig auf. »Weil er doch den Schirm hatte, da hab ich sein Gesicht nicht gesehen. Sie waren, wie soll ich sagen, vertraut miteinander. Aber es ging Johanna nicht so gut.«

»Langsam, langsam«, mischte Stocker sich ein. »Erzählen Sie es bitte von vorn.«

»Es kann auch eine *Sie* gewesen sein«, sagte Beate Siebert.

»So«, sagte Stocker.

»Ja, wegen dem Schirm, ich konnte nichts erkennen.«

»Okay«, sagte Ina. »Sie haben Johanna Mittermaier mit einem Menschen gesehen, den Sie nicht kannten.«

Stocker, offenbar nicht ganz fit, lehnte sich resigniert zurück.

Ina fuhr fort. »Das war vor ein paar Monaten.«

Beate Siebert nickte. »Johanna lehnte an ihm dran, und er hatte den Arm um sie gelegt. Johanna ist so geschlurft, verstehen Sie? Also, ich dachte, entweder ist sie betrunken oder es geht ihr nicht gut. Er zog sie immer mit sich, verstehen Sie? Ich bin dann auf die beiden zu, aber Johanna hat durch mich hindurch gesehen, ganz merkwürdig, als wollte sie nicht, daß ich sie anspreche. Da dachte ich halt, na gut, sie schämt sich für eine wie mich und hab sie in Ruhe gelassen.«

»Er zog sie mit sich«, wiederholte Ina.

»Ja, oder *sie*. Es kann ja auch eine Frau gewesen sein, aber ich habe ja mehr auf Johanna geachtet.«

»Wo war das?« fragte Ina.

»Vor dem Kaufhof.«

»Sie sagen, die beiden hätten vertraut miteinander gewirkt.« Ina nahm einen Stift vom Tisch und drehte ihn zwischen zwei Fingern. »Sie sagen aber auch, er oder sie hat Johanna mit sich gezogen. Auf mich wirkt das jetzt so, als wäre sie nicht freiwillig mitgegangen, kann das sein?«

Beate Siebert dachte darüber nach, dann schüttelte sie den Kopf. »Sie hat den Kopf an seine Schulter gelehnt, die wirkten ganz eng. Als würde es ihr nicht gut gehen oder als wäre sie betrunken und er – oder sie – würde sie stützen.«

»Hat sie denn viel getrunken?« fragte Stocker.

»Nein, nicht viel.« Beate Siebert schüttelte heftig den Kopf. »Muß ich ihn zeichnen?« fragte sie dann. »Ich habe doch fast nur auf Johanna geachtet, ist es denn wichtig? Das ist lange her, ich kann ihn nicht zeichnen.«

Stocker murmelte: »Das müssen Sie nicht.«

Frühmorgens packte Auermann sein Käsebrot vom Vortag aus und sagte: »Der Himmel wird weinen.« Dumpfe Luft kam durch die geöffneten Fenster, und die Sonne versuchte ein paar Strahlen auf die Erde zu schicken, die sich wie Speere durch die dunklen Wolken bohrten.

»Der Schweizer vielleicht auch«, sagte Ina. »In seiner Botschaft, wenn wir Pech haben. Er ist also gecheckt. Als der eingereist ist, lag sie schon da.«

»Das war keine sehr glückliche Aktion«, sagte der ermittelnde Staatsanwalt Ritter. Mit einem geflüsterten Gruß war er gekommen und hatte sich ans Fenster gestellt. Meistens schwieg er. Wenn er etwas sagte, kam das in einem so nörgelnden Ton, daß Stocker sich sofort auf einen Kampf einzustellen schien.

»Wie hätten Sie es denn haben wollen, Herr Staatsanwalt?« fragte er.

Ritter schüttelte den Kopf und zog es vor, zu schweigen.

Stocker trank seinen vierten Kaffee. »Diese Frau Siebert hat nun außer Mittermaier keines der anderen Opfer gekannt. Mit diesem komischen Begriff konnte sie natürlich auch nichts anfangen.« Er blätterte in seinen Unterlagen und murmelte: »*Vic553-delta*. Das scheint mir aber ohnehin nicht von Belang.«

Auermann streckte einen Finger aus. »Das mit dem roten X, das war zuviel.«

»Ja«, sagte Stocker.

»Das nehme ich persönlich.«

»Ja.«

Hans-Jürgen nickte. »Wir haben jetzt was beisammen.« Er wischte sich die Hände an einer Serviette ab und tupfte die Mundwinkel ab. »Das ist also die Johanna Mittermaier, achtundzwanzig Jahre, gemeldet noch bei ihren Eltern, wo sie allerdings seit Jahren nicht mehr wohnt. Kein Kontakt mehr, die haben sie abgeschrieben. Jetzt kommt das Interessante: Die hat eine Weile studiert und zwar Germanistik, die war also Studentin. Allerdings hat sie es abgebrochen.« Er warf die benutzte Serviette in den Papierkorb und hielt ein Foto in die Höhe: Johanna Mittermaier, fröhlich lächelnd, mit einer Katze im Arm. »Laut Aussage der Eltern kleine Streunerin, mal hier, mal da gewohnt, meistens in Wohngemeinschaften. Hat für ein bißchen Geld in Kneipen gekellnert oder Gedichte auf Bestellung geschrieben, vorzugsweise bei »Pierre's«, was noch zu überprüfen ist. Mutter sagt, sie hätte nie gehört, womit sie meinte, sie hätte getan, was sie wollte. Die haben einen Hund, und Mutter sagte also zur Erklärung, der würde hören. Das ist so ziemlich alles.«

Stocker sah ihn ausdruckslos an.

»Ja, ja«, rief Auermann. »Jetzt überlegen Sie mal, ich komme da hin, erzähle ihnen vom Tod der Tochter, und die sagen mir, ach

Gott, das hat so enden müssen, die hat ja nie gehört. Manche Ehepaare, sag ich Ihnen, sollte man schon vor dem Traualtar sterilisieren. Daß die gar nicht erst – ach, was rege ich mich auf.«

»Ja«, sagte der Staatsanwalt Ritter, der immer noch am Fenster stand, aber so lange nichts von sich gegeben hatte, daß sie ihn beäugten wie eine Erscheinung. »Das sieht man oft, daß die unteren Schichten so mit ihren Kindern umgehen. Die halten sich Kinder wie Tiere, die kommen halt, die Kinder.«

»Ich habe von der Schicht überhaupt nicht gesprochen«, sagte Hans-Jürgen. »Auch nicht von Schichten. Auch nicht von Klassen. Schon gar nicht von Randgruppen. Das Ehepaar Mittermaier lebt in einer gepflegten Wohnung in einer gepflegten Gegend, Herr Mittermaier ist Kassierer bei der Sparkasse und seine Gattin gibt die emsig waltende Hausfrau.« Er rieb sich die Augen. »Das war ein kurzer Schluß, Herr Staatsanwalt.«

Ritter nahm es hin. »Aber diese Mittermaier hat sich gegen ihr Milieu entschieden, haben die Eltern sie nicht als Streunerin bezeichnet?«

»Ja und?« fragte Stocker.

»Milieu ist auch ein charmantes Wort«, sagte Auermann. »Da kommt ja hübsch was zusammen.«

»Glauben Sie immer noch an das Märchen vom Obdachlosenmörder?« fragte Ina.

Ritter schien zu merken, daß er nicht besonders gut ankam. »Sie hatten eine harte Nacht«, sagte er in den Raum, ohne jemanden anzusehen. »Ich weiß das zu schätzen.«

»Weiter«, sagte Stocker, ohne auf den Staatsanwalt zu achten. Er tippte Ina auf die Schulter. »Sie halten den Begriff Obdachlosenmörder für ein Märchen.«

»Weil's nicht zutrifft«, sagte sie. »Der guckt nach was anderem. Bloß nach was?«

»Ich sehe das so«, sagte Auermann. »Der fragt nicht, ob man gerade ohne Bleibe ist oder das Wetter so schön findet, daß man sich ins Freie legt. Der hat eine Vorstellung von Pennern, sieht die Leute liegen und legt los.«

Ina sah ihn eine Weile an. »Sieht er sie wirklich liegen?« fragte sie dann. »Ich meine, legt sich jemand freiwillig in eine Abfallgrube, weil das Wetter so schön ist? Legt sich überhaupt jemand irgendwohin da draußen, der eine Wohnung hat oder Leute, bei denen er unterkommen kann?«

»Das ist ein Haß-Täter«, sagte Hans-Jürgen. »Der will ausmerzen, der ixt die durch. Hast du ja gesehen, das sind Tiere für den. Der will die auch nicht verschönern mit dieser beschissenen Schminkerei, der will die entstellen, lächerlich machen.«

Ina malte ein Männchen auf ihren Block. »Das ist keine Antwort auf meine Frage«, murmelte sie.

»Es gibt keine Antwort.« Hans-Jürgen schlug sich auf die Schenkel. »Ja, ja, es ist undurchsichtig. Es gibt kein Muster. Oder der Haß ist das Muster, ja genau.«

»Drei der Opfer hatten mit irgendwas Künstlerischem zu tun«, sagte sie. »Rehbein malt und singt überall dieses Opernzeug, Jakobi ist mal Kritiker gewesen, Mittermaier schreibt Gedichte und hat mal Literatur studiert.«

»Und wie paßt der Marschall da rein?« fragte Stocker. Wieder blätterte er in seinen Unterlagen und murmelte: »Hubsi mit dem Hund, na schön. Der hat sein Lebtag nichts mit Kunst zu tun gehabt, außerdem war das ein lupenreiner Pen… ich meine, Obdachloser.« Er schüttelte den Kopf. »Und von der namenlosen Frau haben wir noch nicht den Schimmer einer Ahnung. Finden Sie sonst irgendwelche Gemeinsamkeiten?« Er verzog die Lippen und ließ die Hände auf seine Mappe klatschen. »Rehbein zweiunddreißig Jahre, Jakobi fünfunddreißig, Marschall einundfünfzig, Mittermaier achtundzwanzig, die Namenlose vielleicht Ende Dreißig. Drei Männer, zwei Frauen, wollen wir es noch mit der Haarfarbe versuchen?«

»Sie könnten«, sagte Auermann bedächtig, »jeder für sich in kleine, sagen wir, Unanständigkeiten verwickelt gewesen sein. Von großen wüßten wir, aber mal hier ein kleiner Diebstahl und dort –«

»Ah.« Stocker stieß die Luft durch die Nase. »Sie meinen, ein kleiner Diebstahl regt ihn so auf, daß er mit der Todesstrafe kommt?«

»Wenn's ein Psycho ist«, sagte Ina, »dann regt den alles auf. Was halten Sie von der Theorie, daß er sie an die Plätze gebracht hat, an die Tatorte? Die Spurensicherung hat zwar feststellen können, daß sie da getötet wurden, aber nicht, daß sie da auch geschlafen haben.«

»Und die lassen sich brav da hinführen und abknallen?« Stocker stand auf. »Erzählen Sie doch nichts. Das ergibt alles keinen Sinn.«

»Sie müßten den allwissenden Psychologen fragen, ob ein Haß-Täter mit Genickschüssen arbeitet«, sagte sie. »Das ist so sauber, da kann er sich doch nicht abreagieren.«

»Das macht er beim Schminken«, sagte Stocker. Er deutete auf die Tür. »Sie erkundigen sich bitte in dieser Kneipe der Mittermaier, dem »Pierre's«, ob es da vielleicht noch Informationen gibt.«

»Ja, und dieser Mensch mit dem Schirm«, fing sie an, doch Stocker unterbrach sie.

»Fein, dann laufen wir in der ganzen Stadt herum und fragen: Haben Sie schon mal jemanden mit Schirm gesehen? Außerdem ist das Monate her.«

»Bei allen ist es Monate her«, sagte sie. »Haben Sie das nicht mitgekriegt?«

»Mäßigen Sie sich«, zischte er.

»Nein, tu ich nicht.« Sie setzte sich auf seinen Schreibtisch und hörte sein Seufzen. »Ich hab das schon gesagt –«

»Und wenn Sie es noch hundert Mal sagen.«

»Rehbein.« Sie hob einen Daumen. »Der ist laut Aussage von Kern eine ganze Weile verschwunden gewesen. Marschall, der mit dem Hund« – sie streckte den Zeigefinger aus – »galt als verschollen, holt sich wochenlang seine Sozialhilfe nicht, finden Sie das nicht komisch? Jetzt Johanna Mittermaier. Sie war offenbar Stammgast im »Pierre's«, wurde aber seit Monaten nicht gesehen.«

»Was ist mit Jakobi?« fragte Stocker. »Da können Sie natürlich auch großartig annehmen, daß der verschollen war, aber dazu müßten wir definitiv Bekannte finden, die das auch bestätigen können. Die Frau von der Kirche hat noch nicht mal einen

Namen, geschweige denn Menschen, die sie gekannt haben und eine ähnliche Aussage machen könnten.« Er sprang auf. »Ich sage Ihnen, was wir machen. Zunächst werden alle einschlägigen Plätze massiv gesichert, ich will überall Beamte sehen. So geht das nicht. Da muß Ruhe rein.«

»Hilflos«, sagte der Staatsanwalt. Sie drehten die Köpfe. Der war ja immer noch da.

»Vorschläge?« fragte Stocker. »Bitte, treten Sie vor. Ich höre. Nein?«

Gegen zehn kam sie nach Hause, um den Kater zu füttern, eine Viertelstunde lang zu duschen und die erstbeste Salbe auf ihr schmerzendes Knie zu reiben. Weil keine Zeit blieb für eine Kanne Tee, nahm sie zwei Pillen. Jerry beachtete sie kaum, trotzdem bat sie ihn um Entschuldigung für die ganze blöde Einsamkeit, aber vermutlich hatte er sowieso vergessen, wer sie war.

An der Straßenecke machte Benny Unger seinen Freßwagen klar. Frisch geputzt war die knallrote Aufschrift »Hunger? Unger!«, und im Grill warteten stumme, weiße Hähnchen.

»Jetzt haben sie den fünften ermordet«, sagte er. »Das gibt's nicht, oder?«

Ina hob die Schultern und starrte an ihm vorbei.

»Eben in den Nachrichten. Darfst nichts sagen?«

Sie schüttelte den Kopf. Vor allem wollte sie nicht.

»Kaffee?«

»Ich trink doch keinen Kaffee«, sagte sie. »Nur Espresso.«

»Und was glaubst du, was das ist?«

»Anders«, sagte sie. »Geht schneller.« Sie schloß die Augen. Da waren ein paar nebelhafte Bilder im Kopf, Wortfetzen – jemand hatte etwas gesagt, und sie überlegte, was das gewesen und ob es wichtig war. Das Gefühl, etwas zu übersehen, das stärkere Gefühl, daß es nichts zu übersehen gab, weil es so gut wie gar nichts gab. Sie spürte ein Frösteln in der Wärme des Morgens und ein Zittern in den Waden. Kleine Sterne tanzten vor ihren Augen. »Hast du Schokolade? Ich glaub, mein Blutzucker sackt ab.«

»Heißt Blutzucker*spiegel*«, murmelte Benny, »und Traubenzucker ist besser.« Als er ihr den kleinen Würfel gab und sie seine Finger in ihrer Handfläche spürte, überkam sie das heftige Bedürfnis, wenn schon nicht das Land zu verlassen, um irgendwo ein neues Leben zu beginnen, dann doch seinen Kopf zu sich herunterzuziehen. Ein paar Sekunden nur, zur Entspannung. Der Kerl hatte halblanges Haar, das war ein Schlüsselreiz, und diese athletischen Beine, das war der zweite. Vielleicht würde sie ihm das Haar aus der Stirn pusten, aber nicht mehr. Ein Kuß auf die Nasenspitze noch, aber das war es dann auch. Kündigen, nie wieder diese Leichen sehen, weggeworfene Menschen, und mit Benny Unger ans Meer fahren, mehr nicht.

»Ich muß los«, murmelte sie.

»Ah nee«, rief Benny und vergaß, sein Sächsisch im Zaum zu halten. »Nich' immer Gas gäbn.« Im Innern des Wohnwagens fingen die Brathähnchen an zu rotieren.

Doch, Gas geben, was denn sonst? Der Irre stellte sich nicht selbst. Auf dem Weg zu »Pierre's«, Mittermaiers Stammkneipe, kam sie an kleinen Rückzugsorten vorbei, an denen Menschen lagerten. Überall stieg sie aus, um Fragen zu stellen, überall begegneten ihr feindselige Gesichter. Ihr tut doch nichts. Der kommt, das ist Schicksal. Das ist euch doch ganz recht, daß der das macht.

»Nein«, sagte sie, »nein, nein.« Sie schüttelte den Kopf und ballte die Faust – hör auf damit!

Doch der Mann, der vor ihr stand, ein Mann mit ungewissem Alter, der trotz der Wärme alles am Leib trug, was er besaß, stieß ihr einen Finger in den Magen. »Erklär mir mal den Unterschied«, sagte er. »Wenn wir vor teuren Geschäften hocken, jagt ihr uns fort. Jetzt ist einer los, der macht das mit dem Fortjagen gleich richtig.«

»Blödsinn!« sagte sie. »So ein Scheißvergleich.«

»Das war weniger ein Vergleich als eine Feststellung.« Er trug seinen Hausrat in drei Tüten, Zimmer, Küche, Bad. Er stank nach Schnaps, doch seine Sprache war lupenrein. »Für wen arbeitet die Polizei denn? Für die Bürger? Ich bin auch Bürger, aber für mich arbeitet die Polizei nicht. Für die Polizei bin ich eine Störung der öffentlichen Ordnung. Die Polizei arbeitet für die Interessen der

Habenden, verstehst? Wenn wir weg sind, habt ihr weniger Arbeit. Doch, so'n Killer kommt euch ganz genehm.«

Ina spürte den Schwindel, der vom Schlafentzug kam und von den Pillen, und sie spürte die Angst, es nicht zu schaffen, sich von einem Psycho womöglich verarschen zu lassen, noch mehr geschminkte Leichen zu sehen oder noch mehr Augen wie diese hier, Augen voller Verachtung und doch voller Angst. Sie wollte sich auch nicht von jedem Hergelaufenen beschimpfen lassen, was wußte der denn? Hatte der Penner hier eine Ahnung von ihren Träumen, wenn Gespenster tanzten und halbzerfallene Leichen nach ihren Händen griffen in der Nacht? Was wußte der denn? Hatte dieser Scheißpenner überhaupt schon einmal halbzerfallene Leichen gesehen, hatte er sie gerochen? Hatte er je die Schreie von Menschen gehört, denen jemand getötet worden war? Kannte der Scheißpenner die Scheißangst, sich in einem dunklen Raum zu bewegen, wenn man ahnte, nein, *wußte*, in jeder Sekunde dem Tod begegnen zu können, hatte der einen Schimmer? Stand hier stinkfaul herum.

»Du verdammter –«, fing sie an.

»Was?« fragte er freundlich.

Sie schnappte nach Luft. »Erzähl mir nichts.«

Er lächelte breit. »Sie wollten mich gerade beleidigen.«

»Ja, ja.« Wieder spürte sie ein Zittern, das sich im Kopf ausbreitete und bis in die Beine zog.

Er wechselte vom Sie zum Du, wie es ihm paßte. »Du bist doch viel zu jung, wie alt biste?«

Sie schüttelte den Kopf, bekam noch immer keine Luft.

»Eitel?« Er sah in die Wolken. »Nein«, sagte er plötzlich. »Um Ihre Frage zu beantworten: nein.«

Schön, und was war die Frage gewesen?

Er half ihr. »Sie wollten wissen, ob mir irgend etwas Ungewöhnliches aufgefallen ist. Mir ist nichts aufgefallen. Außer den Morden ist überhaupt nichts passiert.«

Das sagten sie alle. War das möglich? Sie fragte: »Haben Sie irgendwann einmal jemanden gesehen, egal, ob Mann oder Frau, der oder die sich vielleicht besonders um einen Ihrer – hm – Kumpels gekümmert hat? Von dem Sie das nicht erwartet hätten. Den Sie vielleicht zusammen mit einem Ihrer –«

»Ich erwarte es von niemandem. Und nein, hab ich nicht gesehen.« Er fing wieder an zu lachen. »Sie schützen mich nicht, oder?«

Sie drehte sich noch einmal um, wollte etwas sagen und wußte nicht, was.

»So wird das nichts«, rief er ihr hinterher.

Mal sehen. Weiter, durch kleine Parks und Anlagen, durch Hinterhöfe und an Bänken vorbei und immer wieder dieselben Fragen: Jemanden getroffen, der ungewöhnlich war, irgend etwas Ungewöhnliches bemerkt? Gerüchte gehört, irgendwas? Immer wieder dieselben Antworten: nein. Niemanden getroffen, nichts gehört und nichts gesehen, alles ganz normal. Bis auf *ihn* halt, stimmt's? Warum laßt ihr uns krepieren wie die Fliegen? Sie ließ sich begaffen, hörte Pfiffe und Beschimpfungen und angsterfüllte Fragen: Was ist das für einer? Warum kriegt ihr den nicht?

»Der Hubsi hat es kommen sehen«, sagte eine Frau. »Der hat es gewußt.« Daß Hubert Marschall zu den Opfern gehörte, hatte sich herumgesprochen, denn anders als Rehbein oder Jakobi hatte er zu ihnen gehört.

»Der Hubsi hat immer gesagt: Ich mach es nicht mehr lang«, sagte die Frau, und andere stimmten ihr zu, ja, ja, hat er gesagt, hat aber den Tabak gemeint und den ganzen Dreck. Der Hubsi, ja. Sie kamen zusammen und bauten ihm ein kleines Denkmal, sagten, daß er ein Friedlicher gewesen war, ein Angenehmer. Kloppte niemanden, ist nie laut gewesen, nur manchmal, wenn er sich geärgert hat. Hat sich aber nur selten geärgert, ist eigentlich ein Gemütsmensch gewesen. Den hat einmal ein Bulle getreten, ein – Verzeihung – Polizeibeamter, als der Hubsi vor dem Kaufhaus schlief und am nächsten Morgen nicht freiwillig ging, weil es doch so kalt gewesen ist, so elend kalt an diesem Tag. Da hat der ihn also getreten, der Herr Beamte, aber der Hubsi, der hat bloß ruhig gefragt: Warum tun Sie mir mit Absicht weh?

Ja. Ja, sagten sie, so ist der gewesen. Immer mit Umsicht, verstehen Sie, mit Bedacht. Immer geschlichtet, wenn zwei aufeinander los sind, immer gesagt, das lohnt sich doch nicht, das kann man doch friedlich regeln. Er ist ja überhaupt auch recht zäh gewesen, hat bei minus zehn Grad noch auf der Straße gepennt, weil er im Wohnheim nicht bestohlen werden wollte, die klauen da doch wie die Raben, haste kaum deine Sozialhilfe bekommen, schon mußte achtgeben, daß sie dir keiner klaut. Sind so einige dabei, die gönnen einem nichts, aber der Hubsi, der ist nie so gewesen. Geklaut hat der nicht, und er hat auch mit dem Trinken aufgehört, wie er den Hund bekommen hat, kannste dich an den Hund erinnern? Wie hieß er gleich, so'n kleiner Brauner mit Schwänzchen, so süß, der hieß – Mimi, ja genau, die Mimi. Ein Weibchen, die hat der Hubsi wirklich gern gehabt, wo er doch keine Frau hatte und keine Kinder und nichts. Maurer ist er gewesen, hat er zumindest mal erzählt, ist er einmal vom Gerüst gefallen, da wollten sie ihn nicht mehr, hat er ewig gesucht, bis er kein Geld mehr hatte, bloß noch Schulden. Fing er an zu saufen, wie's halt ist, hat auch ziemlich lange gesoffen, bis er dann den Hund bekam. Die Mimi hat ihn vom Saufen abgehalten, weil er sich nämlich entscheiden mußte: Alk oder Hundefutter? Vom Alk bekam er die Mimi nämlich nicht satt. Bloß geraucht hat er noch, und wie, hat vielleicht deswegen immer gesagt, daß er es lang nicht mehr machen würde, wegen dem Husten und so, und den kaputten Füßen. Aber so hat er sich das nicht vorgestellt, das hat er doch nicht kommen sehen, grad er. Der hat wirklich niemandem was getan, hat nicht geklaut und nichts und hatte für jeden ein Wort.

»Wenn Sie den kriegen«, sagte einer und drehte in den rissigen Händen einen kleinen Sonnenhut hin und her, »dann sagen Sie ihm von mir –« Er holte Luft und wußte nicht weiter. »Sagen Sie ihm – reißen Sie ihm den Arsch auf, ja?«

Ina nickte.

»Ja?«

»Ja.« Sie zog die Nase hoch und sah auf den Boden.

»Und dann muß er doch was aufs Grab kriegen.«

»Ich weiß nicht«, murmelte sie. Da kam nichts aufs Grab, vielleicht noch nicht einmal ein Kreuz; sie wußte nicht, ob die Armengräber Kreuze trugen.

»Ein Blümchen«, sagte der Mann. »Wie sich das gehört.«

Als sie im »Pierre's« ankam, fiel ihr ein, daß sie außer Bennys ekelhaftem Traubenzucker seit Ewigkeiten nichts gegessen hatte, doch was der Barmann da hinter Glas präsentierte, sah nicht vertrauenserweckend aus. Sie nahm es trotzdem, ein Stück labberigen Toast mit Käse und Schinken.

»Johanna, ja.« Der Barmann war der Pächter, ein Kerl mit Pferdeschwanz, der Lothar hieß, nicht Pierre. »Vor 'ner Weile hat die mal hier ausgeholfen. Sie hat bedient und, na ja, instant gedichtet. Da sagte man ihr also, man sei in Rolfi verliebt, und sie schrieb ein Liebesgedicht für Rolfi. Oder Geburtstagsgrüße für Oma, so einen Kram halt. Hat sie dann verkauft, ich glaube, fünf Euro pro Stück.«

»Hat jemand besonders viel von ihr gekauft?«

»Nee, fast keiner.«

Und sonst?

Schulterzucken. »Sie hing halt herum. Hat mit jedem geschwatzt.«

Denk nach, Junge, erinnere dich, sag mir alles, sag mir meinetwegen, wie sie gekleidet war. Aber sag was. Doch sie sah in seinen Augen nur Ratlosigkeit; Johanna, na, was soll mit ihr gewesen sein? Bißchen flippig halt.

»Schon mal gesehen?« Sie knallte ihm die Fotos der anderen Opfer auf den Tresen, und sah ihn seinem Kopf schütteln und dann zögern.

»Der« – er deutete auf Jakobi – »ist vielleicht mal hier gewesen. Ich habe kein so gutes Gedächtnis für Gesichter.« Er kniff die Augen zusammen. »Wie sieht der denn aus? Der sieht ja aus, als wär er tot.«

»Ja.«

Das wollte er nicht sehen, das wollte niemand sehen, niemand mochte sich Gesichter von Toten anschauen, nichts war so fremd und weit entfernt.

»Was hat das mit Johanna zu tun?« fragte er schließlich und seine Mimik geriet vollends durcheinander, als er erfuhr, daß sie ein Opfer des Obdachlosenmörders war.

»Unmöglich. Das war doch keine Pennerin.«

»Wissen Sie denn, wo sie gewohnt hat?«

»Nein, aber« – er faltete die Hände – »so war die nicht. Man sieht doch die Leute, das war 'ne ganz Normale, wie soll ich sagen, die sah gut aus. Die war –« Er wußte nicht weiter.

Verschwendete Zeit. Sie sah sich um. Nur wenige Gäste saßen an den kleinen Tischen, die auf dem schwarzweiß gekachelten Boden wie Spielzeug aussahen. Ernsthafte Trinker waren da, die schon frühmorgens mit dem Trinken begannen, zwei Schachspieler und eine alte Frau, der sie wohl Blut abgenommen hatten, weil sie ununterbrochen ein Papiertaschentuch in die Armbeuge preßte. Die Schachspieler erinnerten sich flüchtig an Johanna Mittermaier: diese kleine Dichterin, oder? Die auf Teufel komm raus reimte, ja? Ach Gott, die war schon süß. Jakobi hatten sie nicht gekannt, die anderen auch nicht. Die Trinker erinnerten sich naturgemäß überhaupt nicht, und die alte Frau guckte sich alle Fotos lange an, bevor sie auf Johanna Mittermaier deutete und sagte: »Die hat mir schon Kaffee gebracht.« Damit schien das Gespräch für sie erledigt.

»Können Sie noch ein bißchen mehr erzählen?« fragte Ina.

Die alte Frau seufzte. »Ich bin alle zwei Wochen hier, weil der Doktor meinen Zucker kontrolliert. Ich habe Zucker.«

Ina nickte.

»Da nimmt er Blut ab, dann frühstücke ich hier. Ich muß da ja nüchtern hin.«

»Wissen Sie, ich interessiere mich für sie.« Ina deutete erneut auf das Foto der lächelnden Frau mit einer Katze auf dem Arm.

»Nettes Mädchen. Sehr freundlich.« Die Alte nickte. »Manchmal hat sie hier bei der schönen Frau aus dem Fernsehen gesessen, na, so schön ist die auch wieder nicht.«

»Bei –?« Ina ließ sich schwer auf den Stuhl neben der Alten fallen. »Welche Frau?«

»Ach, Sie kennen die doch.« Sie kontrollierte kurz den Einstich. »Das ist die, die im Fernsehen die Verbrecher jagt. Ich seh's ja gern.«

»Wirklich?« Ina atmete durch, bevor sie fragte: »Wie sah sie denn aus?«

»Aber das wissen Sie doch.«

»Nein, es gibt so viele im Fernsehen.«

»Aber diese jagt die Verbrecher«, sagte die alte Frau und legte den Kopf schief. »Also gut«, seufzte sie dann. »Sehr schlank war diese Dame, so wie Sie, aber etwas kleiner. Das Alter so Ende Zwanzig, Anfang Dreißig, nicht? Aber sehr viel blasser als Sie. Helle Augen, heller als Ihre, aber auch ein blauer Ton, denke ich. Haare ein wenig länger als Ihre, aber nur eine Spur. Haare blond und schulterlang. Nicht aus der Drogerie! Echt. Sind Sie zufrieden mit mir?«

»Ja, Sie sind gut.« Ina lächelte sie an.

»Stimmt das mit dem Alter?«

»Ja, ist okay.«

Ina lächelte. »Haben Sie die Frau öfter hier gesehen?«

»Sicher. Die las in einem Buch, hat still für sich gesessen. Das Mädel hier« – sie deutete auf Mittermaiers Foto – » hat sich dann zu ihr gesetzt.« Sie zuckte mit den Schultern. »Wie sie es halt machen, nicht?«

»Hatten Sie den Eindruck, daß sie befreundet waren?«

»Wenn man miteinander redet, ist man dann befreundet? Die eine hat der anderen wohl die Hand auf den Arm gelegt, so nett und fürsorglich, aber wer jetzt wem, daran entsinne ich mich nicht mehr, mir fiel nur auf, daß die Frau aus dem Fernsehen im Fernsehen schöner ist. Ich dachte noch, ich lass' mir ein Autogramm geben für meinen Enkel, aber dem hätte ich dann erzählen müssen, daß sie im Fernsehen schöner ist, und dann hab ich es gelassen.«

»Gut«, sagte Ina. »Vielen Dank.«

Draußen rief sie Stocker an. »Jetzt kennt die Berninger schon das zweite Opfer.«

»Fragen wir sie«, sagte er. »Kommen Sie heute Abend in dieses, dieses Fernsehstudio.« Anscheinend mußte er sich überwinden, das Wort auszusprechen. »Die bringt die Geschichte und hat mich als Gast.«

»Sie?«

»Ja und? Der Polizeipräsident wollte es so.«

Meike, die glückliche Empfangsdame, stellte sich als die Redaktions-Assistentin von *Fadenkreuz* heraus. Sie schrie »Hallöchen«, als sie Ina sah.

»Ihr Kollege ist schon in der Maske, Sie wollten doch nicht auch? Das haben wir jetzt nicht disponiert, wir –«

»Nein«, sagte Ina. »Ich will nicht. Aber ich möchte Frau Berninger nach der Sendung noch sprechen.«

»Nun, wenn Sie das möchten«, flötete Meike, »dann machen wir es so. Kommen Sie, kommen Sie, setzen wir uns doch.« Sie wedelte mit einer rot umrandeten Brille herum und ging voran in einen mit Monitoren und Kabeln vollgestopften Raum. Drei der Monitore zeigten Programme anderer Sender, einer ein Testbild und auf einem weiteren war die Berninger zu sehen, wie sie mit dem ratlosen Blick einer Kurzsichtigen ins Nirgendwo starrte.

»Das ist ein internes Bild«, erklärte Meike. »Wir beginnen gleich.«

»Ja«, sagte die Berninger auf dem Monitor. Sie hatte einen Knopf im Ohr und lauschte einer Stimme, wühlte in Papieren und murmelte wieder »Ja«.

»Man muß ihr alles sagen«, sagte Meike.

»Ah so«, sagte Ina. Vor ihr nahm die Berninger Haltung an. Sie richtete sich auf und schien einen Meter zu wachsen.

»Ihre Präsenz ist halt wahnsinnig, nicht?«

»Mmh.« Ina sah auf ihre Fingernägel, als *Fadenkreuz* mit dem üblichen Getöse begann. Hände griffen ins Leere, Füße rannten irgendwohin, ein Mund verzerrte sich zu einem Schrei und über allem lag der schräge Klang einer Trompete. Denise Berninger, nun auf Sendung und somit wie in Stein gemeißelt, berichtete von mißhandelten Prostituierten und einem Raubmord, bevor sie sich in ihrem Stuhl drehte, um ihren Gast zu begrüßen.

»Bei mir im Studio jetzt Hauptkommissar Ralf Stocker.«

Stocker, unbeeindruckt, nickte leicht.

»Mal ein Hübscher.« Meike setzte ihre rote Brille auf. »Wir hatten in letzter Zeit immer solche Knilche. Ach Gott, ach Gott, der trägt einen Ehering.«

»Allerdings.« Ina hörte kaum, was die Berninger erzählte, denn hinter ihr wurden jetzt die Fotos der Opfer eingeblendet, Rehbein, Jakobi und die namenlose Frau, Marschall und Mittermaier, die ungeschminkte Wahrheit ihrer Gesichter. Stocker war erst kurz vor der Sendung ins Studio gekommen, und vorher konnte sie kaum vom Tod Mittermaiers erfahren haben, denn in den Nachrichten wurde der Name nicht genannt.

»Sieht sie die Bilder selbst auch?« fragte sie Meike, die ihre Brille schon wieder abgenommen hatte.

»Ja sicher, neben dem Neger hat sie einen Kontroll-Monitor.«

»Was für ein Neger?«

»Der Teleprompter.« Meike hob die Schultern. »Bitte fragen Sie nicht nach dem Grund.«

»Der Mörder kam in der Nacht«, hörte sie die Berninger mit ihrer harten Fernsehstimme sagen, »und erschoß diese Menschen in Parks und Anlagen, den Schlafplätzen der Obdachlosen.«

Sie wandte sich ihrem Studiogast zu. »Was muß man getan haben, Herr Hauptkommissar, um die Aufmerksamkeit dieses Täters zu erregen? Genügt es schon, keine geregelte Arbeit zu haben oder kein Heim? Genügt es, nicht so zu leben wie die angepaßte Mehrheit? Genügt es, notleidend zu sein?«

Stocker, überrumpelt, schien kurz zu überlegen, welchen Fluchtweg er nehmen sollte, falls er es dem Täter gleichtun und die Berninger auf der Stelle erschießen würde. Doch er fing sich; Stocker fing sich immer.

»Das war eine rhetorische Frage«, sagte er. »Wir halten uns an Fakten. Fakt ist, daß alle Opfer an den einschlägigen Plätzen getötet wurden, wenngleich es sich nicht bei allen um Obdachlose handelt.«

Diese Tatsache betonen, hatte der Polizeipsychologe geraten. Dem Täter zeigen, daß er sich irrt. Ihn verunsichern, falls er vor dem Fernseher hockte, was anzunehmen war.

Stocker deutete auf das Foto der namenlosen Toten. »Fakt ist aber auch, daß wir die Identität dieser Frau noch nicht geklärt haben. Natürlich hoffen wir, daß Ihre Sendung dazu beitragen kann, uns in diesem Punkt zu helfen.«

Die Berninger schien den Faden zu verlieren. Gedankenverloren drehte sie einen Stift zwischen den Fingern, starrte auf ihren Monitor und sah dann Stocker an, der ungerührt zurückstarrte.

»Na, na, Schätzchen«, murmelte Meike.

»Haben Serienmörder nicht immer eine Botschaft?« fragte sie schließlich, und ihre Stimme war rauh.

»Ich werde hier nicht spekulieren«, sagte Stocker.

»Arbeiten Sie mit genauso vielen Kräften, Herr Hauptkommissar, wie Sie sie einsetzen würden, wenn es sich beispielsweise um eine Mordserie an Geschäftsleuten handelte?«

Ina stieß die Luft durch die Nase. Neben ihr setzte Meike ihre rote Brille wieder auf. Stocker im Studio sagte: »Allerdings. Was Sie da unterstellen, ist ziemlich durchsichtig.«

Er war noch nicht fertig, doch die Berninger sagte: »Danke« und drehte sich wieder ihrem Volk zu. Zum großen Finale ansetzend, bat sie um Hinweise, falls jemand etwas gesehen oder die Opfer gekannt haben sollte. Dabei guckte sie so durchdringend in die Kamera, daß Ina sich unwillkürlich zurücklehnte.

»Nicht alle waren obdachlos, wenn man mit Obdach eines aus Mauern meint. Eines aus Menschen hatten sie vielleicht nicht. Ihr Tod war grausam. Man fand sie auf der Straße. Sie starben im Dreck.«

»Trulala«, sagte Meike. »Das kann sie.«

Stocker rief kurz nach dem Abspann an. »Ich muß weg. Die haben wieder zwei Nazi-Spacken festgenommen, mal sehen. Kommen Sie in die Maske, die wischt sich gerade den Kleister vom Gesicht.«

»Sie waren gut«, sagte Ina.

»Wie?« Sie hörte seiner Stimme an, daß er rannte. »Da waren Unverschämtheiten dabei, was bildet diese Tussi sich ein?«

Sie wußte nicht, wie sie an seiner Stelle reagiert hätte, denn passende Antworten fielen ihr gewöhnlich erst ein, wenn es zu spät war. In der Maske sah sie die Berninger vor einem großen Spiegel sitzen und beschloß, jetzt gar nicht erst mit dämlicher Konversation anzufangen.

»Sie haben nach der Botschaft des Täters gefragt«, sagte sie. »Was denken Sie, ist seine Botschaft?«

Denise wischte sich mit einem Schwamm über Stirn und Wangen. Ihre Augen im Spiegel sahen schläfrig aus. »Er kehrt Dreck weg«, sagte sie. »So sieht er das.« Sie guckte auf den Schwamm in ihrer Hand, dann warf sie ihn weg.

»Warum sieht er das so?« fragte Ina.

»Das müssen Sie ihn dann fragen. Falls Sie ihn kriegen.«

»Sie wollten in der Sendung den Eindruck erwecken, wir hätten kein besonderes Interesse daran, finden Sie das in Ordnung? Wollen Sie auf dieser Schiene weiterfahren?«

Denise streckte die Beine aus und schloß die Augen. »Nein«, sagte sie nur.

Ina sah sie eine Weile an; sie saß einfach da, als schliefe sie gleich ein. Wieder hing ihr Duft im Raum, Armani.

»Frau Berninger«, sagte sie, »wir haben das fünfte Opfer identifiziert. Johanna Mittermaier.« Frau Berninger, hätte sie gerne gesagt, ich glaube, Sie haben einen Knall.

Denise preßte die Hände auf die Armlehnen ihres Stuhls, und ein Zittern breitete sich bis in ihre Schultern aus. Doch sie sagte noch immer kein Wort. Wie lange hielt sie das Schweigen aus? Irgend etwas summte hier drin, der Strom vielleicht, diese ganze Technik überall. Draußen auf dem Flur war das Klappern von Geschirr zu hören.

»Bitte«, sagte Ina schließlich. »Erzählen Sie mir von Johanna.«

»Johanna hat viel gesehen.« Denise schien ein wenig zu lächeln, doch richtig erkennen konnte man es nicht. »Sie hat das Schöne gesehen, die Berge und die Täler und die Flüsse und das Licht.« Den Blick auf den Boden gerichtet, sprach sie so bedächtig, als dürfe sie nichts vergessen bei dem Vorhaben, der Welt zu berichten, daß Johanna Mittermaier in ihr gelebt hatte. »Das Licht ist wunderschön, wenn man es beobachtet. Morgens zum Beispiel, frühmorgens auf einer Wiese. Sie stand früh auf, um die aufgehende Sonne zu sehen, das erste Licht.« Sie sah hoch. »Das ist wichtig, das ist –«

»Ja«, sagte Ina. Sie fand es völlig belanglos.

»Wenn man das erste Licht sieht«, sagte Denise, »glaubt man, daß man ewig lebt und es keine Dunkelheit mehr gibt. Daß alles gut wird. Johanna wollte immer das Licht sehen. Aber hin und wieder hat sie auch alles Häßliche gesehen, das Dunkle. Dann hat man sie weggebracht.«

»Wohin?« fragte Ina, doch sie wußte es plötzlich.

»In die Psychiatrie.« Denise verschränkte die Arme, die einzige Bewegung, die sie seit Minuten machte.

»Hatte sie besondere Symptome? Verhaltensweisen?«

»Sie hat etwas gesehen.« Denise sah sie unter halbgeschlossenen Lidern an. »Haben Sie noch nie etwas gesehen?«

Die Hand an der Wand, die Hand mit der Waffe, die Waffe, die schoß. Zu Hause. Immer wenn sie allein war. Die eigene Hand, die tötete, das rote Blut auf der weißen Wand. Ina hustete. »Was meinen Sie mit sehen? Sehen kann man viel.«

»Johanna nannte sie Geister.«

Ja, die Toten. Manchmal. Nicht mehr so oft wie früher, längst nicht mehr so oft wie früher. Sie sagte: »Gut, wir wollen das mal abkürzen« und hörte selbst, wie ruppig ihre Stimme klang. »Johanna Mittermaier hatte eine psychische Störung –«

»Man behauptete, sie hatte schizophrene Schübe«, sagte die Berninger.

Ina nickte. Es schien kälter zu werden. So ein Kribbeln auf der Haut. Sie hatte jemanden gekannt, der schizophrene Schübe hatte. Sie hatte ihn erschossen.

»Sie war nicht gefährlich«, sagte Denise. »Sie hat niemandem etwas getan.«

Ina nickte erneut. Sie haßte diese Irren. Sie taten immer was.

Aber gab es hier Gemeinsamkeiten? Wohl kaum, denn Rehbein war doch nie in der Psychiatrie gewesen, und die anderen? Sie setzte es auf die Liste in ihrem Kopf und hörte zugleich die Stimme der Kollegen: Es gibt keine Berührungspunkte, es gibt kein Muster, es gibt nichts.

»Woher kannten Sie Johanna?« fragte sie.

»Aus der Klinik.« Denise sah sie völlig arglos an. »Wir bekamen Elektroschocks und haben nebeneinander auf dem Gang gelegen.« Sie hätte auch sagen können: Wir haben auf den Bus gewartet, und es fing an zu regnen.

»Ich dachte«, murmelte Ina, »man macht das nicht mehr?«

»Elektroschocks? Manche tun es, wenn sie glauben, daß man den Kontakt zur Welt verliert. Zu ihrer Welt.«

Ina nickte, ohne zu verstehen. Sie hatte nicht das Recht, weiterzufragen, denn um hier nachzuhaken, gab es keinen Grund. Nicht fallspezifisch. Bislang nicht.

»Es war kalt«, sagte Denise.

»Was meinen Sie?«

»Die Schocks sind sehr kalt, man friert hinterher.« Denise legte ein Bein über das andere. »Sie sind tüchtig, Sie haben gewußt, daß ich Johanna kannte, noch bevor ich wußte, daß sie tot ist. Warum finden Sie den Mörder nicht?«

Gegenfrage. »Hat Johanna hier auch als Komparsin gejobbt?«

Denise schüttelte den Kopf. »Ich habe es ihr angeboten, aber sie wollte nicht.«

»Kennen Sie Bekannte von ihr, Freunde? War sie mit jemandem zusammen?«

Anscheinend zu viele Fragen auf einmal. Die Berninger sah sie ausdruckslos an. »Nein«, sagte sie nach einer Weile.

»Was *nein*?« Ina spürte ein Kribbeln im Magen und die Lust zu schreien. Genaugenommen war es die Lust, Denise bei den Schultern zu packen und durchzuschütteln. »Also nochmal: Kennen Sie Bekannte von Johanna Mittermaier?«

»Nein«, sagte Denise. »Wenn sie von welchen erzählt hat, dann waren das nur Vornamenträger, die sie kennenlernte, um bei ihnen zu übernachten.«

»Hatte sie einen Freund?«

»Nein.« Denise schien zu merken, daß das nicht reichte und setzte hinzu: »Sie hat mir nichts davon erzählt. Aber so oft haben wir uns auch nicht gesehen.«

»Sie haben zwei der Opfer gekannt«, sagte Ina. »Oder sind es mehr?«

»Nein«, sagte Denise.

»Ich frage Sie noch einmal, Frau Berninger – sind es mehr?«

»Nein, hätten Sie das nicht schon erfahren?« Sie rieb sich die Schläfen, als müßte sie eine Erinnerung herauslocken, jene vielleicht an die anderen Toten, an Marschall, Jakobi oder die namenlose Frau. Doch sie wandte sich wieder dem Schminktisch zu und legte ein paar Pinsel und Schwämme ordentlich nebeneinander.

»Ist das hier Ihr alter Arbeitsplatz?« fragte Ina.

»Ja.« Denise sah sie im Spiegel an. »Sie bräuchten nicht viel Make-up. Legen Sie sich unter die Höhensonne, oder ist das so bei Ihnen?«

Ina kniff die Augen zusammen. Da sie keine Zeit für Höhensonne hatte, würde das bei ihr wohl so sein.

»Sie mögen keine persönlichen Fragen«, sagte Denise. Es war eine Feststellung. Sie öffnete ein Tiegelchen und schnupperte daran. »Die Bibel setzt Schminke mit Heidentum und Hurerei gleich.«

»Kennen Sie sich da gut aus?« fragte Ina.

»Nein, überhaupt nicht.«

»Sie reden in Ihrer Sendung so oft von der Hölle und vom Bösen.«

»Was ich da sage«, murmelte die Berninger, »schreiben mir andere gewöhnlich vor.«

Interessant. Ina stand auf und strich mit einem Finger über die kühle, glatte Fläche des Schminktisches. »Haben Sie schon Politiker geschminkt?«

»Sicher.«

»Popstars auch?« Ina lächelte sie an; das interessierte sie alles überhaupt nicht.

»Gelegentlich. Sie sind nicht so eitel wie Politiker.« Denise lächelte nicht, sie beantwortete einfach artig alle Fragen.

»Was ich mir ziemlich unangenehm vorstelle, das ist« – Ina drehte sich ein bißchen, so daß sie Denise genau in die taubengrauen Augen sehen konnte – »Tote zu schminken.«

»Wirklich?« Ihre Stimme klang gleichgültig, und ihre Augen waren leer. »Das liegt an unserer Kultur.«

»Wieso?«

Denise faltete die Hände wie zum Gebet. »Vor dem Begräbnis muß der Tote desinfiziert und wieder so hübsch gemacht werden, daß er nicht mehr tot wirkt. Das halten wir sonst nicht aus.«

»Halten Sie es aus?«

»Ich weiß nicht.« Denise sah sie träge an.

»Wie würden Sie Tote schminken? Genauso wie Lebende?«

Denise schüttelte kaum merklich den Kopf. Sie sah Ina eine Weile an, als hielte sie sie für schrecklich dumm und bemühte sich nur aus Höflichkeit, sich das nicht anmerken zu lassen.

»Bestatter schminken Leichen«, sagte sie schließlich. »Wußten Sie das nicht?«

Ina unterdrückte ein Seufzen. Ein Gefühl der Sinnlosigkeit überkam sie, diese Ahnung, daß alles, was sie dachte und versuchte, haltlos war, und plötzlich spürte sie die gleiche Leere, wie sie sie in den Augen der Berninger sah. Was war das hier, eine Ermittlung? Nein, Verrenkungen nur, bei denen man die Hand ausstreckte und nur Luft zu fassen bekam.

»Ach so«, sagte sie.

Draußen sah sie Meike, die glückliche Redaktions-Assistentin, an einem Fahrrad hantieren.

»Wir könnten noch einen trinken gehen«, schrie sie Ina entgegen. »Aber erwarten Sie nicht, daß ich aus dem Nähkästlein plaudere, so was tu ich nämlich nicht.«

Ina schüttelte den Kopf. Sie konnte vor Müdigkeit kaum noch laufen. Eine Nacht ohne Schlaf und ein verlorener Tag, lauter Stunden, die zerrannen, während das irre Schwein vielleicht schon wieder loszog. Sie legte den Kopf in den Nacken – bist du unterwegs? Suchst du? Wonach suchst du, verdammt? Aus den Augenwinkeln sah sie die Berninger aus dem Gebäude kommen, und da fiel ihr auch der Mann auf, der ruhig unter einer Laterne stand, ein bebrilltes Kerlchen mit tadellos geföhntem, hellblondem Haar und einem makellosen, dunklen Anzug. Ein Einser-Abiturient, Wahlfach Mathematik, der mit summa cum dings studiert hatte und seine glänzende Zukunft in einer renommierten Anwaltskanzlei vorantrieb oder, wahrscheinlicher noch, in einer Unternehmensberatung. Denise ließ ihre Tasche fallen, schlang die Arme um ihn und preßte die Stirn gegen seine Schulter.

»Das ist Toni«, sagte Meike. »Der Prinz.«

»Aha«, murmelte Ina.

Meike seufzte. »Bei mir ist ja Pech angesagt. Wissen Sie was, ich habe sogar schon ein Blind Date hinter mir.«

»Das ist gefährlich.« Ina schloß ihren Wagen auf. »Manchmal verbergen sich dahinter böse Buben.«

»Ich hatte einen Bauern«, rief Meike, die doch nicht so glückliche Redaktions-Assistentin. »Der hat mir schon beim zweiten Milchkaffee erklärt, wie man Kühe melkt. Ciao, ciao!«

»Ciao«, murmelte Ina. Kühe melken, warum nicht? Morgens um fünf neben einem Bauern aufwachen, der mit kräftigen Händen den Morgen versüßte, bevor die Kühe an der Reihe waren, abends um acht schon wieder ins Bett. Berningers Prinz sah wie ein im Büro angewachsener Spargeltarzan aus, der ein Krafttraining nötig hätte. Etwas linkisch stand er da und strich ihr das Haar aus der Stirn, bevor er sie wieder an sich zog und ihr sanft auf den Rücken klopfte. Weinte sie? Weinte sie um Johanna, war das ihr Gesicht unter der Maske? Ina legte die Arme auf das Steuer und sah zu, wie sie eng umschlungen zu einem Wagen gingen.

Was hatte sie damit gemeint: den Kontakt zur Welt zu verlieren? Sie war zu müde, darüber nachzudenken, viel zu müde loszufahren, sie saß einfach da, mit nebligen Gedanken, einer vagen Sehnsucht und Bildern vom Strand und vom Meer. Dummes Zeug reden, wenn man nach Hause kam, jemanden küssen, in Töpfe gucken, quasseln, wieder küssen, irgendwas, morgens den Wecker nicht hören und trotzdem wach werden, weil seine Hände über ihren Bauch krabbelten.

Wessen Hände denn? Sie vermißte ihn kaum. Im Grunde gar nicht, nur dann und wann. Sie kapierte nicht, wie das alles zugegangen war, aber sie hatte damals alles mögliche weggeschossen, ein fremdes Leben und ihre Liebe gleich mit. Nachdem es passiert war, hatte sie Tom nicht mehr ertragen können, er war ihr nur noch auf die Nerven gegangen, genauso wie die zwei oder drei anderen, mit denen sie es kurz versucht hatte. Die hatten gleich am nächsten Morgen schon genervt, als sie mehr als das halbe Bett in Beschlag nahmen und etwas von Frühstück trillerten, das sie machen wollten, hast du Toast, soll ich Brötchen holen, wo ist denn der Kaffee?

Sie trank keinen Kaffee, Ende der Durchsage. Als sie den Zündschlüssel drehte, würgte sie den Wagen gleich wieder ab, na fein.

Durch das Schminken vor dem Begräbnis müsse der Tote wieder so hübsch gemacht werden, daß er nicht mehr tot wirke, hatte die Berninger gesagt. Weil man den Anblick des Todes sonst nicht aushalte.

Du hast sie nicht gesehen, nein? Nicht in ihrer traurigen Häßlichkeit, mit diesen klatschmohnroten Wangen und den veilchenblauen Lidern und diesen kirschroten Lippen. Nicht das rote *X* auf Johanna Mittermaiers Körper. Oder doch?

Sie schlug aufs Steuer und sah einer kleinen Kolonne hinterher, wie sie feierlich über den Parkplatz fuhr, Meike auf ihrem Rad, die Berninger mit ihrem Prinzen in einem schwarzen BMW, ein Motorrad und dahinter, wie ein großes häßliches Entlein, das auch noch mit wollte, ein alter, roter Audi.

11

Den Drachen töten. Welchen? Er glaubte nicht, was er sah, es mußte eine Erklärung geben. Ganz sicher gab es die, da hatte sie ihren Bruder stehen, der holte sie ab. Der jüngere Bruder oder der ältere. Eher der ältere. Er drehte sich alles zurecht, wie immer, weil es doch so etwas wie Logik gab. Sie waren beide blond, er etwas heller, sie waren beide schlank. Geschwister. Ihr Bruder holte sie ab, weil sie vielleicht nicht selber Auto fuhr und trotzdem schöne Wagen mochte. Ihr Bruder brachte sie in seinem BMW nach Hause.

Magst du schicke Autos? Sein eigener kleiner Roter war alt und kam gegen den BMW ihres Bruders natürlich nicht an, doch das waren Äußerlichkeiten, die ihn nicht interessierten; Hauptsache er fuhr. Mehr mußte er auch nicht tun, und schau doch, ich kann euch ohne Probleme folgen. Der BMW schnurrte vor ihm her durch die leerer werdenden Straßen, bis er vor einem hellen, dreistöckigen Haus mit riesigen Fenstern hielt. Ich weiß, daß du hier wohnst. Vermutlich sieht die Wohnung aus wie ein Loft. Jetzt wirst du ihm noch einen Kaffee anbieten, weil er so freundlich war, dann wird er wieder gehen. Möglich, daß er Familie hat, eine Frau und ein Kind.

Michael sah zu, wie sie über die Straße gingen, und ihm fiel auf, daß sie nicht miteinander sprachen. Der Mann hatte einen Arm locker um ihre Schulter gelegt, doch als ihr vor der Haustür der Schlüssel aus der Hand fiel, blieb er einfach stehen und sah zu, wie sie sich danach bückte. Stoffel.

Er dachte über das nach, was sie heute in der Sendung gesagt hatte: »Nicht alle waren obdachlos, wenn man mit Obdach eines aus Mauern meint. Eines aus Menschen hatten sie vielleicht nicht.« Das traf wohl auch auf sie selber zu; dein Bruder bringt dich nach Hause, niemand sonst. Noch bist du allein. Er stieg aus und ging ein paar Schritte um den Wagen herum. Alles sah so friedlich aus, doch jederzeit könnte jemand schreien, jeden Moment konnte etwas geschehen. Als er sich umdrehte, sah er sie auf der Terrasse stehen. Er, dieser Mann, er stand neben ihr und trug sein Jackett nicht mehr, es war ja noch ziemlich warm, und er trug auch sein Oberhemd nicht, nur ein T-Shirt, das ihm über die dunkle Hose fiel. Denise hatte eine Hand auf dem Geländer und die andere unter seinem T-Shirt; so stand sie da, mit der Hand auf seiner Haut, und sah ihm ins Gesicht. Er selber, der Mann, guckte in den grau werdenden Himmel, stand reglos da und schien an nichts zu denken. Oder an alles. Nichts war zu hören, sie redeten nicht. Sie sah ihn nur an, doch dann wandte er sich ihr plötzlich zu und küßte sie auf den Mund, erst kurz, dann immer länger und sie ließ das Geländer los, während er sie weiter küßte.

Michael wandte sich ab und ging zu seinem Wagen zurück.

Eine Weile saß er einfach nur da. Er wollte fahren, wollte weg von hier, aber das ging ja nicht, wegen dieser furchtbaren Schwäche in seinen Armen und Beinen und diesem quälenden Rauschen im Kopf.

Was machst du da mit ihm? Reichen fünfundzwanzig Briefe nicht?

Erst nach einer Weile sah er wieder hin. Sie standen nicht mehr da, und er starrte auf die helle Front des Hauses. Er wußte doch, er war ja nicht blöd, er *wußte*, daß er ihr sein ganzes Leben widmete, seine kleine, unvollkommene Existenz, und daß seine Gedanken ihn töten würden, ginge das ewig so weiter, ohne daß sie zu ihm kam. Tag und Nacht, jeder Gedanke, weißt du, gehört dir. Nimm doch bloß mal so eine Kleinigkeit wie diesen Hänger, den du vor ein paar Wochen in der Sendung hattest, vielleicht ist das außer mir niemandem aufgefallen, aber du hast eine Ewigkeit lang nach Worten gesucht und auf das Pult geguckt, wo sie auch nicht zu finden waren, und ich hab verdammt noch mal mit dir gezittert.

Was ist mit diesem Burschen, warum läßt du dich befummeln? Du mußt meine Briefe noch einmal lesen, um zu begreifen.

Am Himmel zwei kleine, ferne Sterne, wie sie einander beäugten. Er sah die Welt mit ihren Augen, und das hatte sie ihm zu danken.

12

Benny Unger schob ihr ein halbes Käsebrötchen hin und sagte: »Du wirst immer dünner.« Die Brötchen hatte er neu im Sortiment, der Käse stank zehn Meter gegen den Wind.

»Stimmt nicht«, murmelte Ina und blätterte die Zeitung durch. Unter dem Foto zweier Obdachloser stand: *Sie haben Angst.* Die Zeitungen machten das täglich so, ließen die Berufsmitleidigen ran, die aus sanierten Altbauten auf die Straße glotzten und rührende Geschichten über rührende Obdachlose schrieben, alles verloren, nur das nackte Leben noch, selbst das jetzt in Gefahr. Sie las jede Überschrift als Vorwurf, nur im Horoskop stand blöderweise: »Ruhe bewahren.« Daß ihnen die Zeit davonlief, war das beherrschende Gefühl.

Benny fragte: »Wie geht's denn weiter?«, und es war nicht ganz klar, was er meinte, die Morde oder ihre aus Zeitmangel ständig abgebrochenen Unterhaltungen mit den manchmal schon bescheuerten Blicken, die länger und unsicherer werden konnten, je näher die Nacht kam, um dann wieder abzuschweifen. Sie wußte es nicht, kam ja mit sich selber kaum zurande und fand auch nirgendwo die Antwort auf die Frage: Wie geht's denn nun weiter?

Sie stopfte sich den Rest des Brötchens in den Mund und hörte Benny sagen: »Viel Glück.«

Im Präsidium sah sie sich die Protokolle der letzten Tage an. Elf Vernehmungen, vier Hausdurchsuchungen, zwei vorübergehende Festnahmen, null Ergebnisse.

»Abschaum muß weg«, hatte einer ausgesagt, der gern mit Baseballschläger durch die Gegend zog. »So ist das korrekt.« Zwei Tage vorher war er aus dem Krankenhaus entlassen worden, Motorradunfall, hatte sieben Wochen mit vier Brüchen dort gelegen und humpelte immer noch.

Gegen Wände rannte man, wohin man sich auch drehte. Nirgends ging es weiter. Kaum daß sie vor Mitternacht nach Hause kam, um ins Bett zu fallen und wirres Zeug zu träumen von schwebenden Gestalten, die durch Mauern glitten. Keine Zeit einzukaufen, und wenn doch, dann nur mit eingeschränkter Hirnfunktion. Sie kaufte Futter für den Kater und vergaß Futter für sich selbst. Keine Zeit herumzuhängen und das rote Blut auf der weißen Wand zu sehen. Manchmal, wenn sie die Augen schloß, sah sie das rote *X* auf Johanna Mittermaiers nacktem Körper.

»Sehr schlechter Allgemeinzustand«, hatte der Pathologe in Mittermaiers Obduktionsbericht notiert, was ihr sekundenlang die Luft nahm. Ja, das konnte man so sagen. Sie las etwas von anscheinend starkem Alkoholkonsum, der, wenn sie das richtig verstand, eine Region des Gehirns schon weitgehend zerstört haben mußte, was ebenso mutmaßlich zu einer fortschreitenden Lähmung des linken Armes geführt hatte. Tod durch Genickschuß, kein sexueller Mißbrauch.

Ina schloß die Augen und versuchte sich jenen Menschen mit

dem Schirm vorzustellen, den Beate Siebert mit Johanna gesehen hatte; »er zog sie immer mit sich«, hatte sie gesagt. »Als würde es ihr nicht gut gehen oder als wäre sie betrunken.« War sie also doch eine große Trinkerin gewesen? Beate Siebert hatte das abgestritten, vielleicht wollte sie nicht darüber reden, wie es war. »Das wärmste Jäckchen«, hatte ein Obdachloser Ina würdevoll erzählt, »das ist das Kognakchen.«

Als das Telefon klingelte, blätterte sie die fünfte Akte durch. Sie nahm ab und vergaß sich zu melden.

»Hallo-ho! Ist da jemand?« Gut drauf, das mußte man sagen, doch wenn sie mit ihrer Arbeit nicht weiterkam, hatte sie eine Allergie gegen gutgelaunte Menschen. War das wieder so eine Verrückte, die darauf bestand, daß der eigene, grundschlechte Ehemann sich nachts in Parks herumtrieb, um all diese Menschen zu töten? Fünf oder sechs solcher Anrufe hatten sie gehabt und waren tatsächlich allen hinterhergelaufen.

»Hier ist Meike!« schrie es im Hörer, »Meike von *Fadenkreuz.*«

»Guten Morgen«, murmelte Ina und hatte sekundenlang die Vorstellung, das könnte ihr vollständiger, adeliger Name sein. Wie hieß sie eigentlich?

Die nicht immer glückliche, weil Blind-Date-geschädigte Redaktions-Assistentin sagte: »Mir ist etwas eingefallen, respektive ich habe noch einmal nachgeguckt, ja.« Sie räusperte sich lautstark. »Ich bin jetzt beunruhigt«, sagte sie dann ruhig.

»Warum denn?«

»Kann ich zu Ihnen kommen? Hier haben die Wände Ohren.«

»Hier auch.« Ina ließ einen Bleistift über den Tisch rollen und sah zu, wie er herunterfiel. »Naturgemäß.« Sie hätte auch gern einen Satz mit *respektive* gesagt, aber ihr fiel keiner ein.

Meike kicherte und schien sich dann per erneutem Räuspern zur Ordnung zu rufen. »Vielleicht spinne ich ja. Kann ich?«

»Sie können. Wie heißen Sie eigentlich? Ich meine, außer Meike.«

»Ach, das werden Sie nicht glauben. Ich heiße Schmitt. Mit Doppel-T.«

Sie kam eine halbe Stunde später, warf einen Ordner auf den

Tisch, setzte ihre rot umrandete Brille auf und sagte: »Es handelt sich um einen Stalker. Gewöhnlich sind die ja nur lästig, aber ich komme jetzt ins Grübeln.«

»Stalker«, sagte Ina. »Meinen Sie diese durchgeknallten Fans?«

Meike nickte feierlich.

»Ja, davon hab ich gelesen.« Ina lehnte sich zurück. Sie hatte Lust, mit Meike ins Café zu gehen und verdammt noch mal zu plaudern, einfach so, über Schauspieler, Rockstars und die restlichen Männer. Über Bruce Willis, für den sie eine hoffnungslose Schwäche hatte, obwohl er ihr zu alt war und auch sonst nicht ihrem Typ entsprach, oder über Kurt Cobain, die große, ferne Liebe ihres Lebens, an dessen zweitem Todestag sie seine Musik feierlich gehört hatte, die ihr immer half, mit der ganzen Scheiße fertigzuwerden. Seinen dritten Todestag hatte sie vergessen.

Durchgeknallte Fans also. Sie räusperte sich. »Da hat einer Madonna bis nach Hause verfolgt, nicht?«

»Richtig«, sagte Meike. »Die sind so auf ihren Star fixiert, daß sie sich sogar einbilden, eine Beziehung mit ihm zu haben. Die setzen alles daran, sich dem Star zu nähern. Ich hab mich da mal schlau gemacht, Stalking bedeutet in der Jägersprache das Anpirschen und Einkreisen einer Beute.«

Pirschen, Beute. Plötzlich dieses Gefühl, daß etwas in Bewegung war. Ina sah auf den Ordner, den Meike auf den Tisch geworfen hatte. »Und jetzt erzählen Sie mir gleich, daß Frau Berninger so einen Typen am Hals hat?«

»Denise kriegt merkwürdige Briefe.« Meike klopfte auf den Ordner. »Schon eine Weile, und ich habe sie abgeheftet und weggepackt, wie das mein Job ist. Jetzt habe ich sie mir aber noch einmal genauer angeguckt.«

Sie nahm ein Blatt heraus und begann mit nüchterner Stimme zu lesen: »Liebe Denise, wir sehen die unterste Stufe menschlichen Lebens, doch sind wir nicht zum Zuschauen auf der Welt, zum Ausharren und Erdulden. Das Böse und das Gemeine müssen vom Antlitz dieser Erde verschwinden. Ich gehe mit Dir Deinen Weg. Oder hier.« Sie nahm das nächste Blatt. »Liebe Denise, ich ertrage das Böse nicht mehr. So wie Du.« Sie neigte den Kopf und schwieg einen Moment. »So, dann hätten wir das hier: Michael trägt ein Schwert, hast du die Bilder gesehen?«

»Wer?« fragte Ina. »Welche Bilder?«

»Er sieht sich wohl als Erzengel Michael.« Meike breitete die Arme aus und fing mit dem Brief in der Hand an zu wedeln. »Der kommt in der Bibel vor, und es gibt Abbildungen von ihm in Kirchen. Der Engel mit dem Flammenschwert. Soll mit dem Teufel gekämpft haben.«

»Sicher«, murmelte Ina. Mehr als die Hälfte aller Psychos hatte es mit der Bibel.

Meike las weiter: »Michael ist ein Helfer und Beschützer, der gegen die Kräfte aus dem Dunkeln kämpft und die Menschen und die Welt von zerstörenden Energien befreit.« Seufzend nahm sie ein weiteres Blatt. »Es gibt keine Werte mehr, das sehe ich jeden Tag. Ich sehe jeden Tag in die Hölle, so wie Du. Ich will das Böse für Dich zerstören. Liebe Denise, ich habe begonnen, alle Brücken abzubrechen, um zu Dir zu kommen.«

Meike sah hoch. »So geht das weiter und weiter. Ich will ihm nichts unterstellen.« Sie legte das Blatt, das sie in der Hand hielt, ordentlich zurück. »Es ist ja aber so mit diesen Stalkern, wenn sie Ernst machen, kann es ungemütlich werden, nicht? Der Kerl, der damals einen Schuß auf Reagan abgegeben hat, als er noch Präsident war, wollte Jodie Foster imponieren. Oder denken Sie an den, der auf diese Tennisspielerin einsticht, damit die andere, sein Idol, wieder die Nummer eins wird. Und wehe, der Star enttäuscht sie. John Lennon wurde von einem Stalker erschossen. Meint der vielleicht, er müßte Denise helfen, irgend etwas Böses auszumerzen, was ist denn überhaupt böse?«

Mit einem Stift zog Ina ein paar der Briefe heran. Tintendrucker, ordentlich getippt und ohne Fehler. So verdammt ordentlich, daß er sogar mit Blocksatz druckte, unfaßbar, Briefe mit Blocksatz und Silbentrennung. *Sollen wir nur zusehen?* Sie stützte die Ellbogen auf den Tisch und sah eine Weile auf die Worte. *Das Böse und das Gemeine müssen vom Antlitz dieser Erde verschwinden.*

»Was sagt Frau Berninger dazu?«

»Nichts.«

»Aha.«

»Sie hat es nicht gelesen, Denise liest überhaupt keine Fanpost«, sagte Meike. »Wenn sie alles lesen würde, was da so kommt, könnte sie einpacken. Nein, die Post kommt zu mir, und ab und zu lass' ich sie mal einen Autogrammwunsch erfüllen. Was meinen Sie, was da so alles kommt, ganze Päckchen, nicht nur Briefe, die meisten sogar mit vollständiger Adresse, glauben Sie bloß nicht, Männer hätten ein natürliches Schamgefühl.« Meike seufzte laut. »Mit den Päckchen ist es so, die werden im Keller durchleuchtet, wegen Sprengstoff, nicht? Dann kommen sie zu mir, dann zieh ich Gummihandschuhe über und packe aus.«

»Und was ist drin?« fragte Ina.

»Alles mögliche. Pralinen, Stoffbärchen, benutzte Kondome.«

Ina versuchte ihre Gesichtszüge im Griff zu behalten. »Kriegen Sie Schmutzzulage?«

»Ich kriege noch nicht einmal ein dreizehntes Monatsgehalt.«

Ina legte die Fingerspitzen aneinander, was Stocker gern ihre Denkerinnenpose nannte. »Okay, dann zu ihm hier. Hinweise auf seine Identität und seine Adresse gibt er nicht?«

»Nein. Ob er wirklich Michael heißt oder sich nur als dieser Erzengel begreift, weiß ich nicht.«

»Nennt er seinen Beruf, schreibt er, ob und was er arbeitet?«

Meike schüttelte den Kopf.

»E-Mails hat er noch keine geschrieben?«

»Nein.«

»Er fordert sie nicht auf, ihm zu antworten, er schlägt auch kein Treffen vor?«

»Nicht direkt. Er scheint sich einzubilden, daß sie auf ihn wartet. Konkret geworden ist er aber im letzten Brief.« Meike holte ihn hervor. »Hier: Liebe Denise, es dauert nicht mehr lange. An einem Abend nach Deiner Sendung werde ich vor dem Haupteingang warten, direkt neben der Pförtnerloge. Ich sage Dir das nur, damit Du nicht erschrickst, wenn Dich plötzlich jemand anspricht. Alles wird gut werden.«

Meike verzog das Gesicht. »Bißchen gruselig, oder? Ich meine, was macht er, wenn Denise sagt: Leck mich am Arsch? So etwas in der Art wird sie nämlich sagen. Als ich den gelesen habe, war es mir dann doch zu bunt, und ich habe mir die anderen noch einmal angeguckt, da fiel es mir dann auf, das mit dem Ausmerzen und so. Ich weiß halt nicht, ob er diese Brüder, also ich meine die Obdachlosen, als böse ansieht, so genau sagt er's ja nicht. Aber stellen Sie sich vor, das ist er, der Obdachlosenmörder, ich meine, mir läuft es ja eiskalt – ach, du Schande.«

Ina legte den Kopf zurück und schloß die Augen. Würde er sich mit seinen Taten nicht vor ihr brüsten oder wenigstens genauere Hinweise geben? Oder hatte er noch soviel Realitätssinn, daß er ihr das lieber persönlich sagen wollte? Falls er nicht nur ein Spinner war. Fast hatte sie eine Vorstellung, wie er zu Hause am Computer saß und auf die innere Reise ging, um aus seiner kleinen Existenz den Rächer zu machen, den Engel mit dem Flammenschwert. Das Monster. Was hatte er sonst? Eine aufgeräumte Wohnung, totenstill. Nachbarn, die er freundlich grüßte, Nachbarn, die vielleicht einmal sagen würden, daß er so ein Stiller war, der zurückgezogen lebte, denn die Stillen waren es immer. Frauen gab's auf Videos und das, was er für Liebe hielt, wöchentlich im Fernsehen.

»Sie müssen Frau Berninger informieren«, sagte sie. »Aber ich möchte die Briefe behalten. Sagen Sie mir bitte sofort Bescheid, wenn wieder einer kommt. Und zu anderen Leuten sagen Sie bitte gar nichts.«

Meike zögerte. »Ich hoffe ja, daß Denise die Nerven behält.«

»Sie wirkt doch« – Ina brauchte einen Moment, bis sie es hatte – »in sich ruhend.« Transusig hatte sie sagen wollen.

Meike schien amüsiert. »Hoffen wir es doch. Sie hat nicht immer in sich, ehm, geruht. Aber ich sagte schon, ich plaudere nicht aus dem Nähkästlein.«

»Doch«, sagte Ina. »Genau darum bitte ich Sie.«

Meike ging sofort darauf ein. »Als ich Praktikantin war, hat Denise noch als Maskenbildnerin gearbeitet, da stand sie immer kurz vor dem Rausschmiß. Wenn jemand nicht ruhig gesessen hat in der Maske, konnte sie ausflippen. Da gab es diese denkwürdige Szene mit dem Ministerpräsidenten, der es wagte, zu telefonieren, während sie ihn schminkte. Erst quakte sie ihm dauernd dazwischen, er soll mal bitteschön das Handy in die andere Hand nehmen, und dann, als er nicht darauf einging, hat sie ihn tatsächlich angeraunzt, ich meine, wörtlich angeraunzt: Herr Ministerpräsident, es ist vor allem in Ihrem Interesse, daß ich Ihre Visage etwas verfeinere!«

Ina prustete los.

»Was sie wohl gerettet hat«, sagte Meike, »war der Umstand, daß sie es französisch, also korrekt ausgesprochen hat, *Visaaasch*, da konnte man noch zu ihren Gunsten annehmen, sie hätte sich gewählt ausdrücken wollen. Wollte sie aber nicht. Sie spricht übrigens jeden mit Titel an, den sie nicht ausstehen kann, Ihren Kollegen hat sie in der Sendung permanent mit *Herr Hauptkommissar* angeredet, nicht?«

Ina wollte sagen, daß diese Abneigung auf Gegenseitigkeit beruhte, ließ es aber lieber.

»Früher war es wirklich schlimm mit ihr«, sagte Meike. »Sie hat sich nichts gefallen lassen, war total aufbrausend. Früher war sie sogar mal – äh –«

»In der Psychiatrie?« fragte Ina. »Sie hat so eine Bemerkung gemacht.«

»Hat sie? Na ja, sie hatte komische Eltern, denen war sie wohl zu rebellisch oder einfach zu stressig, die haben sie einweisen lassen wegen manischer Depression und Gewalttätigkeit oder so einem Unsinn.« Meike seufzte leise. »Dann hat sie alle im Sender genervt mit ihren Tagesberichten über Sonnenauf- und Sonnenuntergänge. Ich meine, sie konnte in Tränen ausbrechen über die Schönheit der Natur, es war schlimm. Aber dann hörte das auf, und sie fing sich. Sie wurde ruhiger, umgänglicher. Das wird auch an Toni liegen, Sie haben ihn ja gesehen. So dünn wie der ist, ist er trotzdem ein Fels. Nur verträumt ist sie immer noch, sie guckt zu, wie sich die Bäume im Wind bewegen.«

»Macht mein Kater auch«, murmelte Ina.

»Heute ist sie eine ganz Liebe«, sagte Meike zufrieden. »Früher hätte sie *Fadenkreuz* niemals bekommen, das hätte sich keiner getraut. Es gab auch so schon genug Proteste, als vorgeschlagen wurde, sie zur Moderatorin auszubilden. Aber die Programmdirektorin hatte einen Narren an ihr gefressen, ich sollte wohl besser sagen, eine Närrin, und es hat sich ja schließlich auch als Volltreffer erwiesen. Obwohl: Sie selber hätte ja lieber ein Naturmagazin moderiert, *Fadenkreuz* wollte sie gar nicht, oh Gott, ich habe mich verplaudert.« Sie sprang auf. »Werden Sie etwas unternehmen?«

»Ja«, sagte Ina.

»Aber Sie sagen mir nicht, was?«

»Nein.« Sie wußte es ja selbst noch nicht. Als sie Meike zur Tür begleitete, hatte sie Lust, ihr etwas besonders Nettes zu sagen, daß sie ihr kein Blind Date mehr wünschte, sondern einen lieben Kerl oder so, ohne Blind Date, aber dann sagte sie nur: »Danke. Vielen Dank, daß Sie hier waren.«

13

Du hast einmal von einer Frau berichtet, die Zeugin eines Verbrechens geworden war und seither unter Schmerzen litt; du hast gesagt, daß man Schmerzen auch empfinden kann, wenn der Arzt keinen Grund für Schmerzen findet; du hast gesagt, daß eine ganze Welt sich verdunkeln kann, wenn man ewas Unbegreifliches erfährt.

Das ist wichtig, das mit den Schmerzen. Es kann etwas weh tun, auch wenn der Körper in Ordnung ist, es ist etwas Bohrendes, eine Frage ohne Antwort. Habe ich etwas übersehen? Ich habe dir geschrieben, daß wir Verwandte sind; nicht im Sinne einer Sippe natürlich, aber wir sind gleich. Das geschieht nicht oft, daß Menschen sich finden, die eine Wesenseinheit bilden, und deshalb darf ihnen nichts dazwischen kommen, nichts und niemand, hörst du?

Das mußt du begreifen.

Michael ließ einen Finger über die Fensterscheibe gleiten. Als Kind hatte er Herzchen auf nebelfeuchte Scheiben gemalt. Bei einem Schulfreund hatte er die Herzen auch in den Staub malen können, aber so war das bei ihm zu Hause nicht, da waren die Fenster immer sauber, da gab es Ordnung und Dinge, an die man sich halten konnte.

Herzen. Sicher bekam sie eine Menge Kitsch geschenkt, rote Plastikherzen, rote Rosen. So war er nicht, so etwas Läppisches würde er nie tun, und das mußte sie inzwischen doch begriffen haben. Sie waren gleich. Sie gehörten zusammen.

Aber warum nimmst du einen Mann mit nach Hause, wenn du von mir weißt, warum läßt du Zivilpolizisten vor dem Sender lungern, oder bist du das nicht gewesen?

Habe ich etwas übersehen?

Du machst mir ein bißchen Kummer, weißt du?

Ich muß doch wissen, wer du bist.

Ich muß es wissen.

Seufzend drehte er sich um und stapfte eine Weile durch seine Wohnung wie ein alter Mann, bevor er sich auf die verläßlichen Dinge besann. Er programmierte den Videorecorder auf die nächste Sendung und spendierte seinen empfindlichsten Pflanzen ein Wasserbad. Dann zog er dunkle Sachen an. Bevor er ging, trank er einen Espresso und kippte alle Fenster.

Er ging zu Fuß, durch stille Seitenstraßen und an Plätzen vorbei, an denen kreischende Kinder sich zum letzten Spiel vor dem Abendessen versammelten. Er registrierte jede Bewegung um sich herum und meinte fast, jeden Seufzer der Stadt zu hören. Überall wurde geliebt, überall wurde gehaßt; aus einem geöffneten Fenster dröhnten die Schreie eines Mannes, und an einem Kiosk warteten die letzten Säufer auf das letzte Bier, das nie so tröstend sein würde wie das erste des Tages. Ein Kind fiel hin, und ein Hund machte sich Sorgen um das Kind, das er aufgeregt umkreiste, eine Frau schrie: »Jetzt steh auf!« Er konnte alles sehen und alles hören, und er glaubte, daß seine Sinne jetzt viel schärfer waren als die aller anderen Menschen. Er bog links ab und ging den kleinen Kiesweg entlang, der in den Ostpark führte; es war kurz nach acht, und er glaubte, den letzten kühnen Sonnenstrahl zu spüren, wie er anfing zu tanzen in seinem Haar.

14

Wer, fragte Stocker, sollte so absolut bekloppt sein, für die Berninger zu morden? Er fragte es, sobald er sich einen der Briefe ansah, in denen sich nur jener Hinweis des Erzengels fand, nach einer Sendung vor dem Haupteingang auf sie zu warten. Nach welcher Sendung? Doch folgten sie jedem Hinweis und jedem Verdacht, sie würden jetzt alles tun. Sobald die Berninger im Sender war, standen zwei Beamte in sicherer Entfernung, die den Haupteingang im Blick hatten und den Nebeneingang gleich mit. Vorsicht, es könnte ein gewöhnlicher Wartender sein, bitte höflich bleiben. Vorsicht, er könnte eine Schußwaffe ziehen.

»Wenn tatsächlich ihr größter Fan der Täter ist«, sagte Stocker, »dann kriegt sie aber ein PR-Problem.« Über den Tisch gebeugt stand er da und stocherte in den ausgebreiteten Blättern herum. »Da! *Es ist nicht nur Deine Schönheit, Denise, es ist die Erhabenheit, mit der Du Deinen Kreuzzug führst.* Gott, ist der bekloppt.«

»Haben die nicht immer Bekennerstolz?« fragte Ina. »Von konkreten Taten schreibt der nichts.«

»Schönheit!« Stocker drehte sich um. »Der hat seine Brille verloren.«

»Sie sind der einzige Mann, den ich kenne, der nicht auf sie steht.«

»Sie haben an anderer Stelle schon meinen Geschmack bewundert«, sagte er. »Das ist ein arrogantes Gerippe.«

»Ich weiß nicht«, sagte Ina. »Ich weiß nicht, wer sie ist, ich blick da nicht durch.« Blinzelnd sah sie zu, wie die Morgensonne ein kleines Mosaik auf die Wand warf. Ihre Augen brannten, und sie hatte das Gefühl, dieser Tag sei schon viel zu alt. Auch das Geräusch schmerzte, mit dem der Staatsanwalt ins Zimmer kam. Ritter knallte die Tür hinter sich zu, was kaum zu ihm paßte, denn Ritter war gewöhnlich ein stiller Mensch.

»Da haben wir es doch«, sagte er. Er deutete auf Stockers Tisch, auf dem die Briefe lagen. »Darüber liest man doch allenthalben, diese Fans, wenn sie durchdrehen. Halten Sie alles bereit, um ihn zu kriegen?«

»Ja«, sagte Stocker nur.

»Was sagt denn Frau Berninger dazu?«

»Sie hat es zur Kenntnis genommen«, sagte Stocker. »Ich hatte nicht den Eindruck, daß sie es besonders ernst nimmt.«

»Sie können den doch über die E-Mail-Adresse verfolgen«, sagte Ritter.

»Das könnten wir, würde er E-Mails schreiben. Er bevorzugt aber den traditionellen Brief, und der einzige Hinweis ist die Ankündigung, zum Sender zu kommen. Also warten wir auf ihn. Ich denke, er möchte alles in der Hand behalten, er bestimmt, was gemacht wird und wie.«

Der Staatsanwalt nickte. »Ein Geistesgestörter, ich habe es doch gewußt. Aber man kann sich gegen die Presse ja nicht wehren, da wird natürlich der Eindruck eines politisch motivierten Täters erweckt, ein Neonazi oder ein Herrenmensch, der die Untermenschen beseitigen will, da heißt es natürlich implizit, das ist den Ermittlungsbehörden nicht so wichtig, weil es ja ohnehin Minderwertige sind.«

»Was Sie da so alles lesen«, sagte Ina und überlegte, wo er das Wort *implizit* schon wieder her hatte. »Bleiben Sie mal bei Ihrer Neuen Juristischen Wochenschrift, das regt Sie ja sonst bloß auf.«

»So, so«, sagte Ritter.

Sie nickte. »Ja, ja.« Sie mußte ihm widersprechen, egal, was er sagte, egal, ob sie selber an das glaubte, was sie sagte oder nicht, sie mußte einfach. Immer. Aus Prinzip schon. Sie würde wahrscheinlich ihren Lieblingsfilm als einen Haufen Mist bezeichnen, falls Ritter ihn loben sollte. Er kam selten an die Tatorte, weil er das alles widerlich fand, konnte kein Blut sehen, der Arme, wußte aber, wie die Ermittlungen zu führen waren. Sie konnte auch kein Blut sehen, doch sie ging wenigstens hin. Ritter wußte es immer besser und ließ es alle spüren. Einmal war er mit einem ihrer Berichte gekommen und hatte verkniffen gefragt, wie oft sie eigentlich den Deutschunterricht geschwänzt habe.

»Daß wir hier ein paar merkwürdige Briefe an eine Fernsehmoderatorin haben«, sagte sie, »heißt bestimmt nicht, daß wir jetzt alles andere vernachlässigen. Oder glauben Sie, wir lassen jetzt alles stehen und liegen und stehen vor dem Sender Spalier?«

»Was wollen Sie denn groß vernachlässigen, Sie haben doch nichts.« Ritter ließ ein verächtliches Schnauben hören. »Hängen Sie mal das andere nicht so hoch, das hier scheint mir der entscheidende Hinweis zu sein.«

Stocker verschränkte die Arme. »Was hängen wir hoch?«

»Sie haben da unzählige Beamte in den Parks«, sagte Ritter, »das sind Kräfte, die woanders gebraucht werden, und Sie sehen ja, was es bringt.«

»Ah«, sagte Stocker nur.

Ritter ging zur Tür. »Konzentrieren Sie sich doch mal auf diesen Kerl, fangen Sie ihn ab.«

Stocker schwieg, als er weg war.

Ina sagte: »Der hat doch den Arsch offen.«

Stocker reagierte nicht einmal.

Sie sah ihn an. »Finden Sie nicht?«

Er breitete die Hände aus, eine Geste, die vielleicht besagen sollte, daß er eher den Lauf der Welt beeinflussen konnte als die Vorstellungen eines Staatsanwalts. Doch er sagte nichts, vielleicht weil das Getrampel auf dem Flur, das zuerst wie ein ferner Applaus zu ihnen gedrungen war, immer lauter wurde.

»Dieses bescheuerte Weichei –«, fing Ina an, als die Tür aufgerissen wurde und jemand rief: »Im Ostpark liegt einer mit Schußverletzung!« Er wurde von einem schnaufenden Hans-Jürgen Auermann zur Seite geschoben, der einen Zettel in der Hand hielt. »Lebt, ist munter. Wenn er das war, dann hat er seinen ersten Fehler gemacht.«

Der erste Gedanke: Munter war er sicher nicht. Der zweite: Warum sollte er, der Geist, es gewesen sein? Der Junge, der im Park lag, hatte kurzes, blondiertes Haar, trug jede Menge Schmuck und präsentierte ein üppiges Augenbrauen-Piercing. Nur geschminkt war er nicht. Seine schwarze Hose war blutbefleckt; von einem Notarzt versorgt, lag er zitternd in der Morgensonne.

»Hat geballert«, murmelte er.

»Der muß jetzt in die Klinik«, sagte der Arzt, »der liegt seit Stunden hier mit Schock.«

»Ja, war noch dunkel.« Der Junge richtete sich auf. »Seitdem lieg ich hier rum. Ich kann net laufen. Kamen heut früh paar mit ihren Hunden lang, denen hab ich hundert Mal gesagt, hey, ich bin verletzt, da hat einer auf mich geballert, hol doch mal die Bullen, aber die sind doch einfach weiter. Ich hab versucht, zu kriechen, ging auch net. Das Bein isses, das Bein.«

»Was genau ist passiert?« fragte Stocker.

»Der muß sofort in die Klinik«, wiederholte der Arzt.

»Ja, verdammt«, rief Stocker und winkte zwei Streifenbeamte wie junge Hunde heran: »Herr Jendrik! Herr Fink! Hierher!« Dann schob er Ina nach vorn, weil er vielleicht gesehen hatte, daß der Junge sie anstarrte.

Sie kniete sich neben ihn ins Gras. Der Junge grabschte nach ihrer Hand und fing an zu heulen.

»Ist gut«, murmelte sie. »Die kriegen dich ganz schnell wieder hin. Du wirst jetzt ins Krankenhaus gebracht und dann –«

»Fährst du mit?« unterbrach er sie.

»Klar«, sagte sie. »Ich komm hinterher.«

»Kennen Sie sich?« fragte der neugierige Notarzt.

»Jetzt schon«, flüsterte der Junge. Er versuchte ein Lächeln. »Net wahr?«

»Sicher.« Ina hob den Kopf und sah die Streifenbeamten heranschlurfen. Beide trugen Zivil, sahen übernächtigt und mutlos aus. Sie waren die ganze Nacht im Park gewesen, doch wenn das hier der Geist gewesen war, wie hätten sie ihn bemerken sollen? Den sah man doch nicht, den hörte man nicht, der kam und ging ja, wie es ihm paßte.

»Tja«, sagte Stocker.

»Es war alles ruhig«, sagte Jendrik. »In meiner Gegend zumindest.«

Fink nickte nur.

Stocker fragte: »Wo waren Sie denn?«

»Auf den allerdreckigsten Bänken«, sagte Jendrik laut. »In

Gebüschen, in Drecklöchern, wo Sie wollen. Zweimal mußte ich Gewalt anwenden, weil die Penner mich für den Täter hielten, verdammt noch mal.«

»Mich wollte einer bepinkeln«, sagte Fink ruhig. »Ich habe Meldung gemacht. Das war ein Seßhafter, der wollte sich einen Spaß erlauben und mich erschrecken.«

»Ja, schon gut«, sagte Stocker.

»Der Scheißpark ist so riesig«, sagte Jendrik.

Stocker nickte. »Fahren Sie bitte noch zur Unfallklinik, und dann hauen Sie sich aufs Ohr.«

Der Junge hielt noch immer Inas Hand und ließ erst los, als die Sanitäter die Trage in den Notarztwagen schoben.

»Bin noch nie mit Blaulicht gefahren«, flüsterte er.

Ina setzte sich zu Jendrik und Fink in den Streifenwagen und sagte: »Stocker wollte euch keinen Vorwurf machen.«

»Das will ich meinen«, sagte Jendrik. Er war der Beamte, der als erster bei Pit Rehbein gewesen war. Fink, der kleine Rote, der Ina an einen Iren erinnerte, schien ihr immer noch übelzunehmen, daß sie den von ihm Festgenommenen, der die Obdachlosenmorde lautstark begrüßt hatte, wieder freigelassen hatten, denn er saß stumm auf der Rückbank und guckte aus dem Fenster. Beide wirkten gewöhnungsbedürftig in einem Streifenwagen, unrasiert, in T-Shirts und vergammelten Jeans.

»Das war jetzt schon die zweite Nacht, die ich mir deswegen um die Ohren gehauen habe«, sagte Jendrik. »Aber das hier« – er deutete auf den Notarztwagen, der vor ihnen her fuhr – »das ist er nicht gewesen. Glaub ich nicht, der hat ihn doch am Leben gelassen.«

Der riesige Wagen nahm die Kurven sehr sanft. »Da sind Sie auch schon mal drin gelegen.« Jendrik tippte aufs Steuer. »Wissen Sie doch noch, oder?«

»Mmh«, sagte Ina.

Jendrik lächelte. »Ich war nämlich dabei, als man Sie reingeschoben hat.«

»So.« Ina sah aus dem Fenster. Nachdem sie mit einer Verrückten zusammengestoßen war, die sie halb tot geprügelt hatte, war sie in so einem Wagen gelandet, aber an die Fahrt erinnerte sie sich nicht mehr. Von einer fast erschlagen worden und den zweiten erschossen; zweimal hatten diese Irren sie geleimt, darum haßte sie sie alle.

»Man darf so ein Trauma nicht verdrängen«, sagte Jendrik wichtigtuerisch, vermutlich kam er gerade vom Polizeipsychologen, »man muß –«

»Jetzt laß sie doch in Ruhe«, sagte Fink, der noch gar nichts gesagt hatte. »Sie will nicht drüber reden.«

»Ich kann für mich selber sprechen«, sagte Ina, was ihr im selben Moment schon wieder leid tat, weil sie es sich mit ihm nun wohl endgültig verdorben hatte. Sie drehte sich um, doch er sah gezielt an ihr vorbei.

»So ein Aufstand«, sagte Jendrik und deutete nach vorn auf den Notarztwagen. »Es liegt alle naslang einer von denen verletzt herum, nur jetzt ist halt die totale Panik ausgebrochen. Jetzt kriegt er noch 'ne Eskorte.«

»Kennen Sie ihn?« fragte Ina.

»Nein, keine Ahnung. Pit, der erste Tote, das war ein wirklich netter Typ, aber so einer, der bewirft Sie doch mit Steinen, wenn Sie ihm den Rücken zudrehen. Zweimal bin ich bei solchen Demos verletzt worden, die hat man einfach nicht in den Griff gekriegt, die haben mit allem möglichen geworfen, alles aus dem Hinterhalt natürlich, wie so eine Horde Wilder. Der ist doch genauso, so ein Punkverschnitt ist das.«

»Du weißt doch noch gar nichts vom ihm«, sagte Fink auf der Rückbank. »Bist du was Besseres?«

Ina drehte sich erneut nach ihm um. Seine Augen guckten so trotzig wie seine Stimme geklungen hatte.

Jendrik versuchte das Thema zu wechseln und landete ungeschickterweise wieder beim alten. »Ich war da noch ein Frischling«, sagte er. »Wie Sie im Notarztwagen gelandet sind. Hat mich ziemlich mitgenommen.«

Denk dir mal, mich auch, wollte sie sagen, aber da bogen sie bereits in die Auffahrt der Unfallklinik ein.

Der Junge hieß Sebastian, war neunzehn Jahre alt und ohne

festen Wohnsitz. Ein säuerlicher Arzt drehte Inas Polizeiausweis hin und her, als könne er nicht lesen und gab schließlich sein Okay. Vermutlich hatte er ein paar Nächte lang kaum geschlafen, wie sie selbst.

Sebastian lächelte breit, als sie in sein Zimmer kam und sagte feierlich: »Holla, die Waldfee.«

»Wie geht's dir?« fragte sie.

Er stützte sich auf. »Hübsche Polizeibeamtinnen gibt es heute, echt.«

»Schön«, sagte sie, eine Gewohnheit, die sie nicht loswurde.

»Meinetwegen auch schön«, sagte er. »Ich wollte nichts Falsches sagen.« Dann griff er erneut nach ihrer Hand, wie im Park schon, als er zitternd auf dem Boden gelegen hatte. »Es waren zwei, es waren Schwule.« Seine Hand war kalt.

»Laß dir Zeit«, murmelte sie und mußte ihre Füße daran hindern, vor lauter Ungeduld auf dem Boden herumzuklopfen.

»Also, ich wollt mir was zum Pennen suchen«, flüsterte der Junge, »weil – na, is ja egal, war ja so 'ne tolle, warme Nacht. Ich hatte meinen Player, hab Musik gehört, und da komm ich an die Ecke, und da sind die auf einmal.« Er zog sie noch näher an sich heran. »Jetzt stehen die da, weißte, der eine hat den andern so im Arm. Also, der steht so hinter dem, hat ihn an der Schulter.«

Sie nickte. »Warum glaubst du, daß es Schwule waren?«

»Ja deswegen und weil ich doch dem einen sein Gesicht gesehen hab. Der, wo vorne stand, stand im Licht von der Laterne. Mann, wie so 'ne Fummeltante, so aufgedonnert, so – äh.« Er verzog die Lippen.

Ja. Er war unterwegs gewesen. Ina ballte die Finger, als sie Sebastian fragte: »Du meinst, er war geschminkt?«

»Und wie.« Er atmete heftig. »So total, so – also alles, die Wangen und der Mund und die Augen, pfui Deibel.«

»Und seine Klamotten? Konntest du die sehen?«

Er zögerte. »Ich glaub, die waren ganz normal. Also jetzt kein Fummel oder so. Aber es ging so schnell.«

»Und der zweite?«

»Der hat doch gleich geschossen.«

Langsam, einen Schritt zurück. »Du hast Musik gehört«, sagte sie.

»Ja, auf'm iPod. Den hab ich auch noch, geklaut hat der mir nix.«

»Du hattest also Ohrhörer drin.«

»Ja klar, deswegen hab ich wohl nix gehört, die waren ja auf einmal da.«

»Du hast von ihnen gar nichts gehört? Keine Stimmen, keine Unterhaltung?«

Sebastian schüttelte den Kopf. »Auch den Schuß net. Aber die Ohrhörer sind ja nicht, wie soll ich sagen, schalldicht. Den hätt' ich hören müssen, der muß Schalldämpfer gehabt haben.«

»Okay«, sagte sie. »Du siehst einen, der vorne steht, der ist geschminkt. Ein zweiter steht hinter ihm.«

»Ja.«

»War das auch ein Mann?«

»Der hat doch gleich geballert, welche Tussi macht das denn?«

»Hast du ihn so genau gesehen, um sagen zu können, das war ein Mann?«

»Nee, aber da verwette ich meine Oma drauf.«

»Was hatte er an?«

»Was Dunkles.«

Ina sah ihn eine Weile an. Er schien zu überlegen, ja, er konzentrierte sich, wollte aussagen, das schon. Nur hatte er wohl nicht allzuviel gesehen.

»Versuch es genauer«, sagte sie. »Was heißt *Dunkles*?«

Sebastian seufzte schwer. »Mir ist nix aufgefallen, was irgendwie besonders wär. Ich glaub, es war 'ne dunkle Hose, und oben war's auch dunkel, aber ob's jetzt ein T-Shirt war oder so –« Er schüttelte den Kopf.

»Und wie war das mit den Schüssen?« fragte sie. »Ist er auf dich zugekommen, hat er den anderen losgelassen?«

»Nee, nee, hat der alles aus'm Stand gemacht.« Sebastian stöhnte leise, dann flüsterte er: »Ich hab mir das überlegt, hatte ja genug Zeit, wie ich da rumlieg. Also, der zweite, der Killer, hat mich bestimmt kommen hören, da hat er den ersten wie so'n

Schild benutzt, weißte, hinter dem hat er dann hervor geballert, der Saftsack.«

»Hast du sein Gesicht gesehen?«

»Aber das haste doch schon gefragt.«

»Ich frag dich noch mal«, sagte sie.

Der Blick des Jungen glitt über sie hinweg. »Ging net, so wie der stand. Hinter dem andern halt. Ging doch so schnell, ich seh die Tunte, den angemalten, und da ging keine Sekunde rum, da seh ich die Knarre und merk, wie's Bein anfängt, weh zu tun. Ich denk noch, Ende, aus – ich weiß doch net.« Wieder fing er an zu weinen.

Ina drückte seine Hand noch fester. »Hast du gesehen, wie er die Waffe gehalten hat? Wohin hat er gezielt?«

»Ja, nach unten«, flüsterte er. »Mehr konnt' ich nicht sehen, weil's mich sofort hingebrettert hat. Aber es hat so scheiß weh getan.«

Sie sperrten alles ab. Der ganze Park wurde nach einer Leiche durchsucht, nach jenem Mann, der im Arm des anderen hing, in *seinem* Arm, wie es schien, geschminkt und zum Abschuß bereit, nach allem, was sie wußten.

In *seinem* Arm? Sebastian glaubte nur, daß es ein Mann gewesen war, hatte es aber nicht zweifelsfrei sagen können. Jawohl, in seinem Arm, betonte Auermann, denn Serienmörderinnen waren nicht so. Er nickte – nicht *so*. Serienmörderinnen, sagte Auermann, und schon dem Begriff schien er nicht zu trauen, waren anders, nicht so kalt und mechanisch, nein, nein. Sie hatten immer noch Gefühle, die Serienmörderinnen, sagte Hans-Jürgen Auermann, der noch nie mit einer zu tun gehabt hatte.

»Und sie haben gewisse Beziehungen zu den Opfern«, sagte Ina. »Meinst du das?«

Auermann nickte.

»Na ja, ich kenne bisher nur eine Person, die gleich zwei der Opfer gekannt hat, das ist die Berninger. Nur mal so.«

»Hör mal zu, Ina!« Hans-Jürgen-du-magst-sie-nicht-weil-sie-blond-ist-Auermann klatschte eine Hand auf seinen Schenkel.

»Was willst du denn da unterstellen? Du glaubst doch nicht im Ernst, daß dieses zarte Persönchen auch nur physisch in der Lage wäre, ausgewachsene Männer zu überwältigen, gegen ihren Willen zu bemalen und dann hinzurichten. Daß die es fertigbringt, nachts im Park einen Zeugen mir nichts, dir nichts, ins Bein zu schießen, ja, schnappst du denn jetzt über?«

»Habe ich das unterstellt?« fragte sie. »Ich habe eine Tatsache geschildert. Wie wertest du das?«

»Du mußtest ihr das mit den Kontakten ja noch nicht einmal groß nachweisen«, sagte er. »Sie hat das doch gleich zugegeben.«

»Sie wäre nicht die erste, die etwas zugibt«, murmelte sie und versuchte sich die Berninger als Gestalt vorzustellen, als ein undefinierbares Etwas, das nachts im Park einem jungen Kerl erschien und – nein, das war doch unmöglich, was machte sie denn mit ihren Haaren? Selbst in der Dunkelheit konnte man doch erkennen, ob ein Mensch langes Haar trug, es sei denn, dieser Mensch steckte die Haare hoch und setzte womöglich noch eine Kappe auf oder so.

Sie drehte sich um. »Ich will nur sagen, daß alles möglich ist«, sagte sie, doch Auermann winkte ab, und sie hatte auch nicht sehr überzeugend geklungen.

Kriminaltechniker entdeckten ein Geschoß in dem Baum, unter dem Sebastian gelegen hatte, und die Ärzte holten eine weitere Kugel aus seinem Bein. Beide stammten aus der Waffe, mit der das Wesen, das sie den Obdachlosenmörder nannten, seine fünf Opfer exekutiert hatte. Doch sie fanden das sechste Opfer nicht. Stundenlang wurde der Park von fünfzig Beamten durchsucht, mit Lampen, mit Stöcken, mit Hunden, Gebüsch für Gebüsch. Stocker vermutete, daß es ihm nach der unerwarteten Begegnung mit dem Jungen zu heikel geworden war, und sie das sechste Opfer woanders finden würden. Auermann rief dennoch ein ums andere Mal, daß es sein erster Fehler war. Zwei Fehler im Grunde, die sich zu einem großen summierten, weil er erstens einem Zeugen gleichsam in die Arme gelaufen und zweitens offenbar zu hektisch gewesen war, diesen Zeugen ordentlich zu beseitigen. Zog die Waffe wie ein Berserker, feuerte zweimal, sah den Jungen fallen, sah ihn liegen und verschwand. Auermann, der darauf bestand, daß es ein Fehler war, Auermann, dessen Nerven nicht mehr die besten waren, brüllte Ina an, daß sie keine Ahnung habe, von Tuten und Blasen nicht, weil sie erwiderte, daß sein Fehler so groß gar nicht gewesen war. Er war entkommen.

»Sei still«, sagte Hans-Jürgen. Er setzte sich auf einen abgefallenen Ast und starrte in den Himmel.

»Der Junge hatte eine Kugel im Bein«, sagte Ina, »und auch die Kugel, die sie aus dem Baum geschält haben, war im unteren Bereich. Der wollte ihn wohl ruhigstellen, sichergehen, daß er ihm nicht folgt. Aber offenbar wollte er ihn nicht töten. Nicht ihn.«

»Dann mach dir einen Reim darauf«, sagte er.

Ja. Ina ging langsam um den Baum herum, unter dem Sebastian gelegen hatte, an Sträuchern vorbei und an einer Bank ohne Lehne. Hier warst du unterwegs, es war kurz vor Sonnenaufgang, und du hältst einen Mann im Arm, einen Mann mit geschminktem Gesicht. Die Reihenfolge ist also anders, nicht? Erst malst du sie an, dann bringst du sie um, nicht umgekehrt. Keine Leichenmalerei, oder war das nur diesmal so? Du hältst ihn fest, hast eine Hand auf seiner Schulter, und der Junge hält euch für ein Liebespaar, diesen winzigen Moment lang, bevor du auf den Jungen schießt.

Du hast eine Hand auf seiner Schulter. Hintereinander steht ihr da wie Verschwörer, wie Leute, die jemanden kommen hören und warten. Kanntet ihr euch, das Opfer und du, war er arglos und hat dir vertraut? Blödsinn, der war starr vor Angst.

Sie drehte sich um. Stocker stand hinter ihr und sah ihr beim Denken zu.

»Der Junge glaubt, sie sind ein Liebespaar«, sagte sie. »Er hätte nicht angenommen, daß sie ein Liebespaar sind, hätte der Geschminkte sich gewehrt, oder? Wenn er irgend etwas signalisiert oder um Hilfe geschrien hätte. Der Junge hat Stöpsel im Ohr, der hört Musik, aber wenn einer schreit, das kann man auch sehen, das sieht man einem Menschen an. Oder?«

»Ja«, sagte Stocker. »Aber das waren Sekunden, in denen er auf nichts anderes geachtet hat als auf dieses Make-up, zwei, drei

Sekunden vielleicht, dann sieht er die gezogene Waffe. Ich denke, daß er in dieser kurzen Zeit gar keine Zusammenhänge herstellen konnte. Laut seiner Aussage hat der Täter das Opfer nicht losgelassen, als er die Waffe zog?«

»Nein.«

»Weil der wohl schon halb hinüber war.« Stocker seufzte, fast war es ein Stöhnen. »Aber wo ist er?«

»Können wir denn ausschließen«, ertönte plötzlich Auermanns Stimme, »daß es sich bei der ganzen Geschichte um perverse Sexspielchen handelt? Ich weiß, ich weiß, die Opfer sind Männer und Frauen.«

»Sie sagen es«, sagte Stocker. »An was für Spielchen denken Sie denn? Von den männlichen Opfern war wohl keines homosexuell.«

»Muß ja auch nicht«, murmelte Hans-Jürgen. »Diese Master-Sklaven-Spiele verlangen das nicht.«

»Da wird nicht geschossen«, sagte Ina. »Das wäre ja ganz was Neues.«

Sie ging erneut um den Baum herum, ging weiter, aber da war nichts mehr zu finden, war jeder Millimeter von der Spurensicherung abgesucht worden. Er hinterließ keine verwertbaren Spuren, aber er war gesehen worden, wenn auch nur als Hülle, als Gestalt. Und er schoß nicht blindlings auf solche, die er für obdachlos hielt, der wählte aus, denn auch Sebastian war im Park herumgestromert, mitten in der Nacht, doch den hatte er verschont. Warum? Stocker hatte vermutet, das hätte vielleicht sein Ritual durcheinandergebracht, weil er möglicherweise herumschlich, um sie zu beobachten, bevor er sie schnappte.

Sie hörte Auermann und Stocker debattieren, doch nahm sie die Worte nicht auf. Was blieb, war nur ein Gedanke: Blindlings schoß er nicht, er wählte aus. Den Jungen wollte er daran hindern, ihm zu folgen, dem schoß er in die Beine, in die Beine – sie merkte, wie alles vor ihren Augen zu tanzen begann, aber sie konnte es nicht stoppen – in die Beine. Das hatte er gekonnt, mit einer Hand, *mit links* gewissermaßen, auch wenn es die rechte Hand gewesen war, *mit links.* Aus dem Handgelenk. Ansetzen, abdrücken, und der

Schuß ging in die Beine. Wie sich das gehörte. Wie man es tun mußte. Wie es im Schießtraining gelehrt wurde, *der*, ausgerechnet *der* hatte es gekonnt. Sie nicht. Sie hatte es nicht gekonnt.

Sie schüttelte den Kopf, um diese Gedanken zu vertreiben, aber sie zogen an ihr, waren schwer wie Blei, diese Gedanken, und zogen sie herunter ins Gras. Tausendmal geübt, tausend Puppen in die Beine geschossen und kampfunfähig gemacht, nur ihn nicht, an jenem Tag, den Kollegen.

So eine Art übergeordneter Notstand sei das gewesen, hatte der Polizeipsychologe damals gesagt, aber der redete viel, wenn der Tag lang war. »Eine Art Notwehrhandlung«, hatte er hinzugefügt. »Sie waren im Dienst. Sie haben Ihren Dienst gemacht. Sie mußten verhindern, daß ein Mensch einen anderen Menschen erschießt.«

»Ja schon«, hatte sie gesagt. »Aber das kann man ja auch so machen, daß dabei nicht einer auf der Strecke bleibt, nicht? Kann man korrekt machen. Kann man so machen, wie es gelehrt wird. Muß man nicht gleich –«

Der Polizeipsychologe hatte daraufhin gar nichts mehr gesagt, aber an seinem Gesicht hatte sie ablesen können, daß er ihr durchaus zustimmte.

Seitdem sah sie ihn immer wieder vor sich, an der weißen Wand zu Hause, im Schlaf und gerade hier im Gras, den Kollegen, den Irren, den irren, kranken, schizophrenen Bullen, wie er einer Frau die Waffe gegen den Hals drückte. Sie hatte ihn angebrüllt, immer wieder, laß die Waffe fallen, angerufen, angefleht und dann auf ihn geschossen, immer wieder, immer wieder, immer wieder, wie viele Schüsse waren es gewesen?

Zu viele, um in den nächsten Jahren groß befördert zu werden, zu viele, um weiterzuleben wie bisher. Manchmal kam er in der Nacht zu ihr, der irre Kollege; sag doch was, wollte sie ihm sagen, sag endlich was. Ich wollte das nicht.

Sie hatte auf die Beine gezielt, sie hatte es zumindest angenommen. Immer auf die Beine, immer, immer auf die Beine, doch sie hatte ihn in den Bauch getroffen, immer wieder in den Bauch.

Sie spürte seine schwere Hand auf ihrer Schulter – ja, komm her und schlag zu, aber ich habe es nicht gewollt.

Stocker fragte: »Was ist?«

Blinzelnd sah sie hoch; blond war er auch gewesen, wie Stocker. Sie drückte sich die Fingerkuppen auf die Augen und murmelte: »Mir ist das nur gerade eingefallen. Daß er auf die Beine gezielt hat. Daß er es gekonnt hat.«

»Ja, das wissen wir jetzt«, sagte Stocker.

»*Er* hat es gekonnt.« Das Atmen gelang ihr kaum. »Der schon, *der* hat es vorschriftsmäßig gemacht. Auf die Beine. Der konnte das.«

Sie sah, wie Stocker die Brauen zusammenzog und den Kopf schüttelte, sie sah, daß er begriff, denn damals war er mit Kissel gekommen und hatte sie stundenlang vernommen, hatte bleich und krank ausgesehen, als er immer wieder fragte, ob sie tatsächlich auf die Beine gezielt hatte, und wie es denn verdammt noch mal gekommen war, daß er an einem Bauchschuß verblutet war – das alles schien ihm jetzt auch wieder einzufallen, falls er es überhaupt je vergessen hatte, doch verstand er sie trotzdem völlig falsch, weil er leise zischend fragte: »Wollen Sie mir jetzt etwa sagen, der Täter ist Polizist?«

»Nein, nein.« Wie im Fieber schüttelte sie den Kopf und hörte die eigene Stimme kaum. »Nein, das hab ich nicht gemeint.«

Alles hatte sich aufgelöst und war unscharf geworden wie bei einem verwackelten Bild. »Gehen Sie nach Hause«, hatte Stocker gesagt, der es nicht mochte, wenn man nicht funktionierte. »Legen Sie sich hin.« Dann kam er hinter ihr her, als sie meinte, ihn schon vergessen zu haben, und packte sie am Arm. »Sie müssen das endlich wegstecken. Da hilft alles nichts, das geht so nicht.«

Zu Hause nahm sie trotz der Hitze ein Bad und wußte, daß es nicht wegzustecken und nicht einzupacken und nirgends zu verstauen war zwischen den Erinnerungen. *Denk nicht dran*, war auch kein guter Rat, denn es hockte da drinnen und dachte manchmal von allein.

Der verrückte Polizeipsychologe hatte sie einmal gefragt, ob es der Akt als solches war, der ihr halbes Leben umkrallte, oder die damit verbundenen Emotionen.

»Was?« hatte sie gefragt. »Noch mal für Doofe bitte.«

»Was wäre, wenn Sie einen Kinderschänder getötet hätten?«

Sie hatte gesagt, daß das okay gewesen wäre, natürlich, und Tom, ihr Ex, der auch ein Ex-Knacki war und ohnehin Polizisten nicht von Herzen liebte, hatte sie gefragt, ob sie denn besser damit fertig würde, wenn es kein Bulle gewesen wäre.

»War der denn was Besseres?« hatte Tom gefragt.

»Mein Gott, Tommy«, murmelte sie, als sie aus der Wanne stieg. »Du hast es dir immer so einfach gemacht.« Sie malte ein Ausrufezeichen auf den beschlagenen Spiegel, dann drückte sie die Stirn dagegen. Am Anfang hatte sie das mit Tom nur für eine Affäre gehalten, dann gemerkt, daß es ja doch ein bißchen mehr war und wenig später geglaubt, das hielte jetzt für immer. Sie zog die Nase hoch und spritzte sich das Gesicht voll Wasser. »Du blöder Hund.«

In der Küche hatte Jerry seine schmackhafte, Unsummen kostende Katzenvollnahrung schon verschlungen und sah sie herausfordernd an.

»Weißt du was?« sagte sie. »Die Fenster müssen geputzt werden, alles muß geputzt werden. Ich kann mir keine Putzfrau leisten, die befördern mich wohl nicht mehr. Da haben wir den Salat, Altbauwohnung mit Parkett, und dann können wir uns keine Putzfrau leisten.«

Jerry senkte den Blick, doch sie redete weiter auf ihn ein, erzählte, was alles anstand, Wäsche waschen, saugen, Schuhe kaufen, Mörder fangen, Kino und überhaupt.

»Hörst du mir zu?« Sie nahm ihn hoch und trug ihn ins Schlafzimmer, wo sie nacheinander all jene Freundinnen anrief, bei denen sie, wie es ausnahmslos jede von ihnen ausdrücken würde, überfällig war.

Anrufbeantworter, besetzt, Anrufbeantworter, Mailbox. Na gut. Sie machte einen letzten Versuch und erwischte Irene, die japsend ans Telefon gehetzt kam und »Huch« schrie. »Lebst du auch noch?«

»Magst du ins Kino?«

»Was denn – jetzt?«

»Klar.«

Aber Irene war halt Irene, Single, Verwaltungsinspektorin mit geregelter Arbeitszeit; sie rief: »Das geht doch nicht, das muß ich erst planen.«

»Was willst du denn groß planen?« fragte Ina. »Brauchst dich für's dunkle Kino noch nicht mal in Schale zu werfen.«

»Ach nee. Ach, ich weiß nicht. Laß uns doch lieber einen Termin ausmachen.«

»Ich kann keine Termine machen. Im Moment geht das einfach nicht.«

»Ach, du bist so unflexibel.«

»*Ich*?« Ina schnappte nach Luft. »Eben frag ich dich, und du sagst, du mußt planen – na, egal.«

Es gab doch noch den Hähnchenmann. Ein bekömmliches Glas Wasser könnte man trinken oder es tatsächlich mal mit einer Currywurst versuchen. Oder mit Benny selbst.

Benny Unger hatte Kundschaft; eine bekümmert aussehende alte Dame verspeiste ein halbes Hähnchen und berichtete von ihren Versuchen, das ultimative Abführmittel zu finden. Taugte alles nichts, stöhnte sie, der Darm machte, was er wollte, besser gesagt, der wollte keineswegs.

Ein Wasser mit Zitrone und ein Blick aus Bennys blauen Augen. Fast wünschte sie, er möge wieder von seinem PC-gestützten Brathähnchenhandel berichten, vielleicht sogar von der Hähnchenaufzucht als solcher, vom Leben der Hähnchen unter besonderer Berücksichtigung ihres Endes auf einem Grill, selbst auf Sächsisch könnte er das tun, solange nur die Dämonen schwiegen. Er stützte die Arme auf die Theke, rutschte nach vorn, und sie spürte seine Fingerspitzen, während die alte Dame von ihrer Idee erzählte, die Abführmittel ganz aufzugeben und es einmal mit Kleie zu versuchen.

Sie sah ein Lachen in Bennys Augen, was eigentlich das Schönste war, was ein Kerl ihr bieten konnte. Na gut, er hatte heute wohl nichts mehr vor. Sie holte Luft, um ihn das zu fragen, als ihr der kleine Olaf Kern einfiel, Pit Rehbeins Kollege aus dem Großmarkt, der erzählt hatte, Rehbein habe Abführmittel getestet, was sein zweitschrägster Job gewesen war nach seiner Rolle als Leiche in *Fadenkreuz*.

Abschalten, hatte ihr der Polizeipsychologe wiederholt geraten, Sie müssen abschalten können, aber sie fand, daß sie für diesen heißen Tip keinen Polizeipsychologen brauchte. Sie legte den Kopf zurück und sah einem Flieger hinterher, der bedächtig seine Spur durch die Wolken zog und ihre flirrenden Gedanken gleich mitnahm, bevor sie auch nur einen davon packen und festhalten konnte.

»Kleie kleistert bestimmt völlig zu«, murmelte sie.

»Wirklich?« Die alte Dame wandte sich ihr kauend zu. »Kennen Sie sich da aus?«

»Nein. Aber es hört sich so an.«

»Kleie? Na ja, man könnte natürlich auch diese Körner konsumieren, nicht? Aber man ist ja kein Papagei. Ha!« – Sie klopfte mit der freien Hand auf die Theke.

Ina trank ihr Wasser aus und fühlte sich verdammt humorlos.

»Müde?« fragte Benny.

Sie nickte und hatte plötzlich das Bedürfnis, ihn zu vertrösten – auf was denn?

»Ciao«, murmelte sie und stellte fest, daß man vor so einem Brathähnchenwagen, wenn der Besitzer im Innern stand, diesem keinen Kuß auf die Wange geben konnte.

Wieder zu Hause schnappte sie sich das immer noch ungelesene Frauenmagazin, riß ein paar Seiten heraus und machte Papierbällchen für Jerry, der aber schon nach dem dritten Wurf die Lust verlor. Wenn sie schon zu blöd war, das mit Benny auf die Reihe zu kriegen, hätte wenigstens ein Film mit Johnny Depp für ein bißchen Unterhaltung sorgen können, fand er das nicht auch? Nein, der Kater fand das nicht, obwohl er doch auf Männer stand, auf so hübsche, langhaarige Kerle, wie Tom einer war, oder Benny Unger. Würde sie Johnny Briefe schreiben, wie dieser Michael der Berninger? Sie würde allenfalls mit ihm ins Bett gehen, aber ihm sicher keine einzige Zeile schreiben, schon allein deshalb nicht, weil sie kaum Englisch konnte und schon im Deutschen holperte, wenn es etwas zu schreiben gab.

Michael. Bist du der Geist? *Ich will das Böse für Dich zerstören, Denise.* Schön, warum schnappst du dir dann keine Pädophilen,

Drogenbarone oder Vergewaltiger, das wäre dann ja fast Sozialarbeit, warum, wenn du es bist, sind es diese Leute? Was haben sie getan? Oder bist du ein ganz Cleverer, der darauf baut, daß uns diese Briefe bekannt werden, weil du den irren Mörder gibst, um etwas anderes zu vertuschen?

»Ich weiß es nicht«, murmelte sie in Jerrys Richtung. »Ich komm einfach nicht drauf.«

15

Langsam fuhr er die Straße ab. Da stand das helle Haus, in dem sie wohnte. Alles in Ordnung, keine Zivilpolizisten und kein schwarzer BMW. Bist du allein? Er parkte ein paar Meter vom Haus entfernt und behielt den Eingang im Auge. Versuch und Irrtum, so war das im Grunde, und alles, was er brauchte, war Geduld. Manchmal tat sich nichts, manchmal passierte alles zugleich. Er wartete eine gute Stunde, bis er sie aus dem Haus kommen sah und hätte sie fast nicht erkannt, weil sie in Jeans und einem schwarzen Hemd so anders aussah als im Fernsehen. Eine schwarze Baseballkappe ließ ihr langes, blondes Haar fast verschwinden.

Es war nicht schwer, ihr zu folgen, sie nahm die Straßenbahn, fuhr fünf Stationen und ging den Rest der Strecke zu Fuß. Denise ging zum Südbahnhof und fuhr doch nirgendwo hin, denn die Schattenwelt vor dem Gebäude war ihr Ziel, eine friedlose Gegend, wo keine Züge fuhren und Menschen in schmutzigen Ecken kauerten. An einem schönen, warmen Tag sollte man am Wasser umherschlendern oder unter Bäumen, die Schatten warfen, aber nicht hier, zwischen Dieben und Streunern und anderem Volk. Er begriff nicht, was sie tat, sie graste alle Strolche ab. Sie sprach mit den Bettlern und hockte sich zu den Säufern auf den Boden, und zu den Strichern und den Rumtreibern ging sie auch.

Manche brüllten hinter ihr her, manche lachten, einer schrie etwas von seinem Schloß, in das er sie entführen wollte, und eine alte Frau wollte Kröten von ihr für ihre armen, kleinen Kinder. Sie nickte dann nur und ging weiter, ihr Gesicht zeigte die gleichgültige Miene einer Frau in schicker Sommerkleidung, die sich in der Fußgängerzone Boutiquen ansieht. Michael setzte sich auf eine Bank und sah ihr zu.

Was suchst du hier? Ich will hier nicht sein, weißt du, aber ich muß, weil du auch hier bist, denn meine Gedanken sind ein Gefängnis für mich.

In der Nacht, die vergangen war, ohne daß er richtig geschlafen hatte oder richtig wach gewesen war, hatte er ihr noch einmal schreiben wollen, doch als die Vögel wieder munter wurden, voller Ungeduld die Sonne erwartend und den Tag, hatte er gewußt, daß er es nicht mehr konnte. Er hatte ja beinahe zugucken können, wie seine Gedanken auf dem Weg vom Kopf in die Fingerspitzen eine andere Richtung nahmen und an Klarheit verloren. Ich heiße übrigens wirklich Michael, hatte er schreiben wollen, nur falls du glauben solltest, das sei gelogen. Ich lüge nicht. Du bist die erste Frau, bei der ich das Wort Liebe nicht nur denken, sondern auch begreifen kann, ich bin dreißig Jahre alt und habe noch nie vorher wirklich geliebt. Ich lüge nicht, und du? Es gibt eine Art zu lügen, die anders ist als jene, die man kennt, das ist die Maskerade. Sie geht einher mit vielen Fehlern, so wie du sie machst, denn du kümmerst dich um falsche Leute. Wie geht das denn zu mit diesem Mann, den du in deine Wohnung holst und in dein Bett? Er sieht wie der Teufel aus, den ich als Kind in meinen Träumen sah, groß und hager, ein Wesen in Schwarz.

Das alles hatte er schreiben wollen, doch die Worte waren kreuz und quer durch seinen Kopf gekollert und hatten alles vernebelt um ihn herum. Er konnte nicht mehr schreiben.

Warum auch? Worte halfen ja nicht, nur Taten.

Seine Bank stand im Schatten, und er sah sie im Sonnenlicht stehen, zehn Schritte von ihm entfernt. Wie ein Engel. Wie ein Engel ohne Flügel, der jeden ansprach, sofern er nur kauerte, soff oder Flüche schrie. Als ein alter Mann sich mit einem schweren Seufzer neben ihn auf die Bank fallen ließ, setzte er seine Sonnenbrille auf. Er hörte ihn lispelnd nach Feuer fragen und schüttelte den Kopf.

»Rauchst nicht?« fragte der Alte. »Könntest aber trotzdem Feuer haben.«

»Nein, hab ich nicht.«

»Schlechter Haushalt nämlich.« Der Alte wühlte in seiner Plastiktüte und holte eine Bierdose hervor, an deren Deckel der Ring abgebrochen war. »Dosenöffner haste auch nicht?«

Michael sah ihn an. Dem fehlten ein paar Zähne. Der Alte bemerkte seinen Blick und sagte: »Meine Dritten sind in der Reinigung.« Seufzend betrachtete er die Bierdose in seinen Händen.

»Was wollte sie?« fragte Michael.

»Wer?«

»Die blonde Frau da drüben. Die mit der Kappe. Sie hat Sie doch auch etwas gefragt.«

»Wen, mich? Meinste mich?« Der Alte sah ihn an, dann deutete er mit dem Finger auf Denise. »Die da? Ist die blond?«

»Ja.«

»Woher wissen Se das denn? Ist das Ihre Verflossene?«

»Nein.«

»Na, mich geht's ja nix an.« Der Alte nickte bedächtig und fragte: »Sind Se Schaffner?«

Michael schüttelte den Kopf. »Nein, bin ich nicht. Als Kind wollte ich es werden. So bescheiden bin ich gewesen, nicht Lokführer, sondern Schaffner.«

Der Alte fummelte an seiner Bierdose herum. »Von Ihren beruflichen Plänen wollt ich gar nix wissen. Ich wollte nämlich nur wissen, ob Se Schaffner *heißen*.«

»Nein.«

»Dann können Se die vergessen. Die sucht nämlich jemanden, wo Schaffner heißt.«

»Wer soll das sein?«

»Genau das hab ich se auch gefragt. Na ja« – er lachte meckernd – »sucht se am Bahnhof einen, wo Schaffner heißt, aber keiner ist, das ist ja auch labyrinthisch.«

»Ist *was*?« fragte Michael.

»Verwirrend, wollt ich sagen. So als sucht se in einer Kneipe einen Herrn Kellner, da hat se auch erst mal Wirren.« Der Alte stand wieder auf. »Sie hat es aber vorgezogen, mir keine Erklärung – ehm –«

»Zu liefern«, sagte Michael.

»Darzulegen, wollt ich sagen. Und jetzt geh ich nämlich, wo Se nix dabei haben, eben kümmere ich mich nämlich um meinen Haushalt.« Er humpelte ein paar Schritte und drehte sich wieder um. »Auf Wiedersehen.«

Schaffner. Michael notierte sich den Namen, obwohl das nicht nötig war, denn er würde ihn behalten. Hatte sie ihn jemals in einer Sendung genannt? Er erinnerte sich doch an alles, was sie gesagt hatte, aber dieser Name war ihm unbekannt. Wer ist das, und warum suchst du ihn zwischen diesen Leuten, in diesen verlausten Ecken hier? Er wußte, daß sie ihn nicht ansprechen würde, so sah er nicht aus. Nein, sie ging an seiner Bank vorüber und streifte ihn mit einem kurzen, kalten Blick, da war er sicher, obwohl er ihre Augen unter dem Rand ihrer schwarzen Kappe kaum sah.

Aber du wirst mit mir reden, schon bald. Wenn ich alles weiß, und wenn alles ausgestanden ist, wird alles gut.

Schaffner. Mal sehen, ob er dir wichtig ist. Ist er ein Teufel, so einer wie der, den du dir ins Bett geholt hast, den schwarzen Teufel mit dem schwarzen BMW?

Was willst du von diesen Leuten?

Irgendwann stand er auf und ging herum, und der Kreis wurde größer, den er um sie zog, bis sie in der Bahnhofshalle verschwand und er sie aus den Augen verlor, zumindest eine Weile. Plötzlich kam ihm alles sinnlos vor. Er ging zu den Toiletten und dann, als er zurückkam und sie wie betäubt an einem Pfeiler lehnen sah, mit einer zitternden Zigarette zwischen den Fingern, die ihr auf den Boden fiel, gleich beim zweiten Zug, wollte er zu ihr gehen, doch er schaffte es nicht. Es war das letzte Bild, die zitternde Hand, der Engel ohne Flügel. Und wenn Michael es ist, der nach der Legende die Pforten der Hölle verschließt, dann ist damit auch die eigene Hölle gemeint, das Feuer in der Seele, das alles verbrennt.

Eine Weile stand er da, ohne etwas zu sehen, er spürte nur das Flackern im Kopf, so wie man vielleicht einen leichten Stromstoß fühlte. Dann ging er erneut den Gang herunter, der zu den Toiletten führte, und das Flackern im Kopf verwandelte sich in Licht. Wie Licht, das eine Motte umflog, die sekundenlang einen Schatten warf, ein kleiner, schwarzer Fleck nur, eine Irritation, nichts weiter.

Ein Fleck. Auf der untersten Treppenstufe blieb er stehen, nein, kein schwarzer Mottenfleck, ein roter. Ein roter Fleck, ein Klecks, den er gesehen hatte, als er das erste Mal hier gewesen war und nicht mitbekommen hatte, ob es für Damen war oder für Herren, Ladies, Gentlemen, für kleine Mädchen, wie nannten sie das stinkende Gewölbe denn hier?

Von oben riefen die Lautsprecherstimmen zu den Zügen. Man könnte einfach fahren, weg hier, weg von allem. Er schüttelte den Kopf; war es hier gewesen? Ein Kabinengang, ein paar Stimmen, halb offene Türen, sonst nichts. Er blieb stehen, hörte eine Wasserspülung und ging langsam weiter, bis er zur vorletzten Kabine kam und den Fleck wieder sah, einen roten Klecks auf einer geschlossenen Tür. Rot und grell, ein merkwürdiges Muster. Das war das Männerklo hier, Herren, Gentlemen, Messieurs, mit vielen Kabinen. Er rauchte nicht, sonst hätte er sich jetzt eine angesteckt, weil es das Herumstehen nicht so sinnlos machte. Wie ein Stricher stand er hier herum, ein Stricher-Opa von dreißig Jahren, der auf die allerletzte Kundschaft wartete. Dennoch blieb er vor der geschlossenen Tür stehen und dachte erneut darüber nach, wie er jede Wette eingegangen wäre, daß Denise nicht rauchte, nur weil er es selber nicht tat. Aber er kannte sie ja kaum. Noch kannte er sie nicht richtig, aber das wird sich ändern, mein Engel, ja, du wirst sehen.

Wieder eine Wasserspülung, eine zuklappende Tür und schlurfende Schritte, ein Husten und ein aufgedrehter Wasserhahn. Die Tür vor ihm blieb zu. Niemand drin, oder? Ein ganz Ordentlicher, der die Tür geschlossen hatte, als er ging, was denn sonst? Er lehnte sich gegen die Wand und starrte auf den Fleck, bis er begriff, was er die ganze Zeit nicht hatte sehen wollen, schon vorhin nicht, als er das erste Mal hier unten gewesen war; der rote Fleck sah aus, als hätte jemand versucht, einen Mund zu malen oder als wäre jemand mit dem Kopf gegen die Tür geknallt und hatte im Fallen mit den Lippen diese Spur dann gezogen. Mit geschminkten Lippen. Das war kein Blut, das war viel dicker. Lippenstift, so sah das aus auf der Tür, Lippenstift auf der Tür eines Männerklos.

Er klopfte an und kam sich lächerlich vor. Nichts. Er zählte bis zehn, dann drückte er mit dem Ellbogen die Klinke, weil er es immer vermied, Türklinken auf öffentlichen Toiletten mit bloßen Händen anzufassen. Infektionen konnte man sich holen, alles mögliche. Da war ein Widerstand hinter der Tür, ein Hindernis, und er nickte die ganze Zeit, ja, ja, das war im Kopf, war *im Hinterkopf*, wie man sagte, das war die Vorstellung gewesen, die Angst. Mit der Schulter drückte er gegen das Hindernis an, bis das Geräusch aufhörte, dieses schabende Geräusch eines Körpers, bis er sehen konnte, bis er alles sah.

Ein Mensch lag auf dem Boden, ein verkrümmter Mensch vor dem Klo, ein Mensch in schäbigen Klamotten, mit angezogenen Beinen, ein Mann vielleicht, vielleicht auch nicht. Er sah eine blaue Zunge zwischen grellroten Lippen, er sah dunkelrote Wangen, und als er in die Knie ging, blickte er in hilflos starrende Augen.

Er stolperte zurück und prallte gegen die Wand. Im Heruntersacken hörte er ein Schluchzen, so ein Stöhnen, das doch nur der eigene Atem war, während es in seinem Kopf anfing zu kreischen, eine Puppe, eine Puppe, wie Moritz, der Clown.

Moritz, die Puppe seiner Kindheit, hatte lachen und weinen können, weil er aufgemalte Tränen in den Augenwinkeln hatte, Moritz hatte rote Wangen und rote Lippen, wie der hier, wie der.

Seine Beine zitterten, er kam nicht mehr hoch. Er mußte anrufen, mußte das melden. Das wurde von ihm erwartet, das mußte er tun. Aber was sollte er sagen, wenn sie anfingen, Fragen zu stellen, wie bekam er das alles raus aus seinem Kopf, das Gekreische und die schwarze Kappe und die Stimme des alten Mannes, wie er fragte: »Ist die blond?« Es schrie immer weiter in ihm drin, bis er den Kopf zwischen die Knie schob, da hörte es auf.

16

Aufpassen, konzentrieren, wach bleiben, damit nicht alles in sich zusammenfiel. Gab es ein sechstes Opfer, war es der Mann aus dem Park, und wenn ja, was hatte er mit ihm gemacht? Irgendwo mußte er sein, sagte Ina, der ließ sie doch nicht leben, der nicht, der hatte doch einen Plan, nicht wahr? Nummer sechs sei ihm womöglich entwischt, behauptete Auermann, und lief jetzt verstört herum. Oder hatte vielleicht den Spieß umgedreht, ihm die Waffe entwunden, ihn abgeknallt und versteckt. Lief dann wohl etwas weniger verstört herum, hatte aber nicht die Courage, sich zu melden. Tausend Theorien, aber keine Spur. Der Polizeizeichner entschuldigte sich für die Skizzen, die er Stocker auf den Tisch legte, nachdem er zwei Stunden lang am Krankenbett des Jungen gesessen hatte, der im Park angeschossen worden war.

»Was ist das?« fragte Stocker. »Phantombilder? Die würden meiner kleinen Tochter gefallen.«

»Ich kann's nicht ändern«, sagte der Zeichner. »Fünf Sekunden vielleicht, der hat nur die Maske des einen gesehen und die Waffe des anderen.«

»Ja«, sagte Stocker, der noch immer auf die Skizzen starrte. »Ein Clown und Bernd das Brot.«

»Wer?« fragte der Zeichner.

»Aus dem Kinderkanal.« Stocker schüttelte den Kopf. »Damit können wir nicht raus, dann heißt es womöglich, wir wollten sie verarschen.« Er seufzte und ließ den Kopf hängen, was gar nicht zu ihm paßt, dann sagte er leise: »Also wieder auf Anfang.«

Alles auf Anfang und alles immer wieder von vorn, auch wenn man sich mit Bagatellen lächerlich machte, denen man keine Bedeutung schenken würde, hätte man nur Anhaltspunkte und Indizien. Ina versuchte es von neuem: Johanna Mittermaier, Opfer Nummer fünf, wurde mit einem Menschen mit Schirm gesehen, der sie umfaßte wie dieser Geist den Geschminkten im Park umfaßt hatte, als der Junge, Sebastian, die beiden sah.

»Liebe Kollegin«, sagte Stocker. »Die Mittermaier ging mit jemandem durch die Stadt, der oder die einen Arm um ihre Schulter gelegt hat, und es ist doch anzunehmen, daß das eine alltägliche Situation ist, mit der Sie vertraut sein dürften. Das war Monate vor ihrem Tod, hören Sie auf, sich zu verzetteln.«

Zettel, genau. »Oder dieser Zettel«, sagte sie. »Diese Notiz *Vic553-delta* in Rehbeins Shorts, das muß doch eine Bedeutung haben. Ich meine, das war doch ein cleverer Kerl, der Rehbein, der hat sich doch was dabei gedacht.«

»Daß er uns bewußt einen Hinweis hinterlassen wollte? Das ist aber keiner, wer soll denn damit was anfangen?« Stocker schüttelte den Kopf. »Es gibt so Phasen, da wird alles wichtig«, murmelte er. »Das sind die Phasen, in denen absolut nichts geht.«

»Ich weiß«, sagte sie. »Ich weiß das alles. Ich weiß auch, daß es Zufall sein könnte, daß zum Beispiel die Berninger sowohl Rehbein als auch Mittermaier kannte, den einen vermutlich flüchtig, die andere ganz gut. Ich denke trotzdem darüber nach.«

»Worüber?« fragte Stocker. »Etwa darüber, daß die nachts durch Parks und Anlagen rennt und sich ihrer Bekannten entledigt, die sie dabei in Ausübung ihres eigentlichen Handwerks so gottverboten zurichtet, daß man ihr noch im Nachhinein ein Maskenbildnerinnen-Berufsverbot erteilen sollte?«

»Was tun denn Serienmörderinnen? Ich meine jetzt mal ganz theoretisch. Und ganz allgemein.« Ina malte ein Männchen in ihr Notizbuch. »Wenn es sie gibt, dann haben sie so was wie Rache im Kopf, nicht? Die rennen nicht herum und greifen sich Leute, die sie nicht kennen.«

»Das ist aber überprüft«, sagte Stocker. »Soweit das möglich war, diese Leute zu überprüfen. Marschall beispielsweise hat nichts und niemanden gehabt außer seinem Hund und lebte jahrelang auf der Straße, da gibt es wahrlich keine Anhaltspunkte, daß der ein Bekannter einer Fernsehmoderatorin war.«

»Warum war sie in der Klinik?« fragte Ina. »Ich meine, in der Psychiatrie?«

»Marschall nicht«, sagte Stocker. »Die anderen auch nicht, nur Mittermaier.«

»Ja, aber die Berninger«, sagte sie. »Ich meine, das fällt mir halt gerade so ein.«

Stocker sah sie ausdruckslos an, dann hob er eine Braue, nur eine. »Da ist man schnell drin. Das gilt nicht nur für Fernsehmoderatorinnen.«

»Ja, ich weiß.« Sie sprang auf und trat ihren Stuhl aus dem Weg. »Sie meinen jetzt, das hätte mir auch passieren können, ja? Damals, meinen Sie, nach der – Geschichte.«

»Ja«, sagte er nur.

»So.« Sie blieb mitten im Zimmer stehen und hatte etwas Mühe damit, nicht in Tränen auszubrechen, nicht vor ihm hier, das würde ihm so passen. Zuviel um die Ohren, könnte sie sagen, zu wenig Ergebnisse, zartbesaitet ohnehin; sie gehörte zu denen, die im Kino schon heulten, bevor die Musik einsetzte. Sie rollte ihren Stuhl wieder heran, setzte sich und sagte: »Ich denke auch über ihren komischen Stalker nach, der jetzt natürlich *nicht* vor dem Sender auf sie wartet, wie er es großkotzig angekündigt hat. Was kann man denn noch machen, ich meine außer ihn abzufangen, der hinterläßt ja nichts außer seinem Vornamen.«

»Selbst der könnte falsch sein«, sagte Stocker. »Trotzdem, da ist alles unter Kontrolle. Wenn er kommt, werden wir uns mit ihm unterhalten.«

»Na offenbar schreibt er auch nicht mehr.« Sie stützte den Kopf in die Hände und murmelte: »Ihm ist vielleicht die Tintenpatrone ausgegangen, ich hatte letztens auch Schwierigkeiten, welche zu kriegen.«

»Ach was.«

»Ja, der druckt seinen Sermon doch auf einem Tintenstrahler aus, für die kriegt man nicht immer Tinte. Ich meine«, fügte sie hinzu, als sie Stockers Kopfschütteln sah, »da hat jeder Drucker seine eigenen, ganz speziellen Patronen – ja.«

Ja, sie verzettelte sich, eine Analyse von Tintenpatronen war nicht das, was sie jetzt weiterbrachte. Am Nachmittag fuhr sie noch einmal in den Park, um nach Hinweisen zu suchen, die es nicht gab. Hier war nichts. Hier beschien nur die Sonne die Wege und das Gras. Ein abgerissener Mann erzählte ihr, daß sie Wachen bildeten in der Nacht, daß sie abwechselnd schliefen und guckten, ob er kam.

»Ihr Penner macht ja nichts«, sagte er, und als er es erneut herausschrie, *»ihr macht ja nichts«*, wollte sie ihn fragen, ob er nicht auch schon einmal überlegt hatte, daß es sicher nicht allein die Obdachlosigkeit war, daß es etwas anderes geben mußte, das den Täter anzog, nicht das hier, das Leben auf der Straße, verstehen Sie, etwas anderes. Das würde ihn sicher nicht trösten, und als sie ging, nahm sie die Furcht in seinen Augen mit und die Verbitterung.

Noch im Wagen dachte sie darüber nach, was es war, das den Täter anzog, weil sie das überhaupt nicht mehr aus dem Kopf bekam, weil es etwas geben *mußte*, das, wie Stocker sagen würde, der gemeinsame Nenner war. Als sie das Knattern im Funk hörte, begriff sie erst nach einer ganzen Weile, daß sie gemeint war. »Da bin ich aber froh«, sagte der Mann aus der Einsatzzentrale, »daß ich überhaupt mal einen von euch erreiche.«

»Ja«, sagte sie nur und flehte ihn im stillen an, ihr bitte keine Leiche zu melden, Nummer sechs jetzt gesichtet, Nummer sieben und die acht gleich hintendran, alle geschminkt, nicht wahr, und irgendwo abgeworfen, hinter Müllbergen, im Gestrüpp, wo die Toten nicht liegen wollten, weil sie doch ihre Seele noch hatten, oder stimmte das nicht? Irgendwann hatte sie angefangen, das zu glauben, daß die Ermordeten nämlich eine Seele hatten, was es ihr leichter machte, ihre grauenhafte Häßlichkeit zu ertragen.

»Ja, was denn, Frau Henkel, sind Sie gestört?«

Sicher. Das wissen doch alle.

»Hören Sie mich?«

Sie hustete aus lauter Verlegenheit und sagte: »Jetzt schon.«

»In Polizeirevier eins – verstehen Sie mich?«

»Ja!«

»In Polizeirevier eins hat sich eine Frau gemeldet, die soll gleich an die Mordkommission weitergereicht werden, schick ich die jetzt zu euch oder kommt einer vorbei?«

»Ist gut«, sagte sie, »ich komme.«

»*Erstes* Polizeirevier«, schrie er zur Sicherheit noch einmal.

»Ja, verstanden.« In ihren Abenteuerträumen von der Polizei, die schon aufgehört hatten, als sie in der Ausbildung war, hätte sie jetzt vielleicht *roger* gesagt oder etwas in der Art.

Die Frau, die im ersten Polizeirevier wartete, war das, was Inas Mutter gern eine gepflegte Erscheinung nannte. Das Gepflegteste war, daß sie sich mit einem Stofftaschentuch die Oberlippe tupfte. Sie mochte um die Vierzig sein, stellte sich als Vera Noll vor und sagte, nachdem Revierbeamte ihnen ein kleines, verstaubtes Zimmer freigeschaufelt hatten: »Ich hoffe, ich mache Ihnen keine Mühe.« Inas Mutter hätte sie auch eine nette Person genannt und sofort mit ihr Freundschaft geschlossen.

»Ich bin beruflich manchmal unterwegs«, sagte sie. »Ich betreue Anzeigenkunden für einen Verlag. Das sage ich nur, um zu erklären, warum ich jetzt erst komme. Sie verschränkte die Hände im Schoß. »Zu meinen kleinen Schwächen gehören gewisse Fernsehsendungen. Ich nehme sie auf, und wenn ich zurück bin, schaue ich sie mir nach und nach an, zum Beispiel *Fadenkreuz.*«

»Ah«, sagte Ina nur.

Vera Noll holte einmal tief Luft, als müßte das jetzt für die nächsten Sätze reichen. »Sie haben in der Sendung das Bild einer Frau gezeigt, es ging um die Obdachlosenmorde. Das Bild einer unbekannten Frau, wie es hieß. Sie haben gesagt, wenn man etwas wüßte, solle man sich melden.«

Ina hatte die Fotos immer dabei. Wortlos legte sie das Bild der namenlosen Toten auf den Tisch, Nummer drei, die Frau hinter der Kirche.

»Ja«, sagte Vera Noll. Sie streifte es nur mit einem kurzen Blick. »Das ist meine ehemalige Nachbarin. Ich konnte es nicht glauben, aber – ja, das ist sie. Ihr Name ist – war, nein –«

»Ist«, sagte Ina.

Die Frau nickte. »Sie heißt Vivian Schaffner.«

Endlich ein Name. »Ina nahm ihr Notizbuch. »Zweimal *V* und zweimal *F*?«

»Ja. Vivian Schaffner. Das ist sie.«

»Was wissen Sie über sie?«

»Hat sie denn niemand vermißt?« Vera Noll stieß die nächsten

Sätze förmlich heraus: »Wie konnte das denn passieren, ist es denn so schlimm mit ihnen gekommen, das ist doch alles unmöglich.«

»Sie sagen, sie war Ihre Nachbarin«, sagte Ina.

»Ja, sie sind aber vor einem Jahr ausgezogen, weil es zu teuer wurde.« Vera Noll schüttelte den Kopf. »Man muß sie doch vermißt haben, was ist denn mit Henrik?«

»Wer ist das?«

»Henrik, ihr Mann, oh Gott, mir geht alles durcheinander, bitte entschuldigen Sie.«

»Das macht nichts«, sagte Ina.

Vera Noll geriet die Welt ein wenig aus den Fugen. »Vivian Schaffner«, wiederholte sie. »Und Henrik ist doch ihr Mann, Henrik Schaffner. Wo ist er denn?«

»Erzählen Sie einfach, was Sie wissen«, sagte Ina und sah zu, wie Vera Noll ihr Stofftaschentuch zwischen den Fingern zerknüllte.

»Vivian und Henrik waren zwei oder drei Jahre lang meine Nachbarn«, sagte Vera Noll. »Henrik hat auf Messen gearbeitet, Stände aufgebaut und so etwas, und in seiner Freizeit hat er wunderschöne Sachen geschnitzt, die Vivian dann auf Flohmärkten verkauft hat, Puppen oder kleine Tiere, er ist handwerklich so begabt, hat auch die ganzen Möbel in der Wohnung selber gemacht. Vivian war arbeitslos. Früher war sie Angestellte in einer Spedition, die ist in Konkurs gegangen, und sie hat nichts mehr gefunden. Sie sind so leidlich über die Runden gekommen. Wegen der hohen Miete sind sie ja auch ausgezogen.«

Vera Noll zerrte an ihrem Taschentuch herum. Ihre Hände zitterten leicht. »Vivian war immer etwas anfällig, ich meine damit, sie hat sich schnell hängengelassen, war oft sehr trübsinnig, aber Henrik hat sie immer gestützt. Sie hatten wohl nicht so viele Freunde, jedenfalls ist mir da nie etwas aufgefallen, aber ich glaube, die brauchten sie auch nicht. Sie hatten einander. Darum ist das doch ganz unmöglich, daß Vivian da im Fernsehen als unbekannte Frau vorgestellt wird, denn Henrik muß sich doch nach ihr erkundigt haben.«

»Nein«, sagte Ina. »Niemand hat sie als vermißt gemeldet.«

Vera Noll schüttelte den Kopf. »Aber ich kann mir nicht vorstellen, daß sie sich getrennt haben.«

»Hatten Sie denn nach ihrem Auszug noch Kontakt?« fragte Ina. »Und wo sind sie hingezogen?«

»Sie sind in die Bahnhofsgegend gezogen, keine besonders gute Gegend, aber halt bezahlbar. Vivian und ich haben noch ein paarmal telefoniert, da war alles wie immer, sie hatten Geldprobleme, sie suchten Jobs, denn mit Vivians Sozialhilfe konnten sie wirklich keine großen Sprünge machen, und Henrik war auch immer darauf angewiesen, daß man ihn irgendwo brauchte, fest angestellt war er ja nie. Was ist denn mit ihnen passiert? Warum war Vivian allein?«

Wir werden es herausfinden, wollte Ina sagen, so etwas in der Art, wie die Fernsehkommissare es immer sagten, aber sie war sich nicht sicher. »Wann hatten Sie zuletzt Kontakt?« fragte sie.

»Das war telefonisch, muß ein Jahr her sein. Es war ja nicht so, daß wir eng befreundet gewesen wären, wir waren gute Nachbarn. Es war nichts Besonderes, Vivian hat erzählt, daß Henrik sich nicht gut fühle, er habe öfter Kopfschmerzen oder Rückenschmerzen und sei schlecht gelaunt, wenn ich mich richtig erinnere.« Vera Noll beugte sich vor, und es sah aus, als wollte sie nach Inas Hand greifen. »Ich bitte Sie, was ist denn da passiert?«

Ina hätte ihr gern etwas Tröstendes gesagt, nur nicht das, was sie sagen mußte. »Sie müßten Vivian Schaffner – ehm, Sie müßten sie noch einmal kurz anschauen, damit wir ganz sicher sind.«

»Im Leichenschauhaus? Nein!« Vera Noll hob die Hände.

»Bitte, es geht ganz schnell.« Sie ist ja gekühlt, wollte Ina hinzufügen, und einigermaßen wiederhergestellt, die haben sich da schon Mühe gegeben, sie sieht nicht mehr aus wie ein trauriger Clown. So haben wir sie nämlich gefunden, wissen Sie, aber jetzt sieht sie hoffentlich so aus, als ob sie nur schläft.

»Es ist nicht so schlimm«, sagte sie. Es ist schrecklich, was denn sonst?

»Ich werde umkippen«, sagte Vera Noll.

»Ich bin bei Ihnen«, sagte Ina.

Auf dem Weg zur Pathologie fuhr sie mit Vera Noll zum Bahnhofsviertel, wo Vivian und Henrik Schaffner in einem heruntergekommenen Altbau gelebt hatten. Das Namensschild war noch an der Tür, aber ein Nachbar, der als eine Art Hausmeister fungierte, erzählte, da werde jetzt wohl alles ausgeräumt, da klebte ja schon überall der Kuckuck dran, nicht wahr? Die waren seit Monaten weg. Mietflüchtlinge, wisperte er, einfach die Miete nicht mehr gezahlt, einfach weg über Nacht. So ja nicht, sagte er, also kurzen Prozeß gemacht, weil der Vermieter sich so was nicht gefallen ließ.

»Haben die zwei hier gewohnt bis zum Ende?« fragte Ina und bekam eine leichte Gänsehaut bei den letzten Worten.

»Zwei Stück sind eingezogen«, sagte der Hausmeister-Nachbar. »Ob's nachher noch zwei waren, weiß ich nicht, kann mich ja nicht um alles kümmern.«

Im Wagen fragte Vera Noll: »Ist sie denn schlimm zugerichtet? Vivian?«

Jetzt nicht mehr. Bis auf den Krater auf der Stirn, die Austrittsstelle der Kugel. »Nein«, sagte Ina.

»Also nicht entstellt?«

»Nein.« Ina sah zu ihr herüber. »Sie haben das nun alles in *Fadenkreuz* gesehen, kennen Sie eigentlich die Moderatorin?«

»Was denn, diese Dings, diese – nein.« Vera Noll sah verblüfft aus. »Unsereiner kennt doch solche Leute nicht.«

»Die Schaffners vielleicht?« fragte Ina.

»Also nein, davon weiß ich nichts. Wieso fragen Sie?«

»Nur so.« Ina zuckte mit den Schultern. »Man fragt immer alles mögliche, haben Sie mal bei den Schaffners oder sonstwo etwas hiervon gehört?« Sie reichte ihr den Zettel mit Pit Rehbeins Notiz *Vic553-delta.*

»Nein«, sagte Vera Noll. »Wirklich nicht. Ist das Deutsch?«

»Keine Ahnung.«

Auf der restlichen Fahrt sagte sie kein Wort mehr. Ihre Hände waren jedoch unablässig in Bewegung, und sie hatten die Pathologie kaum betreten, als sie auch schon ihr weißes Stofftuch hervorholte, um es vor Mund und Nase zu pressen.

»Es riecht wie beim Arzt«, sagte Ina, was kein Trost war, denn

Vera Noll murmelte: »Mein Arzt lüftet nie, da stinkt es erbärmlich.«

Der Pathologie-Bedienstete war ein leiser Mann. »Legen Sie was über die Stirn?« fragte Ina. »Bitte.«

Der Mann nickte, und sie holte Vera Noll und hielt sie fest, und als der Pathologie-Bedienstete sich ihnen zuwandte, fiel ihr ein, daß sie im Park vielleicht genauso gestanden hatten, als sie auf den Jungen trafen, der Geist und sein vermutlich sechstes Opfer.

Vera Noll murmelte: »Nein, nein.«

»Nein?« Ina hätte sie fast losgelassen.

Doch sie nickte. »Ich meine, ja. Das ist sie. Vivian.« Für einen Moment schien ihr ganzer Körper zu beben, wie bei einem Stromstoß, und als Ina sie an sich zog, um sie behutsam von der Bahre wegzudrehen, hörte sie, wie von Dämonen geflüstert, die leise Stimme Denise Berningers: »Es war kalt ... die Schocks sind sehr kalt, man friert hinterher.«

Wispernde Dämonenstimmen, die sie ins Präsidium begleiteten, flüsterten unaufhörlich: »Kalt, kalt, kalt«, und sie hätte nicht sagen können, warum sie als erstes das medizinische Lexikon nahm, um den Begriff *Elektroschock* nachzuschlagen. Es gab wichtigeres zu tun.

Elektroschocks gab es aber nicht, sie wurde auf die milder klingende *Elektrokrampftherapie* verwiesen: »Wird offiziell nur noch bei katatonen Erregungszuständen eingesetzt sowie bei schweren Depressionen, die auf Medikamente nicht ansprechen ... Behandlung ist einfach durchzuführen ... verursacht im Gegensatz zur Behandlung mit Medikamenten nur Stromkosten.«

Sie schlug *katatoner Erregungszustand* nach: »Bezeichnung für eine schwere psychomotorische Erregung mit sinnlosem Umsichschlagen.«

Tom, ihren Exfreund, hatte sie mehrmals im Schlaf mit Hieben geweckt, was wohl auch ein sinnloses Umsichschlagen gewesen war. Sei doch nicht dauernd so nervös, hatte er sie dann angeraunzt, kannste noch nicht mal in Ruhe schlafen? Dann fiel ihr Meike ein, die über die frühere Berninger, die es anscheinend gegeben hatte, sagte: »Sie hat sich nichts gefallen lassen, war total aufbrausend.« Sich die Berninger als aufbrausend vorzustellen, war ihr fast unmöglich.

Auermann, der es schaffte, trotz Schlafmangel sehr fröhlich auszusehen und sehr gesund, rief etwas von Fortschritt, als er ins Zimmer kam.

Ina hob den Kopf. »Was?«

»Jetzt sind sie alle identifiziert.« Ein Ruf im dunklen Wald. Er rieb sich die Hände und zitierte wieder seine geschiedene, aber nach wie vor eng mit ihm befreundete Frau: »Bine meint immer, kein Mensch ist eine Insel und ganz für sich allein.«

Was wollte er? Sprach er sich Mut zu? Er lehnte sich gegen ihren Tisch, als sie am Computer die Vermißtenmeldungen durchsah; Hans-Jürgen-dieses-blöde-Ding-da-Auermann faßte den Rechner nur in Notfällen an und tippte dann so sinnlos darauf herum, daß der Rechner es ihm nicht dankte.

Henrik Schaffner war als vermißt gemeldet.

Ina lehnte sich zurück und murmelte: »Und jetzt? Was heißt das?«

»Den hatte ich schon.« Hans-Jürgen trommelte auf den Tisch. »Ja natürlich, beim Fund Marschalls hatte ich die Vermißtenmeldungen, aber da gab es ja keine Übereinstimmung.«

Seine Mutter hatte ihn als vermißt gemeldet, vor vier Monaten schon, als seine Frau Vivian noch lebte, Henrik Schaffner, sechsunddreißig Jahre alt, braune Augen, besonderes Kennzeichen: Narbe über der linken Augenbraue, zum Zeitpunkt des Verschwindens kurzes, dunkelbraunes Haar.

Ina wiederholte: »Was heißt das jetzt? Heißt das was? Er war schon vermißt, da hat die Serie noch längst nicht angefangen.«

Hans-Jürgen deutete auf den Monitor. »Ich spreche jetzt mal ins Unreine. Unter Umständen liegt er schon irgendwo, der arme Teufel, und wartet, daß wir ihn endlich finden.«

»Nummer sechs?« Ina zoomte sein Bild näher heran. Er sah an der Kamera vorbei, ein unscheinbarer Mann, wie es schien. Sie hatten nicht viel Geld, hatte Vera Noll gesagt. Sie hatten keine Freunde. Sie hatten nur einander. Waren sie beide zusammen verschwunden? Wem wäre das aufgefallen außer dem Vermieter, der sein Geld nicht mehr bekam? Wo war er jetzt, war er der geschminkte Mann, den Sebastian mit dem Geist im Park gesehen hatte? Henrik Schaffner. Eine gewöhnliche Vermißtenmeldung bisher.

»Und wenn«, sagte Hans-Jürgen, »also, wenn dieser Schaffner seine Nummer sechs wäre, warum nimmt er sich ein Ehepaar vor?«

»Gib dir die Antwort«, sagte sie. »Ich hab's schon mehrmals versucht, aber ihr glaubt mir ja nie.«

»Weil er eben nicht ziellos vorgeht?«

»Er weiß, was er tut«, sagte Ina. »Ich glaub schon.«

»Wir haben doch alle Verknüpfungen geprüft«, rief Auermann, »respektive, es gibt keine.« Er legte einen Finger auf den Monitor, mitten auf Schaffners Nase, und hinterließ einen erstklassigen Abdruck. »Er könnte natürlich auch der Täter sein.«

»Klar«, sagte Ina. »Er will seine Frau loswerden und simuliert so 'ne irre Serie drumrum. Hört gar nicht mehr auf.«

»Vivian Schaffner ist Nummer drei.« Hans-Jürgen nahm ihre Akte und warf sie umgehend auf den Tisch zurück. »Warum«, fragte er, »dauert das bei allen so lange mit der Obduktion?«

»Das mußt du den Staatsanwalt fragen«, sagte Ina. »Tödliche Schußverletzung hat wohl erst mal gereicht.«

»Sicher«, sagte er. »Solche Leute. Alles zu teuer. Bitte hinten anstellen.«

Der Junge ist immer gut gewesen, sagte Henrik Schaffners Mutter. Er hätte sich zwar etwas häufiger melden können, aber er hatte ja genug mit sich selbst zu tun, mußte so oft Arbeit suchen, die Zeiten halt. Heutzutage, sagte Henrik Schaffners Mutter, da alles den Bach herunterging, müsse man sich ja bedanken, daß man überhaupt noch lebe. Aber Henrik war da, wenn sie ihn brauchte, im letzten Jahr hatte er ihr die Küche renoviert. So einer ging nicht weg ohne ein Wort, es sei denn, er wäre in etwas hineingerutscht, in etwas Schlimmes.

»Wann hatten Sie denn den letzten Kontakt zu ihm?« Wieder

hatte Ina das Gefühl, das sie manchmal überkam, daß sie ein Leben lang dieselben Fragen stellte – und darauf gewöhnlich dieselben Antworten bekam.

Frau Schaffner saß kerzengerade da, hielt die Hände im Schoß verschränkt und sah auf einen Punkt an der Wand. Ihre Frisur bestand aus kleinen Locken, und trotz der Wärme trug sie eine passende weiße Jacke zu ihrem blauweißen Rock. Sie würde sich nicht gehenlassen, unter keinen Umständen, sie würde Haltung bewahren, egal, was noch kam.

»Ich habe meinen Sohn Ostern gesehen«, sagte sie. »Da haben sie mich besucht. Er hat dann nicht mehr angerufen, und ich konnte ihn auch nie erreichen. Da habe ich mir Sorgen gemacht, als da gar nichts mehr kam.«

»Wie war das, als Sie ihn zuletzt gesehen haben oder auch davor?« Ina riß den Blick von der dunklen Kommode los, auf der fünf Bilder von Henrik Schaffner standen, jedes auf einem weißen Spitzendeckchen.

»Er war ungeduldig mit mir«, sagte Frau Schaffner. »Er hat bei vielen Sachen, die ich erzählt habe, gesagt, das hätte ich doch schon erzählt, aber wie soll man sich das alles merken können? Vielleicht war er unzufrieden, daß ich ihm nicht unter die Arme greifen konnte, aber mit meiner Rente ist das nicht so weit her.«

»Wie war das mit seiner Frau?« fragte Ina.

»Vivian klebte so an ihm.« Frau Schaffner ließ ein verächtliches Schnaufen hören. »Er meinte immer, er müßte sich um sie kümmern, und sie benahm sich ja auch so, Henrik hier, Henrik da. Als könnte sie nichts alleine machen. Mit ihr hatte ich eigentlich nur Kontakt, wenn sie herkamen.«

»Kennen Sie Henriks Bekannte?«

»Nein. Ich glaube, Vivian läßt das nicht zu, daß sie Bekannte haben.«

Ina zeigte ihr die Fotos der Opfer, nur das von Vivian ließ sie weg.

Frau Schaffner schüttelte den Kopf. »Woher sollte ich die kennen? Ich kenne niemanden von Henriks Bekannten, nur Vivian. Früher natürlich, in der Schule, da habe ich seine Mitschüler gekannt. Ich habe ihn ganz alleine erzogen.«

Ina holte Luft. Es war viel zu heiß hier drin, und ein Haufen Fliegen schwirrte um die Deckenlampe herum. Draußen Kinderlachen und Hundegebell, hier im Zimmer tickte die Uhr auf der Kommode, monoton und einschläfernd, eine Uhr hinter den Fotos von Henrik Schaffner.

»Vivian ist einem Verbrechen zum Opfer gefallen«, sagte sie. Eigentlich wußte sie nie, wie sie es sagen sollte. Einfach nur zu sagen: *ist tot*, schaffte sie nicht. Es kamen ja ohnehin noch so viele Fragen, und das Wort *tot*, das kurze Wort, war nicht gut.

»Warum?« fragte Frau Schaffner.

»Bitte?«

»Aus welchen Gründen?« Sie saß noch immer so kerzengerade da. »Raub? Aber was sollte man ihr rauben – ein Sexmord?«

Ina schüttelte den Kopf.

»Aber ein Mord ist es gewesen?«

Sie nickte.

»Das wird es sein.« Frau Schaffner sah jetzt ungeheuer erleichtert aus. »Da hat Henrik einen solchen Schock gekriegt, daß er Hals über Kopf verreist ist. Weil er doch Abstand gewinnen muß, Gott ja, sie war ihm doch ans Herz gewachsen.« Sie legte die Hände auf die Knie und sagte feierlich: »Das hätte er mir doch sagen können! Natürlich, er weiß, daß ich ein schwaches Herz habe, aber das hätte ich doch ausgehalten und wäre ihm zur Seite gestanden. Ach, da ist er irgendwohin gefahren, ach, der dumme Kerl.«

Ina unterließ es, ihr zu sagen, daß Vivian nach seinem Verschwinden gestorben war. Sie wußte nicht weiter.

»Darf ich Sie noch etwas fragen?« murmelte sie.

»Aber natürlich.« Frau Schaffner lächelte.

»Wo hat Ihr Sohn denn zuletzt gearbeitet?«

»Auf der Messe hat er Stände gebaut«, sagte Frau Schaffner. »Aber davon bekam er immer diese schlimmen Rückenschmerzen. Ich sage noch zu ihm, Stände bauen, das ist aber nichts für dich, da stehst du doch drüber, aber er hat da ziemlich geschimpft mit mir, daß ich mir nicht herausnehmen soll, über seine Arbeit zu meckern und so weiter. Kennen Sie das, Rückenschmerzen?«

»Ja«, sagte Ina.

»Da müssen Sie Sport treiben. Treiben Sie Sport?«

»Manchmal.«

»Na, sehen Sie«, sagte Frau Schaffner. »Henrik habe ich das auch immer geraten. Du mußt Sport treiben, habe ich gesagt.«

Auf der Messe, wo er gearbeitet hatte, konnte niemand etwas Schlechtes über Henrik Schaffner sagen. Und niemand etwas Gutes. Er kam, wenn er gebraucht wurde, und er machte seine Arbeit. Er schwatzte nicht und trank kein Bier, er machte überhaupt wenige Pausen. Er war nicht sehr zugänglich und ein bißchen begriffsstutzig, freundlich zwar, aber reserviert. Der Mann, unter dessen Aufsicht er gearbeitet hatte, beschrieb sein Verhalten als eisige Höflichkeit.

»Er war dann nicht mehr erreichbar«, sagte er. »Wir hatten wieder etwas für ihn, konnten ihn aber nicht erreichen.«

»Hat er darüber gesprochen, daß er eine andere Arbeit hatte?« fragte sie.

»Er hat ja kaum gesprochen«, sagte der Mann.

Auch der Kollege im Präsidium, der den Vermißtenfall bearbeitete, hatte nichts beizutragen, was weiterhelfen könnte.

»Ganz normale Geschichte«, sagte er. »Denen stand das Wasser bis zum Hals, da haben sie sich abgesetzt. Die hatten Schulden, kaum Jobs, eigentlich auch niemanden, der ihnen hätte helfen können oder wollen, bloß die Mutter, aber die hat ja selber nichts. Also weg, woanders neu angefangen, denke ich mal.«

»Nur ist es so«, sagte Ina, »daß Vivian Schaffner, die Ehefrau, inzwischen als drittes Opfer unseres Obdachlosenmörders identifiziert ist.«

Der Kollege saß ein Weilchen mit heruntergesackter Kinnlade da, bevor er sagte: »Du guter Gott – ja nee – und jetzt?«

Das war die Preisfrage, die ganze Zeit schon. Sie stocherte weiter und durchsuchte mit zwei Beamten die Wohnung der Schaffners, zwei kleine Zimmer, eine kleine Küche und ein winziges Bad. Kaum Möbel. In einer Kiste Figuren, die wohl Henrik Schaffner geschnitzt hatte, kleine Clowns mit roten Nasen; er sei handwerklich begabt, hatte Vera Noll, die ehemalige Nachbarin, gesagt. Aber sie fanden keine Papiere, die ihnen vielleicht weitergeholfen hätten, nur zwei Briefe an Vivian Schaffner, Absagen: »... bedauern wir, Ihnen mitteilen zu müssen, daß wir die Stelle bereits besetzt haben und verbleiben mit freundlichen Grüßen.«

Im Kühlschrank haltbare Milch, haltbarer Streichkäse, Dauerwurst und gefrorene Fertiggerichte, was tatsächlich so aussah, als hätten sie sich auf eine längere Abwesenheit eingestellt. Keine Hinweise, noch nicht einmal eine Fernsehzeitung, an deren Datum sie den letzten Aufenthalt hier hätten ablesen können, keine persönlichen Briefe, keine Rechnungen, keine Fotos. Ina ging in das kleine Wohnzimmer zurück und sah die Kollegen vor der Kiste mit den geschnitzten Clowns stehen; süß, sagte einer, so was hätte er gern für seine Tochter. Sie ging näher heran und sah, daß keiner von ihnen lächelte. Es waren traurige Clowns. Sie guckten in eine Welt, die sie vielleicht ändern wollten, aber nicht konnten. Sie hatten nicht nur rote Nasen. Ein Kribbeln im Nacken, als sie ihre roten Wangen sah und die veilchenblauen Lider, die sorgsam gezeichneten Augenbrauen und die schön geformten, roten Lippen. Das Kribbeln verstärkte sich, und sie schüttelte den Kopf. Clowns nur, Püppchen aus Holz, kleine, tuntige, traurige Clowns. Sie nahm einen heraus und murmelte: »Ich möchte den mitnehmen, muß ich das irgendwo eintragen?«

Gelächter. »Was denn, für die Akten?«

»Ja«, murmelte sie. »Nur so. Vielleicht. Ich weiß ja auch nicht.«

Auf der Fahrt ins Präsidium drehte sie an jeder Ampel den Clown hin und her. War sicher nicht leicht, so etwas zu machen. Nicht nur für das Schnitzen, auch fürs Bemalen brauchte man einiges Geschick. Der Geist, der die Leute killte, zeigte wenig Geschick, zumindest beim Schminken. Die Nase des Clowns hatte ein anderes Rot als seine Lippen, die rubinrot schimmerten, nicht blutrot. Blut, das war ein ganz eigenes Rot, von dem auch die Leute nichts wußten, die das Wort so hinwarfen: blutrot. Es gab auch Blutschwarz, das konnten sie sich ja auch nicht vorstellen, es gab sogar Blutviolett. Mit dem Clown in der Hand fuhr sie auf den Hof des Präsidiums und sah zwei Uniformierte an ihrem Wagen lehnen, um die letzten Sonnenstrahlen einzufangen, bevor die Schicht begann. Als sie ausstieg, glaubte sie ein merkwürdiges Konzert zu hören, an dem die am Streifenwagen lehnenden Kollegen ebenso beteiligt waren wie sie selbst. Sie schlug die Autotür zu, was der Paukenschlag war, dann jaulten die Streicher los – wie hießen die schrecklichen Dinger, Cello, Bratsche? Sie waren verstimmt, es waren die Funkgeräte der Uniformierten, die zum großen Solo überleiteten, der lärmenden Flöte, die sie als Kind immer Piepse genannt hatte, nur daß es keine Piepse und keine Flöte, sondern ihr Handy war. Quer über den Hof sahen sie einander an; der Streifenbeamte links von ihr deutete mit seinem plärrenden Funkgerät in ihre Richtung, als wolle er damit zielen.

»Bahnhof«, hatte der Streifenbeamte ihr noch zugerufen, was sie wiederum so verstanden hatte, als hätte er gar nichts verstanden. Nur Bahnhof.

»Wo denn jetzt?« rief sie ins Handy.

»Südbahnhof«, sagte Stocker.

»Wirklich?«

»Ja, zum Teufel.«

Alles war abgesperrt. Gaffer begafften uniformierte Beamte, die versuchten, nicht die Menge zu begaffen. Einer, den Ina noch nie gesehen hatte, rief ihr zu, sie könne hier nicht durch, und ob sie das nicht sehe, verdammt noch mal.

Sie zeigte ihren Ausweis, und anstatt auch nur irgendein verbindliches Wort zu sagen oder wenigstens zu schweigen, schrie er »Ach du Scheiße« in die gaffende Menge. Im Vorbeigehen versuchte sie ihn zu rempeln, was ihr aber mißlang.

Bilder von Clowns im Kopf. Ein mickriger Versuch, durchzuatmen, um sich gegen das zu wappnen, was kam. Auf Bleischuhen die Schritte zur Leiche hin, wie immer, seit sie bei der Mordkommission war, mit schwerem Atem und Druck in der Brust, mit einem Flimmern in Kopf und Bauch.

Stocker und ein Techniker versperrten ihr den Weg. »Vorsicht an der Tür«, rief der Techniker. »Da ist so 'ne Schmiererei, vielleicht hat er uns da was hinterlassen.«

»Anruf hier aus der Bahnhofshalle«, sagte Stocker, »weiter nichts bekannt. Wohl ein Passagier, der zum Zug mußte und mal schnell aufs Klo wollte, na ja. Der Zug war wichtiger. Der Täter selbst wird unvorsichtig oder es ist ihm egal. Der ist hier durchgelaufen, durch das ganze Gewusel hier. Die Parks sind ihm anscheinend zu heiß geworden, jetzt kommt er zum Bahnhofsklo und nimmt den ganzen Trubel in Kauf. Oder er ist es gar nicht.«

Ina blieb stehen.

»Der ist erdrosselt worden«, sagte Stocker.

In der vorletzten Kabine lag der Tote wie ein Ding, das man zusammengeklappt und flüchtig verstaut hatte. Krumm lag er da, ein Mann in Lumpen. Weggeworfen. Auf der Wange ein ausgemalter, roter Kreis, zwischen den rot geschminkten Lippen eine geschwollene, blaue Zunge. In seinen Augen meinte sie so etwas wie einen Vorwurf zu sehen, als wollte er erzählen, daß er auch einmal etwas anderes gewollt und daß man es nicht zugelassen hatte. Daß es immer Verarschte gab, und es immer dieselben waren, Leute wie er.

Ina wandte den Kopf ab. »Ob er das ist? Schaffner?« Sie wußte, daß es noch keine Antwort gab. Schaffner war noch keine vierzig, das Alter des Toten hier konnte sie nicht schätzen.

Stocker und der Techniker standen mit Händen in den Hosentaschen da, um ja nichts zu berühren.

»Auf den Wangen hat er wohl Lippenstift«, sagte sie. »Kein Rouge, kein Make-up wie sonst.«

Stocker nickte. »Sieht so aus. Aber Sie sehen ja, der ist erdrosselt worden. Trotzdem glaube ich nicht an eine Nachahmertat, das mit dem Make-up ist ja schließlich nicht bekannt.«

»Lidschatten und Kajal hat er diesmal nicht benutzt, weil es schnell gehen mußte«, sagte sie. »Er konnte kaum einen Maskierten durch die Bahnhofshalle führen, also hat er das hier erledigt, so schnell es ging, nur damit man sein Zeichen erkennt. Da schlampt er natürlich und nimmt den Lippenstift gleich für alles.« Sie atmete tief ein und langsam wieder aus. »Und daß er ihn hierher *gebracht* hat, steht ja wohl außer Frage. Das ist hier kein Obdachlosen-Schlafplatz. Er hat sie alle an ihre Plätze gebracht.«

»Das steht keineswegs außer Frage«, sagte Stocker. »Angenommen, dieser Mann hier ist nicht der, den der Junge mit ihm im Park gesehen hat, dann kann er ihm durchaus hinterhergeschlichen sein. Er verfolgt ihn bis hier runter und schnappt ihn sich vor der Kabine. Ein Schubs in den Rücken und er ist drin. Dann wäre das hier die Nummer sieben, und Nummer sechs suchen wir immer noch. Ich gebe zu, das ist hypothetisch. Und zum Kotzen.«

»Den Tathergang sehe ich so«, sagte der Techniker. »Er klettert aufs Klo, auf den Deckel, während der Mann an der Wand steht, und schlingt ihm aus dieser Position einen Strick um den Hals. Das muß ein Strick gewesen sein, guck dir mal die Male an, schau mal hin.«

Ina tat es lieber nicht. »Der Mann bleibt an der Wand stehen?« fragte sie. »So gottergeben?«

Der Techniker zuckte mit den Schultern. »Das Warum müßt ihr klären, ich sage nur etwas über das Wie.«

»Bei Nummer eins, diesem Rehbein, hat er es auch zuerst mit einem Strick versucht«, sagte Stocker. »Oder es hat ihm einfach Spaß gemacht, ihn zuerst zu würgen. Hier, in diesem engen Ding, war ihm das wohl die sicherste und, sagen wir, diskreteste Methode.«

»Wenn er hier die Nummer sechs ist«, sagte Ina, »dann hat er ihn nach der Begegnung mit diesem Sebastian im Park erst wieder irgendwo – wie soll ich sagen – deponiert. Wo denn? Dann hat er sein Gesicht abgewaschen, abgewartet, um dann heute hier diesen Murks zu veranstalten, wenn Sie verstehen, was ich meine. Bleibt die Frage, wo waren sie in der Zwischenzeit? Und zwar beide.«

Stocker schloß die Augen. »Diesen Jungen im Park«, sagte er schließlich, »den schießt er nur ins Bein und kümmert sich nicht weiter. Und jetzt kommt er her, am hellichten Tag, und latscht zum Bahnhof. Wissen Sie was? Der möchte geschnappt werden.«

»Den Gefallen müßten wir ihm erst tun«, murmelte sie. »Außerdem hat er die Methode gewechselt, das heißt doch was.«

»Das heißt gar nichts«, sagte der Techniker. »Den Strick hatte er ja schon beim ersten Opfer dabei, das ist eindeutig.«

»Der will geschnappt werden.« Stocker verliebte sich in den Gedanken und murmelte es immer wieder vor sich hin.

»Oder er fühlt sich unangreifbar«, sagte der Techniker. »Von der Himmelsmacht unterstützt.«

»Der sammelt sie.« Ina hatte das Bedürfnis, Stocker zu schütteln, so wie er da stand, so ruhig, mit den Händen in den Hosentaschen. »Wie ich gesagt habe, sie waren alle eine ganze Zeit lang verschwunden und tauchen dann als Tote wieder auf. Der hält sie sich irgendwo, der –« Sie schüttelte den Kopf und wußte nicht weiter, sie spürte nur ihre Gedanken irgendwohin fliegen, wo sie noch nie gewesen waren, in dunkles, unbekanntes Gebiet. So könnte es sein, nur wie war es genau? So etwas Bescheuertes, wollte sie sagen, doch das traf es doch nicht, denn alles schien anders, fremder vielleicht, als sie es sich vorstellen konnten.

Er war nicht im Dunkeln gekommen und nicht durch unwegsames Gelände geschlichen, dennoch hatte er sich sicher gefühlt. Im Bahnhof gab es nur Gerenne, da guckte keiner richtig hin, und auch das herumflatternde Verkaufspersonal in den Zeitschriftenbuden nahm von den Menschenmassen nur noch die zahlenden Hände wahr. So mußte er sich das gedacht haben. Und er hatte recht behalten. Als sie versuchten, seine Spur zu erhaschen, hatten sie doch nichts, worauf sie sich stützen konnten. War er dem Opfer hinterhergeschlichen oder hatte er den Mann zum Tatort geführt, und wenn er ihn geführt hatte, dann hätte der sich doch wehren müssen.

Hatte sich der Mann im Park gewehrt in jener Nacht? Laut Aussage des Zeugen war das nicht sicher, aber der Zeuge hatte beide allenfalls zwei Sekunden lang gesehen, bevor er, wie Stocker es ausdrückte, k.o. geschossen worden war.

Sie fragten nach zwei Personen, von denen die eine die andere mit sich gezogen hatte, sie fragten nach einer Person mit möglicherweise merkwürdigem Verhalten. Aber nach welchem Verhalten? Der hatte seinen Strick nach der Tat sicher nicht herumgeschwungen wie ein Cowboy das Lasso. Sie fragten nach Auffälligkeiten, *irgendwelchen* Auffälligkeiten, doch die spärlichen Antworten verrieten nur: alles war gewesen, wie es immer war. Zwei Leute, sagte eine Verkäuferin, sieht man eigentlich den ganzen Tag lang immer mal wieder, nichwahr? Auch Leute mit komischer Kleidung – die schon allemal. Hier sind alle naslang Verrückte, sagte ein Blumenhändler, die guckt man gar nicht mehr an.

»Was Sie wollen«, erzählte der Verkäufer in einem kleinen Zeitschriftenkiosk, der beim Reden unentwegt Blätter mit der Prinzessin von Schweden auf die Theke warf. »Hier kommt alles vorbei, Banker, Penner, Spinner, Transen, ausgebüchste Kinder, wenn ich da jedem hinterhergucken müßte, würden sie mich in die Klapse stecken. Reizüberflutung, Sie verstehen?«

Bahnhof. Das hatte er sich so gedacht. Vielleicht hatte ein Reisender etwas gesehen, aber der war längst weg. Hatte es eilig gehabt, wollte sich in nichts hineinziehen lassen, wie der Typ, der sie angerufen und nichts hinterlassen hatte außer dem Hinweis, da läge ein toter Mann auf dem Bahnhofsklo.

Nichts. Er kam und ging, und er tat, was er wollte.

Als Stocker mit dem Ergebnis der Spurensicherung kam, blieb er in der Mitte des Konferenzraumes stehen und hielt seine Blätter wie ein Chorsänger die Noten. Das Alter des Toten wurde auf etwa fünfundvierzig Jahre geschätzt. Er war nicht der vermißte Henrik Schaffner. Er war stranguliert worden. Der Tod mußte eine Stunde vor seinem Auffinden eingetreten sein, vielleicht sogar früher.

Als Ina das hörte, hatte sie ein Bild im Kopf, wie er klopfte und eintrat, der Tod, wie er als manierlicher Zeitgenosse um Einlaß bat.

»Er wurde mit dem Gesicht zur Kabinenwand stehend erdrosselt«, sagte Stocker. »Auf der Wand sind Spuren, das Opfer lehnte zunächst mit der Stirn an der Wand, bevor sein Kopf infolge der Strangulation zurückgerissen wurde.« Er nahm das nächste Blatt. »Der Abdruck auf der Außentür stammt vom gleichen Lippenstift, wie er auf Lippen und Wangen des Opfers zu finden ist. Die erste Theorie war, daß der Täter sich damit eingesaut und beim Rausgehen diese Spur hinterlassen hat.« Stocker hob den Kopf. »So ist es aber nicht. Das Muster wurde direkt mit dem Lippenstift auf die Tür gemalt. Nach der Tat kommt er also raus, schließt die Tür und malt ein bißchen darauf herum, allerdings ist kein bestimmtes Wort erkennbar, kein Zeichen, nichts. Das sieht aus wie Kindergekritzel.«

»Unglaublich«, sagte Auermann. »Jetzt will er uns verarschen.«

»Visitenkarte«, sagte Kommissar Kissel. »Jetzt fühlt er sich berühmt, jetzt signiert er.«

Stocker schüttelte den Kopf. »Da ist beim besten Willen keine Signatur zu erkennen. Das hat ihn sogar Zeit gekostet, und er hätte beobachtet werden können, da ist doch ein Kommen und Gehen. Ich habe wirklich den Eindruck, er will geschnappt werden.«

»Es muß Kampfspuren geben«, sagte Ina. »Oder?«

»Nein«, sagte Stocker. »Keine Hautpartikel unter den Nägeln des Toten, er hat nicht eine einzige Schramme. Nur die Würgemale. Es gibt keine Fasern auf seinem Mund, er ist nicht geknebelt worden, nichts.«

Seine letzten Minuten: an die Wand gedrückt auf einem Bahnhofsklo, als einer hinter ihm stand und er den Strick spürte, der ihm alle Luft nahm, alles Leben.

»Warum«, fragte sie, »hat der sich nicht gewehrt? Der schreit nicht, warum schreit der denn nicht?«

»Vielleicht hat er geschrien«, sagte Stocker. »Vielleicht hat ihn niemand gehört, vielleicht war es egal.« Er nahm das nächste Blatt seiner Unterlagen. »Kleidung und Gesamterscheinung deuten auf einen Obdachlosen hin. Es besteht die Vermutung, daß der Täter ihm hinterhergeschlichen ist, bis aufs Klo halt. Dann stößt er ihn in die Kabine.« Er rollte seine Blätter zusammen und sagte: »Es wird jetzt die Suche nach dem vermißten Henrik Schaffner, Ehemann des Opfers Nummer drei, intensiviert. Es besteht die Möglichkeit, daß er ein weiteres Opfer ist. Es besteht aber auch die Möglichkeit der Täterschaft.«

»Seine eigene Frau?« fragte Kissel.

»Ich schließe nichts mehr aus«, sagte Stocker. »Oder können Sie mir bitte eine Alternative nennen.«

Ina tastete nach dem kleinen Clown in ihrer Tasche. Alle Clowns waren bemalt, das war nichts besonderes. Henrik Schaffner war sogar sehr geschickt vorgegangen, das war längst nicht dieser erniedrigende Pfusch, den der Täter seinen Opfern antat.

Ein Bild blieb die ganze Zeit in ihrem Kopf. Auch als sie in ihrem Zimmer im Präsidium die Jalousien herunterließ, verwandelte die glänzende Silberfläche sich in jene schmutziggraue Wand, an der er gestanden hatte, Nummer sechs oder sieben, die Stirn gegen diese Wand gedrückt, bereit zu sterben womöglich oder überhaupt nicht begreifend, was da mit ihm geschah.

»Das muß alles nicht so sein«, murmelte sie. »Ich meine, daß er ihm hinterhergeschlichen ist. Nein, so war das nicht.«

»Möglich.« Stocker lief um seinen Tisch herum wie ein hungriger Kater um den leeren Freßnapf.

»Wir können nämlich genauso davon ausgehen«, sagte sie, »daß dieses Opfer hier genau der Mann ist, der im Park gesehen worden ist. Dann stimmt das nicht mehr, dann kann er ihm nicht hinterhergeschlichen sein, dann hat er ihn nämlich genau dahin *gebracht*, aufs Bahnhofsklo. Und dann« – sie hob einen Finger – »ist es so, wie ich gesagt habe. Daß er ihn in der Zwischenzeit nämlich irgendwo gebunkert hat. Daß er womöglich einen Ort hat, an dem er sie sammelt.«

»Wo denn, in einer Wohnung etwa? Unbemerkt? Das wird langsam zur fixen Idee bei Ihnen, wo sind denn Ihre Anhaltspunkte dafür?« Stocker ließ sich auf seinen Stuhl fallen. »Oder wir suchen Nummer sechs immer noch, vielleicht ist es dieser Schaffner, und das hier ist Nummer sieben, verdammt noch mal.« Er ballte die Finger zur Faust, streckte sie und ballte sie erneut. »Wo sollen wir denn noch suchen, auf Müllkippen?«

Ina sah sich die Fotos des Mannes an, seine schäbige Kleidung und die löchrigen Schuhe; jetzt durfte die Presse wieder vom Obdachlosenmörder schreiben. Um den Hals trug er eine Kette mit einem kleinen, goldenen Kreuz. Hatte nicht geholfen, half ja nie. Auf dem letzten Foto war der Mann abgeschminkt, ein bleiches Gesicht mit halb geschlossenen Augen, die nichts mehr erzählten.

»Geht das in die Fahndung?« fragte sie, nur um etwas zu sagen, weil es plötzlich zu still hier war, und sie nur das monotone Geräusch von Stockers Fingern hörte, die auf den Tisch klopften. »Das ging ja schnell.«

»Das ging so schnell, weil die Berninger in zehn Minuten über den Fund der sechsten Leiche berichten wird«, fuhr Stocker sie an. »So sieht das nämlich aus, mit dem Segen unserer Pressestelle, die sich gar nicht mehr vorstellen kann, wie man ohne diese Dame fahndet.«

»Na ja«, murmelte sie. »Vielleicht guckt ja jemand zu, der im Bahnhof war und zum Zug mußte. In diesem Fall finde ich das gar nicht verkehrt.«

»Mit ihrem Superfan hat sich auch nichts ergeben«, sagte Stocker. »Da kommt niemand, und ich bin ohnehin der Meinung, daß er in seinen merkwürdigen Briefen deutlicher geworden wäre, oder nicht?« Er starrte zur Decke, während der Videorecorder mit seinem leisen Klicken den Beginn von *Fadenkreuz* verkündete.

Ina schaltete den Fernseher ein und hörte Denise Berninger nur knapp »Guten Abend«, sagen, bevor sie sich ihrem ersten Fall widmete, einem Raubmord auf dem Land.

Hatte sie jemals *guten Abend* gesagt? Darüber hatten sie doch einmal Witze gerissen oder zumindest spekuliert, und Auermann hatte darauf bestanden, daß das Absicht sei, weil es keinen guten Abend geben könne, wenn solche Dinge zur Sprache kamen, Morde in der Nachbarschaft gewissermaßen, flüchtige Verbrecher, all das schreckliche Zeug. Sie hatte erwidert, daß dann kein Nachrichtensprecher jemals *guten Abend* sagen dürfte, kein Politikmoderator *herzlich Willkommen* bei all den Kriegen und Gemetzeln und den Versagern, die das Land nicht in den Griff kriegten und all dem elenden Mist überall.

»Sie hat *guten Abend* gesagt«, murmelte Ina. »Die verläßt ihre Linie.«

»Ich habe gelesen«, sagte Stocker, »daß diese Stalker kein Selbstwertgefühl haben und sich deshalb eine Art Star aussuchen, an dessen vermeintlicher Größe sie dann teilhaben können, zumindest in der Phantasie. Sie sind sehr einsam und projizieren alles, was sie an Gefühlen haben, auf diese eine Person. Oft bilden sie sich ein, daß sie eine Beziehung mit ihr hätten.«

»Ach Gott«, sagte sie.

»Der Ruhm soll auf sie abstrahlen«, dozierte Stocker. »Deshalb wollen sie unbedingt mit ihrem Idol in Kontakt kommen.« Er blickte flüchtig zum Bildschirm; die Berninger trug Schwarz. »Wenn sie gewalttätig werden, dann richtet sich das gewöhnlich gegen das Idol selbst, weil es sie nicht erhört. Dann kippt das nämlich.« Er hob den Kopf.

»– hat es im Südbahnhof einen sechsten Mord gegeben«, sagte die Berninger auf dem Bildschirm. Bilder wurden eingeblendet, der Bahnhof und das Bahnhofsklo und dann der Mann mit seinem weißen, abgeschminkten Gesicht. Daß seine Identität nicht bekannt sei, erzählte sie ihrem Publikum, und die Polizei wieder keine Spur habe und auch niemand sonst etwas gesehen habe, obwohl es doch ein belebter Ort war, an dem das alles am hellichten Tag geschah und nicht in einer Nacht im Park.

»Ja, ja«, murmelte Stocker.

»Er hat auch nicht mehr geschrieben«, sagte Ina. »Michael.«

Stocker schüttelte den Kopf. »Wir wissen ja noch nicht einmal, ob das sein richtiger Name ist, behaupten kann der viel.« Er blätterte in der Mappe, die sie nur noch die Erzengel-Briefe nannten. »*Das Böse und das Gemeine müssen vom Antlitz dieser Erde verschwinden*, schreibt er, ja, ja. Wenn das bloß nicht so zeitgleich mit der Serie wäre. Da können wir nur weiter auf ihn warten, falls er seine Ankündigung wahr macht und zum Sender kommt. Das ist –«

Er schwieg und starrte über sie hinweg zum Fernseher, und jetzt fiel es ihr auch auf, daß die Berninger da merkwürdiges Zeug redete, das nichts mit den üblichen Wörtern zu tun hatte, mit denen sie gewöhnlich um sich warf, nicht mit Mord, Tätern und Opfern, nicht mit Schüssen und mit Blut.

»Ein Tempel – wo wir knien«, sagte sie.

Ina fuhr herum. Die Berninger sprach weiter, den Blick auf ihre Gemeinde gerichtet, reglos, wie immer.

Ein Ort – wohin wir ziehen,
ein Glück – für das wir glühen,
ein Himmel – mir und dir.

Dann war es still, sehr still, wenn man bedachte, daß das hier

Fernsehen war, ein Magazin und kein Kunstfilm, in dem das Schweigen bedeutungsschwere Absicht war. Die Berninger starrte in die Kamera und schwieg. Hinter ihr die Bilder der Toten, bleiche Gesichter mit halb geschlossenen Augen. Doch ein Foto hielt sie in der Hand, Johanna Mittermaier.

»Was macht die denn?« murmelte Ina.

Denise saß da und sagte nichts. Sie konnte das, starrte einfach wortlos in die Kamera, bis jemand im Sender Panik bekam, so mußte es sein, bis jemand in der Technik einen Knopf drückte und dem ein Ende setzte. *Störung*, hieß es auf dem Monitor. *Bitte haben Sie Geduld.*

Zwei Minuten lang oder drei wurde um Geduld gebeten, dann fing aus dem Nichts eine andere Sendung an, sang ein dicker Mann von den Freuden auf der Alm in Bayern.

Stocker stieß die Luft aus, als hätte er die ganze Zeit den Atem angehalten. »Das war Novalis«, sagte er.

»Was war das?«

»Novalis, verdammt noch mal. Der hat das verfaßt, spulen Sie mal zurück.«

Sie tat es, bis zu jener Stelle, als noch ein gewöhnliches Kriminalmagazin gesendet wurde und die Berninger sagte: »Diesmal kam der Mörder am Tag und nicht im Schutz der Nacht. Er kam an einen Ort, der belebter kaum sein könnte, doch ist das nicht das Entscheidende. Entscheidend sind die Opfer, die er sich sucht. Deren Identifizierung war mühsam, nicht weil sie allzu stark entstellt gewesen wären, zumindest äußert sich die Polizei dazu nicht, sondern weil es niemanden gab, der sie vermißte. Wie unsere Recherchen ergeben haben, werden die meisten von ihnen in Armengräbern bestattet. An diesen Gräbern werden Priester stehen, um eilig das Nötigste zu tun. Niemand sonst wird da stehen. Sie werden keinen Grabstein haben, und es wird sein, als hätten sie niemals gelebt. Würden sie uns noch etwas sagen, aus der Kälte der Leichenhäuser heraus, in denen sie auf ihre Abfertigung warten, würden sie uns vielleicht bitten, uns nicht abzuwenden. Nie wieder. Oder sie würden es selbst auf ihre Grabsteine schreiben, weil niemand sonst es tut:

Gib treulich mir die Hände,
sei Bruder mir und wende
den Blick vor deinem Ende
nicht wieder weg von mir.
Ein Tempel – wo wir knien,
ein Ort – wohin wir ziehen,
ein Glück – für das wir glühen,
ein Himmel – mir und dir.

Und dann ihr Schweigen.

»Oh Mann, sie ist total von der Rolle«, murmelte Ina.

»Mindestens«, sagte Stocker. »Was das wohl soll, sie hatte schon eine Menge tragischer Fälle auf der Pfanne, da hat sie dieses Theater nicht veranstaltet. Alle Fälle sind tragisch, jeder einzelne. Jeder Mord, jeder Totschlag, was will die?« Er schaltete noch einmal um, und der dicke Mann sang noch immer, diesmal von den Freuden in Tirol.

»Aber hübsch ist es schon.« Ina schob Sachen auf ihrem Schreibtisch hin und her, ohne hinzusehen. »Das Gedicht, meine ich.«

»Sie sollten sich etwas mehr mit diesen Dingen befassen.« Stocker sah noch immer zum Fernseher. »Wenn Sie aber mal in gute Lyrik einsteigen wollen, fangen Sie mit Brecht an.«

»Wieso, der war doch Theater.«

»Nicht nur. Was hat man Ihnen eigentlich beigebracht in der Schule?«

»Ich war in Mathe besser.«

»Das glaube ich gern.«

»Jedesmal, wenn die uns ins Theater gescheucht haben, bin ich fast eingegangen«, sagte sie. »Mir liegt so was einfach nicht, ich meine, diese alten Stücke da, lauter schwule Prinzen in Strumpfhosen. Dieses eine, wo er das mit der Gedankenfreiheit brüllt, das mußten wir dann noch stundenlang wiederkäuen, wie es gemeint war oder so, dabei ist doch ganz klar, was gemeint ist, oder? Er sagt es ja deutlich genug.«

»Don Carlos«, sagte Stocker.

»Sicher, klar, Sie sind ein ganz Gebildeter. Was wollen Sie eigentlich hier?«

»Nehmen Sie Othello«, sagte er. »Das können Sie als Kriminalfall sehen. Eifersuchtsdrama.«

»Ja, ja, und dieser schwule Teufel, mein Gott.«

»Im Othello?«

»Nee, der andere. Der mit dem weißgeschminkten Gesicht. Faust.«

»Mephisto!«

»Ja, genau. Meine Güte.« Sie rollte ihren Stift auf dem Tisch hin und her. »Mir hat bloß ein einziges Stück gefallen, das fand ich wirklich gut, da konnte sich die Deutschlehrerin gar nicht mehr einkriegen, weil mein Aufsatz da auch Spitze war. Ich meine, für meine Verhältnisse, nicht? Das war nämlich mal einer, den konnte ich verstehen, nicht so'n Affe mit Sprechblasen, das war einer – na, ich krieg es nicht mehr zusammen, aber ich weiß noch, daß das auch so ein kleiner Verarschter gewesen ist, mit dem sie es bloß getrieben haben.« Sie kniff die Augen zusammen. »Woyzeck, genau.«

»Ach«, sagte Stocker nur.

Sie nickte, versuchte sich zu erinnern und überlegte, ob sie das jetzt wissen mußte, wo doch sonst alles um sie herum nicht gelang. Diese eine Szene, ganz verschwommen konnte sie sie sehen, Woyzeck, der arme Kerl auf einem Stuhl, und jemand stand daneben und rieb sich die Hände und quasselte über ihn. Sie hatte das Gefühl, Stocker diese Szene unbedingt erzählen zu müssen, aber sie kriegte sie nicht mehr richtig zusammen und wußte auch nicht, warum sie ihm das unbedingt erzählen wollte, weil er ja ohnehin alles besser wußte.

Gedanken wie Fliegen. Man hörte sie irgendwo brummen, aber man erwischte sie nicht.

Sie sah auf die Uhr. Jetzt wäre *Fadenkreuz* ordnungsgemäß zu Ende. Da hätte kein dicker Mann gejodelt, das wäre anstandslos über die Bühne gegangen, hätte die Berninger sich nicht ihren theatralischen Einschub gegönnt. Ina nahm ihr Notizbuch, dann rief sie im Sender an. Meike Schmitt, die hypernervöse Redaktions-Assistentin, meldete sich nach dem fünften Klingeln und stöhnte: »Oh Gott, ja.«

»Was war denn los?«

»Das haben Sie doch gesehen. Wir mußten abbrechen, sie hat ja nichts mehr gesagt. Sie hat einfach nicht reagiert, die Regie hat gebrüllt und gebrüllt, aber sie – oh Gott, oh Gott. Denken Sie nicht, das war abgesprochen. Es war wirklich nicht die Rede davon, daß sie aus der Sendung einen Lyrikabend machen sollte, nein, nein.«

»Ist sie nicht ganz in Ordnung?« fragte Ina und dachte sich die Antwort schon selbst.

»Sie ist einfach weg«, sagte Meike. »Sie hat nichts erklärt, sie ist gegangen. Ich weiß nicht, was sie sich dabei denkt. Ihre Kollegen sind aber noch geblieben, ordentliche Jungs. Ich denke, daß das Ihre Kollegen sind, da draußen, nicht?«

»Mmh«, sagte Ina. »Hat der Typ noch mal geschrieben?«

»Nein. Die armen Kerle, sie stehen da unten immer rum.«

»Wo wohnt sie eigentlich?« fragte Ina.

»Denise?«

»Richtig.«

»Ich weiß nicht, ob ich Ihnen die Adresse geben darf«, sagte Meike und rasselte sie herunter. »Sie sind die erste, der ich sie gebe«, fügte sie hinzu.

»Danke«, sagte Ina. »Machen Sie sich nichts daraus.«

»Aber die Presse, oh Gott.« Meike seufzte so laut, daß Ina am liebsten in den Hörer gekrochen wäre, um sie zu trösten. »Wissen Sie, es gibt ein paar Leute hier, die Denise noch von früher kennen, als sie ständig wegen irgendwelcher Kleinigkeiten ausgeflippt ist, die haben dann halt gesagt, so lange sie mit *Fadenkreuz* diese Bombenquote bringt, kann man ihr nicht ans Leder, wenn sie nicht gerade – nicht wahr? Aber, oh Gott, nun *ist* sie aus dem Tritt, und ich weiß nicht, was jetzt werden soll.«

»Aber sie ist doch nicht ausgeflippt«, sagte Ina und verzog das Gesicht. »So was Rührendes mögen die Zuschauer doch.«

»Sie auch?«

»Ich nicht, nein. Bloß im Kino.« Ina hörte ein erneutes Seufzen. »Redet sie manchmal mit Ihnen?« fragte sie. »Ich meine, so persönliche Sachen.«

»Denise?«

»Die Prinzessin von Schweden.«

Meike hustete. »Ach ja, doch, doch. Was möchten Sie denn wissen? Mit Toni ist sie immer noch zusammen, Toni, der Prinz, ja natürlich.«

»Hat sie mal was von einem Henrik gesagt? Schaffner? Kennt sie den?«

»Nö, noch nie gehört. Wen sie alles kennt, das erzählt sie mir auch nicht. Von Toni erzählt sie eigentlich auch kaum, ich sehe nur manchmal, wie er sie abholt. Also, sie redet im Grunde recht wenig.«

»Okay«, sagte Ina. »Schlafen Sie gut.«

»Ich?« schrie Meike. »Das hat mich derart aufgeregt, und außerdem haben wir gerade Krisensitzung, da werde ich ohne Baldrianperlen überhaupt nicht zurechtkommen. Normalerweise nehme ich zwei, heute brauche ich mindestens vier Perlen.«

»Schaffner«, sagte Stocker, als sie aufgelegt hatte. »Was glauben Sie da eigentlich?«

»Ich glaube gar nichts«, sagte Ina. »Es ist nur – sie kannte zwei der Opfer, und sie benimmt sich gerade seltsam.«

»Deswegen vielleicht«, sagte Stocker. »Wenn Sie zwei Leute kennen, die Opfer eines Serientäters werden, weiß ich nicht, wie Sie sich dann benehmen würden. War die Mittermaier nicht ihre Freundin? Aber sie kannte den Rehbein, die Nummer eins, doch eher flüchtig, oder?«

»Sagt sie.«

»Ich kann sie mir nur mühsam vorstellen«, sagte Stocker, »wie sie einem Mann auf ein Herrenklo hinterherschleicht und ihn überwältigt. Sie?«

Ina rieb sich die Augen. »Nein«, sagte sie.

17

Als er frühmorgens aus dem Fenster sah, wunderte er sich über den strahlenden Tag, weil es ihm immer noch vorkam, als sei Nacht. So ruhig. Gedämpft alle Geräusche. Selbst die Autos, die er zur Kreuzung fahren sah, hörte er kaum. In seinem Kopf, in dem es so oft rumorte, wenn die Gedanken durcheinanderwirbelten, war es still.

Er nahm das Band aus dem Videorecorder und legte es auf ein Bücherbrett. Es war ein besonderes Band. Es hatte ihn nicht gestört, daß sie die Sendung einfach abgebrochen hatte; kein Vergleich zu dem Schreck, als sie einmal diesen Hänger hatte und auf ihren Blättern nachsehen mußte, wie es weiterging. Das hier war logisch gewesen, weil es nichts mehr zu sagen gab.

Ein Himmel – mir und dir.

Ja, das habe ich doch gemeint, in jedem Brief, mit jeder Zeile – und du? Bist du jetzt bereit? Warum jetzt, wo es dunkel wird um dich herum, und du dich anschickst, die Hölle zu erkunden, oder tust du das nicht?

Himmel und Hölle. Kein Kinderspiel, nein. In seinen Kinderträumen war der Himmel immer blau gewesen, und wenn er Wolken gesehen hatte, war es nicht der Himmel, war es etwas anderes. Wenn es regnete, hatte er seine Eltern gefragt, wann denn der Himmel wiederkam. Heute wußte er, daß sich das Böse ein Stück vom Himmel nahm und ihn verdunkelte für all das traurige Gewusel da unten.

Bist du in die Dunkelheit gestolpert? Ich muß wissen, wer du bist.

Michael wollte das alles aus seinen Gedanken verdrängen, um wie ein Prinz zu ihr zu kommen und den Teufel aus ihrem Leben zu vertreiben, um ein Licht zu sein, das einen einsamen Weg für sie allein beschien. Doch er konnte die Bilder nicht vergessen, Bilder, die alles verblassen ließen, was er bisher gesehen hatte, brennende Bilder vom toten Mann da unten in der Hölle. Immer wieder stoppte er in Gedanken die Zeit, ohne zu einem Ergebnis zu kommen. Wie lange hatte er Denise aus den Augen verloren, bis er das erste Mal auf der Toilette gewesen war? Immer wieder die Bilder, die blaue Zunge des Mannes und seine leeren, toten Augen, die Schminke, diese entsetzliche Schmiererei. Die schwarze Kappe, die Denise getragen hatte und die rotglühende Zigarette in ihrer zitternden Hand, als sie an der Säule lehnte, kurz bevor ihm eingefallen war, was er auf dem Klo gesehen hatte, diesen Fleck da auf der Tür, diese rote Malerei.

Hast du diesen Schaffner gefunden? Nein? Hast du ihn verwechselt? Der Mann aus der Hölle hat keinen Namen, weißt du, der lag da fremd und kalt herum wie ein Stück Müll. Das ist er nicht gewesen, Schaffner, der nicht.

Und wende
den Blick vor deinem Ende
nicht wieder weg von mir.

Nein.

Aber ich muß wissen, wer du bist.

Er zog seine dunklen Sachen an. Die knöchelhohen Schuhe waren zu warm für das Wetter, aber sie waren stabil. Er nahm sich etwas zu essen mit, Erdnüsse und Süßigkeiten.

18

Am Kiosk kaufte sie die Bildzeitung und nahm sie zum Brathähnchenwagen mit. Routine. Sie wußte nie, was sie morgens am Brathähnchenwagen essen sollte und ließ sich vom Brathähnchenmann dann einen Schokoriegel geben. Sie hatte Unmengen Schokoriegel überall rumliegen, in ihrem Schreibtisch im Präsidium und in der Speisekammer ihrer Küche.

»Ach, Frau Kommissarin«, sagte Benny. »Immer am Wuseln.«

»Wenn, dann Ober«, sagte Ina und blätterte die Zeitung durch.

»Ober was?«

»Oberkommissarin.«

»Ist das mehr wie Hauptkommissarin?«

Sie schüttelte den Kopf.

»Weniger?«

»Ja, stell dir vor.«

»Komische Rangordnung«, sagte Benny. »Aber wann lade ich dich denn endlich zum Essen ein? Sächsische Quarkkeulchen, was meinst du?«

»Quarkkeulchen«, wiederholte sie langsam. »Das bricht einem ja schon die Zunge.«

»Du wirst nicht mehr aufhören können.«

Man sollte vielleicht zunächst einmal anfangen, bevor man ans Aufhören dachte. Wenn sie spätabends nach Hause kam, hatte er hier schon dichtgemacht, und ihn nach elf noch anzurufen, kriegte sie nicht hin, weil sie keinesfalls den Eindruck erwecken wollte, sie hätte es vielleicht nötig.

»MITTEN IN DER SENDUNG!« schrie die Zeitung, »CRIME-KÖNIGIN VERLIERT DIE FASSUNG. ABBRUCH!«

Benny beugte sich aus dem Wagen und las mit. »Hab ich gesehen«, sagte er. »Hab's aufgenommen.«

»Du nimmst das auf?«

»Klar, ich war ja noch hier. Ich war mir sicher, daß die was drüber bringt. Ist ja dein Fall, da interessiert mich das.«

»Und wie fandest du's?«

»Ich war ergriffen«, sagte er.

Sie hob den Kopf. Seine Augen waren ernst.

»Vielleicht war es ja nur Show«, sagte er vorsichtig.

»Ich weiß nicht.« Sie faltete die Zeitung zusammen und stellte sich auf die Zehenspitzen. Diesmal reichte es, sie erwischte seine Wange und küßte ihn. Als er nach ihren Händen griff, kam Kundschaft, logisch, und Benny nickte zweimal bedächtig, als wollte er sagen: Das wird schon noch.

Im Wagen drehte sie die Musik voll auf, *Faithless*, und spürte die Bässe ihren Bauch streicheln wie eine Hand. Als das Handy klingelte, setzte sie Hauptkommissar Stocker auf ihre persönliche Liste der Mitmenschen mit Marotten, MmM, weil er zur Begrüßung immer noch sagte: »Hören Sie mich?«

»Nein«, sagte sie.

»Verzeihung?« Er schwieg einen Moment vorwurfsvoll, dann knurrte er: »Stellen Sie Ihre blöde Musik mal leiser!«

»Was glauben Sie, was ich gerade gemacht habe?«

»Also passen Sie auf«, sagte er. »Sie haben doch die Privatadresse der Berninger? Da fahren Sie jetzt hin. Ich will das mal geklärt wissen, der große Verehrer hat nämlich wieder geschrieben, aber sie ist nicht im Sender, sie ist zu Hause. Er fühlt sich offenbar angesprochen von ihrem poetischen Vortrag in der Sendung. Diesmal hat er sich in ein Internet-Café begeben und ihr eine E-Mail geschickt, was schon mal nicht schlecht ist. Sie erinnern sich an die Zeile *Ein Himmel – mir und dir*? Jedenfalls liest sich seine Antwort jetzt so, ich zitiere: *Auch wenn Dein Himmel schwarz ist, teilen wir ihn.* So. Gezeichnet mit *Michael.* Diese hilfreiche Dame im Sender, Frau Meike Schmitt, wird diese Mail in Frau Berningers Namen beantworten und um ein Treffen bitten, wir haben das eben geklärt. Jetzt wollen wir doch mal sehen.«

»Auch wenn Dein Himmel schwarz ist«, murmelte Ina. Wer kannte sich schon aus in diesen schrulligen Schädeln? Ganz verkehrt fand sie diese Zeile trotzdem nicht.

»Jetzt kommt da wenigstens Bewegung rein«, sagte Stocker.

»Hab gerade mit einem Bekannten geredet«, sagte sie, weil ihr das immer noch im Kopf herumspukte. »Der war von ihrem lyrischen Vortrag, hm, ergriffen. Sagt er.«

»Meine Frau auch«, sagte Stocker. »Ich begreife das nicht. Das ist ein schlechtes Gedicht, Sie sollten mal die erste Strophe lesen, da lachen Sie sich tot.«

Ina hielt am Straßenrand, weil sie ohnehin umkehren mußte, wenn sie zur Berninger in die Wohnung wollte. »Und was soll ich die fragen?«

Er schwieg eine Weile. Sie hörte Türenschlagen im Hintergrund, dann sagte er: »Suchen Sie nach den allerdünnsten Fäden, ich weiß es nicht. Sie wissen, was ich an Ihnen schätze.«

»Nein, woher denn?«

»Sie haben eine gewisse Empathie.«

»So.«

»Das ist die Fähigkeit, sich in andere hineinzuversetzen«, dozierte er.

»Natürlich«, sagte sie nur. So ein Arsch. Sogar seine Komplimente kamen noch von oben herab.

Trotzdem keinen Schimmer. Ihr Kopf war ein Kramladen, in dem sie einfach nichts zu fassen kriegte. Sie wußte noch nicht einmal, was es war, nur daß es hin und wieder aufblitzte und zwischen all dem Gerümpel gleich wieder verschwand. Sie dachte an alles mögliche und haßte sich dafür; dranbleiben, nicht nachlassen, weiter, weiter. Sie hätte trotzdem gern gewußt, was sie damals in der Schule über dieses Theaterstück geschrieben hatte, über Woyzeck, weil sie sich noch gut daran erinnern konnte, wie die verkniffene Deutschlehrerin durch die ganze Klasse brüllte: »Ina, ich staune. Wenn du willst, kannst du es ja.«

Das war doch jetzt gar nicht wichtig, oder doch? Sich mit Dingen zu beschäftigen, die das Hirn nur unnötig verstopften, war ein Kreuz; daß sie ihre Fenster putzen mußte, war ihr am Morgen als erstes eingefallen und kam ihr auch jetzt wieder in den Sinn, als sie vor dem schicken Mietshaus hielt, in dem die Berninger wohnte. Riesige Fenster, entsprechende Putzfläche. Aber für so was hatte die ja wohl eine Hilfe.

Die Männerstimme, die ein verhaltenes »Ja?« durch die Sprechanlage schickte, kam ihr gutmütig vor, soweit man das nach einer einzigen Silbe beurteilen konnte. Oben stand er dann wieder, der Mann, den sie auf dem Parkplatz vor dem Sender gesehen hatte, und sah nicht mehr ganz so jung aus wie ein Einser-Abiturient. Wie ein Einser-Abiturient vielleicht, der schon angefangen hatte, ordentlich Karriere zu machen und mit seinem väterlichen Vorgesetzten zweimal im Monat über den Golfplatz flanierte.

Trotzdem war er niedlich. Sein hellblondes Haar war noch nicht so ordentlich hergerichtet, daß der väterliche Vorgesetzte seinen Blick ohne Irritationen auf ihm hätte ruhen lassen können, und sein weißes Hemd stand noch halb offen. Durch eine kleine, randlose Brille blickten melancholische braune Augen. Toni, der Prinz, wie die baldriansüchtige Meike ihn nannte.

Als sie ihren Ausweis zog, murmelte er: »Ach, das müssen Sie doch nicht«, sah aber trotzdem genau hin. Ihre Hand fest drückend, sagte er leise: »Anton Prinz.«

Sie biß die Lippen zusammen; der hieß ja tatsächlich so.

»Kommen Sie«, sagte er leise und führte sie in ein großes, lichtdurchflutetes Zimmer, in dem mehr deckenhohe Pflanzen standen als Möbel, bevor er sich mit vollendetem Taktgefühl zurückzog. Tadellos hätte Inas Mutter sein Benehmen genannt, *warum lernst du so einen nie kennen? Immer diese Gammeltypen.* Gefragt hatte er gar nichts, obwohl sie unangemeldet erschienen war.

Weit geöffnete Terrassentüren, Opernmusik. Alles in Weiß, selbst die Lautsprecher der Musikanlage, alles sah durchsichtig aus. Die Berninger kam ihr quer durch das Zimmer entgegen und wirkte ebenfalls durchsichtig, barfuß und in einem hauchdünnen, enganliegenden Kleid, das sie schutzlos und sehr jung aussehen ließ.

Ina fragte: »Sind Sie krank?« Ehrlicherweise sollte sie fragen: Sind Sie gefeuert?

»Warum, sehe ich so aus?«

»Weil Sie nicht im Sender sind.«

»Ich hätte gehen sollen, ja.« Denise schubste ein paar große Kissen von einem weißen Ledersofa. »Toni meinte aber, ich sollte es besser nicht tun und mich auf eine kleine Nervenkrise berufen.« Sie setzte sich Ina gegenüber auf eines der Kissen am Boden und sah zu ihr hoch. »Er fand die Sendung ziemlich daneben.«

Toni schien ein Vernunftmensch zu sein. Ina fragte: »Hatten Sie das geplant? Das mit dem Gedicht, meine ich.«

»Nein.«

»Aha, ja. Und dann am Schluß –«

»Ist mir nichts mehr eingefallen«, sagte die Berninger, als redete sie gerade über ein paar lustige Versprecher. »Ich hatte zwar den Sendeplan, aber ich dachte, es sei zu Ende. Den Schreihals aus der Regie in meinem Ohrclip habe ich auch nicht verstanden. Stört Sie die Musik?«

Und wie. Ina schüttelte den Kopf.

»Wohl doch.« Denise angelte nach der Fernbedienung, die neben ihr auf dem Boden lag, und würgte den Sopran ab.

»Ich hab's nicht so mit Opern«, sagte Ina und merkte im selben Moment, daß das ein Fehler war, weil die Berninger, an ihr vorbeiblickend, murmelte: »Eigentlich ist das keine Oper. Mahler, dritte Sinfonie, ich mag den Text.« Sie umschlang ihre Beine und sagte leise: »Aus tiefem Traum bin ich erwacht. Die Welt ist tief, und tiefer als der Tag gedacht.«

Wollte sie wieder eine Lyrikstunde geben? Bevor sie jetzt erneut alle Strophen herunterrasseln konnte, fragte Ina: »Was ist anders an dieser Mordserie? Ich meine, das ist Ihr Job, Sie berichten ständig über Mord und Totschlag, aber das hier –« Sie ließ den Rest des Satzes in der Luft hängen.

Denise sagte nur: »Ja.«

»Was – ja?«

»Es ist anders.«

Pause. Ina biß sich auf die Unterlippe; sie machte es schon wieder, sie glotzte nur und sagte nichts, großer Gott, Denise. Fast verspürte sie Erleichterung, als die Tür sich leise öffnete.

»Entschuldigung«, murmelte Anton Prinz, genannt Toni, der Prinz. Er verdrehte den jetzt makellos frisierten Kopf, bis er Denise sehen konnte, wie sie auf dem Boden kauerte. »Ich bin dann weg.«

»Ja«, sagte sie.

»Brauchst du noch was?«

»Nein.« Sie sah ihn nicht an.

»Dann gehe ich jetzt.«

»Ja.«

Er nickte ernst, dann schenkte er Ina ein kleines, schiefes Lächeln. »Auf Wiedersehen.«

Als er weg war, sagte Ina: »Sie haben da diesen großen Fan.«

»Ja, ich weiß.«

»Wir haben ihnen ein paar Kopien seiner Briefe geschickt. Haben Sie die inzwischen gelesen?«

»Ein paar.« Sie versuchte ein Lächeln. »Ein paar, dann war mir das zu blöd.«

»Und Sie wissen auch, daß wir versuchen, ihn – also, sagen wir: uns mit ihm zu unterhalten.«

»Nur ist er bis jetzt halt nicht aufgetaucht, nicht?«

»Das Gedicht, das Sie da –« Wie sagte man denn jetzt, *aufgesagt* haben? Sie umging das besser. »Dieses Gedicht hat er offenbar auf sich bezogen.«

»Oh, wie dumm.«

»Er hat Ihnen heute morgen eine E-Mail in den Sender geschickt, daraus geht es hervor. Da steht, also ich zitiere mal: *Auch wenn Dein Himmel schwarz ist, teilen wir ihn.*«

Denise schüttelte den Kopf.

»Können Sie sich darauf einen Reim machen?«

»Wie denn?« fragte sie heftig.

»Hat er versucht, auf anderem Weg mit Ihnen Kontakt aufzunehmen? Haben Sie mal merkwürdige Anrufe bekommen?«

»Nein. Meine Telefonnummer ist geheim, und der Sender gibt natürlich meine Adresse nicht heraus. Wenn es sich nicht gerade um Kriminalbeamte im Dienst handelt.«

»Haben Sie mal beobachtet, daß Ihnen jemand gefolgt ist?«

Sie schüttelte den Kopf. »Doch«, sagte sie dann. »Ich glaube.«

»Wo war das?«

»In der Straßenbahn.« Denise griff nach einer Packung Zigaretten. »Es kann aber auch sein, daß ich mich irre. Ich habe nur jemanden in der Bahn gesehen und dann eine Weile später vor dem Südbahnhof wieder.«

»Wie sah er aus?«

Sie zuckte mit den Schultern. »Normal. Nichts Auffälliges. Um die Dreißig vielleicht, aber so genau kann ich mich nicht erinnern, ich habe ihn danach auch nicht mehr gesehen.«

»Wann war das denn?«

Denise zündete sich eine Zigarette an. Über den aufsteigenden Rauch hinweg sah sie Ina an. »Am Tag des sechsten Mordes«, sagte sie langsam, was fast biblisch klang, oder so, als fange sie an, ein Gleichnis zu erzählen.

»Okay, dann muß ich Sie bitten, bei einem Polizeizeichner Ihre Erinnerungen aufzufrischen. Sie können mit mir fahren.«

»Es kommen doch immer mal wieder Briefe von Spinnern.« Mit der Zigarette zwischen zwei Fingern strich Denise sich das Haar hinters Ohr. »Damit hat es sich aber auch.«

»Ja, nur trudeln sie gewöhnlich nicht zeitgleich mit Mordserien ein. Es ist nicht auszuschließen, daß dieser Mann der Täter ist.« Ina versuchte ihren Blick festzuhalten, was nicht möglich war, weil die Berninger auf einen Punkt an der Wand starrte; vielleicht glaubte sie das alles nicht, vielleicht war es ihr egal.

»Haben Sie von dem Mord etwas mitbekommen?« fragte sie. »Am Bahnhof? Sind Sie da öfter?«

»Nein. Und ich habe auch keine Polizei gesehen.« Denise drückte ihre halb gerauchte Zigarette aus. »Ich kann weder Autofahren noch kenne ich mich in Fahrplänen aus.« Sie stand auf und berührte alle Pflanzen, während sie im Zimmer umherging, als sei sie in einem botanischen Garten unterwegs.

So sah der Raum auch aus. Eine Sitzecke, ein Eßtisch, ein einsames Regal mit Figuren, Vasen und Büchern und diese riesigen Pflanzen überall. In der Ecke ein Fernseher, als gehöre er nicht recht dazu und werde nur gelegentlich gedreht und eingeschaltet, hier, in der Wohnung eines Fernsehstars. Eine schmale Treppe führte auf eine Art Empore, hinter deren halb zugezogenem Vorhang ein Doppelbett zu sehen war, doch bis sie dort landete, hockte sie sicher händchenhaltend mit Toni, dem Prinzen, auf dem weißen Sofa, um ihren Sinfonien zu lauschen.

»Dieses Buch war alles, was wir hatten«, sagte sie plötzlich. Sie drehte sich um und kam langsam auf das Sofa zu, sie blieb erst stehen, als ihre Knie sich fast berührten. »Die Gedichte. Ein Zivildienstleistender hat es mir gegeben, ich hatte ihn um ein Buch gebeten, irgendein Buch, damit ich da raus kam, wenigstens im Kopf. Es war verboten. Wir durften keine Bücher lesen, nicht in dieser Phase. Wir mußten uns völlig auf die Therapie konzentrieren.«

»Johanna Mittermaier und Sie«, sagte Ina. »In der Psy… in der Klinik, ja?«

»In der Klapse«, sagte Denise. »Ja. Er mußte dieses Buch regelrecht durchschmuggeln, Gedichte, deutsche Lyrik. Nach zwei

Tagen konnte ich es auswendig und habe es Johanna gegeben. Ich wurde früher entlassen, sie hat dieses Gedicht abgeschrieben und mir zum Abschied gegeben. Das aus der Sendung.«

Ina konnte sich nicht mehr an alles erinnern, nur noch an ein paar Zeilen.

... und wende
den Blick vor deinem Ende
nicht wieder weg von mir.

War es so? Sie versuchte es einfach. »Haben Sie sich von ihr abgewandt? Glauben Sie das?«

Denise starrte auf die Wand, als kroch eine Spinne da herum. »Ich will sie mir nicht vorstellen«, flüsterte sie. »Aber das kommt immer wieder. Waren Sie da? Haben Sie Johanna gesehen?«

»Ja«, sagte Ina. Johanna zwischen weggekipptem Müll, halbnackt, mit Schminke und einem roten *X* beschmiert, ein paar Tage und ein paar Nächte lang, mit blicklosen Augen in den Himmel starrend.

Ja, ich habe sie gesehen, und du?

»Damals, als wir das gelesen haben«, sagte Denise, »hat Johanna angefangen, selber Gedichte zu schreiben, die Welt kann so schön sein, hat sie gesagt. Im Kopf. Im Kopf geht alles. Da kommt man raus. Aber sie ist ja auch immer wieder ganz irdisch auf den Arsch geplumpst. Sie hatte kaum Geld. Wenn sie mal Jobs hatte, ist sie immer wieder angeeckt, sie brüllte los, wenn ihr etwas nicht paßte, dann wurde sie gefeuert. Dann flüchtete sie sich wieder in die Welt im Kopf, ja, die war schön. Wir waren gleich, damals.«

Denise drehte sich abrupt herum und verließ das Zimmer. »Sie müssen mich schon mitnehmen«, rief sie aus dem Flur. »Ich sage Ihnen aber gleich, ich hab den kaum gesehen, da kriegen Sie kein Bild zusammen.«

Beim Aufstehen merkte Ina, daß sie, während Denise über Johanna sprach, fast die ganze Zeit die Luft angehalten hatte. »Wir versuchen es«, murmelte sie. Sie sah sich das Regal mit all den Vasen und Figuren an und fühlte sich plötzlich bleischwer.

So ein verdammtes Durcheinander. Wäre es möglich, würde sie diesen Fall jetzt abgeben. Aber es war nicht möglich.

Denise stand in der Tür und sah sie an. »Der Zivildienstleistende«, sagte sie, »der mit dem Buch, das war Toni.«

Mußte man darauf etwas erwidern? *So geht es*, sagte ihre Mutter immer, ja.

Ina sagte gar nichts.

Die Figuren auf dem Regal waren kleine Clowns aus Holz geschnitzt, kleine, tuntige, traurige Clowns mit bemalten Gesichtern.

Denise klimperte mit einem Schlüsselbund und sagte: »Wir wollten schon ein paarmal heiraten, aber es kam dauernd etwas dazwischen. Seine Karriere, meine.«

Auf der Fahrt zum Präsidium fing sie wieder davon an. »Sie können doch kein Phantombild von einem Menschen erstellen, den ich zweimal kurz gesehen habe.«

Ina tippte mit zwei Fingern gegen das Steuer und nahm ihren Duft wieder wahr. Immer derselbe. Armani.

»Das war wohl ein beliebiger Passant«, sagte Denise. »Mich starren öfter mal Leute an, außerdem laufe ich gewöhnlich so herum, daß sie es eben nicht tun.«

»Wie geht das?« fragte Ina.

»Kein Make-up, Kopfbedeckung, was weiß ich.« Denise strich sanft über ihren Beifahrergurt. »Dieser Briefeschreiber, wie hätte der mich verfolgen können? Er weiß doch nichts von mir. Und warum habe ich ihn nie vorher und auch danach nicht gesehen? Ich glaube das nicht.«

Keine Ahnung, Engelchen. Ich glaube, daß ich gar nichts mehr glaube. Oder alles, wie du willst, das läuft aber auf dasselbe heraus. Ina ließ das Seitenfenster ganz herunter. Es war so verdammt schwül, und die Luft legte sich wie ein nasser Lappen auf die Haut. Das Wetter hieß heute Larissa, so hatte es frühmorgens ein kreischender Radiomoderator verkündet, kam aber nicht, wie man annehmen sollte, aus Rußland, sondern aus Portugal, was auch damit zusammenhing, daß die Namen für das Wetter ja schon feststanden, bevor das Wetter sich überhaupt auf den Weg machte. Alles gar nicht so kompliziert, hatte der Moderator gebrüllt, erst der Name, dann die Wetterfront. Danach hatte ein Biowetterfrosch Müdigkeit und depressive Verstimmung angekündigt und sein Kollege von der richtigen Wetterkunde Gewitter.

Alles nicht so kompliziert. Warum arbeitete sie nicht beim Wetterdienst?

Der kleine Clown aus Schaffners Wohnung tanzte immer noch in ihrer Tasche herum. An einer Kreuzung holte sie ihn heraus und drückte ihn gegen das Armaturenbrett.

»Sie können ihn behalten«, sagte Denise. Ihr Gesicht blieb ausdruckslos und in diesen *taubengrauen* Augen konnte man noch viel weniger sehen. Die Pupillen waren verengt, das schon, als hätte sie Tranquilizer genommen oder irgendein anderes niederdrückendes Zeug.

Taubengrau. Scheißviecher, die Tauben, eine einzige Plage.

»Wo haben Sie die Clowns denn her?« fragte Ina.

»In einer Kneipe gekauft. Ich habe sie schon länger.«

»Ah so. Allerdings ist das nicht Ihrer.« Ina steckte den Clown wieder weg. »Der stammt aus Schaffners Wohnung, wo steckt denn Henrik Schaffner?«

»Sie fahren zu schnell«, sagte Denise, dann legte sie den Kopf zurück und schloß die Augen.

»Frau Berninger, was wissen Sie von Schaffner?«

»Daß Sie ihn suchen. Daß er der verschwundene Mann des dritten Opfers ist und womöglich selbst ein Opfer. Womöglich auch nicht. Ich habe Kontakte zu Polizisten, das wissen Sie doch.« Als hätte jemand einen Knopf gedrückt, verwandelte sich die leise Stimme der Berninger in jenes stählerne Organ, mit dem sie im Fernsehen das Böse benannte. Die Furie aus *Fadenkreuz.* »Die kommen in die Sendung, die reißen sich doch fast darum, warum, ist mir nicht ganz klar. Die sitzen da zehn Minuten herum und erzählen einem Millionenpublikum doch im Grunde nur, daß sie ihre Arbeit nicht richtig gemacht haben und deshalb irgendwelche Zuschauer um Hilfe bitten müssen. Aber es sind nette Polizisten, von Ihrem Chef vielleicht einmal abgesehen. Sie rufen immer wieder an, erzählen mir hier etwas und da. Alles läuft darauf hinaus, wie schwer sie es haben mit ihren Fällen. Ihre Kollegen allerorts sind sehr schwatzhaft, Frau Henkel. Man nennt das Hintergrundgespräche.«

»Blödsinn. Das haben Sie sich nett zurechtgelegt, was ist mit Schaffner?«

»Daß Sie einen Ihrer Kollegen erschossen haben, lege ich mir auch nicht zurecht.«

Ina sagte nichts, es fiel ihr nichts ein. Sie drückte aufs Gas und wunderte sich nur, daß sie heil durch den Verkehr kam. Alle Kollegen erschießen. Und die hier gleich mit. Die hier zuerst. Sie preßte die Lippen aufeinander, um nicht irgend etwas Dummes zu veranstalten, zu schreien oder zu fluchen oder, viel schlimmer noch, zu heulen.

»Sie fahren wirklich zu schnell«, sagte die Berninger. »Wenn man tötet, um möglicherweise das Leben eines anderen zu retten, ist das doch nachvollziehbar.«

»Wissen Sie auch, was ich an dem Morgen gefrühstückt habe?«

»Ich wollte Ihnen nicht weh tun.«

Ina nahm den Bleifuß vom Gas und trampelte mit gleicher Gewalt auf die Bremse; der Wagen rutschte am Bordstein entlang und sie kippten beide nach vorn.

»Was wollen Sie überhaupt? Wissen Sie was, Sie kommen mir vor wie – knallen Sie sich mit irgendwas zu?«

Denise sagte nichts, nein. Ging es um sie selber, hielt sie sich vornehm zurück, aber sie ließ sich von dieser Kuh doch nicht das Heft aus der Hand nehmen, so waren die Rollen nicht verteilt.

»Warum waren Sie in der Psychiatrie?«

»Weil ich meine Eltern mit einem Messer angegriffen habe.« Denise legte den Kopf schief und sah sie beinahe amüsiert an.

»Warum?«

»Weil ich verrückt war vermutlich. Weil ich mich ganze Tage und Nächte im Wald aufgehalten habe. Weil ich mit niemandem geredet habe, außer mit den Bäumen. Meine Eltern hielten mich immer für verrückt, aber damals waren wir noch nicht einer Meinung.«

»Warum bekamen Sie diese Elektroschocks?«

»Weil die Ärzte es für nötig hielten.« Sie zog ein wenig am Saum ihres Kleides. »Ich nehme an, Sie haben es verstanden. Es war ein Messer damals, keine Schußwaffe.«

»Halten Sie ein Messer für harmloser?«

Denise zuckte mit den Schultern.

»Eins aus dem Besteckkasten war es wohl nicht.«

»Nein.«

»Es gehört eine größere mörderische Energie dazu, jemanden zu erstechen«, sagte Ina. »Man hat keinen Abstand, wie bei der Schußwaffe. Man hat Körperkontakt. Man arbeitet regelrecht daran, bewegt nicht nur einen Finger, wie bei der Pistole.«

Denise wandte sich ihr so majestätisch zu, als liefen die Kameras und sie hätte einen Studiogast. »Dann haben wir die größte mörderische Energie, wenn ein Mensch einen anderen erdrosselt?«

»Sicher«, sagte Ina. »Oder wenn er ihn erschlägt.«

»Weil ich ihn dann zappeln sehe. Unter meinen Händen.«

»Ja.«

» Weil ich nicht loslasse. Weil ich spüre, wie er stirbt.«

»Ja.«

»Ja«, wiederholte Denise. »Und was ist mit – sagen wir, Kriegsherren? Was ist mit denen, die das Morden befehlen?«

»Das ist etwas anderes«, sagte Ina. Sie diskutierte nicht mit ihr, damit fing sie gar nicht erst an. Hier liefen keine Kameras.

»Ah«, sagte Denise nur. »Fahren wir jetzt weiter?«

19

Seit Stunden sah er in diese Gesichter, die so hungrig waren und zugleich so leer. Michael dachte an seine Mutter, die, wenn sie sich etwas vorgenommen hatte, das auch durchsetzte und dabei immer wieder sagte: »Nun will ich das, nun mach ich das.« Und nun machte er das, auch wenn das Resultat immer dasselbe war. Schaffner, kennst du einen Schaffner?

Nein, du Depp, was willst du?

Kennst du ihn nicht?

Woher denn, Mensch, laß mich bloß in Ruhe.

Am Südbahnhof hatte er angefangen, zog große Kreise und ging durch Straßen, die vom Bahnhof weg in dunkle Ecken führten. Es war der beschwerlichste Urlaubstag seines Lebens; er war auf ihren Spuren und wußte doch nicht, welche Spuren das waren.

Hast du ihn gefunden? Hast du ihn verwechselt? Und wenn du ihn weder gefunden noch verwechselt hast, dann muß das doch jemand wissen. Kein Mensch geht verloren, ohne eine hauchdünne Spur zu hinterlassen. Warum hast du ihn so verzweifelt gesucht? Er sah die Bilder immer wieder, den toten Mann und ihre zitternde Hand, doch mit jedem Schritt, den er ging, wurde die Hoffnung größer, daß er ihr später sagen konnte, es lohnte nicht, sich mit Schaffner zu beschäftigen, es war genauso sinnlos wie sich mit diesem schwarzen Teufel abzugeben in seinem schwarzen BMW. Daß er ihr eines Tages sagen konnte, weißt du was? Einen Moment lang mußte ich glauben, du wärst in etwas Böses hineingeraten, hättest dich verloren im Dunkeln, bist in die Hölle gestiegen, die du uns allen immer nur zeigst.

Auch wenn Dein Himmel schwarz ist, hatte er ihr geschrieben, teilen wir ihn. Er wußte, daß es die letzten Worte waren, die er ihr schrieb. Später würden sie reden, nur noch reden, und sie würden einander anschauen dabei, doch dazu mußte er diesen Schaffner finden, weil er wußte, hundertprozentig wußte, daß er der Schlüssel war, so oder so, der Schlüssel zu ihr. Ja, so konnte man es sehen. Der Schlüssel.

Laß mich das hier noch erledigen, mein Engel, dann werde ich alles wissen.

Du weißt doch, wie das ist: Man will einander kennenlernen, will wissen, was der andere denkt und fühlt. Das ist die zweite Phase, die wichtige. In der ersten Phase starrt man nur, kann man sich kaum sattsehen und fängt an zu denken und zu träumen, ohne viel zu wissen und ohne etwas zu verstehen.

Sie hatte es falsch gemacht. War einfach losgelaufen, hatte jeden beliebigen gefragt. Man mußte schon erkennen, wann einer wirklich nichts wußte oder nur nichts wissen wollte, mußte ihnen in die Augen schauen, ihren Blick festhalten und das kurze Flackern entdecken, das die Lüge verriet oder die Angst. Bei einem Mann, der mit einer jämmerlich klingenden Mundharmonika am Straßenrand hockte, hatte er den Eindruck gehabt, daß sein Name, Schaffner, eine Erinnerung auslöste, der er entfliehen wollte, für immer, doch dann hatte dieser Mann ein Springmesser gezogen und »Verpiß dich« geschrien, »laß mich bloß in Ruhe!«

Am Mittag, in einer Billardkneipe, in der es nach Erbsensuppe roch, traf er einen Jungen, der tänzelnd vor dem Tresen stand und ständig den Kopf zurückstieß wie ein verspieltes Fohlen. Er brauchte keine Musik, er summte sich selbst ein Lied.

»Ich suche Schaffner«, sagte Michael. »Kannst du mir da helfen?«

Der Junge hörte auf zu tänzeln und sah ihn eine Weile an.

»Was ist? Kannst du mir helfen?«

»Laß es lieber«, sagte der Junge. »Hat doch keinen Zweck.«

»Warum denn?«

»Ich hab den ewig und drei Tage nicht gesehen. Und dabei soll es auch bleiben. Keine Zeit für so einen Dreck.«

»Was weißt du denn von ihm?« fragte Michael.

Betont gleichgültig hob der Junge die Schultern. »Er nimmt dich aus. Oder es steht ihm das Wasser bis zum Hals.«

»Wirklich?« Michael lächelte ihn an, um ihm die Gewißheit zu geben, daß es so ernst gar nicht war. Man konnte plaudern. Ein wenig. Dann ging man wieder auseinander, und es hatte überhaupt nicht weh getan.

»Ist er wieder unterwegs?« fragte der Junge.

»Ja, aber ich möchte mich erst erkundigen«, sagte Michael vorsichtig.

»Haben den nicht auch schon die Bullen gesucht?« fragte der Junge. »Das ist ein Scheißbetrüger, nachher hast du 'ne komplette Kücheneinrichtung am Hals, ohne es zu merken, so machen die das doch.«

Lauter als beabsichtigt fragte Michael: »Der verkauft Kücheneinrichtungen?« Der Wirt hinterm Tresen bedachte ihn mit einem strengen Blick, wahrscheinlich mußte man sich in diesem Lotterladen unauffällig benehmen.

Der Junge schob die Hände in die Hosentaschen und sah ihn nachdenklich an. »Alles was ich von dem weiß ist, daß er vor 'ner Weile hier rumgestrolcht ist und Leute auftreiben wollte für so ein angebliches Marktforschungsding. Ich krieg 'ne Tasse Kaffee, hat er gesagt, und müßte bloß ein paar Fragen beantworten, das wäre – na ja, Marktforschung halt.«

»Und?« fragte Michael.

»Ja nun, der rannte nicht mit seinem Klemmbrett rum, wie es die anderen Heinis machen, die einen in der Stadt dauernd anfallen. Der nicht, der hat echt darauf bestanden, daß wir das bei 'ner Tasse Kaffee bei ihm zu Hause machen, da sollte ich mir nix denken, er wär kein Schwuler oder so, aber ich wollte das lieber nicht machen. Er hat so gedrängelt, und ich mag das nicht, wenn Leute drängeln. Wenn die sich so anstellen, wenn die jedem auf die Nase binden, wie nötig sie die Scheißkohle haben. Wie ich sage, das kam mir nicht korrekt vor. Solche Leute drehen dir was an, ohne daß du es mitkriegst. Dann stehst du da.«

»Komisch«, sagte Michael. Er wußte nicht weiter, konnte sich kaum vorstellen, daß Denise einen Mann suchte, der Fragen für ein Marktforschungsinstitut stellte oder Kücheneinrichtungen verkaufte.

»Woher weißt du seinen Namen?« fragte er. »Hat er sich vorgestellt?«

»Den Namen weiß ich von Simone. Wenn er stimmt. Kennst du Simone? Kennst du Axels Bar?«

»Nein.«

»Ach, laß sie lieber in Ruhe. Ist doch alles nicht so wichtig. Ich hab dich jetzt gewarnt und gut ist. Halt deine paar Mäuse lieber zusammen.«

»Ich gebe dir ein Bier aus«, sagte Michael. »Soviel Mäuse habe ich noch.«

Der Junge verbeugte sich. »Kann es auch Wein sein? Ich trinke kein Bier.«

Als der Weißwein, von dem der Wirt behauptete, es sei Grauburgunder, vor ihnen stand, fragte Michael: »Simone arbeitet in Axels Bar? Wo finde ich die denn?«

»Mann«, rief der Junge, »du läßt aber auch nicht locker. Warum ist dir das so wichtig?« Er probierte einen Schluck und sagte laut: »Das ist Riesling.«

»Na gut, ich bin ehrlich.« Michael trank vorsichtig von dem viel zu warmen Wein. »Ich habe noch was mit ihm zu klären. Mit Schaffner. Ich muß den finden.«

»Aha, warum nicht gleich? Hat er dich gelinkt?«

»So ähnlich.«

»Sag ich doch.« Der Junge schob sein Weinglas hin und her. »Ob du aus Simone was rauskriegst, wage ich zu bezweifeln.«

»Ich versuch's.«

»Axels Bar. Kaiserstraße.«

»Gut.«

»Grüß sie von mir«, sagte der Junge. »Von Lars. Gib ihr 'n bißchen Geld, sie hat's nicht leicht.«

20

Der Polizeizeichner erlebte eine nervöse Stunde, als die Berninger sich neben ihn setzte und versuchte, jenen Mann zu beschreiben, den sie in der Straßenbahn und später am Südbahnhof gesehen haben wollte. Ina sah eine Weile zu, wie er am Monitor ein konturenloses Gesicht entstehen ließ, hier klickte und dort, ohne daß sich etwas Nennenswertes tat, um die Berninger schüchtern anzuschauen und mit stockendem Stimmchen zu fragen: »So?«

»Nein«, sagte sie dann, »so nicht.«

Ina wünschte noch viel Erfolg, was aber niemand zu hören schien, und als sie die vier Treppen zu ihrem Zimmer herunterrannte, wollte sie sonstwo hin, ins Fitneßstudio, ans Wasser oder gleich in ein fernes Land. Bloß weg von hier, wo überhaupt nichts gelang.

Stocker und Auermann waren mit einem Wust von Papieren beschäftigt und wirkten wie Boxer in der vorletzten Runde.

»Er ist noch nicht identifiziert«, sagte Auermann. »Aber er war blind.«

»Nummer sechs?« fragte Ina, und als sie Hans-Jürgen etwas von der Obduktion murmeln hörte, fing sie an zu stottern wie der Zeichner oben. »Dann muß er ihn geführt haben – oder wie – und wenn er das im Park auch gewesen ist – ja, dann hat er gar nichts gesehen, genauso wenig wie in diesem Klo. Wußte er nicht, was mit ihm passiert? Ich meine – ja, aber wie hat der sich denn sonst bewegt? Im Milieu meine ich, da muß er doch – ja, komisch.«

»Komisch ist das nicht«, sagte Stocker. »Die klappern gerade alle Wohnheime ab und diese Übernachtungsstätten, der kann ja schlecht ohne Hilfe auf der Straße gelebt haben.«

»Sag ich doch.« Ina goß sich ein Glas Cola ein. Blind. Suchte er sich Leute mit Gebrechen? Aber die anderen hatten doch keine, nur bei Johanna Mittermaier war dieser gelähmte Arm festgestellt worden, laut Bericht des Pathologen verursacht durch eine Hirnschädigung, verursacht wiederum durch übermäßigen Alkoholkonsum. Hatte aber anscheinend niemand bemerkt. Die übliche Frage: Was suchst du, wen suchst du, was willst du?

Die anderen. Was war denn überhaupt festgestellt worden?

Sie sah Stocker an, sah ihn nicken und sagte: »Vielleicht doch, ich meine, er könnte Ausschau halten nach Leuten mit Behinderungen. Oder was auch immer er da meint.«

»Ja«, sagte Stocker förmlich. »Die Obduktionen werden jetzt vorangetrieben und zwar äußerst gründlich. Es wird auch eng. Die Schwester von dem Rehbein hat sich erkundigt, wann sie ihn endlich mal unter die Erde bringen könnte, was wir denn so lange mit ihm machen. Sie wußte übrigens nichts von einer Behinderung ihres Bruders, das sage ich Ihnen gleich. Auf den trifft das schon mal nicht zu. Im übrigen haben wir ja Zeit, weil sich ansonsten kaum ein Mensch erkundigt, wann wir die Leichen endlich freigeben.« Er räusperte sich. »Es scheint in der Tat so zu sein, wie es

Frau Berninger theatralisch im Fernsehen verkündet hat, daß sie in irgendwelche Armengräber kommen.« Er sah Ina an. »Was ist denn jetzt mit der, ist dieses Phantombild fertig?«

»Nein«, sagte sie. »Die bringt nichts Verwertbares raus zu diesem Michael. Falls er es überhaupt war, den sie da gesehen hat.«

»Ist sie hier?« fragte Hans-Jürgen.

»Ja, mein Lieber, sie ist im Gebäude.« Ina drückte sich das kühle, leere Glas gegen die Stirn. »Ich sag dir, welchen Weg sie entlanggeschritten ist, dann kannste ja hinterher und den Boden küssen. Aber denk dran, die ist ganz seltsam drauf, und sie hat die gleichen Clowns zu Hause wie dieser Schaffner sie bastelt, haargenau die gleichen.«

Schweigen. Sie hatte das Gefühl, nicht ganz verstanden worden zu sein. Aber sie verstand das alles ja selbst nicht mehr, glaubte, immer weiter an Boden zu verlieren.

»Die weiß was von Schaffner«, sagte sie, »und das hat nichts damit zu tun, daß ihr irgendwelche Schweinekollegen alles haarklein stecken. Die hält uns für bescheuert. Wir lassen sie einfach zu sehr in Ruhe, aber natürlich, sie ist ja die Berninger, da muß man mit Samthandschuhen ran, nicht?«

»Sie macht es schon wieder«, sagte Hans-Jürgen zu Stocker. »Sie ist stutenbissig.«

Stocker bemühte sich sehr um einen neutralen Gesichtsausdruck, während Hans-Jürgen theatralisch einen Stuhl vom Boden hob, um ihn als Schutzschild zu verwenden, doch war sie zu müde und zu ausgelaugt, um auch nur nach einer Antwort zu suchen. Sollten sie denken, was sie wollten, das taten sie ja ohnehin. Als es klopfte, legte sie den Rest ihrer Energie in das Wörtchen »Ja«, das mürrischer klang als beabsichtigt.

»Guten Tag, Frau Berninger.« Stocker sprang auf. Der Höllenlärm kam von Hans-Jürgen Auermann, der den Stuhl, den er in der Hand gehalten hatte, zu Boden poltern ließ.

Denise zuckte zusammen. Hans-Jürgen stellte den Stuhl wieder ordentlich hin und sackte auf den Sitz wie ein alter Mann.

»Dann nehmen Sie meinen Stuhl.« Stocker rollte ihn in die Mitte des Raumes.

»Oh danke«, sagte Denise, und als Ina sie langsam näherkommen sah, konnte sie in dem Blick, den sie ihr zuwarf, so etwas wie Belustigung entdecken und hatte sekundenlang das Gefühl, daß die Berninger ja doch eine normale Frau war, falls sie nicht gerade Löcher in die Luft starrte oder Gedichte aufsagte, mit einem Messer auf Leute losging, mit den Bäumen plauderte oder sich klugscheißend über Sinfonien ausließ und über dumme, schwatzhafte Polizisten. Daß sie ja im selben Alter waren, und daß sie schon einmal gelacht haben mußte in ihrem Leben, irgendwann schon.

»Haben wir ein Phantombild?« fragte Stocker, der Lehrer, der sich bei seiner Schülerin nach den Hausaufgaben erkundigte.

»Nein«, sagte Denise. »Das einzige, woran ich mich erinnere, ist die Tatsache, daß da jemand war, erst in der Bahn und eine Weile später vor dem Bahnhof, und daß das ein völlig normaler Typ war.« Sie hob entschuldigend die Hände. »Aber die Gesichtszüge kriege ich nicht mehr hin.«

Stocker setzte sich auf die Kante seines Schreibtisches. »Ja, da muß man sich konzentrieren.«

»Das habe ich versucht«, sagte Denise. »Aber da drängeln sich immer andere Gesichter vor, meine Kollegen, mein Mann, alle möglichen. Ich erinnere mich einfach nicht. Außerdem fühlte ich mich in keiner Weise von ihm bedroht. Halten Sie diesen Briefeschreiber für den Täter?«

»Es wäre möglich«, sagte Stocker.

»Aber soweit ich weiß, hat er keinen der Morde konkret angesprochen.«

»Das muß er nicht«, sagte Stocker. »Wenn er psychisch gestört ist, kann er Ihnen das auch durch die Blume sagen, durch seine Blume gewissermaßen.«

»Dann habe ich es nicht verstanden«, sagte die Berninger kühl. Sie war jetzt nicht mehr das Mäuschen, das nach der Sendung abgeschminkt aus der Maske kam, sie hatte Publikum. Aufrecht und entspannt saß sie da und scherte sich auch nicht darum, daß ihr sehr dünnes, sehr knappes Kleid ein Stück nach oben gerutscht war. Hans-Jürgen, der sprachlose Auermann, saß ihr gegenüber und schien wie gebannt auf jenen Moment zu warten, da ihr einfallen könnte, vor den männlichen Bullen wie Sharon Stone zu verfahren und die nackten Beine übereinanderzuschlagen.

Stocker plagten solche Vorstellungen sicher nicht. »Wann sind Sie das nächste Mal im Sender?« fragte er.

Denise schien zu zögern. »Diese Woche nicht mehr. Ein Kollege, ein Redakteur, wird die nächste Sendung moderieren. Vielleicht auch die übernächste. Ich nehme eine kleine Auszeit.« Sie lächelte kaum merklich. »Man hat sie mir auch angeraten.«

»Aha«, sagte Stocker. »Dann möchte ich Sie über das weitere Vorgehen informieren. Er hat Ihnen, wie Sie wissen, zuletzt eine E-Mail aus einem Internet-Café geschickt, die Ihre Assistentin, Frau Schmitt, gelesen hat. Die Adresse hat er von einem dieser Freemailer, bei denen man sich anmelden kann, ohne daß die Daten überprüft werden. So kommen wir also kaum an ihn heran. Doch kann er ja E-Mails abrufen, also habe ich Frau Schmitt gebeten, in Ihrem Namen zu antworten und ein Treffen vorzuschlagen. Man muß ihm die Wahl lassen, er muß sich ganz sicher fühlen, Sie selbst müssen zu dem Treffen nicht erscheinen. Frau Schmitt ist zuverlässig, nehme ich an.«

»Meike ist perfekt«, sagte Denise. »Sie schreibt immer in meinem Namen. Sie stehen dann wohl mit einem SEK bereit?«

»Sie finden das komisch?« fragte Stocker.

»Nein.« Sie zupfte am Saum ihres Kleides herum. »Vielleicht kennen Sie ihn.«

»Tatsächlich?« fragte Stocker.

»Ja, tatsächlich. Er müht sich so, in meinen Worten zu schreiben, er nimmt das alles sehr ernst, dabei benutze ich Worte wie Hölle nur, weil ich das alles nicht konkreter benennen kann, was Menschen anrichten. Weil mir die Worte im Grunde fehlen.« Sie sah ihn an, als wollte sie sich vergewissern, ob er ihr folgen könne. »Einmal schrieb er, daß er jeden Tag in die Hölle blicke. Ich denke, er ist ein Kollege von Ihnen.«

Auermann schüttelte den Kopf, seine Fähigkeit zu sprechen, war noch nicht zurückgekehrt. Stocker sah sie lauernd an, und Ina murmelte: »Nein.«

Nur nicht daran denken, es ohne handfeste Beweise noch nicht einmal in Erwägung ziehen. Noch einen verrückten Bullen würde sie nicht ertragen, zumal wenn sie ihn kannte.

»Sie machen es sich zu einfach«, sagte sie.

»Möglich.« Denise nickte gleichgültig.

»Ich habe noch eine Frage.« Stocker wollte das nicht vertiefen und sah eine Weile zur Decke, als käme von dort die Erleuchtung. »Sie haben Peter Rehbein kennengelernt, Pit, wie er genannt wurde. Ist Ihnen an ihm irgendeine Behinderung aufgefallen? Ein Handikap, irgend etwas?«

»Nein«, sagte Denise. »Absolut nicht.«

»Vielleicht etwas, das nicht gleich sichtbar ist? Hat er davon erzählt?«

»Ich habe ihn zweimal gesehen«, sagte sie träge, »und mich vielleicht zehn Minuten lang mit ihm unterhalten. Da kam so etwas nicht zur Sprache, nein.«

»Aha«, sagte Stocker erneut, als befriedige ihn diese Antwort ungemein. »Hatten Sie den Eindruck, daß er ein Trinker war?«

»Das zweite Mal, als ich ihn kurz gesehen habe, schien er betrunken zu sein, aber da habe ich mir keine Gedanken darüber gemacht, ob er gleich ein Trinker ist.«

»Bei Frau Mittermaier, die Sie ja besser kannten, haben Sie sich diese Gedanken auch nicht gemacht?«

»Bitte?« Denise sah ihn verständnislos an.

»Johanna Mittermaier«, sagte Stocker, »die ja nun immerhin so stark getrunken hat, daß ein Hirnschaden die Folge war. Das meinte ich mit nicht unbedingt sichtbarer Behinderung.«

Denise starrte ihn nur an.

»Das wußten Sie nicht?« Stocker beugte sich über seine Unterlagen. »Fortschreitende Lähmung des linken Armes, sagt der Pathologe. Haben Sie das nicht mitgekriegt?«

Denise setzte an, etwas zu sagen, doch hörte man nur ihren Atem, ein kurzes, krampfhaftes Keuchen. Dann schüttelte sie den Kopf und schloß die Augen.

»Sie hatten keine Ahnung von ihrer Trinkerei?« fragte Stocker.

Denise reagierte nicht.

»So gut kannten Sie sie nicht?«

Keine Antwort. Mit geschlossenen Augen saß sie da, ihr ganzer Körper schien sich zu verkrampfen.

»Aha«, sagte Stocker. »Da haben Sie den Blick abgewandt. Vor ihrem Ende. Sich das Gedicht in der Sendung quasi selbst gesprochen.« Seine Stimme war gleichmütig. Niemand sonst sprach. Auermann beobachtete Denise aus zusammengekniffenen Augen, bevor er Stocker mit einem heftigen Kopfschütteln bedachte, und Ina guckte auf ihre Fingernägel; laß gut sein, wollte sie sagen, es reicht, das ist doch keine Vernehmung hier.

»Sind Sie fertig?« Denise wirkte nun selbst wie eine Betrunkene, die sich schwerfällig mühte aufzustehen. Sie sah niemanden an. Wie ein Wassertropfen sich seinen Weg über einen beschlagenen Spiegel bahnte, rann eine einzelne Träne über ihre Wange.

Stocker verschränkte die Arme. »Sie könnten uns noch etwas über Herrn Henrik Schaffner erzählen, falls Sie ihn kennen. Wäre das möglich?«

»Nein«, sagte Denise. Ihre Stimme bebte und klang trotzdem sehr kalt. »Das ist nicht möglich.«

»Wie ein Bullenschwein«, zischte Hans-Jürgen, als sie draußen war, doch Stocker beachtete ihn nicht.

»Frau Henkel«, sagte er milde. »Gehen Sie ihr mal schwesterlich hinterher. Fahren Sie sie nach Hause, falls es nötig sein sollte.«

Ina zögerte. Was hat das jetzt gebracht, wollte sie ihn fragen, doch Hans-Jürgen, über Stockers Schreibtisch gebeugt, schien ihr das abnehmen zu wollen. »Bodenlos!« hörte sie seine Stimme noch draußen vor der Tür, »eine Geschmacklosigkeit!«

Sie sah Denise vor dem Gebäude stehen, mit einem Handy in der einen und einer Zigarette in der anderen Hand.

»Ich kann Sie nach Hause fahren«, murmelte Ina. Sie konnte. Aber sie wollte nicht. Sie wußte nicht, was sie jetzt mit ihr reden sollte, hatte tausend Fragen, von denen es keine schaffte, erfaßt und formuliert zu werden, als bauschte sich Watte im Hirn, Berge von Wattekugeln, unter denen sich jenes winziges Teil verbarg, nach dem sie tastete. Die Nadel im Wattehaufen.

»Ich warte auf ein Taxi.« Denise steckte das Handy weg und drehte ihr den Rücken zu.

»Das wußten Sie nicht.« Ina formulierte es nicht als Frage. »Daß Johanna trank.«

Denise warf ihre Zigarette weg und trat sie mit dem Absatz aus. »Was wollen Sie noch?«

»Offenheit«, sagte Ina. »Das erleichtert ein paar Dinge.«

»Ah«, sagte Denise nur. Sie kramte in ihrer Schultertasche und setzte eine Sonnenbrille auf, erst dann wandte sie ihr das Gesicht zu. »Daß wir uns damals in der Klinik geschworen haben, uns gegenseitig nie hängenzulassen, und ich es doch getan habe, weil ich Angst hatte, Johanna zu sehen, wird Ihnen gar nichts erleichtern.«

»Warum hatten Sie Angst?« fragte Ina.

Denise legte den Kopf zurück und starrte den Himmel an. Nach einer ganzen Weile redete sie mit ihm. »Johanna wollte, daß ich sie so liebe wie sie glaubte, mich zu lieben. Aber das konnte ich nicht. Damals habe ich ja auch Toni kennengelernt, das war vor zehn Jahren. So lange ist das schon her.«

Das Taxi kam, und der Fahrer schrie »Taxi« aus dem geöffneten Fenster, sicher war sicher. Denise beschied ihm zu warten und lehnte sich gegen einen Laternenpfahl, als hätte sie alle Kraft verlassen. »Johanna sagte, daß sie seit dieser Zeit in der Klinik nie jemanden geliebt hat, nie mehr. Oh, sie hat genügend Männer gefickt und vermutlich auch Frauen, als Gegenleistung für einen Schlafplatz und ein paar warme Tage und Nächte. Wir haben uns nur gelegentlich im »Pierre's« getroffen. Sie wollte nicht, daß ich ihr helfe. Nicht mit Geld. Sie wollte nichts geschenkt, wollte es auf ihre Weise abgelten. Ich sagte, ich pumpe dir was, sie meinte, ich würde es ja doch nicht zurückkriegen. Und jetzt?«

»Was meinen Sie?« fragte Ina.

»Ihrem Chef da oben würde es gefallen, das Motiv für die Morde in persönlichen Beziehungen zu suchen«, sagte Denise. »Das ist der einfachste Weg, egal, wohin er führt. Würde Ihnen das auch gefallen?«

Ina sah sie nur an. Sie wußte keine Antwort.

»Von Toni hat sie sich Jobs besorgen lassen, von mir nicht.« Denise ging zum Taxi und drehte sich noch einmal um. »Sie hat in meiner Gegenwart nicht getrunken. Ich habe sie nie betrunken gesehen.«

Ina sah dem Taxi hinterher, bevor sie langsam zurückging.

»Hat sie noch geplaudert?« fragte Stocker. Auermann war verschwunden.

»Nein«, sagte sie.

»Haben Sie sich das auch schon einmal überlegt?« Stocker wühlte in seinen Papieren.

Sie wußte, was er meinte und fragte trotzdem: »Was?«

»Wir sind fast flächendeckend vor Ort«, murmelte er. »Warum schafft er es trotzdem immer wieder, gerade da zu sein, wo wir nicht sind?«

»Nein«, sagte sie. »Nein, nein.«

»Wenn er Polizist ist, wird das komplett zum Desaster.«

»Nein«, sagte sie wieder. »Ich glaube das nicht.«

Als es erneut klopfte, hoffte sie, Denise käme zurück, um noch irgend etwas zu erzählen, weil sie mit irgend etwas doch noch immer hinter dem Berg hielt, oder etwa nicht? Wenn man das wüßte, wäre es ja gut. Halbwegs zumindest. Wenn man doch wenigstens seiner Ahnung trauen konnte, von der man noch nicht einmal wußte, ob es überhaupt eine Ahnung war oder eher ein zerknickter Strohhalm, nach dem man hilflos tastete.

Aber das Klopfen war zu herrisch und zu laut. Ein Kollege stand mit zwei verhärmten Leuten da und erzählte munter, daß diese Herrschaften hier sich extra auf den Weg ins Präsidium gemacht hatten, um mit der Mordkommission zu sprechen, und daß die Mordkommission doch sicher so freundlich war, die Herrschaften auch zu empfangen, nicht? Er machte eine weit ausholende Geste und lächelte breit.

Ein Mann und eine Frau in verdreckten, fadenscheinigen Klamotten. Der Mann räusperte sich und sagte: »Ja, also.«

»Bitte sehr.« Stocker sprang auf, rückte die beiden freien Stühle in die Mitte des Zimmers und sah entgeistert zu, wie die Frau mit einer Hand über den Sitz wischte, bevor sie sich setzte.

»Ja, also«, wiederholte der Mann. Er mochte um die Fünfzig sein, die Frau war jünger. Das Weiße in seinen Augen war rot und die Nasenspitze blau. An einer Hand fehlten zwei Finger. »Wir kommen wegen dem Rolf«, sagte er. »Weil, er war in der Zeitung.« Aus seiner Hosentasche holte er das zehnmal gefaltete Blatt, entfaltete es umständlich und strich es glatt. »Der da.«

Stocker nickte. Nummer sechs, der Mann vom Bahnhofsklo. »Können Sie Angaben machen?« fragte er. »Ich meine, Sie wissen, wer er ist?«

»Ja, wir glauben, daß es der Rolf ist«, sagte der Mann.

Die Frau neben ihm hielt sich an einer kleinen, löchrigen Handtasche fest. Sie sah den Mann an, als bitte sie um Erlaubnis, etwas sagen zu dürfen. »Den haben wir gekannt«, sagte sie. »Er hat nicht viel geredet. Wir waren in einem Wohnheim zusammen. Er hat immer Brot gesammelt, das wollte er seiner Frau geben.«

»Ja, aber die hatte er ja gar nicht mehr«, sagte der Mann. »Die Frau, die war doch längst tot. Aber er hat das Brot immer noch für sie aufgehoben.«

»Ja«, sagte Stocker. Er wollte woanders sein, so sah er aus.

»Dann ist er mit dem Brot in der Tasche immer herumgelaufen«, sagte die Frau. »Davon hat er überhaupt nix selber gegessen.« Sie guckte den Mann an. »Wie hieß sie jetzt?«

»Ach, die hieß Luise«, sagte er. »Aber das hat er halt erzählt, ich meine, die war ja nicht mehr da. Und jetzt« – Er hielt das Blatt aus der Zeitung in die Luft – »Jetzt ist der auch weg? Der Rolf? Wie kann denn das sein, da hat er nicht aufgepaßt, stimmt's? Da ist der Mörder gekommen.«

»Wir passen immer auf«, sagte die Frau. »Einer schläft, und der andere paßt auf.«

»Er sieht jedenfalls so aus wie der Rolf«, sagte der Mann. »So genau wissen wir das ja nicht.«

Ina lehnte an Stockers Schreibtisch. Der Mann fragte: »Nehme ich Ihnen Ihren Stuhl weg?«

Sie schüttelte den Kopf. »Wann haben Sie ihn denn zuletzt gesehen?«

»Ja, also, das ist jetzt – das war ja fast noch im Winter, im Wohnheim, nicht?«

»Ja«, sagte Ina. Sie hatte keine andere Antwort erwartet.

»Was können Sie über ihn sagen?« fragte Stocker. »Hat er jemanden kennengelernt, von dem er erzählt hat?«

»Das glaube ich nicht«, sagte der Mann. »Weil, er hat doch den ganzen lieben, langen Tag mit seiner Frau geschwatzt, die ja nun, ich sag ja, schon längst tot war, aber na ja –«

»Wie ist er denn zurechtgekommen?« fragte Stocker. »Ich meine, konnte er sich allein bewegen?«

Die Frau fing an zu kichern. »Wieso denn nicht?«

»Er war doch blind«, sagte Stocker unsicher.

Sie sahen einander an. »Nein«, sagte der Mann. »Blind war der nicht. Lahm schon, er hat gehinkt.«

Stocker seufzte. »Wissen Sie was, die Sache ist jetzt die. Sie müßten mit meiner Kollegin einmal nachschauen. Ich meine, Sie gucken sich den Mann einmal an, ja?«

»Wo ist der denn?« fragte die Frau.

»Wo soll er sein?« Der Mann boxte sie gegen die Schulter. »Glaubste, die haben den hier im Schrank liegen? Dreimal darfste raten, im Leichenhaus ist der.«

»Und das geht auch ganz schnell«, sagte Stocker. »Meine Kollegin fährt da mit Ihnen hin.«

»Du lieber Himmel«, sagte die Frau. »Darauf sind wir jetzt doch eigentlich nicht eingerichtet.« Hektisch fing sie an, an ihrer abgenutzten Jacke herumzuzupfen, die viel zu warm war für das Wetter. »Ich kann doch da so nicht hin.«

Aber Stocker stand schon am Telefon und bat um einen Streifenwagen. Niemand sprach, bis der Beamte in der Tür erschien, nur ein schweres Seufzen war zu hören, das die Frau ausstieß, als sie ihre kümmerliche Handtasche noch enger an den Körper preßte. Der Mann starrte vor sich hin und atmete in kleinen, schnellen Stößen. Mit unsicheren Schritten folgten sie dem Streifenbeamten auf den Flur.

»Tja«, sagte Stocker.

»Sie überlassen mir ja grundsätzlich jeden Scheiß«, sagte Ina. »Alles, was Ihnen unangenehm ist, darf ich machen.«

»Es geht doch schnell«, sagte er und schüttelte den Kopf. »Diese

Dame, hm, also daß die vermeintlichen Schmutz von meinem Stuhl wegwischt, das fand ich schon abenteuerlich.«

Sie stand schon an der Tür und drehte sich noch einmal um.

»Ja, mein Gott, das ist sie so gewöhnt.«

»Daß Stühle in Büros –«

»Nein«, unterbrach sie ihn. »Wo hockt die denn sonst? Auf taubenverschissenen Bänken, auf der Erde, auf Steinen, was weiß ich. Die wischt sie ab, logisch, würd ich auch machen. Das hat sie so drauf, kapieren Sie das nicht? So wie man sagt, das geht in Fleisch und Blut über. Das ist heute nicht Ihr Tag, oder?«

Er nickte eine Weile vor sich hin. »Ich sagte Ihnen schon, daß ich das an Ihnen schätze.«

»Was?«

»Sie haben da so ein Gefühl«, murmelte er. »Für manche Dinge.«

»Sicher. Für manche.« Sie knallte die Tür zu.

Nur ihre eigenen Schuhe hallten auf dem Steinboden in der Pathologie, hohe, dünne Absatze, feines, weiches Leder, sündhafter Preis. Nach dem Kauf hatte sie die Schuhe Jerry gezeigt und ihm erzählt, daß er da fast ein viertel Monatsgehalt beschnupperte. Der Kater hatte sich allerdings nur mäßig beeindruckt gezeigt.

Der Mann und die Frau hier schlurften auf durchlöcherten Sohlen neben ihr her, immer langsamer, je näher sie dem Raum mit den großen Flügeltüren kamen.

»Wenn er das ist, der Rolf«, flüsterte der Mann, »dann muß man doch dafür sorgen, daß der bei seiner Frau zu liegen kommt.«

»Ja«, sagte Ina. »Wissen Sie denn seinen Nachnamen?«

Der Mann blieb stehen.

»Nein. Das müssen Sie doch rauskriegen, für so was sind Sie doch da.« Er blickte zu Boden. »Jetzt gehen wir rein, oder?«

»Ja, es geht schnell.«

Der Pathologie-Bedienstete schaffte es, ihnen mit großer Würde zuzunicken. Er sprach nie, es sei denn, man stellte ihm eine Frage. Er rollte die Bahre in die Mitte und zog am weißen Tuch, das ein weißes Gesicht freigab, ein Gesicht wie eine Maske fast, mit geschlossen Augen und zusammengedrückten Lippen.

»Oh je, oh je«, sagte die Frau und griff nach der Hand des Mannes.

Der Mann sagte: »Ja, Gott, jetzt sieht er anders aus wie in der Zeitung.«

»Er isses nicht«, murmelte die Frau. »Nicht der Rolf.«

Ina sagte es ungern: »Schauen Sie genau hin.«

»Ham Sie noch einen da?« fragte der Mann. »Nur mal zum Vergleich.«

Ina murmelte: »Keinen, der in Frage käme.«

»Der ist jünger.« Die Frau deutete auf die Leiche. »Der da.«

»In der Zeitung sah er so aus«, sagte der Mann. »Jetzt nicht mehr. Und wer ist das?«

Ina sah auf ihre Schuhe. »Das wissen wir ja nicht.«

»Wissen Sie nicht«, wiederholte der Mann. Er wandte sich wieder der Leiche zu und bekreuzigte sich. Die Frau tat dasselbe, und einen Moment lang standen sie mit gefalteten Händen und gesenkten Köpfen da, bis der Mann leise sagte: »Dann wünsch ich dir noch was.«

Als sie wieder im Streifenwagen saßen, tippte er Ina auf die Schulter. »Nu ham wir Ihnen Arbeit gemacht, junge Frau.«

»Nein, bestimmt nicht«, sagte sie und überlegte, ob dieser Rolf, der also nicht in einer gekühlten Schublade der Pathologie lag, vielleicht irgendwo auf seine Exekution wartete, ob er irgendwo festgehalten wurde, da konnte ihr Stocker alles mögliche von spontanen Morden erzählen.

Sie kramte Pit Rehbeins Zettel hervor und reichte ihn nach hinten. »Können Sie damit etwas anfangen?«

Stille. Der Mann hielt den Zettel in der Hand und murmelte, es sei zu dunkel.

»Er kann nicht gut lesen«, sagte die Frau.

»Entschuldigung«, sagte Ina.

Die Frau lachte. »Wofür entschuldigen Sie sich denn? Daß er nicht lesen kann? Da können Sie doch nix für, das isser selber schuld.« Sie nahm den Zettel und las es langsam ab: »*Vic. Fünf, fünf, drei. Delta.* Und?«

»Haben Sie das schon mal gehört oder gelesen oder –«

»Nein«, sagte die Frau. »Hört sich komisch an. Ist das wichtig?«

Wohl nicht. Ina schüttelte den Kopf.

»Früher konnte ich lesen«, sagte der Mann. »Als Kind. Das hat sich gegeben. Am Ostpark können Sie uns rauslassen.«

»Lieber nicht.« Ina drehte sich zu ihnen um. »Gehen Sie doch bitte in ein Wohnheim.«

»Bloß nicht«, rief er. »Da kriegt uns keiner rein, wissen Sie denn nicht, wie da geklaut wird? Da machen Sie sich ja keine Vorstellung von.«

»Wir passen auf«, sagte die Frau. »Aber wir sind lieber allein. Wir zockeln jetzt schon das dritte Jahr zusammen rum und bisher ist immer alles gutgegangen.«

»Hoffentlich«, sagte der Fahrer des Streifenwagens, als sie ihnen hinterherblickten, zwei Menschen mit vier Plastikbeuteln, wie sie zwischen den Bäumen verschwanden. »Aber wenn der sie jagt, sind sie verloren.«

Er jagt sie doch nicht, wollte Ina sagen, der macht was anderes. Aber was machte er? Sie wollte jeden winzigen kleinen Faden festhalten und sah plötzlich ihren Kater vor sich, Jerry, wie er mit einem Stück Bindfaden spielte und dann zusehen mußte, wie sie mit dem Staubsauger kam und es verschwinden ließ. Eine Weile hatte er fassungslos auf die Stelle gestarrt, an der eben noch etwas war, ein dünner kleiner Faden, und dann war er weg.

Später, im eigenen Wagen, drehte sie das Radio voll auf. Bon Jovi brüllte: »I wanna lay you down in a bed of roses«. Sie haßte Bon Jovi, sie haßte Schnulzen, sie wollte das abstellen, aber sie hatte genug damit zu tun, mit der einen Hand das Steuer zu fassen und sich mit der anderen ständig über die Augen zu wischen. Als wäre etwas zurückgekommen, um das Nichts zu verdrängen, das an jenem Tag in sie eingedrungen war, als sie den Mann erschossen hatte. Kam zurück und klopfte gar nicht erst an. Und wie früher waren es diese Kleinigkeiten, die sie umhauten. Das Loch im Plastikbeutel, durch das man eine Tüte Milch sehen konnte. Die gefalteten Hände vor der Bahre mit dem unbekannten Toten. Die war doch längst tot, sagten sie, aber der Rolf hat das Brot immer noch für sie aufgehoben.

So ein Scheiß. Sie bog in ihr Viertel ein und steuerte den Parkplatz an; wenigstens das klappte jetzt, denn wenn sie es mit Gewalt machte, parkte sie rückwärts ein wie eine Göttin. Zehn Meter entfernt erloschen die Lichter des Brathähnchenwagens. Sie stellte den Motor ab und blieb sitzen, die Straße war menschenleer. Alles ruhig, sie hörte nur seine herankommenden Schritte, ein rhythmisches Klacken auf dem Asphalt. Es kam näher und hörte auf, als sie einen dunklen Schatten sah. Benny Unger ging vor dem Seitenfenster in die Knie und spähte in den Wagen.

»Weißt du was?« sagte er. »Vorhin ist mir eingefallen, daß ich vor genau einem Jahr hier meine Zelte aufgeschlagen habe. Ergo kennen wir uns fast ein Jahr, du bist aber erst nach sechs Monaten gekommen und wolltest einen Schokoriegel.«

»Ergo«, sagte sie. »Aus welchem Uralt-Duden hast du das denn her?«

»Und ich hatte damals noch keine Schokoriegel. Ich wollte auch nie welche haben, mußte sie dann aber ins Programm aufnehmen, weil du ja doch immer welche willst. Hast du geweint?«

»Nein.«

Er schob den Kopf in den Wagen und küßte sie auf die Wange. »Hast du wohl.«

»Mit Brathähnchen«, sagte sie, »kannst du mich nämlich jagen.«

21

Simone schien hier die Frau fürs Grobe zu sein. Zuerst begriff er nicht, was die Barfrau damit meinte und stellte sich vor, wie Simone in einem Hinterzimmer von Axels Bar die Gäste auspeitschte. Die Barfrau schwatzte ihm ein Glas Sekt auf und flötete, daß es die Entschädigung für seine nicht standesgemäße Erscheinung sei. Sie mußte Stunden vor dem Spiegel verbracht haben, um ihrem alternden Gesicht eine Lüge aufzuschminken.

»Hier vorne«, sagte sie und ließ ihren Blick über seine alten, dunklen Klamotten schweifen, »ist Simonchen nämlich nicht zu finden.«

»Dann wird sie hinten sein«, sagte Michael. »Richtig?« Er wollte diese Frau weder anschauen noch mit ihr reden, weil ihn ihr keifendes Gelächter wütend machte, das nur nach Haß und Kummer klang. Als er seinen Wagen geholt hatte, war er in nahezu euphorischer Stimmung gewesen, weil es voranzugehen schien, doch jetzt, in dieser gezierten, spiegelverzierten Bar herumstehend wie ein Landstreicher in einem Palast, glaubte er, daß es nie ein Ende nahm. Trotzdem hatte er alles im Griff, seine Hoffnungslosigkeit und seine Angst, denn einmal so weit zu kommen, hätte er nie zu hoffen gewagt. Damals, als Denise in sein Leben getreten war, hatte er sich nicht vorstellen können, ihr jemals so nah zu sein, da war sie wie die Sonne gewesen, strahlend hell und unerreichbar, doch jetzt trennten sie vielleicht nur noch ein paar Schritte. Er schob die Bilder weg, sobald sie sich aufdrängten, und auch die Dämonenstimme ließ sich ausblenden, wenn sie wissen wollte, was sie mit dem schwarzen Teufel trieb – den holt sie in ihr Bett, nicht wahr? Liebt sie den womöglich? Und was hat sie mit dem Mann da unten auf dem Bahnhofsklo gemacht, oder ist sie das nicht gewesen? Nein, hör auf, es war doch alles nicht so schlimm, das war nur seine Phantasie. Sie war Journalistin, nicht wahr, sie recherchierte hinter Schaffner her, und das hatte seine Bedeutung. Es würde sie glücklich machen, wenn er endlich vor ihr stand und ihr sagen konnte, wo er sich aufhielt und was mit ihm war. Ein paar Schritte noch und ein paar Fragen und dann war alles gut.

»Du könntest ein Verwandter von Simonchen sein«, sagte die Barfrau. Affektiert zündete sie eine Zigarette an, bevor sie »Küche« flötete, »geh mal in die Küche.«

Simone hatte sanfte, braune Augen. Sie belegte Baguettes mit Schinken und stopfte kleine Gurkenscheiben dazwischen. Sie redete ununterbrochen, mußte noch die Gulaschsuppe fertig machen und den Käse aufschneiden und hatte noch eine Menge zu spülen. Die hatten ja noch einen zweiten Küchenhelfer hier, der aber wieder mal krank feierte und sie mit dem ganzen Krempel alleine ließ. Sie sagte, daß sie nichts sage, egal was einer von ihr wolle.

»Ich soll dich von Lars grüßen.« Michael hatte das Gefühl, helfen zu müssen, weil sie nicht aufhörte, Schinken auf die Baguettes zu legen. »Ich habe wirklich nur eine einzige Frage.«

Ach Gott, Lars. Sie öffnete ein neues Glas Gurken. Lars, den hatte sie mal ganz gut gekannt, allerdings konnte sie augenblicklich überhaupt nicht mehr sagen, woher sie ihn eigentlich kannte und was er jetzt so machte, denn wenn man endlich Arbeit hatte, kümmerte man sich nicht mehr so um alte Zeiten, als man keine Arbeit hatte und herumhing und guckte und so. In die Gulaschsuppe, sagte sie, tat sie Creme fraiche rein, was ihre besondere Note war und die Gäste ihr auch dankten. Sie fing schon am späten Vormittag an und machte wenig Pausen, das summierte sich dann, und sie kriegte ein paar Tage frei. Jetzt hatte sie sogar eine kleine Wohnung, es war doch alles gut geworden.

»Lars sagt, du könntest mir etwas über Schaffner erzählen«, sagte Michael.

Simone hielt eine Scheibe Käse zwischen zwei Fingern und blieb so stehen. Wie ein Foto sah sie plötzlich aus, das Foto einer Frau, die eine Scheibe Käse hielt.

»Nein«, sagte sie.

»Bitte.« Michael wollte sie bei den Schultern packen. »Bitte, es bleibt alles unter uns, es ist nur sehr, sehr wichtig für mich.«

»Da war ich noch ein Stück Dreck«, sagte sie. »Da hatte ich keine Arbeit. Da rede ich nicht drüber.«

Er sagte noch einmal »Bitte«, flüsterte es fast. Dann zog er fünfzig Euro aus der Hosentasche, die sie ihm aus der Hand schlug.

»Für was haltet ihr mich?« fragte sie. »Er hat mir auch Geld angeboten. Für was haltet ihr mich eigentlich?«

»Schaffner sucht Leute für eine Umfrage, ja?« Er nahm den Geldschein vom Boden und steckte ihn wieder ein. »Lars sagt, er ist ein Betrüger, dreht einem irgendwas an.« Er holte tief Luft. »Ich muß ihn finden. Er hat meine Frau in Schwierigkeiten gebracht.«

Simone fing an, jedes fertige Baguette auf eine Serviette zu legen. »Das habe ich eingeführt«, sagte sie. »Das sieht ordentlicher aus. Hygienisch, nicht?«

»Ja«, sagte er. »Er sieht appetitlich aus.«

»Ja, genau. Was hat er mit deiner Frau gemacht?«

»Sie sagt es nicht«, murmelte er.

Simone ging zum Waschbecken. Sie drehte das Wasser ein wenig auf, gerade so, als müßte dieses Geräusch ihre Worte untermalen. »Er hat gesagt, ich muß nur ein paar Fragen beantworten und kriege gutes Geld dafür. Das wäre für ein Marktforschungsinstitut. Er hat gesagt, ich kriege Kaffee. Die ganze Zeit im Auto hat er gesagt, daß es seriös ist und ich gut bezahlt werde, ich hatte das Geld so nötig, ich war im Methadonprogramm, ohne Arbeit, ohne Wohnung, ohne irgendwas. Er hat mich auf dieses Gelände gefahren, das habe ich gar nicht mitgekriegt, weil er mir alles mögliche erzählt hat. Wir sind dann ausgestiegen und in so eine Hütte gegangen, da hat er seinen Fragebogen genommen und mich gefragt, wieviel ich esse und trinke und was ich am liebsten esse und trinke. Dann hat er gefragt, ob ich gesund bin und was ich täte, wenn mir jemand doof kommt und wie ich die Regierung finde, das hat er alles eingetragen, der war doch verrückt nicht?« Sie drehte das Wasser wieder ab. »Das hatte doch alles keinen Zusammenhang. Und dann wollte er meinen Puls fühlen.« Sie kam direkt auf ihn zu und sagte: »Mir ist dann eingefallen, daß wir da ganz alleine sind, so ein Gelände, so eine Hütte. Und der mit seinen komischen Fragen. Dann wollte der auch noch an mein Herz.«

Michael sah sie an. Wie eine kleine, liebe Göre sah sie aus, die schlecht geträumt hatte und jemanden suchte, der ihr sagte, daß es alles gar nicht wahr sei.

»Ist er zudringlich geworden?« fragte er.

»Nein, aber ich.« Sie nahm den Deckel von dem großen Topf auf dem Herd und schnupperte an der Suppe. »Ich hab den zwischen die Beine getreten, daß dem Hören und Sehen verging. Ist mir plötzlich eingefallen, daß die das nicht so mögen. Dann bin ich weg, und ich bin so gerannt, weil ich gesehen habe, daß er hinter mir herkam. Da war ja nichts. Da war kein Haus, wo man rein konnte, bloß die Straße. Wenn da kein LKW gekommen wäre, hätte er mich eingeholt, und dann weiß ich nicht. Ich hab mich vor den LKW gestellt, der mußte bremsen, da ist er weg. Der Fahrer hat mich mitgenommen. Und wie geht es deiner Frau?«

»Na ja.« Michael zog die Schultern hoch und wußte nicht weiter.

Sie lächelte ein bißchen. »Du trägst keinen Ring.«

»Nein, der stört mich.« Hastig schob er die Hände in die Hosentaschen.

»Ich muß arbeiten«, sagte sie.

»Bitte sag mir, wo das gewesen ist. Dieses Gelände, kannst du dich erinnern?«

»Jwd«, murmelte sie.

»Wo?«

»Janz weit draußen.« Mit einem kleinen Löffel kam sie langsam auf ihn zu. »Meine Gulaschsuppe. Probier mal.«

Er tat es. Sie war nur heiß, und er sagte, sie sei phantastisch.

»Das Industriegelände«, sagte sie. »Im Westen. An den ganzen Gebäuden vorbei, bis nichts mehr kommt. Dann immer noch weiter. Dann kommt eine Schranke. Dann mußt du halt gucken.«

»Vielen Dank«, sagte er und wollte noch mehr sagen. Daß sie ihm wirklich geholfen hatte. Daß sie sehr nett war und sehr hübsch. Er nickte und sagte: »Du kochst sehr gut.«

Als er das Industriegelände erreichte, fing es schon an, dunkel zu werden, doch er konnte nicht warten, weil er morgen wieder zur Arbeit mußte. Nur mal ansehen. Sicher war er nicht da. Vielleicht fand sich auch nichts, nur mal gucken. Das Industriegelände hatte einen Namen, den er längst vergessen hatte, und die Hallen, Lager und Transporter wurden mickriger, je weiter er fuhr. An den Gebäuden vorbei, hatte sie gesagt, bis nichts mehr kommt. Und immer noch weiter, weiter. Er fuhr, bis er dachte, er käme ans Ende der Welt, doch dann entdeckte er, daß es eine offene Schranke gab vor dem Ende der Welt.

Eine Schranke, hatte Simone gesagt. Er hielt an und wartete. Zehn Minuten lang rührte sich nichts. Er konnte die Umrisse eines kleinen Hauses sehen und ein größeres, flaches Gebäude, das wie eine Lagerhalle aussah. Das kleine Haus mochte ein Pförtnerhaus sein, wie sie es auch im Fernsehsender hatten, mit einem Mann darin, den Denise mit einem Kopfnicken grüßte, wenn sie an ihm vorüberging. Hier aber saß niemand herum, alles sah leer und ausgestorben aus. Hier gab es nichts mehr. Hier hatte es vielleicht nie etwas gegeben.

Als er ausstieg, spürte er den aufkommenden Wind. Jeden Morgen erzählten die Meteorologen, daß das schwüle Tiefdruckgebiet Larissa durch ein heftiges Gewitter beendet werden würde, bevor das Hoch Norbert seinen Siegeszug mit kühlerer Luft begann. Bisher allerdings hielt Norbert sich verborgen, genau wie dieser Schaffner. Michael ging ein paar Schritte auf das Pförtnerhaus zu, das vielleicht nur eine einsame Hütte war, in der Tippelbrüder Zuflucht fanden oder streunende Katzen. Sekundenlang überlegte er, ob man auch von Tippelschwestern sprach, als er vor der Hütte eine Bewegung sah. Ein Fenster war geöffnet worden, es gab also einen Menschen hier.

Die Schranke ist doch offen, wollte er sagen, irgend jemandem sagen, womöglich nur sich selbst, hier darf ich laufen und mir das alles einmal ansehen, dieses trostlose Gelände hier, in dem der Wind das einzige ist, dessen Gegenwart man spürt. Als er den Mann aus der Hütte kommen sah, blieb er stehen.

Er war weder groß noch klein, nicht richtig jung und noch längst nicht alt, nicht häßlich und nicht schön, nur ein unbedeutender Durchschnittstyp wie er selbst. Auffallend war nur sein geschorenes Haar, aber in seinem blauen Kittel sah er wie ein altmodischer Hausmeister aus.

Michael ließ sich Zeit. In der Ruhe liegt die Kraft, sagte seine Mutter immer, nicht hudeln, nicht stümpern, stell dich nicht so blöde an. Langsam ging er auf die Hütte zu und auf den Mann und blieb erst stehen, als er meinte, seinen Atem zu spüren.

»Hallo«, sagte er laut. »Sind Sie Herr Schaffner?«

Der Mann fragte: »Warum?«

»Machen Sie noch Ihre Umfragen?«

Der Mann schien überrumpelt und ging zwei Schritte zurück. Als er stolpernd an die Türschwelle stieß, sprang Michael nach vorn und nahm ihn beim Arm; sehr rücksichtsvoll, du Scheißkerl, was? Mit der freien Hand stieß er die Tür weit auf und schob Schaffner, falls er es war, in seine Hütte.

»Ich bin doch richtig hier«, sagte er. »Lassen Sie uns mal reden, Herr Schaffner.«

»Warum?« fragte er wieder. Wäre er nicht Schaffner, hätte er längst protestiert. Er machte nur geringe Anstalten, Michaels Arm abzuschütteln und sagte: »Es kommt doch keiner mehr.«

Michael ließ ihn los. »Verstecken Sie sich?«

»Warum?« fragte er ein drittes Mal.

»Sie haben doch gar nichts zu bewachen, hier ist doch alles tot. Hier kann man doch nicht leben und nicht arbeiten, was machen Sie, Herr Schaffner?«

Der Mann wippte ein wenig auf den Fersen auf und ab. »Sollten Sie kommen?« fragte er, und seine Stimme klang rauh, als rede er nicht allzu viel. »Ist das richtig?«

»Ja«, sagte Michael vorsichtig. »Das ist richtig.« Wie jeder Depp brauchte dieser Hausmeister anscheinend das Gefühl, alles habe seine Richtigkeit.

»So«, sagte der Mann, der Schaffner war, bedächtig. Er schien nachzudenken und nahm eine richtige Denkerpose ein, legte den Kopf in den Nacken und runzelte die Stirn. »Ah«, sagte er dann. »Jetzt ist gut. Das wußte ich nicht, ich dachte – die Termine.«

»So?« fragte Michael. So ein Tropf, so ein armseliger. Und den hatte er zum Dämonen aufgebaut in seinen bösen Träumen.

»Jetzt ist fertig?« Der Hausmeister verzog das Gesicht, und es wurde ein kleines, scheues, verblüfftes Lächeln daraus. »Dann zeigen Sie mir mein Haus?«

»Ja sicher.« Michael sah sich um. Weißt du was, würde er Denise sagen können, der hat sie nicht alle. Das ist ein armer Teufel, weißt du? Für wen hast du ihn gehalten? Kümmere dich nicht um ihn. Er nickte ihm zu, wie man Kindern zunickte, die gerade erzählten, wie sie den Geist aus der Flasche befreiten.

»Ja, jetzt.« Der Mann setzte sich auf einen Stuhl vor dem Fenster und legte die Hände auf die Knie. Blinzelnd sah er zu ihm hoch. »Es kommt nämlich keiner mehr.«

»Aber ich bin doch da«, murmelte Michael. Ein kleiner, stickiger Raum war das hier, mit einem Tisch und ein paar Stühlen und einer Matratze auf dem Boden. Lebte der tatsächlich hier? Wie ein Penner sah er nicht aus, wie ein verrückter Hausmeister halt, aber was hatte ein Hausmeister hier zu tun?

Den hast du gesucht, mein Engel? Was willst du von ihm? Du hast ein gutes Herz, nicht wahr, und einen Moment lang habe ich geglaubt, du hättest ein schwarzes. Du wolltest ihm nur helfen, diesem armen Hund, dem das Böse vielleicht übel mitgespielt hat, hör ihn dir an. Ein demütiger kleiner Hund, den große Hunde gebissen haben, ja, so ist das gewesen, großer Gott, alles andere war Zufall. Du hast ihn an dem Tag gesucht, als ein Mord geschah, an jenem Ort, an dem ein Mord geschah, na und? Ich bin auch da gewesen, tausend Leute sind da gewesen, warum hab ich mich bloß aufgeregt? Jemand hat dir von ihm erzählt, und du hast recherchiert. Du wolltest einen Film über ihn drehen, stimmt's? Du hast deine Arbeit gemacht.

Der arme Hund hier. Niemand kommt zu ihm, das hat er doch gerade gesagt. Fast tat er ihm leid. Kein Grund, sich aufzuregen.

Er spazierte ein wenig umher; auf dem Tisch schien er zu basteln. Holzstücke lagen herum, Klebstoff, Scheren und Feilen. In einer geöffneten Schachtel waren Figuren gestapelt. Kleine Clowns aus Holz mit roten Lippen und roten Näschen lächelten ihn an.

»Die sind aber schön«, sagte Michael. »Machen Sie die selbst?«

»Oh ja«, sagte der Hausmeister und seine Stimme wurde fester. »Ich kann jeden Tag einen machen.«

»Da brauchen Sie viel Geschick.«

»Oh ja. Eine ganz ruhige Hand.«

»Die können Sie doch verkaufen.«

»Jetzt nicht mehr«, sagte der Hausmeister. »Meiner Frau haben sie gut gefallen. Vivian, meine Frau. Sie ist jetzt tot, war schwer krank. Ich mache sie trotzdem noch.«

»Das tut mir leid«, murmelte Michael. Er sah auf den Tisch, auf dem sekundenlang alles verschwamm, Holzstücke, Klebstoff, Feilen. Vivian. Ein seltener Name. Ein Name, der ihm etwas sagte, aber was? Er erinnerte sich nicht und versuchte es noch einmal mit ihm. »Was haben Sie denn für Umfragen gemacht? Das war Marktforschung, hab ich gehört?«

»Wer sagt das?«

»Ich.« Michael lächelte ihn an. So ein armer Wurm. »Ich sage das.«

»Es kommt keiner mehr«, wiederholte der Hausmeister Schaffner seinen Lieblingssatz.

Michael streichelte den kleinen Clown mit einem Finger und fragte: »Denise auch nicht?«

»Die«, brummte Schaffner fast unhörbar. »Die nicht.«

»Sie kennen Denise?«

»Ja, das Luder, das Scheißluder.«

»Passen Sie auf.« Michael warf den traurig lächelnden Clown in die Schachtel zurück. »Sie ist meine Frau«, sagte er.

»Oh nein.« Schaffners Nasenflügel zitterten, als müsse er gleich niesen. »Sie ist Tonis Frau.«

Michael zwang sich zur Ruhe. Man durfte sich nicht gehenlassen vor diesen Leuten. Toni, wer war Toni, der schwarze Teufel, war er das?

»So ein Luder«, sagte Schaffner erneut. Das schien seine schlechte Angewohnheit zu sein, sich dauernd zu wiederholen. »Waren Sie auch da?« fragte er. »Damals auf dem Fest? Da hätten Sie es sehen können. Glotzt mich an und pöbelt mich an, so ist das gewesen, so ist es immer mit ihr.«

»So ist *was* gewesen?« Michael trat leicht gegen den Stuhl, auf dem Schaffner saß, den Blick zu Boden gerichtet; komm, Scheißkerl, ich bin einen weiten Weg gegangen, laß dir doch nicht alles aus der Nase ziehen.

»Auf dem Fest«, sagte Schaffner. »Damals, als wir da waren. Bei ihnen.« Er rieb sich die Oberarme und sah wie ein kleiner Junge aus, der in der Fremde saß und fror.

»Weiter«, sagte Michael.

»Diese vielen Leute, wissen Sie das nicht mehr? Es war laut, die haben alle Koks genommen. Toni ist an dem Abend aus Amerika gekommen, da ist er ein paar Wochen lang gewesen, zum Arbeiten, ich weiß es nicht mehr. Sie wollten nicht warten, denk ich mir, oder sie haben zuviel von dem Koks genommen. Wie ich aufs Klo wollte, hab ich sie gesehen, weil ich nicht ins Klo rein bin, sondern in die Kammer, wo sie waren. Die Speisekammer. Das war ein Versehen. Die Türen sind gleich.« Schaffner blinzelte heftig. »Sie haben in der Ecke gestanden und haben es getrieben.«

»Wer?«

»Denise und Toni. Sie hat mich gesehen, er nicht. Er hat mich auch nicht sehen können, weil er mit dem Rücken zu mir war, und sie hat sich so an ihm festgekrallt. An seinem Kopf, in seinen Haaren. Wollte ihn nicht loslassen. Sie hat mich angestarrt, die ganze Zeit, ich dachte erst, die will das so. Aber ich bin weg, das war peinlich. Ja. Ordinär. Später ist sie auf mich zu und haut mir den Kopf gegen die Wand und sagt, ich soll nicht spannen, ich wär ein verdammter Spanner, sagt sie. Ach, was für ein Luder. Vivian, nein, die hätte sich nie so aufgeführt, da hätten wir uns geschämt.« Er senkte den Kopf und rieb sich die Augen.

»Das denkst du dir aus«, sagte Michael. »Denise hat dich abblitzen lassen, das ist alles. Was will sie mit einem wie dir? Dich will sie nicht, und das kannst du nicht ab. Jetzt setzt du Dreck in die Welt.«

»Was tu ich?«

»Dreck!« schrie Michael. Er trat so heftig gegen Schaffners Stuhl, daß der Kerl nach hinten kippte und mitsamt dem Stuhl zu Boden fiel. »Verstehst du mich? Ja?«

Schaffner, der Lügner, sah zu ihm hoch. Seine Füße verhedderten sich zwischen den Stuhlbeinen, und er hatte eine Weile zu kämpfen, dann sprang er auf und lief wie Rumpelstilzchen in seiner Hütte umher. »*Sie* schickt dich«, rief er. »Sie. Ah. Was will sie denn jetzt noch?« Er schlug die Hände zusammen und sah wie ein Affe dabei aus. »Sie macht es wieder, ja, sie macht es schon wieder, jetzt geht es wieder los, immer gegen mich, sie hört doch nicht auf, ah, das Luder, das verdammte.«

»Was macht sie, *was*?« Michael wollte ihn bei den Schultern packen, aber da war etwas, ein Bild, ein Klang, und er schloß sekundenlang die Augen. Der Name. Es war dieser merkwürdige

Name. Er hatte sich kaum um irgendwelche Dinge gekümmert in den letzten Tagen, weil er immer wieder die Bilder sah, die Bilder vom Bahnhofsklo und von Denise, wie sie diesen Mann hier suchte. Er wußte noch immer nicht, warum. Er mußte das klären, jetzt gleich, aber da war der Name, dieser seltsame Name.

Vivian. Er hatte von seiner Frau gesprochen und sie Vivian genannt. Seine tote Frau, wie er sagte.

Vivian, ja, war eine tote Frau. Ja. Im Zusammenhang mit den Morden hatte er den Namen gehört, er wußte nicht mehr, wann das gewesen war, nur daß er gedacht hatte, Vivian sei ein seltsamer Name. Die tote Obdachlose vor der Kirche, ja. Erst war sie namenlos, dann hatte sie doch einen Namen, diesen hier, Vivian. Vivian ist gestorben, hatte Schaffner gesagt. Schwer krank, hatte er gesagt, nein. Nein, er log.

»Vivian«, sagte er leise und sah zu, wie Schaffner die Fäuste in die Hosentaschen schob und fahrig darin herumrührte.

»Mein Haus«, rief Schaffner. »Hat sie was gesagt? Was ist mit meinem Haus? Ich denke, es ist gut, oder nicht?« Er kam auf ihn zu. »Nein? Wollt ihr mich alle bloß verarschen?«

Michael stieß ihn gegen die Brust. »Wann ist Vivian«, fing er an, doch Schaffner, dieser armselige Clown, der diese hübschen, kleinen Clowns fabrizierte, hatte plötzlich Kraft, drückte ihn mit beiden Armen gegen die Wand, und er sah in halbtote Augen. War ihm das vorhin nicht aufgefallen? Diese halbtoten Augen, ohne Regung, fast ohne Blick. Der Schlag, den er im selben Moment zwischen den Beinen spürte, raubte ihm die Luft.

Mit dem Knie gestoßen, dieses Schwein. Er sackte an der Wand herunter.

Als er die Augen wieder öffnen konnte, hielt dieses irre, blöde Schwein eine Waffe in der Hand, die er ihm in den Magen drückte, und dann hielt er ihm den Mund zu. Schaffner machte etwas mit seiner Zunge, mit seinen Zähnen, mit seinem Mund. Michael spürte einen Geschmack wie Blut im Mund. Nein, nicht wie Blut. Anders. Süßer. Es war im Mund und raubte ihm den Atem. Es war stark, er würde es sein Leben lang schmecken, sein kurzes Leben lang, den Rest davon, nur noch das Blut im Mund oder was immer es war.

»Sie macht es nie wieder«, brummte der Mann, der Hausmeister, Schaffner, der Lügner, Schaffner, der Clown.

Es kitzelte die Zunge. Es tanzte auf der Zunge, es war so kalt.

»Jetzt«, sagte Schaffner, »rufe ich an.«

22

Seit Tagen war sie wieder vor dem Wecker wach, obwohl sie nur zwei Stunden geschlafen hatte, bestenfalls. Ein traumloser Schlaf war es gewesen und jetzt ein ruhiges Erwachen, ohne daß sie sich irgendwo festkrallen mußte vor Schreck, weil sie die Geister der Nacht manchmal mit in den Morgen nahm. Vielleicht hatte das Gepiepse der Vögel sie geweckt oder die ersten Strahlen der Sonne, so harmonisch war es jedenfalls, so friedlich. Sie hatte kaum Platz im Bett, drehte sich ein wenig und stieß gegen eine Schulter, ja, okay. Die dünne Decke war ohnehin außer Reichweite, egal. Eine Weile lag sie ganz ruhig, dann sah sie ihrer Hand hinterher, den Fingerspitzen, wie sie die Haarsträhne auf seiner Stirn erwischten.

Benny riß die Augen auf und rief: »Buh!«

Ina zupfte ein bißchen an der Strähne herum. »Das fangen wir gar nicht erst an am frühen Morgen.«

»Was?« Er rückte heran und streichelte ihren Bauch.

»Ich bin schreckhaft«, sagte sie. Draußen zwitscherte tatsächlich ein Vogel. Während sie seinem etwas unschlüssigen Gepiepse zuhörte, fiel ihr ein, wie sie sich bis zum Ende der Nacht bemüht hatte, unter Bennys Anleitung ihren ersten sächsischen Satz zu sprechen, Grundkurs zwischen Kichern und Küssen: »Man muß das Lähm ähm nähm, wie das Lähm ähm is.« Es war ihr nicht recht gelungen.

»Wir bleiben liegen«, flüsterte Benny. Er zog sie an sich. »Wir bleiben den ganzen Tag hier.«

»Geht doch nicht.« Die lassen uns ja keine Ruhe, wollte sie hinzufügen, deine Brathähnchen nicht und meine Leichen. Als seine Hände ihre Brüste erreicht hatten, angelte sie nach dem Wecker und drehte ihn zur Wand. Glotz nicht. Sie tastete nach seinen Schenkeln und fuhr langsam mit den Fingerspitzen die Innenseite entlang, doch kam sie nicht sehr weit, denn da war Jerry. Als schwarzweißer Eindringling schritt er majestätisch heran, sprang aufs Bett und packte sich dazu, ein wolliges Sonderkommando mit einem stummen Tadel in den blaßgrünen Augen: mach deinen Dienst oder gib mir wenigstens zu fressen und vögel hier nicht herum.

»Was –«, fing Benny an, der vor Schreck schon halb auf den Knien lag.

»Das macht er wegen dir«, sagte sie. »Ich sag doch, der ist schwul.«

Benny prustete los und ließ sich wieder in die Kissen fallen, was Jerry zum Anlaß nahm, lieber wieder zu verschwinden.

So. Das würde jetzt nichts mehr werden, man mußte also den Tag beginnen. Sie strich Benny, der immer noch kicherte, durchs Haar. »Ich geh jetzt duschen, Herr Nachbar. Und dann fütter ich das Vieh und dann uns.«

»Ich komm mit«, ächzte er. »Ich seif dir den Rücken ein.«

»Das fangen wir gar nicht erst an.«

»Doch, laß mich.«

»Nein, es gibt Grenzen.« Auf dem Weg zur Dusche zischte sie Jerry an, der ungerührt fortfuhr, sich zu putzen, und unter dem lauwarmen Wasserstrahl brachte sie es fertig, keine Bilder zu sehen, keine Fragen zu stellen und keine Stimmen zu hören, die ihr vom elenden Leben erzählten, nichts. Sie spürte nur die Trägheit des Morgens, und das war ein fast friedliches, sanftes Gefühl. Es hielt an, auch als sie feststellte, daß sie wieder keinen Kaffee im Haus hatte und von Benny den üblichen Kommentar zu hören bekam: »Du trinkst diesen Tee auch morgens? Ich dachte, wenigstens zum Frühstück trinkst du Kaffee. Hast du es am Magen?«

»Wenn ich Kaffee trinke. Dann ja.«

»Da brauch ich aber Zucker«, sagte er.

»Da kommt kein Zucker rein. Höchstens Kandis.«

»Ah, nee.« Er verzog das Gesicht. »Muß ich jetzt auch den kleinen Finger spreizen?«

»Du weißt nicht, was gut ist.«

»Doch, weiß ich.« Er nahm seinen Toast und griff nach ihrer Hand. »Du bist gut. Also, ich meine, so überhaupt. In allem. Da hab ich immer fest an den Spruch geglaubt und dann so was.«

»Welchen Spruch?«

»In Sachsen, wo die schönen Mädchen auf den Bäumen wachsen – nu ja, hier auch. Mann, da hast du mich jetzt ein halbes Jahr zappeln lassen, und es hat mich doch schon ziemlich früh erwischt.«

»Die Marmelade hat meine Mutter gemacht«, sagte sie.

Brav fing er an zu essen, nahm theatralisch einen Schluck Tee und alberte herum, während sie ihn mit vorsichtigen Blicken beobachtete wie bei einer Observation. Sie wußte nicht, ob sie verliebt war. Ein bißchen schon, nicht mit diesem Herzkasper und dem Magendrücken und den tausend Vorstellungen, die man sich machte. Gerade so, daß sie in seine Augen schauen und seine Stimme hören und seinen Körper spüren wollte, ja sicher, das besonders, zumal er da auch zupackend war und nicht herumeierte, wie diese sanften Männlein, mit denen sie überhaupt nicht konnte. Diesen Toni stellte sie sich so vor, Berningers Prinzen, wie er alle naslang wissen wollte, ob er dieses machen dürfe oder jenes, und ob sie jenes so erfreute wie dieses. Entsetzlich. Aber mit der konnte man es wohl auch nicht anders machen, womöglich dudelten noch Sinfonien dabei. Egal. Sie sah ihn an; Benny Unger war ein Kerl, den sie wollte. Neben ihm aufwachen, ja, nicht jeden Tag, aber hin und wieder schon. Er war süß und brachte ihr diesen Frieden am Morgen, das war doch okay, weil es wohl stimmte, was er sagte, daß man das Lähm ähm nähm mußte, wie das Lähm ähm war.

»Mach Mama ein Kompliment«, sagte er. »Für die Marmelade.« Er nahm seinen Rucksack vom Boden und dann flog alles mögliche heraus, Brieftasche, Kaugummi, ein kleiner Kalender, bis er fand, was er suchte, eine Schachtel Pillen. Bühnenreif bat er um ein Glas Wasser.

»Was schluckst du denn für Pillen?« Mit zwei Fingern schnippte sie gegen seine Brust. »Junges Kerlchen wie du.«

»Für meinen Puls. Der geht zu schnell, da muß ich zweimal am Tag eine nehmen.«

»Immer?« fragte sie. »Da pumperts in dir rum oder wie?« Sie zog die blaue Packung heran: *Betavic. Beta-Rezeptorenblocker. Verschreibungspflichtig, Packungsbeilage beachten.* »Ich kann den Leuten so schlecht den Puls fühlen«, murmelte sie. »Ich denk dann, die sind schon tot, und dabei gucken sie mich freundlich –«

Betavic. Sie kniff die Augen zusammen.

Er lachte. »Dein Puls ging heute nacht aber auch ganz dolle.«

»Ja«, sagte sie. Betavic.

Alpha, Beta, Gamma, Delta, Epsilon, weiter kam sie nicht, kam sie nie.

Beta – vic.

Vic553-delta. Sie wußte sie auswendig, Pit Rehbeins Notiz, da hätte auch *Vic553-beta* stehen können, strenggenommen.

Delta – vic. Großer Gott, ein Medikament womöglich, ein Wirkstoff, eine Formel.

Sie drehte Bennys Packung um. Wirkstoff: unverständlich, haltbar bis, Hersteller: Vicontas Pharma. Ein Gefühl, als ob ein Kran sie bei den Schultern packte und nach oben zog. Die Postleitzahl – die waren hier, gleichsam um die Ecke.

»Was ist los?« fragte Benny. »Das ist ein Betablocker. Nimmt man auch gegen hohen Blutdruck.«

»Ja«, sagte sie. Aber die Suchmaschine hätte das doch ausspucken müssen, die listete alles auf, auch Medikamente, sofern sie im Internet erwähnt wurden. Nur dann. Okay, angenommen, Pit Rehbein hatte Pillen schlucken müssen, dann schrieb er höchstens den Namen auf, falls er vergeßlich war, doch sicher keine umständliche Verschlüsselung, und ganz sicher verstaute er das Ganze nicht in der Unterhose, es sei denn, er wollte den Zettel unbedingt verstecken, schön, aber vor wem und warum?

Langsam, ruhig – wieder diese Vorstellung, daß ihr Kopf wie ein dunkles Kellerloch war, in dem sie etwas suchte und es nicht zu fassen bekam.

»Benny, ich muß los«, murmelte sie. »Ich muß was tun.«

»Hast du einen Geist gesehen?« Er hockte sich vor sie hin. »Ist was mit meinen Pillen?«

»Blödsinn.« Sie streichelte seine Wange. »Nichts ist, ich muß nur im Moment 'ne Menge überlegen.«

»Wegen der Morde.«

»Ja.«

»Nicht wegen mir?«

»Nee.« Sie küßte ihn auf die Nasenspitze und dann auf den Mund. Doch, Süßer, auch wegen dir, denn wenn das jetzt der Durchbruch ist, dann hat das eine Menge mit dir und deinem komischen Puls zu tun, dann kriegst du eine Belohnung, auch wenn noch immer keine ausgeschrieben ist, dann –

»Grüß deine Hähnchen von uns«, sagte sie und küßte ihn noch mal. »Von Jerry und von mir.«

Sie rannte zum Computer, kaum daß die Tür sich hinter ihm geschlossen hatte, und befragte erneut die Suchmaschine. Betavic wurde ein paarmal erwähnt, auf Gesundheitsseiten aller Art und auf der Homepage der Herstellerfirma Vicontas, *Vic553-delta* allerdings nicht, denn so etwas schien es nicht zu geben. Dafür andere *vics*, Stomavic für den nervösen Magen, Diclovic für das schmerzende Kreuz, alle von Vicontas. Sie rief den Polizeiarzt an und fragte, ob es neben dem Mittel Betavic auch eines namens Deltavic gebe oder so ähnlich.

»Nein«, sagte der Arzt. »Betavic ist schon richtig. Oder Stomavic, wo fehlt es Ihnen denn?«

Ach Gott, mir fehlt's am Killer. »Deltavic gibt es also nicht?«

»Momentchen«, sagte der Arzt. Sie hörte undeutliche Geräusche, das Klappern einer Tastatur vielleicht, dann war er wieder da.

»Ich habe nachgesehen«, sagte er. »Das gibt es wirklich nicht. Sie meinen sicher –«

»Wäre es möglich«, unterbrach sie ihn, »daß es ein ziemlich neues Mittel ist, das Sie noch nicht kennen?«

»Dann wäre es trotzdem schon gelistet«, sagte der Arzt. »Zudem, wenn ich etwas nicht kennen sollte, müßte es vor einer

Stunde auf den Markt gekommen sein. Dann müßte es praktisch noch im Labor sein.«

Angeber. Praktisch noch im Labor.

»Was fangen Sie denn damit an?« Sie las es langsam, fast feierlich vor, »Vic 553, Bindestrich, Delta. Wie klingt das für Sie?«

Stille. »Ja, wenn Sie mich so fragen«, sagte der Arzt, dann war es wieder still.

»Ich frage Sie.«

»Das könnte natürlich ein interner Projektcode sein. Für ein neues Präparat, da haben Sie recht.«

»Vic«, sagte sie, »für Vicontas?«

»Richtig, die haben intern immer diese drei Buchstaben, gefolgt von einer Zahl. Delta sagt mir allerdings nichts.«

»Was ist das für ein Laden?« fragte sie.

»Na, was soll das sein? Eine Pharmafirma, ganz normal.«

»Gut«, sagte sie. »Wenn Sie als Fachmann also lesen *Vic553*, dann –«

»Dann müßte es von Vicontas sein, richtig.«

Richtig.

Die nächsten Minuten verbrachte sie damit, auf dem Tisch herumzutrommeln. Ein Mittel, das es nicht gab, aber dennoch das Erkennungszeichen einer Pharmafirma trug, drei Buchstaben, *vic*. Ein Mittel zudem, das nicht nur einen typischen internen Code verwendete, sondern als Zusatz, wie ein existierendes Medikament derselben Firma, einen griechischen Buchstaben. Beta. Delta. Ein Medikament, das es noch nicht gab, aber schon einen internen Namen trug, wurde nur noch nicht verkauft, richtig? Aber es existierte. Es war noch nicht auf dem Markt. Praktisch noch im Labor.

Und du hast es.

Was tust du denn, fragte sie den Killer, du setzt deine Opfer außer Gefecht, nicht wahr, damit sie dir anstandslos folgen. Mit Gewalt hättest du keinen auf das Bahnhofsklo bekommen, denn wenn wohl auch niemand geholfen hätte, aufgefallen wäre das schon, und irgendwer hätte sich erinnert. Auch in den Parks hat kein Mensch die Opfer gehört, da gab es keine Schreie, da gab es keinen Laut. Was machst du also? Du knallst sie zu. Du knallst sie zu und knallst sie ab. Machst sie dir gefügig. Was brauchst du dazu? Ein Mittel. Pillen vielleicht, die es nie in die Discos schaffen werden, weil sie keine Upper, sondern Downer sind, da tanzt man nicht und schreit auch nicht, da läßt man sich anmalen und wehrt sich nicht. Da läßt man sich auch töten. Was ist das für ein Zeug? Das ist wie ein Tranquilizer, nicht? Nur härter, stärker, viel stärker, vielleicht wurde es für die Psychiatrie entwickelt, als chemische Zwangsjacke, damit die ganz Wilden Ruhe gaben.

Aber wäre es Pit Rehbein nicht reichlich schwer gefallen, kurz vor seiner Ermordung, zwischen Einnahme und Hinrichtung gewissermaßen, den Namen in Erfahrung zu bringen, zu notieren und den Zettel zu verstecken?

Nein, kurz vor seiner Ermordung muß das auch nicht gewesen sein. Es war lange davor, und das war der Punkt. Ihr Punkt nämlich, in den sie sich verbissen hatte, und den niemand sonst so richtig ernst zu nehmen schien, daß alle Opfer von den wenigen, die sie kannten, eine lange Zeit nicht gesehen worden waren, um dann als Leichen wieder aufzutauchen, als geschminkte Gespenster – dieser Punkt.

Als sie aufstand, stolperte sie über den Kater, der sich immer dort aufhielt, wo man ihn nicht brauchen konnte. »Hilf mir, Jerry«, murmelte sie, »ich peil das noch nicht«, doch er war kein schlauer Katzenkrimiheld, er gähnte sie bloß an. Sie verließ die Wohnung, schloß den Wagen auf und hatte den gesichts- und körperlosen Killer auf dem Beifahrersitz.

Gut, schauen wir uns diesen Punkt einmal an. Nach dem Zwischenfall im Park, als du mit einem möglichen Opfer gesehen worden bist, haben wir dieses mögliche Opfer überall gesucht und nicht gefunden. Dann gab es den frischen Toten im Bahnhofsklo, was auch bedeuten könnte, du hast ein paar Tage abgewartet und es dann mit diesem Mann erneut versucht.

Ja. Schon unten im Bahnhofsklo hatte sie zu Stocker gesagt, daß der Täter sie sammelte, daß er sich seine Opfer wie Tiere hielt, um sie nach und nach zu entsorgen.

»Ja«, murmelte sie und schlich mit ihrem Lancia einem

schicken Jaguar hinterher, ohne daß der Stau sie auch nur flüchtig in Wut hätte versetzen können. Sie waren verschwunden, weil sie bei dir waren.

Aber warum hältst du sie dir irgendwo? Für dich macht das Sinn, ich weiß, ich weiß, du lebst nur deine Phantasien aus, du armer Wurm, du mußt das tun, bist ja ein trauriges, vernachlässigtes Kind gewesen und suchst lebenslang nach Liebe, das wird der Sachverständige schon betonen, sollte er dich je zu sehen kriegen, oder du betonst es gleich selbst, holst dir lauter Mamis und Papis ins Nest oder die Spielkameraden, die du Wichtel nie hattest. Du Arschloch.

Oder bestrafst du sie auf diese Weise? Hältst irgendein Gericht ab, bist Ankläger und Richter zugleich, wie du das von der Berninger gelernt hast? Bildest dir ein, das Böse, was immer du dir darunter vorstellst, von der Straße geholt zu haben, um Denise auf diese Weise zu imponieren? Bist du Michael?

Egal, wenn du mit ihnen fertig bist und zum Finale ansetzt, richtest du sie her, nicht wahr? Richtest sie her, dann richtest du sie hin, malst ihnen diesen Dreck ins Gesicht, schmierst sie voll, hat ja alles einen Sinn für dich und deine arme, kranke Seele. Wie sorgst du jetzt dafür, daß sie sich nicht wehren und das alles mit sich geschehen lassen? Wie schaffst du es, daß sie dir brav an die Orte folgen, an denen du sie exekutierst? Du stellst sie ruhig, gibst ihnen Pillen, an die du herankommst, ohne zu Ärzten zu laufen und um Rezepte zu bitten und aufzufallen dabei. Pillen, die es offiziell noch gar nicht gibt, aber du kommst an sie ran, du zweigst sie irgendwo ab, nicht? Wie kommst du an sie ran? Du hast Zugang zu der Firma, die sie herstellt. Vicontas Pharma. Zugang zum Labor oder wie sie das da nennen. Da fällst du nicht auf, hab ich recht? Sie schloß die Augen, bis es hinter ihr hupte.

Du arbeitest da.

23

Daß es zwei Himmel gab, hatte er sich immer vorgestellt, einen davon schwarz, ohne Sonne, ohne Licht, der für die Unglückswürmer war.

Michl, hatte sein Kollege einmal mitleidig gesagt, du hast 'ne rege Phantasie.

Jetzt glaubte er sich unterm schwarzen Himmel, doch er hatte keine Angst. Die Erde war auf ein paar Quadratmeter geschrumpft, sie hatte keine Bäume mehr und keine Flüsse, sie bestand aus dem kleinen Raum mit der Matratze, auf der er lag. Zwei Räume waren es im Grunde oder, wenn er genau hinsah, was er selten tat, ein großer Raum, den ein Gitter teilte, ein richtiges Gefängnisgitter mit unnachgiebigen Stäben. Auf jeder Seite des Gitters lag eine Matratze, doch er war alleine hier. Alles war leer, alles dunkel, aber er war so müde, daß es ihn kaum interessierte. Es gab noch eine kleinere Tür, die nicht abgeschlossen war. Sie führte, was er komisch fand, in eine Nische mit Waschbecken und Klo. Er konnte sich einigermaßen waschen, und pinkeln konnte er auch, aber zu essen bekam er nichts.

Aber er wollte auch nichts. Er lag auf der Matratze und hörte ein Summen im Kopf, das manchmal so laut wurde, daß er Kopfschmerzen bekam, pulsierende Schmerzen, als hockte da ein Männlein, das mit einem Hammer zuschlug. Dann versuchte er zu schlafen oder er lag nur ganz ruhig da, was genauso war, als ob er schlief.

Der Raum lag im Halbdunkel. Tag und Nacht, das machte keinen Unterschied, alles war gleich, und wenn er gegen die Wand schlagen wollte, stellte er fest, daß die Wand aus Gummi war. Aber er wollte nicht schlagen. Er kannte sich auch mit der Zeit nicht mehr aus, und alles, was er hören konnte, war das Summen im Kopf, sonst hörte er nichts. Es gab keine Geräusche, nur das Summen in ihm drin.

Der Hausmeister hatte den Schlüssel, wie sich das für einen

Hausmeister gehörte, und manchmal kam er an und schloß auf. Dann guckte er und ging dann wieder weg. Michael fand den Rhythmus nicht heraus, nach dem der Hausmeister das tat, und es war ihm auch egal.

Es war so heiß. Sein Atem ging schwer und seine Augen brannten. Er drückte die Fingernägel in die Handflächen und versuchte sich an ein Lied zu erinnern, das er als Kind immer gesungen hatte, wenn alles um ihn herum im Dunkeln lag. Er kam nicht mehr drauf. Doch hatte er gesungen, früher im Keller und immer so laut, daß die Nachbarin – wie hieß sie noch, diese Alte mit dem halben Gebiß – ihn auf dem Treppenabsatz erwartet und gerufen hatte: »Bub, du wirst hoffentlich mal Mechaniker. Oder geh halt zur Post.«

»Warum?« hatte er wissen wollen.

»Weilst da net singe mußt!«

Er war kein Mechaniker. Und er war nicht bei der Post. Singen konnte er auch nicht mehr, und es war ihm egal. Er fand, daß er bei der vielen Zeit, die er jetzt hatte, ein bißchen träumen konnte, von einer Musik, die spielte, während er auf einer grünen Wiese unter Bäumen lag. Musik, nur Musik wollte er hören und nicht den Schlüssel. Das Geräusch des Schlüssels im Schloß bedeutete nämlich, daß etwas geschah, und er wollte aber in Ruhe gelassen werden. Nein, nicht reden, den Kopf nicht verdrehen, um ihn zu sehen. Es war ja doch bloß der Hausmeister, er war es immer.

Der Schlüssel und das leise Winseln der Tür. »So«, sagte seine Stimme, dann kam ein Räuspern. »Ja«, sagte der Hausmeister, er mußte es sein, niemand sonst kam vorbei. »Wie geht es dir? Hallo?«

Als er den Hausmeister näherkommen hörte, drehte er endlich den Kopf und sah wieder das schwarze Flimmern vor den Augen, Punkte und Kreise, wie Motten unterm Licht. Dann sah er ihn selbst; der Hausmeister stellte ihm eine Kanne hin und sagte: »Ich habe Hagebuttentee gemacht. Bist du wach?« Er legte noch etwas dazu, es sah nach einer Packung Kekse aus.

Michael murmelte: »Laß mich in Ruhe.«

»Du mußt trinken«, sagte der Hausmeister. »Viel trinken.« Er rieb die Hände an den Hosenbeinen und ging langsam wieder

Richtung Eingangstür. Es war eine Eingangstür, es war keine Ausgangstür, soviel hatte Michael begriffen. Nur der Hausmeister herrschte über die Tür.

»Jetzt kommt sie«, sagte der Hausmeister. »Ich habe angerufen.«

»Ja, ja«, sagte Michael. Laß mich doch in Ruhe, laß mich schlafen.

»Wenig Platz«, sagte der Hausmeister. »Sie kommt hierher. Da.« Er deutete auf die andere Seite hinter den Gitterstäben, wo noch eine Matratze lag und es genauso aussah wie bei ihm. »Das macht euch ja nix, ihr habt das ja sowieso alles ausgemacht.« Er zögerte, schien seinen eigenen Worten hinterherzulauschen. »Was anderes bleibt mir nicht übrig, ich muß es nämlich endlich wissen. Es geht um mein Haus, ich hänge dauernd in der Luft.«

»Ja, ja«, sagte Michael und schloß die Augen.

»Ich mache keine Termine mehr«, sagte der Hausmeister, »solange das nicht geklärt ist.«

»Sicher«, sagte Michael.

»Ich lass' mich nicht verarschen«, sagte der Hausmeister, und Michael sagte: »Ja, ja.«

»Trink was«, sagte der Hausmeister. »Hagebuttentee hat viel Vitamin C.«

»Natürlich«, sagte Michael. Von der Matratze aus konnte er die Teekanne sehen, sie war dunkelblau. Er guckte so lange hin, bis sich ein bißchen Weiß hineinschlich, die Wolken, bis er in der Kanne den Himmel sah, den richtigen Himmel, nicht den schwarzen. Alles wurde heller, das war schön. Er legte die Hände hinter den Kopf und dachte sich die See dazu und einen Strand. Man konnte dort weit laufen.

Aber man wurde ja dauernd gestört. Der Hausmeister rasselte schon wieder, diesmal an der anderen Tür, die in den Teil des Raumes hinter den Gitterstäben führte. Da schloß er auf und sagte: »So.«

Doch es blieb still. Vielleicht war er gar nicht da, man bildete sich soviel ein. Langsam drehte Michael den Kopf zum Gitter und sah sie da stehen. Sie war da. Auf der anderen Seite des Raums, hinter den Stäben.

Wieder so ein Traum, wie das Wasser, wie der blaue Himmel? Er richtete sich auf. Sie war hier. Denise stand aufrecht da und blickte auf ihn herab. So weit hatte er gehen müssen und seine Mutter fiel ihm ein, gerade jetzt, wie sie immer sagte, daß es immer dann passiere, wenn man nicht daran dachte, nur dann im Grunde. Sonst nie.

»Ja also«, sagte der Hausmeister. Er hatte wieder seine Pistole in der Hand, doch hielt er sie nach unten, als könne er nichts damit anfangen. »Ihr müßt dann warten. Ihr bleibt hier, bis ich es weiß. Ich muß einen Triumph haben.«

Denise war ganz in Schwarz gekleidet, und das blonde Haar fiel ihr auf die Schultern. Sie blickte auf ihn herab, aber sie sprach mit dem Hausmeister, der hinter ihr stand mit seiner Pistole.

»Du Trottel meinst Trumpf. Glaubst du, du hast einen?«

Ein schwarzer Engel. Sie sah ihn an, eine Sekunde lang, ein ganzes Jahr, wie lange? Die Zeit machte keine Schnitte mehr, sie setzte keinen Punkt, die Zeit, sie erinnerte nicht mehr und mahnte auch nicht. Die Zeit stand still.

»Laß die Schlüssel hier«, sagte sie, und ihre Stimme war genauso wie im Fernsehen, etwas heiser und melodisch, aber nicht laut.

»Oh nein«, sagte der Hausmeister, »du wirst mir jetzt nichts mehr kaputt machen, ich werde warten, bis –«

»Henrik«, sagte sie leise, fast singend. »Gib mir die Schlüssel.«

»Oh nein.« Henrik hieß der Hausmeister, Henrik Schaffner, ja, er erinnerte sich. Als er mit seinem Schlüsselbund klimperte, fuhr sie herum und schlug Henrik Schaffner ins Gesicht.

Ein heftiger Schlag, sehr laut, doch Schaffner reagierte kaum. Er hob seine Pistole und hielt sie ihr vors Gesicht. »Luder«, zischte er. »So bist du immer gewesen.« Er stieß sie in den Raum hinein und sprang zurück, das ging alles sehr schnell. Man hörte das zuschnappende Schloß und seinen Schlüssel. Denise sog heftig die Luft ein, dann war es still.

Doch sie war immer noch da. Sie stand nur ein paar Schritte von ihm entfernt, auf der anderen Seite des Raumes, hinter den Stäben, und sah ihn an.

Michael hatte noch immer nichts gesagt. Einen Moment lang

hatte er befürchtet, nie wieder reden zu können, obwohl er doch Millionen Worte für sie hatte, alle aufgespart, nur für sie allein. Er merkte, wie heiser seine Stimme war, als er murmelte: »Es ist ungemütlich hier. Es tut mir leid.«

Sie sagte nichts, und er wollte ihr alles erklären und wußte doch nicht, wo er anfangen sollte. Er schüttelte den Kopf und spürte den Schwindel, als säße er auf einem Karussell, das außer Kontrolle geriet.

»Ich weiß nicht genau, wie ich hergekommen bin«, sagte er. »Ich meine, wie ich in diesen Raum hier gekommen bin. Das könnte ein Gefängnis sein, aber warum? Ich glaube, ich bin schon lange hier.«

»Nein«, sagte sie nur. »So lange nicht.« Langsam kam sie auf ihn zu und umfaßte die Gitterstäbe. »Er hat dir etwas gegeben, er hat es zu hoch dosiert, weil er ein Trottel ist. Es ist eine Art Cocktail, Rohypnol mit Atropin.«

»Ah«, sagte er nur. Er verstand es nicht. Er wollte an den Eisenstäben rütteln, hinter denen sie stand.

»Ein Spezialmix«, sagte sie ruhig. »Sehr viel Rohypnol. Ein Beruhigungsmittel, sehr stark. Es betäubt. Atropin läßt deine Muskeln erschlaffen. Wenn man nur ein wenig davon nimmt, ist es gut. Er hat dir zuviel gegeben.«

»Ich kenne Rohypnol«, murmelte er. »Das nehmen doch die Junkies gerne, was finden die daran?«

»Es wird dir noch eine Weile schlechtgehen«, sagte sie. »Hast du Kopfschmerzen?«

»Ja«, murmelte er. »Aber es geht vorbei, es sind Wellen. Ich bin froh, daß du da bist. Ich habe – ich bin –« Er wollte ihr alles sagen und von allem berichten, von seinem langen, stillen Leben mit ihr, wenn sie in seiner Küche bei ihm saß, auf dem leeren Stuhl, oder in der Stadt neben ihm herging; von den Videobändern wollte er ihr erzählen, die er auswendig kannte, denn jede Regung in ihren Augen hatte er doch tausendmal gesehen. Es war ihm peinlich. Er war nicht darauf vorbereitet, sie hier anzutreffen. Es passiert immer, sagte seine Mutter, wenn man nicht daran denkt.

»Du bist Michael, ja?« Sie rutschte auf ihrer Seite der Stäbe herunter und kniete sich auf den Boden. Es schien, als lächelte sie ihn an.

»Ja«, sagte er, und es war wie in seinen Träumen. Daß sie auf ihn zukommen und ihn erkennen würde, hatte er sich immer wieder ausgemalt, wenn er seine Briefe schrieb.

»Ich hab dich am Südbahnhof gesehen«, sagte sie.

Er senkte den Blick.

»Du bist mies im Observieren. Das machst du nicht so oft?«

Er schüttelte den Kopf.

»Und überhaupt«, sagte sie, »ist das mies, das Hinterherschleichen. Mich mit Briefen zu bombardieren, ist auch nicht so gut. Und dann noch mit so einem Kitsch.«

Er sagte nichts.

»Sie wollten ein Phantombild von dir.«

»Wer?« flüsterte er.

»Die Mordkommission. Herr Hauptkommissar Stocker und seine süße, kleine Helferin. Du kennst sie beide, nehme ich an.«

»Uh«, murmelte er. »Und jetzt?«

»Sie haben keins.« Sie strich sich das Haar zurück. »Ich konnte mich nicht mehr erinnern.«

»Was wollen die denn?«

Sie sagte nichts, nur ihre Augen verengten sich ein wenig.

»Am Südbahnhof –« Er guckte auf seine Füße, erkannte die Schuhe nicht mehr und hätte niemandem auf der Welt erklären können, welche Farbe das war. »Ihn hast du gesucht. Den Hausmeister.«

»Wen?« fragte sie.

»Schaffner. Und ich habe ihn für dich gefunden.«

»Das war dämlich«, sagte sie leise. »Andererseits hat er sich deswegen gemeldet. Ich wußte nicht, wo er ist. Insofern war es doch nicht so dämlich.«

Er nickte nur, weil er nichts mehr begriff.

»Ich dachte wirklich, er wollte mir etwas zeigen«, sagte sie. »Hätte ich damit gerechnet, daß er mich hier einweist, hätte ich ein Köfferchen gepackt.«

Er versuchte zu lächeln, doch es gelang ihm nicht, denn in ihren grauen Augen war kein Funke und keine Angst, nur Leere.

»Schau«, sagte sie. »Ich suche auch etwas. Aber du mußt das jetzt nicht verstehen.«

»Nein«, murmelte er.

»Aber du machst es genauso«, sagte sie. »Du hast etwas gesucht und hattest keine Ahnung.«

»Von Schaffner?«

»Von mir.«

Er versuchte sich gerade hinzusetzen, doch ein Schwindelanfall haute ihn fast um. Sie griff durch die Stäbe nach seinem Handgelenk und streichelte ihn mit dem Daumen.

»Er hat mir mein Handy abgenommen«, sagte sie. »Er ist ein Trottel, aber kein Volltrottel. Trotzdem dauert es nicht lange, dann kommen wir raus.« Sie sah ihn an, als wolle sie sich vergewissern, ob er das auch alles begriff.

»Was machst du nur?« murmelte sie. »Jetzt hockst du hier, weil du dich in etwas verbissen hast, wegen deiner ganzen Blödheit hockst du hier.«

»Was hast du mit ihm zu schaffen?« fragte er, doch darauf antwortete sie nichts. Sie fuhr nur fort, seinen Handrücken zu streicheln, ganz leicht und zart, wie sie es immer schon getan hatte, in all seinen Träumen, und er sprach nicht weiter und sah sie nur an, denn so war der Himmel, sein Himmel.

24

Ein Altbau, ein herrschaftliches Haus, hinter dessen Mauern sie ein Konsulat vermuten würde oder eine große, alte Bibliothek. Etwas Gewichtiges oder etwas Zeitloses, aber nicht den Sitz einer Pharmafirma. Den Sitz einer Pharmafirma stellte sie sich schmucklos vor, häßlich, glatt und angsteinflößend wie ein Krankenhaus.

Neben der hohen Eingangstür ein silbern schimmerndes Schild mit schwarzen Lettern: *Vicontas Pharma AG.*

»Nett«, murmelte Stocker nur. »Ja, die residieren halt.«

Ina hatte ihm alles zweimal erzählt. Daß der Täter diese Pillen abzweigte und sie seinen Opfern gab, damit er sie als willenlose Zombies schminken und exekutieren konnte.

Stocker war unschlüssig gewesen. »Wieso muß es ein Arzneimittel sein? Sie gründen alles auf einen hingeschmierten Zettel.«

Sie hatte ihm alles erklärt. »Ich habe gesehen, wie einer ein Medikament gegen überhöhten Puls geschluckt hat, das heißt Betavic. Beta, Delta. Der interne Code dieser Firma ist immer so aufgebaut, wie es auf Rehbeins Zettel stand, Vic553 *wäre* ein solcher Code.«

Stocker hatte ganz leicht den Kopf geschüttelt und gesagt, wenn ihre Theorie stimmte und der Täter bei Vicontas Pharma arbeitete, müßte er an der Herstellung selbst beteiligt sein.

»Wer da in der Buchhaltung arbeitet, kommt ja wohl nicht heran.«

»Na, ist doch gut«, hatte sie gesagt. »Das engt den Kreis weiter ein.«

Stocker schien von einer gewissen Resignation befallen. »Alles wegen eines Zettels. Es ist alles auf Theorie gebaut.«

»Nein«, hatte sie gesagt. Und dann: »Das stimmt.«

Beim zweiten Mal, als sie alles erneut durchgingen, hatte er wissen wollen, warum sie sich so sehr darauf versteifte, daß der Täter sich seine Opfer irgendwo hielt, daß er sie sammelte, um sie jetzt nach und nach zu entsorgen. Er hatte gesagt, daß der Täter ihnen das, was er vielleicht hatte, auch an Ort und Stelle einflößen könnte, am Tatort.

»Nein«, hatte sie gesagt. »Jeder, der sie leidlich kannte, hat angegeben, er hätte sie ewig nicht gesehen.«

»Warum sollte er sie sammeln?«

»Weil's ein Scheiß-Psycho ist. Die haben immer einen Grund.«

Er hatte den Kopf geschüttelt. »Die haben kein gemeinsames Merkmal, wonach soll er suchen? Rehbein, Jakobi und die Mittermaier waren halbwegs im gleichen Alter, und? Das ist doch Blödsinn. Was ist mit Vivian Schaffner oder dem Älteren, diesem Hubsi? Von Nummer sechs wissen wir noch gar nichts, ein Blinder. Wo ist da ein Muster, nach dem er sucht?«

»Wer weiß denn, was die suchen«, hatte sie gesagt.

Jetzt, in den heiligen Hallen des Unternehmens Vicontas, murmelte sie: »Ich hab ihn mir anders vorgestellt.«

»Wie meinen?« fragte Stocker.

»Na ja, wer hier arbeitet, muß einen gewissen Stil haben, nicht? Das ist keiner mit einem abweichenden Verhalten, der ist glatt und clever, wie die alle hier. Jung, dynamisch, hochmotiviert, flexibel, wie die Stellenanzeigen.«

»Hochmotiviert«, murmelte Stocker. »In der Tat.« Er lächelte die freundliche Empfangsdame an, die ihnen erklärte, daß alles, was die Firma betraf, in der Marketingabteilung zu klären sei. Sie betonte, wie sehr sie sich freute, ihnen weiterhelfen zu können, sie war anscheinend mit wenig zufrieden. Lächelnd schritt sie voran und hörte auch in einem lautlos gleitenden Aufzug nicht mehr mit dem Lächeln auf. Auf ihrem Namensschild stand Ulrike Mauskopf, was Ina veranlaßte, sich schreckliche Dinge vorzustellen, nur um sich ein wenig davon abzulenken.

Der Aufzug entließ sie in einen hellen Gang, dessen Wände dekoriert waren mit den Fotos lachender Kinder. Ulrike Mauskopf schritt mit wiegendem Gang vor ihnen her; Stocker, der gewöhnlich für derlei Dinge unempfänglich war, beobachtete sie sehr genau. Die Marketingabteilung schien sich über eine wahre Zimmerflut zu erstrecken. Sie kamen an schicken Schreibtischen und kleinen, gemütlichen Ecken vorbei, sie waren einen langen Weg gegangen, bis sie ihr Ziel erreicht hatten. Wieder spürte sie den Kran, der an ihren Schultern zog.

Sie sah einen großen Schreibtisch mit zwei Tolomeo-Lampen. Der Mann, der auf sie zukam, hatte sein Jackett über den Stuhl hinter dem Tisch gehängt. Frühmorgens lief er mit halboffenem Hemd herum, frühmorgens, wenn sein hellblondes Haar noch ungeföhnt war. Keine Spur davon jetzt, alles adrett, nur sein schiefes Lächeln sah genauso wie am frühem Morgen aus. Toni, der Prinz.

Als er seine Hand ausstreckte und »Hallo« rief, ein wenig überrascht, aber dennoch betont kumpelhaft, wußte sie, daß sie hier richtig war. Daß sich etwas fügte.

Ja, es war, als ob sie sich verirrt hatte und nach Hause gefunden hatte, nur war die Tür zugemauert, und sie fand den Eingang nicht.

»Wir haben uns bei Frau Berninger kennengelernt.« Ina wandte sich an Stocker, um sicherzustellen, daß er den Sachverhalt gleich mitbekam. »Er lebt mit ihr – oder sage ich etwas Falsches, Herr Prinz?« Sie sah, wie Stocker eine Braue hob, nur eine.

»Schon viele Jahre.« Prinz lächelte sein kleines, schiefes Jungenlächeln und würde gleich sagen, daß sie deswegen aber sicher nicht –

Doch er sah sie nur abwartend an.

Stocker besaß noch nicht die Güte, ihm ihr Kommen zu erklären. »Sie sind hier der Marketingleiter?« fragte er.

»Stellvertretend«, sagte Prinz.

»Sie haben Kenntnisse von allen Produkten?«

»Ja sicher.«

»Sind Sie auch auf dem laufenden, was die Entwicklung betrifft?«

»Natürlich.«

»Die Herstellung von Medikamenten?«

»Aber ja«, sagte Prinz

»Machen Sie das hier im Haus?«

Toni, der Prinz, hatte ein schönes Lächeln, heiter und ein bißchen ratlos. »Wir haben Labors im Keller, da arbeiten hochspezialisierte Kräfte.«

»Davon gehe ich aus«, sagte Stocker. »Was passiert denn, sollte einer der Mitarbeiter eine kleine Menge eines Stoffes – nun, sagen wir: für sich abzweigen?«

»Das ist unmöglich.« Prinz lachte ihn an. »So ein Labor ist eine Art Hochsicherheitstrakt.«

»Unmöglich? Wenn ich irgendwo Zugang habe, kann ich mich auch in gewissem Rahmen bedienen, oder?«

»Aber ein Labor ist doch keine Materialausgabe«, rief Prinz. »Das ist nicht so wie mit dem Mitarbeiter, der im Lager Bleistifte oder Ordner mitgehen läßt. In so einem Labor gibt es eine exakte Übersicht über die Stoffe, mit denen gearbeitet wird, da ist alles standardisiert und wird doppelt und dreifach geprüft. Vorhandene Mengen werden an zwei unabhängigen Stellen eingegeben und kontrolliert. Noch nicht einmal der Leiter des Labors wäre in der Lage, sich ein Zehntel Milligramm unter den Nagel zu reißen, wie Sie es wohl nennen würden, ohne daß er sich dafür zu rechtfertigen hätte.« Er fuhr sich durchs Haar, das wie Weizen in der Sonne schimmerte. »Haben Sie da etwa eine Befürchtung? Wer sagt denn so was?«

Stocker spreizte Zeige- und Mittelfinger, ein Zeichen für Ina, weiterzumachen. »Im Zuge der Ermittlungen hinsichtlich der sogenannten Obdachlosenmorde«, sagte sie, »haben wir einen kleinen Hinweis auf Ihr Unternehmen.«

»Welchen?« Prinz sah sie groß an, ein feingemachtes Bübchen mit arglosen braunen Augen. Er trug einen schmalen Ring aus Platin, der wie ein Ehering aussah.

»Ihre Firma«, sagte Ina, »bringt ein Medikament auf den Markt, das Sie intern *Vic553-delta* nennen?«

Prinz schüttelte den Kopf. Hatte er eine Sekunden gezögert oder zwei? Möglich, daß sie sich das nur einbildete.

»*Vic553-delta*«, wiederholte sie langsam.

»Nein«, sagte Prinz. Klang seine Stimme plötzlich dumpf? Auch das könnte Einbildung sein. »Wie kommen Sie darauf?«

»Das entspricht aber durchaus den internen Codes, die Sie haben, oder nicht?«

Er reagierte nicht.

»Wie sind denn Ihre Codes aufgebaut?« fragte sie.

»Ja nun«, sagte Prinz langsam. Er hob die Schultern. »Zum Beispiel Vic und eine Ziffer, ähm, eine Zahl, ja.«

»Ihr Mittel Betavic, wie lautete der interne Code da?«

»Das ist eine eingeführte und gut positionierte Arznei«, sagte Prinz.

»Danach habe ich nicht gefragt.«

»Das weiß ich doch jetzt nicht mehr –« Er räusperte sich. »Es wird so gewesen sein *Vic123* und so weiter.«

»Und so weiter? Vielleicht noch ein *beta* im Anhang?«

»Ach was, wir haben Ziffern, wie ich sagte. Was wollen Sie?«

Sie lächelte ihn an.»Sehen Sie, deshalb kann ein Stoff, den Sie intern vielleicht *Vic553* nennen, nur von Ihrer Firma stammen, hab ich recht?«

»Theoretisch. Aber stammt er nicht. Ich meine, wir haben so etwas nicht.«

»Sie haben es noch in der Entwicklung«, sagte sie. »Es ist praktisch noch im Labor.« Sie überging sein erneutes Kopfschütteln. »Und dummerweise ist es doch passiert. Sie vermissen eine gewisse Menge. Nicht viel, aber da Sie ja so gut kontrollieren, ist es Ihnen aufgefallen. Das ist peinlich, äußerst ärgerlich, denn man könnte davon Wind bekommen, vielleicht sogar die Medien, und dann stünden Sie schlecht da. Das macht sich nicht gut.«

Er schien die Luft anzuhalten.

»Sehen Sie«, sagte sie. »Uns geht es nur darum, daß dieser Begriff, dieser Code im Zusammenhang mit der Mordserie aufgetaucht ist. Was Ihnen da womöglich im Labor passiert ist, interessiert uns gar nicht. Wir haben jetzt nur ein gewisses Interesse an dem Mitarbeiter, den Sie verdächtigen, ein bißchen von einem Stoff entwendet zu haben. Oder daß Sie einmal darüber nachdenken, wer es entwendet haben könnte. Wir hängen das keinesfalls an die große Glocke, das kriegt kein Konkurrent und auch kein, ähm, Fernsehmoderator mit.«

»Sie sind ja gut«, sagte Prinz. »Na aber. Sie kommen da mit einer Sicherheit, also –«

Welche Sicherheit? Das Gefühl, daß sich etwas fügte, als sie Toni, Berningers Prinzen, hier sitzen sah, war fast verflogen. Wie weit ging der Zufall? Die Berninger, die den Opfern ein Gedicht hinterherschmalzte und die tote Johanna kannte, den toten Rehbein nicht zu vergessen, Toni, der Prinz, mit dem sie zusammen war, Beta, Delta – Zufall, was war das eigentlich, ein Sechser im Lotto?

»Es gibt bei uns kein solches Präparat«, sagte Prinz. »Es ist uns auch nichts entwendet worden, im Labor ist alles in Ordnung. Wo ist denn jetzt Ihr Zusammenhang? Es geht Ihnen doch immer noch um die Obdachlosen – ähm –«

Was, Toni? Kommst du nicht auf das Wort Morde?

»Um diesen irren Serientäter«, sagte er. »Bilden Sie sich wirklich ein, hier arbeitet ein irrer Serientäter und fällt nicht auf?«

»Serientäter fallen nicht immer auf«, sagte Stocker. »Vor allem nicht, wenn sie irre sind.«

»Ja, aber glauben Sie, so einer steht hier im Labor herum und klaut Stoffe, und das wird noch nicht einmal bemerkt? Oder, viel schlimmer noch, das wird vertuscht?«

»Es wäre möglich«, sagte Stocker. »Kommen Sie selbst ins Labor?«

Toni schnappte nach Luft, doch er fing sich rasch wieder. »Ja, ich bin gelegentlich dort. Es interessiert mich. Jeder meiner Besuche ist registriert. Außerdem, die Leute sind doch erschossen worden, nicht?« Er trommelte mit den Fingerspitzen auf die Tischplatte. »Ah so, Sie denken, Vicontas stellt das Make-up für die Leichen her.«

»Stellen Sie denn Make-up her?« fragte Stocker.

»Nein. Aber Hautsalbe, falls Ihnen das weiterhilft. Gegen Neurodermitis.«

Stocker fragte freundlich: »Woher wissen Sie denn vom Make-up für die Leichen? Das haben Sie nicht in der Zeitung gelesen.«

Jetzt erst ein Anflug von Erschrecken in seinen Augen. »Von Denise«, murmelte er. »Wir haben einmal darüber gesprochen, da hat sie mir erzählt, daß die Gesichter der Leichen alle voller Make-up gewesen sind. So irre ist der. Sie hat das von Polizisten erfahren, sie erfährt immer etwas von Polizisten, ohne daß sie überhaupt nachfragt. Der Polizeialltag interessiert sie nämlich überhaupt nicht.« Er schien entsetzt, daß ihm da etwas herausgerutscht war. »Aber sie hat es ja nicht verwendet in ihrer Sendung, ganz in Ihrem Sinne, nicht? Sie können ihr daraus keinen Strick drehen. Wenn die Leute ihr etwas erzählen, was soll sie machen?«

Ja, Toni, ist gut. Ina unterdrückte ein Seufzen. Sie war nicht mehr überrascht von den Sachverhalten, von denen die Berninger so wußte, Denise, die auch über Johanna Mittermaiers unglückliche Liebe zu ihr gesprochen hatte: »Von Toni hat sie sich Jobs besorgen lassen, von mir nicht.«

Sie sah den Prinzen an. »Welche Jobs haben Sie Johanna Mittermaier besorgt?«

»Was?« Einen Moment lang schien er völlig durcheinander. »Johanna?«

»Ja.«

»Sie hat –« Er schob ein paar Blätter auf seinem Tisch hin und her. »Nun, sie hat hier einmal geputzt. Im Putzkommando, wissen Sie? Ich habe alles drangesetzt, daß die sie nehmen, sie hatte kein Geld, war dringend auf einen Job angewiesen, aber sie kam nicht mit den Leuten klar. Johanna war launisch, sie – nun ja, sie kam nicht gut klar mit Leuten.« Er verschränkte die Hände, als müsse er sie zur Ruhe zwingen. »Es ist schlimm, ich meine, Denise hat Johanna gekannt. Sie hatten zwar kaum noch Kontakt, aber – ja, es ist schlimm.«

»Kennen Sie einen Henrik Schaffner?« fragte Stocker.

Toni sah plötzlich müde und ein bißchen traurig aus. »Denise hat –«

»Hat was?« Stockers Freundlichkeit war verflogen.

»Sie hat Figuren von ihm gekauft. Er ist durch die Kneipen gezogen mit seinen kleinen Clowns. Auf dem Füßchen von so einem Clown steht immer *HS*, da hat sie ihn gefragt, was das bedeute. Na ja, sein Name halt.« Einen Moment lang sah der Prinz aus, als kämpfe er mit den Tränen. »Immer auf dem linken Füßchen. *HS*.«

»Warum leugnet Ihre Freundin, ihn zu kennen?« fragte Stocker.

Toni schüttelte den Kopf. »Ich glaube nicht, daß sie das tut. Was heißt schon kennen? Kennen Sie den Rosenmann, dem Sie in der Kneipe eine Rose abkaufen? Wie kommen Sie jetzt auf ihn?«

»Pit Rehbein«, sagte Stocker übergangslos, »notiert sich Ihren internen Code. Wie kommt er da heran, warum tut er das?«

Stille. Toni nahm seine kleine Brille ab und sah so hilflos aus wie ein Kind im Dunkeln. »Wieso? Wer ist das jetzt wieder?«

»Das erste Opfer.«

»Und wieso? Was heißt notiert?«

»Mit einem Stift auf einen Zettel.«

»Ich verstehe nicht.« Toni schüttelte den Kopf und drückte die

Fingerspitzen gegen die Schläfen. »Deswegen machen Sie hier Theater?«

Stocker stand auf. »Arbeitet in Ihrem Labor jemand mit dem Vornamen Michael?«

»Möglich.« Resigniert sah Toni Prinz ihn an. »Ich habe das nicht im Kopf. Manche Männer heißen so. Ich bin aber nicht autorisiert, Ihnen hier einfach Daten herauszugeben, nein, das mache ich nicht.«

»Sie geben keine Daten preis, es handelt sich nur um einen Vornamen.«

»Nein.«

»Dann werden wir weiterziehen. Irgendwo findet sich die Person, die uns autorisiert.«

»Hat sich dieser Typ auch den Namen Michael notiert, ja? Was der so alles –« Toni zog die Oberlippe zwischen die Zähne, während er auf einem silbrigen Notebook tippte, das perfekt zu den Tolomeo-Lampen paßte. »Nein«, sagte er nach einer Weile. »Kein Michael im Labor, wollen Sie sehen? Sollen wir es mit dem zweiten Vornamen versuchen?«

»Bemühen Sie sich nicht«, sagte Stocker.

So nicht, sagte er im Wagen, so kämen sie nicht weiter, da biß man in Watte. Sie mußten ihn richtig vernehmen, was aber ohne konkrete Verdachtsmomente nicht möglich war. Sie hatten keine. Sie hatten nur den Zettel. Sie beschlossen, noch einmal Beamte in die Parks zu schicken und die Leute nach diesem verdammten *Vic553-delta* zu befragen. Egal, wo Rehbein das aufgeschnappt haben könnte, vielleicht gab es jemanden, der es ebenfalls gehört hatte.

»Nur Gestochere«, sagte Stocker. »Die Nummer sechs, der Blinde, ist auch noch nicht identifiziert. Die sind alle Wohnheime und Suppenküchen durch, da erinnert sich keiner. An einen Blinden erinnert man sich doch, er kam also höchstwahrscheinlich aus einer anderen Stadt, aber wo fangen wir da an?« Er riß das Handschuhfach auf und knallte es sofort wieder zu. »Wenn dieses Vic mit Vicontas nichts zu tun hat, was ist es dann? Ich sag es Ihnen, es ist nichts. Es ist nur ein Begriff auf dem Zettel eines Mordopfers. Wir messen ihm Bedeutung bei, weil wir sonst nichts haben.«

»Ich dachte, das fügt sich irgendwie«, sagte Ina. »Als ich ihn da sitzen sah, den Prinz. Berningers Lover in dieser Firma, wie finden Sie das?«

»Rufen Sie die Berninger mal an«, sagte Stocker. »Sagen Sie ihr jetzt ganz konkret, wir wissen, sie hatte Kontakt mit dem vermißten Schaffner. Holen Sie das mal aus ihr raus, verdammt.«

Doch Denise war nicht greifbar, so drückte eine hektische Redaktions-Assistentin Meike Schmitt es aus, die ihr außerdem erzählte, daß dieser blöde Typ, der Stalker, auf ihre gemeinsam mit Hauptkommissar Stocker verfaßte E-Mail noch nicht geantwortet hatte.

»Wieso läßt der sich jetzt Zeit?« fragte Meike. »Der muß doch an der Decke hüpfen vor Freude, da steht Denise drunter, da steht –«

»Was heißt, sie ist nicht greifbar?« fragte Ina.

»Wer?«

Mäuschen, Mäuschen.

»Ach so, ja.« Meike räusperte sich. »Denise hat ihr Handy abgeschaltet. Sie erlaubt sich ja was zur Zeit, ich meine, wir wollten Redaktionssitzung machen, nicht wahr, die Sendung geht natürlich weiter, sie hat es mit der letzten Sendung nämlich sogar ins Feuilleton geschafft, die Leute sind begeistert, wie finden Sie das?« Man hörte ein Rascheln, dann wieder Meike: »Ich zitiere: ... hat Denise Berninger sich alles verkniffen, was überforderte Journalisten gewöhnlich zum Unbegreiflichen sagen, nämlich, daß es unbegreiflich ist. Dafür hat sie etwas sehr Anrührendes getan, sie hat den Opfern ein schlichtes Gedicht gewidmet und ihnen auf diese Weise ihre Würde zurückgegeben.«

»Hat sie?« fragte Ina.

»Ja, nicht?« Meike schien entzückt. »Ich meine, es ist Schwachsinn, aber es ist doch toll.«

»Ich lese so was ja nicht.« Ina sah zu Stocker, der doch auch täglich das Feuilleton las. »Sagen Sie mir bitte Bescheid, wenn sie – ähm –«

»Greifbar ist.«

»Richtig. Ich muß sie dringend was fragen.«

»Wenn Sie das hinter sich haben«, schrie Meike, »machen wir mal ordentlich einen drauf. Ich hab da einen tollen Schuppen aufgetan, Verzeihung, wenn ich das frage, aber sind Sie gerade solo?«

»Das weiß ich nicht so genau«, murmelte Ina. »Wir können aber trotzdem. Vielleicht woanders.«

»Was können Sie?« fragte Stocker, kaum daß sie das Gespräch beendet hatte.

Sie löste den Gurt. »Wissen Sie was, beim nächsten Pressegespräch streu ich mal ein paar Brocken Lyrik unters Volk, dann verfrachten die mich glatt aus dem Lokalteil ins Feuilleton. Meine Mutter würde ausflippen, sie würde es ausschneiden und an die Wand hängen.«

»Es kommt immer noch darauf an, wie Sie das tun.« Stocker lenkte den Wagen in den Hof des Präsidiums. »Sie müssen hochherrschaftlich und dennoch ätherisch wirken, damit die Männer, auch wenn sie fürchten, Ihnen unterlegen zu sein, dennoch den Impuls verspüren, Sie zu beschützen.«

»Ja gut«, sagte sie. »Ich komme darauf zurück.«

Sie stieg aus und hielt das Gesicht in die Sonne. Mit Benny am Strand liegen und ihn einölen, vollständig, seine strammen 180 Zentimeter, Rotwein und Musik dazu. Bald. Eines Tages. Lyrik kam anscheinend an, wenn sie von einer intellektuell wirkenden Blondine vorgetragen wurde, die auch noch ziemlich klasse aussah, zumindest mit Maske. Dieser Woyzeck im Theater hatte überhaupt nichts Gereimtes verkündet, wenn sie sich richtig erinnerte. Das hatte ihr ja gerade so gefallen. Der hatte Klartext gesprochen. Er schon, ja. Die anderen nicht, edles Gesocks mit feinen Manieren und gestelzter Sprache. Dieser Typ neben dem großen Stuhl, der über ihn redete – seit einer Ewigkeit, so kam es ihr vor, versuchte sie sich an diese Szene zu erinnern, doch es war zu lange her. Sie drehte den Kopf und sah den freundlich guckenden Kollegen Jendrik, der in seinem Streifenwagen saß und sich mit seiner Mütze Luft zufächelte.

»Kaputt?« rief er ihr zu.

»Geht so.« Sie ging auf ihn zu. »Können Sie mir einen großen

Gefallen tun?« Die Antwort gar nicht abwarten. »Wir brauchen noch mal einen Trupp, der alle Obdachlosen im Park und sonstwo nach einem bestimmten Wort befragt, ich erklär es Ihnen gleich. Ich kann mit Ihrem Revierleiter reden, falls der Sie anders verplant hat.«

»Na ja«, sagte er zögernd.

»Ihr kommt doch gut mit den Leuten klar, ihr beide habt doch Nachtschichten da gemacht.« Sie sah sich suchend nach dem Iren um. »Wo ist er denn, der Fink?«

»Ich weiß es doch nicht, der ist weg.«

»Was heißt das?«

Jendrik setzte seine Mütze auf. »Der hatte zwei Tage Urlaub, hat sich aber nicht zurückgemeldet. Der hätte zum Dienst erscheinen müssen und ist nicht gekommen, der Revierleiter hat schon alles versucht, es ist komisch. Ich mache mir jetzt Gedanken.«

»Macht er das öfter?« fragte sie. Sollte er sich doch mit der Berninger zusammentun, die auch nicht zum Dienst erschienen war.

»Na eben nicht. Der ist in allem sehr korrekt, da muß was sein. Das gibt's nicht, daß der Michl einfach nicht zum Dienst erscheint.«

»Vielleicht hat er sich vertan und glaubt –« Sie hatte die Hand auf der Tür seines Streifenwagens und sah zu, wie sie jetzt langsam heruntterglitt, die Hand. »Wie heißt der?«

»Fink. Sie haben doch gerade –«

»Ich hab den Vornamen nicht verstanden.«

»Michael. Michl halt.«

»Michael«, wiederholte sie. Sie sah sich nach Stocker um. Sie sah sich so lange nach Stocker um, bis der Anstalten machte, auf sie zuzukommen, dann setzte sie sich zu Jendrik in den Streifenwagen.

»Es ist ja dumm«, sagte sie, »aber ich habe immer ein bißchen Schwierigkeiten mit ihm, das liegt aber an mir.«

Jendrik lächelte. »Ach, der ist schnell beleidigt.«

»Manchmal ist er halt etwas unzugänglich, nicht?«

»Tja«, sagte er. »Ist aber ein guter Typ, ich meine, der hilft alten Damen noch über die Straße. Kindern auch. Der hat auch, wie soll ich sagen, ein starkes Gerechtigkeitsgefühl. Verstehen Sie, was ich meine?«

»Wie war das noch gleich?« Als sie Luft holte, merkte sie, daß es irgendwo hakte in der Brust, als blieb der Atem stecken. »Ich hab mich mal wegen irgendeiner Lappalie mit ihm in die Wolle gekriegt. Ich glaube, wir haben uns mal über die Berninger aus dem Fernsehen gestritten, na, ist ja auch egal.«

»Oh, oh.« Jendrik schüttelte grinsend den Kopf. »Gegen die Denise dürfen Sie nichts sagen, da ist er eigen, auf die läßt er nichts kommen.«

»Nicht?«

»Ach, ich bitte Sie, in die muß er unheimlich verknallt sein, da dürfen Sie nichts sagen. Einmal hab ich gemeint, mir käme sie vor, als würde sie vor jeder Sendung ordentlich kiffen, das war nicht gut, da hat er mir fast die Augen ausgekratzt. Nee, bloß nichts sagen.«

»Tja«, murmelte Ina. »Das war's dann wohl.«

25

Alles war gleich, Tag und Nacht, die Zeit war ohne Bedeutung. Der halbdunkle Raum war so still, daß alles anders klang, selbst die eigene Stimme wurde fremd. Er konnte die Zeit nicht mehr messen, konnte nicht spüren, wann eine Stunde vergangen war oder ein Tag. Er glaubte, seit vielen Tagen und Nächten in diesem Verschlag hier zu sein, doch Denise sagte, so lange wäre es nicht. Sie hatte die Zeit besser im Griff, sie sagte, wenn er meinte, daß ein neuer Tag begann: »Nein, das ist jetzt höchstens eine neue Stunde.«

»Aber es ist doch schon Nacht gewesen?« fragte er.

Sie hatte die Augen geschlossen. Sie lehnte auf der anderen Seite des Gitters mit dem Rücken zur Gummiwand. »Michael«, murmelte sie, »ist das wichtig?«

»Ja, mein Urlaub ist längst zu Ende. Meine Kollegen werden mich suchen.«

»Aber sie werden dich nicht finden«, sagte sie.

Darüber grübelte er nach. Es war schwer, das Grübeln, Wörter, ganze Sätze fuhren Karussell. Er kam auf keinen Punkt, er dachte sich das Wort Polizeipräsidium und vermochte sich das Gebäude dazu nicht vorzustellen, und zu allem Überfluß fand er das auch gar nicht so schlimm, denn sie war ja bei ihm, sie war die ganze Zeit da. Seltsamer war die Sache mit den Geräuschen. Daß er nichts hören konnte außer ihrer Stimme und seiner. Er wunderte sich darüber, ohne sich richtig zu fürchten. Er wunderte sich auch darüber, daß die Wände weich wie Gummi waren und er keinen Hall hörte, wenn er in die Hände klatschte, doch war es albern, hier in die Hände zu klatschen, darum ließ er es sein. Manchmal glaubte er, in die Dunkelheit zu blicken, wenn die Angst ihn ansprang wie ein wütendes Tier, doch dann versuchte er ruhig zu atmen, wie er das auch machte, wenn er einen heiklen Einsatz hatte und nicht wußte, was ihn an der nächsten Ecke erwartete. Das half genauso wie den Kopf zu drehen und sie anzuschauen. Sie war bei ihm, sie war sein Trost.

»Warum hast du so einen Firlefanz geschrieben?« hatte sie gefragt. »In jedem deiner Briefe taucht zehnmal die Hölle und zwanzigmal das Böse auf. Manchmal auch Teufel, nicht bloß ein Teufel, gleich eine ganze Armada.«

Er hatte lange überlegt, ob er ihr das sagen dürfe und schließlich geflüstert: »Ich wollte dir imponieren. Du kriegst doch sicher tausend Briefe, in denen nur Belangloses steht, unanständiger Dreck. Ich dachte, ich falle dir auf. Du sagst das doch auch so oft.«

»Vieles, was ich sage«, hatte sie gesagt, »steht in einem Manuskript. Da schreiben andere was rein, zum Beispiel der Redakteur. Überhaupt, diese Vorstellung vom Teufel, hast du dir das mal überlegt? Sie entlastet die Menschen. Sie sind es dann ja nicht. Es kommt halt aus der Hölle, da kann man nichts machen.«

Sie redeten nicht immer. Manchmal dämmerten sie dahin. Manchmal kam der Hausmeister und brachte Brote, Kekse, Wasser und Tee. Er kam bewaffnet, hielt seine Pistole wie einen Fremdkörper in der Hand und schob das Tablett mit dem Fuß ins Zimmer, um sofort wieder zu verschwinden.

»Bald ist es vorbei«, murmelte Denise. »Der Trottel wird uns nichts tun, er wartet genauso auf ihn. Bald kommt er.«

»Wer?« fragte Michael, obwohl er es wußte und Angst vor ihrer Antwort hatte.

»Toni«, sagte sie. »Mein Mann.«

»Seid ihr verheiratet?« flüsterte er.

»Nein.« Sie sah an ihm vorbei. »Ich will ja keine Witwe sein.«

»Wie meinst du das?«

»Nur so.« Sie schien vor sich hinzulächeln, aber es war kein glückliches Lächeln, es hatte etwas, das ihn ängstlich machte.

In seinem Kopf drehte sich alles. Er merkte, daß er nach ein paar Schlucken von Schaffners Tee wieder so schläfrig wurde, daß er nur liegen und träumen wollte und hatte sie gewarnt; da ist das Beruhigungsmittel wieder drin, hatte er gesagt, das Rohypnol, der mixt das da rein. Doch Denise trank ganz bewußt davon. Sie wollte es so und sagte, daß sie das kenne und daß es ihr gut täte dann und wann.

Er wußte nie, wann sie schlief. Sie lag mit geschlossenen Augen da, und manchmal schwieg sie ein paar Tage lang – oder ein paar Stunden, um dann plötzlich die Hände an das Gitter zu legen und zu sagen: »Erzähl mir was, ich halt das sonst nicht mehr aus.« Dann erzählte er ihr davon, wie er als Junge mit dem Rad unterwegs gewesen war und bei voller Fahrt die Bremse kaputtgegangen war und wie er aus Angst hinzufallen, seine dralle Nachbarin angesteuert hatte, um schön weich auf ihrem dicken Bauch zu landen. Solche Sachen. Er wollte sie lächeln sehen und hätte sie gerne geküßt, wäre das Gitter nicht zwischen ihnen. Doch sie war da.

»Hier muß noch etwas sein«, sagte sie.

»Hier? Was denn?« Er richtete sich auf. »Ich habe nichts gesehen. Als er mich reingebracht hat, war ich weggetreten. Aber ich glaube, es ist ein Lager, das Gebäude ist so langgestreckt, da wird sicher was gesammelt.«

»Gesammelt«, wiederholte sie.

»Ich glaube, dieser Raum hier ist schalldicht«, sagte er.

»Sicher.« Denise drehte den Kopf und sah ihn an. »Camera Silens. Eine Art Nachbau, nehme ich an.«

»Camera was?«

»Wenn du viele Tage lang hier liegst und niemand bei dir ist, wenn du nichts hörst und nur die Wände siehst, wirst du empfänglich für alles. Zum Beispiel für Einflüsterungen. Man hat dich unter Kontrolle. Man könnte dein Verhalten ändern. Wenn du so total isoliert bist, daß du vergißt, welches Geräusch der Wind macht oder wie ein Lachen klingt, saugst du alles auf. Dann wirst du ein anderer.«

»Woher weißt du das?«

»Ich habe davon gehört. Ich habe es nie vorher gesehen.«

»Zu welchem Zweck ist das?«

»Dich gefügig zu machen. Dich zu kontrollieren. Dich zu beherrschen.«

»Ich lasse mich nicht beherrschen«, sagte er. »Und du schon gar nicht.«

Doch darauf erwiderte sie nichts. Sie schloß wieder die Augen und fragte, ob er das Gedicht von Rilke kenne, das Gedicht vom Panther, und als er verneinte, sagte sie es ihm auf:

»Sein Blick ist vom Vorübergehn der Stäbe
so müd geworden, daß er nichts mehr hält.
Ihm ist, als ob es tausend Stäbe gäbe
und hinter tausend Stäben keine Welt.
Der weiche Gang geschmeidig starker Schritte,
der sich im allerkleinsten Kreise dreht,
ist wie ein Tanz von Kraft um eine Mitte,
in der betäubt ein großer Wille steht.
Nur manchmal schiebt der Vorhang der Pupille
sich lautlos auf. Dann geht ein Bild hinein,
geht durch der Glieder angespannte Stille –
und hört im Herzen auf zu sein.«

Er dachte darüber nach, er fand es schön. Doch er hatte keine Lust, es auswendig zu lernen, so schön fand er es wiederum nicht.

»Und hört im Herzen auf zu sein«, murmelte er, denn das hatte er behalten. »Was hört auf?«

»Alles«, sagte sie, »was dich zum Menschen macht.«

»Ach, es ging doch nur um einen Panther«, sagte er.

Sie lachte, und ihr Lachen war so schön. »Ihr seid alle so prosaisch«, sagte sie. »Du bist genau wie Stockers Assistentin, die kann auch eine Oper nicht von einer Sinfonie unterscheiden.«

»Wer, die Henkel?« Er verzog das Gesicht. »Die ist nicht seine Assistentin. Assistenten gibt es bloß in Krimiserien. Ich hatte mal jemanden festgenommen, den haben sie wieder freigelassen, und sie hat es nicht mal für nötig befunden, mir zu erklären, warum. Das war wegen der Obdachlosenmorde.«

»Ja«, sagte Denise.

»Weißt du, was ich geglaubt habe? Damals, am Bahnhof, als du da herumgelaufen bist?«

»Ja«, sagte sie wieder.

»Nein, das kannst du nicht wissen, ich –«

»Doch«, sagte sie nur. »Ich weiß es.«

»Ich habe den Toten gesehen.« Er schloß die Augen. »Er sah so furchtbar aus. Ich habe auch den zweiten Toten gesehen, der lag hinter einem Pissoir, aber da war ich im Einsatz, da war es nicht so schlimm.«

»Hör auf damit«, flüsterte sie, und er sah, wie bleich sie war. Sie sah viel jünger als im Fernsehen aus, auch kleiner und hilfloser, aber das machte nichts. Nur manchmal, wenn er Angst vor der Angst bekam, weil er dachte, daß er vielleicht aufhören könnte, sie anzustaunen, wenn hier alles so blieb und sie hier sterben mußten, legte er die Stirn an das Gitter, und sie streichelte sein Haar.

Nach vielen Stunden fragte er: »Was ist der Hausmeister für ein Typ?«

»Er heißt Schaffner«, sagte sie. »Und er ist kein Hausmeister.«

»Was ist er dann?«

»Nichts«, sagte sie. »Nichts mehr. Ein Wesen.«

»Seine Frau.« Er sah zu ihr herüber; sie schien nicht reden zu wollen. »Mir ist es wieder eingefallen, sie hieß Vivian und war die Tote hinter der Kirche.«

Denise zog die Beine an und legte die Stirn auf die Knie.

»Das war sie doch?« fragte er. »Seine Frau?«

»Ja«, murmelte sie, sonst nichts. Diese Stille, nur ihre Stimmen und ihr Atem. Nur das Geräusch des Schlüssels, wenn Schaffner kam.

Schaffner schloß auf seiner Seite auf, und Michael sah zuerst die Pistole, dann Schaffner und dann erst den anderen Mann. Der Hausmeister, der keiner war, schob ihn hinein und schlug die Tür wieder zu. Da stand der Mann vor seiner Matratze und Michael wollte ihn packen und prügeln und töten, weil es der schwarze Teufel war mit dem hellen Haar. Denise kam schnell wie eine Katze hoch, und der Teufel schoß auf sie zu und rüttelte am Gitter. Dann kam Schaffner auf ihrer Seite herein. Er richtete den Lauf seiner Waffe auf Denise und sagte sein Lieblingswort: »So.«

»Was machst du hier?« fragte der Teufel, und es hörte sich an, als würde er gleich weinen. »Was *machst* du denn hier?« Er griff durch das Gitter nach ihren Händen, und sie ließ es geschehen. Michael starrte seinen Rücken an, doch er konnte nichts tun, weil sie hier Geiseln waren, alle miteinander.

»Und wer ist das denn?« rief der Teufel und drehte sich zu ihm um. »Was macht ihr hier, was ist das für eine Scheiße?«

Denise zog ihre Hände zurück und sagte: »Henrik hat angerufen, und ich bin gekommen. Er war so freundlich, die Wegbeschreibung gleich mit durchzugeben. Ich wußte nicht, was er wollte, aber ich wollte das hier sehen. Es war die einzige Möglichkeit, nicht wahr?«

»Es gibt nichts zu sehen«, flüsterte der Teufel, »was denkst du dir denn?«

»Zeig es mir.«

»Hier ist nichts. Ein altes Lager.«

»Ist das sein Raum hier?« fragte sie. »Habt ihr es hier gemacht?«

»Was gemacht?«

Denise lächelte ihn an. »Hier hast du Henrik umgebracht.«

»Hör auf«, zischte er, »Komm nach Haus, du bist ja verrückt.«

»Oh nein«, sagte Schaffner. »Sie kommt nicht eher hier heraus, bis ich in meinem Haus bin. Und der andere auch nicht.«

»Henrik.« Leise singend begann der schwarze Teufel auf ihn einzusprechen. »Du darfst so etwas nicht tun. Das ist nicht richtig. Das wird man dir übelnehmen. Man wird dir verbieten, in dein Haus zu ziehen, weil man dich einsperren wird.« Er drückte sich ans Gitter. »Man wird dich einsperren, Henrik, wenn du Denise einsperrst. Es wird schlimm werden, ganz schlimm, du wirst nie wieder die Sonne sehen. Henrik? Hörst du zu? Steck die Waffe weg. Laß sie raus. Dann wird alles gut.«

»Ha«, sagte Schaffner, ohne zu lachen, »ha, ha.« Er stieß Denise seine Pistole in den Rücken und sagte: »Knie dich mal hin.«

Sie tat es. Sie nannte ihn nicht länger Trottel, doch sah sie aus, als sei sie ohne Angst.

»Jetzt paß auf.« Schaffner drückte ihr die Waffe ins Genick.

»Nein, Henrik«, schrie der Teufel. Er fing an zu schluchzen. »NEIN, NEIN, NEIN!«

Schaffner blinzelte. »Ich tu ihr nichts, wenn du mir mein Haus bringst.«

»Wie denn?« schrie der Teufel. »Soll ich es ins Auto packen?«

»Nein. Es gibt den Vertrag.« Schaffner nickte vor sich hin. »Du hast gesagt, du hast ihn. Daß ich der Besitzer bin. Den bringst du mir, den will ich sehen. Dann fotografierst du das Haus von außen und von innen. Die Bilder bringst du mir auch. Du hast es immer nur gesagt und mich machen lassen, ich habe dir geglaubt, ich habe nie etwas gesehen. Jetzt will ich es sehen. Dann können sie gehen, alle beide. Alle müssen gehen.«

»Henrik«, sagte der Teufel mit zitternder Stimme. »Es ist doch alles geregelt. Aber ich kann das doch nicht allein entscheiden.«

»Den Vertrag«, sagte Schaffner. »Und die Bilder. Solange bleiben sie hier. Die hier« – Fast spielerisch stieß er Denise zweimal seine Waffe ins Genick, dann deutete er auf Michael – »Und der da. Den habt ihr mir auch geschickt, obwohl du gesagt hast, daß keiner mehr kommt. Solange das nicht klar ist, mache ich überhaupt nichts mehr.«

»Aber den kenne ich doch nicht«, schrie der Teufel, der am ganzen Leib zitterte und nur noch ein Teufelchen war, ein aufgelöstes Kind. »Wo hast du den denn her?«

»Er bleibt bei ihr«, sagte Schaffner. »Weil, die wird sonst irre. Das kann ich nicht mehr brauchen, das wird mir zuviel. Es ist noch genug zu essen da.« Er fuchtelte mit seiner Pistole. »Aber es ist gut jetzt. Es muß aufhören.«

Die ganze Zeit hatte Denise den Teufel nur angesehen, kniend, Schaffners Pistole im Genick. Auch jetzt blieb sie stumm, als er mit jammernder Stimme ihren Namen nannte und sagte, daß sie bald nach Hause kam und daß ihr nichts geschehe und er nie zulassen würde, daß ihr etwas geschehe und daß sie das doch wisse, nicht wahr? Auch jetzt sah sie ihn nur an ohne ein Wort.

»Du kommst nach Hause«, flüsterte er. »Ich muß das nur erledigen. Hörst du? Hörst du mich? Bald bin ich wieder da.«

Sie senkte den Kopf und ließ sich auf die Seite gleiten wie ein Kind, das sich bereit machte für den Schlaf.

»Hoppla«, murmelte Schaffner und nahm fast rücksichtsvoll die Pistole hoch. Zum Teufel sagte er: »Ich hol dich jetzt da raus. Dann gehst du. Hast du das verstanden?«

»Ja«, sagte der Teufel.

26

Michael Fink hatte eine saubere, kleine Wohnung, was sie nicht überraschte, Pflanzen, die er pflegte, einen Teppich, den er saugte und eine Küche, in der alles an seinem Platz stand. Hier war kein einziges Opfer gewesen, nichts hatte er hier gesammelt außer den unzähligen Videobändern von Denise. Ina ging durch diese kleine, sterile Höhle und sagte: »Noch einen irren Bullen pack ich nicht. Das mache ich nicht, da steig ich aus.«

»Ja, ja«, sagte Stocker nur. Er hatte sich Finks Computer vorgenommen und arbeitete sich konzentriert durch alle Dateien. Die Briefe an die Berninger waren da, in einem Verzeichnis namens *Briefe*, wer wäre darauf gekommen, ein paar Geschicklichkeitsspiele, Bilder von Pflanzen und Städten und gescannte Zeitungsartikel über Denise.

»Ein Rechner, wie er uns erfreut«, sagte er. »Keine Pornographie, nicht eine einzige Spur von Gewalt. Nur Liebe. Eine harmlose kleine Sammlung mit ein paar merkwürdigen Briefen. Keine Aufzeichnung über die Morde, wenn er sie denn begangen hat, es sei denn, wir sehen die Briefe als Aufzeichnung an. Als Vollzugsmeldung.«

Ina sah aus dem Fenster. Sie hatte das Gefühl, daß sie hier Hausfriedensbruch begingen. »Die Hölle«, hatte er der Berninger geschrieben, »ist die Schattenwelt, die immer größer, immer mächtiger wird. Du weißt das, ich weiß das.«

»Ich denke, er ist ein Kollege von Ihnen«, hatte die Berninger kühl gesagt, ja verdammt, war sie wieder zu blöde gewesen?

»Und hier«, hörte sie Stocker hinter sich sagen, »ist eine Straßenkarte. Wenn Sie mal schauen möchten.«

Fink hatte das Gebiet um den Südbahnhof eingezeichnet, wo Denise ihn vermutlich gesehen hatte, am Tag, als der letzte Mord geschehen war. Aber was er da markiert hatte, ging weit über den Bahnhof hinaus. Sie verstand es nicht. Sie begriff nicht, was er vorhaben könnte.

Sie erinnerte sich, wie er mit seinem Funkgerät herumgefuchtelt hatte, als sie vor der zweiten Leiche standen und er ihnen die dritte verkündete, sie erinnerte sich an das Entsetzen in seinen Augen, als er sagte, daß es ein Leichenfund hinter einer Kirche war. Sie erinnerte sich auch, wie er aus dem Park gekommen war, müde von einer Nacht auf der Lauer, und als ihr einfiel, daß er da vielleicht eine Nacht lang auf sich selbst gewartet haben könnte, unterdrückte sie mit aller Kraft ein hysterisches Kichern.

Ob er etwas Besseres sei, hatte er seinen Kollegen Jendrik gefragt, als der sich über Sebastian mokierte, den sie ins Krankenhaus fuhren, nachdem er vom Killer angeschossen worden war.

Von wem denn, von ihm? Nein. Wenn ihre Theorie stimmte

und er die Leute irgendwo sammelte, um sie nach und nach in die Parks zu bringen und zu töten, konnte er es nicht sein, oder doch? Er war der Stalker, gut. Aber war er auch der Killer? Er kannte die Einsatzpläne, hätte Zeit gehabt, dieser kleine, trotzige Ire mit dem rotbraunen Haar. Sie würde niemandem mehr trauen, wenn er es war.

Nichts schien mehr zu stimmen, was war mit ihrer hochtrabenden Theorie? *Vic553-delta* mußte ein Medikament sein, irgendein Stoff, der gerade entwickelt wurde und den der Killer sich besorgte, um die Leute ruhigzustellen, davon ging sie aus, aber Stocker meinte, sie hätte sich verrannt. Wie sollte der Kollege Fink, falls er der Täter war, an etwas herankommen, das es nicht gab? Und wo steckte er jetzt? Er war verschwunden, doch was sie zuerst vermutet hatten, daß er sich die Berninger gekrallt und verschleppt haben könnte, schien nicht der Fall zu sein.

»Toni hat angerufen«, hatte Meike Schmitt erklärt, »Denise ist für ein paar Tage weggefahren. Das ist zwar komisch, weil wir doch planen müssen, aber es kommt vor. Die nächste Sendung macht sie ja eh erst in zwei Wochen. Wohin sie gefahren ist, hat sie ihm wohl gar nicht gesagt, vielleicht haben sie eine kleine Krise. Wundert mich, denn sie lieben sich sehr.«

»Passiert es denn öfter, daß sie ihr Handy abschaltet?«

»Doch, doch«, hatte Meike erklärt. »Das ist die dritte Variante. Die zweite ist, daß sie auf Mailbox stellt, aber nicht zurückruft, und die erste, daß sie im Schnitt alle drei Monate ein Telefon verliert. Sie möchte nicht angerufen werden, sie ist halt so.«

Sie war halt so. Ina versuchte es erneut, und eine synthetische Stimme erzählte: »Teilnehmer nicht erreichbar«.

Als sie ihr Handy einsteckte, hielt Stocker ihr einen Zettel vor die Nase, den er unter Finks Schreibtischauflage hervorgezogen hatte. Kleine, akkurate Buchstaben, ein Wort: *Schaffner*.

Es könnte sich um verschiedene Möglichkeiten handeln, sagte er düster, aber durchaus auch um eine. Stocker stand vorne im vollbesetzten Konferenzraum, und es schien ihn viel Mühe zu kosten, nicht ständig auf und ab zu gehen. Es könnte sein, daß der Killer der Killer und der Stalker der Stalker war; möglich wäre aber auch, daß sie identisch waren. Eine Möglichkeit. Mehr nicht. Etwas, dem nachgegangen werden mußte, etwas, das noch längst nicht zwingend war.

»Können Sie mir folgen?« fragte er matt.

Keine Antwort.

»Wie auch immer«, sagte er, »Fink, Michael Fink ist in die Obdachlosenmorde involviert, mehr ist dazu noch nicht zu sagen. Er hat sich den Namen des vermißten Schaffner notiert, dessen Frau das dritte Opfer ist. Es ist davon auszugehen, daß er Schaffner sucht, auf eigene Faust, denn einen dienstlichen Auftrag hat er nicht. Diese Spur nehmen wir auf. Sie werden jetzt alle mit einem Foto von Fink und einem Foto von Schaffner ausgestattet. Sie beginnen am Südbahnhof, wo das letzte Opfer gefunden wurde und wo sich vermutlich auch Fink aufgehalten hat. Sie orientieren sich an dem Gebiet, das er selbst auf einer Karte markiert hat. Sie fragen jeden, der Ihnen vor die Füße und in die Finger kommt.«

»Vielleicht«, murmelte Ina, ohne jemanden anzusehen, »sollten sie auch nach diesem *Vic-delta* fragen, ob einer das schon mal gehört –«

»Begraben Sie es mal«, fuhr Stocker sie an, »das hat hier keine Relevanz.«

»Dieser Schaffner könnte es haben«, sagte sie.

Stocker seufzte. »Schaffners einziger Bezugspunkt zur Firma Vicontas scheint die Tatsache zu sein, daß er der Freundin des stellvertretenden Marketingleiters Prinz in einer Kneipe einmal seine Clowns angedreht hat. Sonst noch was?«

Sie schüttelte den Kopf.

Stocker sah über alle hinweg. »Sie suchen Fink und Sie suchen Schaffner. Sie schnüffeln wie die Hunde hinter beiden her. Und Sie vergessen für diesen Moment, daß es sich um einen Kollegen handelt.«

»Witzig«, sagte jemand.

»Durchaus nicht.« Die schwache Stimme gehörte dem Staatsanwalt Ritter. »Es ist eine Tragödie. Wie man das dann später der Öffentlichkeit erklären soll, ist mir noch schleierhaft. Ein Polizeibeamter, der mittels Serienmord einer Fernsehmoderatorin imponieren möchte.«

»Davon habe ich *nichts* gesagt«, fuhr Stocker ihn an. »Reine Theorie, haben Sie nicht zugehört?«

Ritter stand auf. »Reine Theorie ist wohl eher Ihr merkwürdiges Erscheinen bei einer renommierten Pharmafirma, wo Sie aufgrund eines lächerlich bekritzelten Zettels Theater machen und völlig unbegründet die Herausgabe von Daten verlangen. Noch nicht einmal den Hauch eines Anhaltspunktes hatten Sie da.«

Stocker ignorierte ihn und sah in die Runde. »Gibt es noch Fragen?«

Ein gemurmeltes Nein. Beklemmung auf allen Gesichtern, such einen Killer, finde möglicherweise einen Kollegen.

»Dann los«, sagte Stocker. Er rief Auermann zurück, als der Staatsanwalt draußen war, und sagte: »Sie nicht.«

»Ich nicht?«

»Sie versuchen bitte, mir ein kleines Dossier über Herrn Anton Prinz zusammenzustellen. Kommen Sie aber nicht nur damit, daß er als stellvertretender Marketingleiter bei Vicontas arbeitet oder daß er der Lebensgefährte der Frau Berninger ist. Versuchen Sie es an der Uni und an der Klinik, wo er als Pfleger seinen Zivildienst gemacht hat. Schnüffeln Sie dann vorsichtig weiter.«

»Und wie«, sagte Hans-Jürgen.

»Sie«, sagte Stocker, mit dem Finger auf Ina deutend, »helfen mir weiter beim Denken.«

»Und was denken Sie?« fragte sie. »Vicontas ist doch angeblich nicht relevant, dann wollen Sie aber ein Dossier über Prinz, was wollen Sie eigentlich?«

»Aufhören rumzustochern.« Er sah sie ausdruckslos an. »Angenommen, nur einmal angenommen, Fink ist der Täter, was könnte er suchen? Er ist Polizeibeamter, er weiß also, daß die Opfer sich allen bisherigen Erkenntnissen nach nichts haben zuschulden kommen lassen. In seinen Briefen faselt er dennoch vom Bösen. Was will er?«

»Er sucht etwas anderes«, sagte Ina. »Ich rede vom Täter, nicht von Fink.«

»Darauf bin ich schon gekommen, Kollegin, ich frage Sie: was sucht er?«

Sie hob die Schultern und sah an ihm vorbei. »Wenn er ein Psycho ist, hat er seine eigenen Gründe. Wenn er sie sammelt, wo auch immer, dann hat er sie vielleicht nach bestimmten Kriterien ausgesucht. Dann stellen sie was dar für ihn, vielleicht – keine Ahnung.«

»Es gibt keine Berührungspunkte bei den Opfern«, sagte Stocker.

»Für uns nicht. Für ihn wohl schon.«

Er schwieg eine Weile, und man hörte nur das Trommeln seiner Finger auf dem Tisch. »Ist die Berninger weggefahren«, fragte er dann, »weil sie nicht erreichbar sein will?«

»Ich kenn sie kaum«, sagte Ina. »Ich kapier das auch nicht.«

»Oder könnte Fink sie gezwungen haben, ihren Dings da anzurufen, um ihm zu erzählen, sie sei weggefahren?«

»Wir könnten das Handy orten«, sagte sie.

»Es ist doch abgeschaltet.«

»Ja.« Sie versuchte es erneut und hörte wieder nur die Synthetik-Stimme: »Teilnehmer nicht erreichbar.«

»Fink hat kein Handy«, sagte Stocker.

»Nein.«

»Ungewöhnlich.«

»Ja.« Sie sah ihn an; wie uralte Eheleute könnten sie jetzt bis in die Nacht hier herumsitzen und sich gegenseitig die Brocken vor die Füße werfen, Worte, die alles und nichts bedeuten konnten und die man nur ausspuckte, um etwas zu sagen, weil man Angst vor der Stille hatte.

Auf dem Heimweg ging sie noch einmal durch den Park, weil sie es nicht glauben wollte. Der Staatsanwalt – der Arsch von Staatsanwalt – mochte recht haben, denn was sie in Finks Fall hatten, war ein bißchen mehr als nur ein Wort auf einem Zettel. Es war trotzdem nicht genug. Eine Frau erinnerte sich an Fink, den jungen Mann, der ihr nachts geholfen hatte, als so ein Miststück sie beklauen wollte, so eine elende Säuferin. Die klaute auch im Winter immer, im Übernachtungsheim, die klaute überall. Der junge Mann war nett gewesen und nicht so herrisch laut wie sein Kollege.

Und? Bedeutete das etwas? Sie wollte das auch gar nicht wissen, sie befragte die Leute nach *Vic553-delta*, buchstabierte es, mehrmals und langsam, doch blieb es nur eine Notiz auf einem Zettel.

Bis in die Nacht hinein keine Ergebnisse, kein Fink, kein Schaffner, keine Spur. Als sie nach Hause kam, war Benny zehn Minuten später zur Stelle und erzählte, er habe Licht gesehen.

»Ja, so geht das.« Sie lehnte sich gegen ihn. »Ich hab immer Streß mit den Kerlen wegen dem Streß. Aber es gibt auch ruhige Zeiten.«

»Hab ich was gesagt?« fragte er.

»Das kommt noch.« Sie angelte über ihn hinweg nach ihrem Handy, und während er ihren Hals küßte, hörte sie die synthetische Stimme sagen: »Teilnehmer nicht erreichbar.«

Den Rest der Nacht wollte sie den Geschichten lauschen, die er von der Elbe und vom Erzgebirge erzählte, er schien ein Naturbursche zu sein. Sie wollte ihn besser kennenlernen, wenn sie weniger müde war und die Bilder und die Worte nicht pausenlos in ihrem Hirn rotierten und sich zu Fäden verknüpften, die sich ständig auflösten, obwohl sie wußte, daß sie ihnen folgen mußte. Winzige Fäden, viele davon. Sie wußte, daß sie einen von ihnen übersah, es war ein Gefühl, das sich nicht beschreiben ließ und nur vergleichbar war mit jenem, das sie Déjà-vu nannten: hier war ich schon mal, kann es aber nicht beschwören. Wüßte ja noch nicht mal, wie ich hingekommen bin. Bennys Augen ganz nah, sein Atem und ihrer, und daß sie sich an ihn klammerte und wieder loslassen konnte, war das letzte, was sie richtig mitbekam, dann schlief sie ein.

Gegen vier wachte sie auf und konnte sich kaum orientieren. Teilnehmer nicht erreichbar. Sie spürte Bennys Hand auf ihrer Hüfte und flüsterte: »Bleib hier.«

Doch er wollte ja gar nicht gehen, er schlief wie ein Baby, atmete ruhig und tief.

Am Morgen war Stocker wieder vor ihr da. Stocker war immer schon da, er war der erste am Morgen und der letzte in der Nacht und hatte trotzdem zwei Kinder gezeugt, die ihn wohl weiterhin erkannten.

»Noch nichts«, sagte er. Er sprang auf und schnappte sich sein Notizbuch. »Wir sollen aber zum Pathologen kommen, da scheint etwas nicht zu stimmen.«

»Möglicherweise sucht er sich tatsächlich Leute mit Gebrechen«, sagte er unterwegs. »Ich habe den Pathologen nicht ganz verstanden, aber denken Sie an den Blinden.«

»Und die Mittermaier mit ihrem Arm«, murmelte sie. »Aber das fällt nicht gleich auf. Beobachtet er sie, bis er es weiß?«

Die Pathologie hatte ein Portal, das quietschte und knirschte wie in den bösesten Träumen. Ina stolperte neben Stocker durch den nach Menthol riechenden Flur, in dem ihre Schritte so hallten, und sagte: »Wenn der die jetzt alle offen da liegen hat, streike ich. Das mache ich nicht mit.«

»Nehmen Sie sich zusammen«, sagte er nur.

Das erste, was sie sah, waren die Tische mit den grünen Tüchern, unter denen die Leichen lagen. Sie atmete durch. Alle zusammen, der schenkte ihnen nichts. Doch die Tücher bedeckten sie, man sah nur die Wölbungen der Körper. Mit gefalteten Händen stand der Pathologe am Kopfende des Raumes wie ein Priester vor dem Altar. Dr. Gerlach war ein älterer Mann mit feingliedrigen Fingern, die auch über die Tasten eines Klaviers huschen könnten.

»Nun«, sagte er leise. »Wie Sie wissen, habe ich bei allen hier die Leichenschau gemacht. Feststellung des Todeszeitpunktes und der Todesursache. Daran ändert sich auch nichts, es handelt sich, wie Sie wissen, um Schußverletzungen und im letzten Fall um eine Strangulation. Nun habe ich sie mir alle noch einmal mehrere Stunden lang angesehen.« Er räusperte sich umständlich.

»Stimmt etwas nicht?« fragte Stocker, was angesichts von Mordopfern keine übliche Frage war.

Dr. Gerlach nahm seine Unterlagen. »Das erste Opfer, bei dem ich schwere Schäden festgestellt habe, ist Frau Johanna Mittermaier gewesen, Sie erinnern sich. Da habe ich, alles in allem, für eine achtundzwanzigjährige Alkoholikerin extreme Schädigungen feststellen müssen, bis hin zur Lähmung. Ich betone, für eine Achtundzwanzigjährige ist das ungewöhnlich, selbst wenn sie über einen langen Zeitraum hinweg sehr viel getrunken hat. Auch der Zustand des letzten Opfers ist ungewöhnlich schlecht. Der Mann war nicht nur blind, sondern litt außerdem an Schäden des Rückenmarks. Ferner haben wir Gefäßverschlüsse, die Erblindung könnte eine Folge davon gewesen sein. Nun habe ich –« Der Pathologe ließ das Blatt, das er in der Hand hielt, sinken. »Ich möchte Ihnen sagen, ich habe schon Obdachlose obduziert und natürlich war ein großer Teil alkoholkrank, aber diese Menschen hier waren Schwerkranke.«

»Was heißt das?« fragte Stocker.

»Hier zum Beispiel.« Der Pathologe lupfte ein grünes Tuch und sie sahen das bleiche Gesicht der Nummer zwei, Max Jakobi. »Da stelle ich schwere Schäden am Rückenmark fest und Hirnschäden, wie ich sie in dieser Schwere selten gesehen habe. Der Mann wäre ohnehin gestorben, wenn Sie mir diese Bemerkung gestatten. Wir haben alle Symptome der Unterernährung, weil er vermutlich gar keine Nahrung mehr aufnehmen konnte.« Er sah sie bekümmert an, dann ging er zum nächsten Tisch.

»Hier haben wir Frau Vivian Schaffner«, sagte er leise. »Es handelt sich bei ihr um Anzeichen des Guillain-Barré-Syndroms. Das heißt, sie erlitt offenbar eine Lähmung von Gliedmaßen und Rumpf, zudem noch eine Lähmung der Atem- und Schlundmuskulatur. Wir haben weiter Leberschäden, die nach allem, was wir wissen, überhaupt nicht beim Guillain-Barré-Syndrom auftreten, ich vermute also nur, daß es sich um ein solches handelt.« Er legte eine Hand auf das grüne Tuch, das Vivian Schaffner bedeckte. »Wissen Sie, sie hat gelitten.«

Dr. Gerlach ging einen Tisch weiter. Seine Höflichkeit den Leichen gegenüber hatte etwas seltsam Rührendes. »Bei Herrn Peter Rehbein mutmaße ich, daß es sich um eine progressive Paralyse handeln könnte, ich betone: könnte. Wir könnten das als Folge einer Syphilis annehmen. Es gibt aber keine weiteren Anzeichen der Syphilis, vielmehr gibt es wiederum Anzeichen von schwerstem Alkoholismus. Herr Rehbein hat wohl nicht mehr richtig atmen und schlucken können, die unteren Gliedmaßen waren nicht mehr funktionstüchtig. Unterernährung natürlich auch hier. Wenn Sie mir das gestatten, dann sage ich Ihnen, daß dieses Ausmaß mich erschüttert.«

»Gibt es eine Erklärung?« fragte Stocker.

Dr. Gerlach schüttelte den Kopf. »Unmengen von Alkohol könnten dazu beigetragen haben, auch starker Konsum von Schnüffeldrogen, Sie wissen schon. Ich vermute das alles aber nur, denn es ist mir ein Rätsel. Ich habe diese Kombinationen noch niemals gesehen.«

Also doch. Nein, keine Schnüffeldrogen, das nicht. »Rehbein zum Beispiel«, sagte Ina. »Er konnte kaum laufen, nicht richtig atmen, nicht richtig schlucken?«

»So ist es«, sagte der Pathologe.

»Und das führen Sie alles auf den Alkohol zurück?«

»Nein«, murmelte er. »Wenn ich es nur wüßte.«

»Sie sind in diesem Zustand wohl kaum durch die Parks gelaufen oder?«

»Es ist schwer vorstellbar. Nein.«

»Sind also vom Täter auch nicht überrascht worden.«

»Ich kann es mir nicht vorstellen«, sagte der Pathologe.

Ina wandte sich an Stocker. »Wie ich sage. Er hat sie also mitgenommen, als sie noch okay waren. Und dann« – ihr fiel kein besseres Wort ein – »gebunkert.«

»Möglich«, sagte Stocker nur.

»Könnte der Täter ihnen eine Droge gegeben haben?« fragte sie den Pathologen. »Er arbeitet in einem Labor, läßt sie da mitgehen, wäre das möglich?«

»Wie stellen Sie sich das vor?« fragte Dr. Gerlach. »Wie soll er denn an diese Mengen herankommen? Diese Schäden hier erleiden Sie nicht, wenn Sie nur mal eben eine Droge nehmen.«

Nein. Sie senkte den Kopf, weil es ihr plötzlich einfiel – *diese Mengen*, ja, Woyzeck hatte Erbsen gegessen, nur Erbsen, Mengen, Unmengen von Erbsen.

»Nehmen wir mal an«, sagte sie, »es ist ein Labor, in dem solche Sachen wie Ecstasy hergestellt werden. Illegales Zeug.« Sie gab sich die Antwort gleich selbst. »Dann hätten Sie diese Schäden schon gesehen, Dr. Gerlach. Bei ganz anderen Leuten, zum Beispiel bei Ravern.«

»Wo?« fragte der Pathologe schüchtern.

»Bei Disco-Besuchern. Diese Schäden wären dann schon häufiger aufgetreten, nicht?«

»Zweifellos.«

»Sie denken aber jetzt an Alkohol, weil es sich um diesen Personenkreis handelt. Obdachlose, Mittellose.«

»Ich weiß nicht mehr, was ich denken soll«, murmelte der Pathologe.

Ja. Nein. Ina ging ein paar Schritte zurück, bis sie gegen eine Wand stieß.

»Ist Ihnen nicht gut?« fragte der Pathologe.

Doch. Das heißt, nein. Mit einem Finger fuhr sie an ihrer Nase entlang, auf und ab, immer wieder. Ja. Dieses Entsetzen in den Augen der Berninger, als Stocker ihr erzählte, Johanna Mittermaier habe einen Hirnschaden erlitten, infolge übermäßigen Alkoholkonsums. Da warst du fertig, nicht wahr, Denise? Das hast du nicht glauben können, das hat dich umgehauen. Was hast du hinterher gesagt? Daß Johanna genügend Männer gefickt hatte, um über die Runden zu kommen, ja, das auch, und man mußte sich direkt wundern, was so ein Ausdruck in deinem edlen Wortschatz sucht. Nein, das andere, ihr habt euch doch immerhin viele Jahre lang gekannt: »Sie hat in meiner Gegenwart nicht getrunken«, hast du gesagt. »Ich habe sie nie betrunken gesehen.« Kann ich dir das glauben, Engelchen?

Sonst hast du ja gar nichts gesagt. Hast nicht nachgefragt. Hast nicht gewußt, nicht wahr, welche Ausmaße es hat.

Ganz normale Person, hatte der Wirt von Johannas Stammkneipe über sie gesagt, bißchen flippig gewesen, sonst nichts.

Sie sah den besorgten Blick des Pathologen und sagte ruhig: »Mittermaier hat nicht getrunken. Sie schon mal nicht. Da kann ich Ihnen Zeugen bringen.«

Und Rehbein? Seine Schwester hatte eine Menge über ihn gesagt, nein, eher gegen ihn, aber daß er ein so starker Säufer war, schien ihr niemals aufgefallen zu sein. Die Nachbarin der Schaffners hätte es merken müssen, wäre Vivian Schaffner Alkoholikerin gewesen.

»Wie lange«, fragte sie, »müßten sie getrunken haben, um so zu enden?«

»Jahre«, sagte Dr. Gerlach. »Viele Jahre. Wenn es überhaupt nur der Alkohol ist, der Alkohol allein – nein.«

Er wußte es nicht. Er vermutete es nur. Er konnte sich das alles nicht erklären.

Praktisch noch im Labor.

Und dieser Woyzeck im Theater, diese Szene, als er auf dem Stuhl saß und jemand neben ihm stand, diese Szene, die sie Stocker die ganze Zeit erzählen wollte, ohne sie auf die Reihe zu kriegen, dieser Jemand war Arzt.

Sie sah, wie beide Männer sie anstarrten, schloß die Augen und spürte den Schnee.

Ja, es war wie Schnee, man sah die ersten Flocken fallen, bevor sie sich vermehrten und heftiger wurden, und dann hüllten sie einen ein, und dann wurde ein Schneesturm daraus, immer, auch im Sommer. Pit Rehbeins schräge Jobs, Rehbein hatte Abführmittel getestet, eine Weile bevor er die Leiche in *Fadenkreuz* spielte, diese Aussage seines Kollegen, war ihr doch schon einmal durch den Kopf gegangen; so ein diffuses Gefühl, als würde sie etwas übersehen. Und der Penner im Park. Der Mann auf der Bank, als sie die Nacht dort verbracht hatte, der ihr von seiner gesunden Haut erzählte, was sie noch komisch gefunden hatte, keine Falten, hatte er gesagt, schöne, glatte Haut. Die neue Salbe, hatte er gesagt und etwas von fünfzig Euro erzählt, die er dafür bekam. Die neue Salbe, ein neues Produkt. Was tat man denn mit neuen Produkten, bevor man sie in den Handel brachte?

Sie hatte ja nicht richtig zugehört. Die schwatzten doch immer so drauflos.

»Dieser Woyzeck«, sagte sie. »Der im Theater, der hat monatelang nur Erbsen fressen müssen, können Sie sich erinnern?«

»Ich bitte Sie«, zischte Stocker.

»Wissen Sie noch, warum? Kennen Sie das Stück? Sie wissen doch immer alles. Da war so ein Doktor.« Sie nickte. »Der hat geguckt, wie das wirkt.«

»Mein Gott, Frau Henkel –«

»Er kriegte Geld dafür, nicht? Hatte ja sonst nichts. Monatelang nichts als Erbsen, jeden Tag, unter Aufsicht. Dabei ist er kirre geworden, nicht? Ist ihm nicht unbedingt bekommen.«

Stocker starrte sie an.

»Die haben das getestet bei ihm«, sagte sie. »Wie er reagiert, wenn er nur noch Erbsen zu fressen kriegt. Versuchsperson. Rehbein auch, der hat mal Abführmittel getestet. Der kannte das schon, hat es also wieder gemacht. Ist doch okay, wird bezahlt. Ein Penner im Park erzählt mir was von einer neuen Salbe, für die er Geld bekommen hat. Es ging mir die ganze Zeit im Kopf rum, aber ich hab es nicht – ja. Praktisch noch im Labor. Die Pillen. Und die Testpersonen.«

Stocker schob einen Fingerknöchel zwischen die Zähne. Der Pathologe stand mit hängenden Armen da.

Sie fragte: »Was passiert mit Medikamenten, bevor sie auf den Markt kommen?«

»Medikamente?« Dr. Gerlach bekam ein nervöses Zwinkern.

»Was passiert?« wiederholte sie.

»Sie werden –« Er machte eine kurze Pause und sagte: »Sie werden getestet.«

»Sind praktisch noch im Labor«, sagte sie.

»Ja.«

»Wie werden die getestet?«

»Zum Teil in Tierversuchen.«

»Tierversuche.«

»Ja. Menschen als Testpersonen, das muß genehmigt werden. Das gibt es natürlich auch, unter Aufsicht, mit Freiwilligen. Das wird in Kliniken gemacht. Das sind gängige Nebenverdienste.«

»Und wenn man keine Genehmigung hat?«

»Wie meinen Sie das?« flüsterte der Pathologe.

»Wie ich es sage.« Sie nickte. »Wenn man auch keine Tierversuche machen darf oder machen will, oder wenn man glaubt, daß die nichts bringen? Wenn man keine Affen und keine Ratten hat, was dann? Dann kann man Penner nehmen.«

»Um Gottes willen«, rief Dr. Gerlach. »Versündigen Sie sich nicht.«

»An wem?« Sie sah Stocker an. »Wissen Sie, was die Gemeinsamkeit der Leute hier ist? Der Opfer? Sie haben danach gefragt, Sie haben gesagt, es gibt keine.«

Er sagte nichts, sah sie nur an.

»Sie waren arm«, sagte sie. »So einfach.« Sie hob die Arme und ließ sie wieder fallen. »Sie mußten alles machen, um ein bißchen Kohle zu kriegen.«

»Das hat die Berninger mich doch im Studio gefragt«, sagte er, und seine Stimme hörte sich anders an. »*Genügt es, notleidend zu sein?* Wörtlich.«

»Ja«, sagte Ina. »Sie haben nicht mehr gesoffen als andere auch. Sie waren nicht krank, das ist nicht die Gemeinsamkeit gewesen, denn krank sind sie gemacht worden.«

»Was wollen Sie damit sagen?« fragte Stocker. »Formulieren Sie es jetzt ganz genau.«

»Daß sie ein neues Mittel getestet haben. Intern wird es *Vic553-delta* genannt. Das will ich sagen. Und daß etwas schiefgegangen, daß etwas erbärmlich schiefgegangen ist. Daß es so schiefgegangen ist, daß sie heute in dieser Firma leugnen müssen, diesen Stoff überhaupt je hergestellt zu haben. Sie haben es ja gehört, *Vic553* gibt es nicht.«

Das Gesicht des Pathologen nahm langsam die grüne Farbe der Leichentücher an. »Sprechen Sie von Vicontas? Ich komme darauf wegen des Namens.«

Stocker nickte.

»Aber ich bitte Sie, die haben bewährte Produkte. Die testen gelegentlich in der Universitätsklinik, da gibt es Unterlagen, die Sie einsehen können, das geht da alles mit rechten Dingen zu, das ist ein renommiertes Unternehmen.«

»Da«, sagte Stocker. »Da schon. Bei dem Abführmittel wird es so gewesen sein. Bei der Salbe.«

»Und dann«, sagte Ina, »haben sie wieder etwas, von dem sie gewußt haben müssen, daß es heikel ist. Sie gehen nicht den üblichen Weg, gehen nicht in die Klinik damit. Vielleicht haben sie es ja schon an Mäusen getestet, und da ist es auch schiefgegangen. Aber sie könnten sich denken, diese Viecher, die reagieren anders als Menschen. Wollen doch mal sehen. Es bleibt aber heikel. Sie kämen nie mit einer Genehmigung durch, also holen sie sich Leute von der Straße, Penner und Leute, nach denen keiner kräht. Das ist ja auch nicht aufgefallen, ich meine, wer vermißt die schon?«

»Nebenwirkungen müssen aber dokumentiert werden«, sagte der Pathologe mit schwacher Stimme. »Gewöhnlich ist das jedenfalls so. Wir haben natürlich schon erlebt, daß Pharmaunternehmen Nebenwirkungen als Handelsgeheimnis klassifiziert haben.« Er sah zu Boden. »Wie stellen Sie sich das vor? Was wir hier haben, sind ja keine Nebenwirkungen, das sind nachgerade Zerstörungen.« Langsam wandte er sich den Leichentischen zu, als käme die Antwort von dort. »Das Ergebnis eines illegalen Medikamententests? Gott steh uns bei.«

»Macht der nicht«, sagte Ina. »Sehen Sie ja, macht der nie.«

»Aber die Schußverletzungen!« Dr. Gerlach breitete die Arme aus. »Sie sind doch ermordet worden.«

»Ja«, sagte Stocker. »Einen Killer haben wir auch noch.«

»Und diese entsetzliche Maskerade«, sagte der Pathologe. »Die Schminke.«

»Was denken Sie da spontan?« fragte Stocker.

Doch er wußte wohl nicht mehr, was er denken sollte. Stumm schüttelte er den Kopf, während Stocker sagte: »Da ist ein Irrer am Werk, denkt man. Das kann nur ein Irrer sein, denkt man.«

»Und er hier«, murmelte Ina, während sie die Tische entlangging, bis sie vor Pit Rehbein stand, »er hat es aufgeschrieben. Hat den Namen wohl aufgeschnappt und sich gedacht, das muß doch jemand wissen, weil ich mich so beschissen fühle, schlechter und schlechter und schlechter. Das hat er noch geschafft. War so clever mit dem Zettel.« Sie zog nur ein wenig am grünen Tuch, bis sie Rehbeins geschlossene Augen sah, den bläulichen Schatten auf seinen Lidern. Man sollte ihm etwas sagen. Man sollte hoffen, daß er das irgendwie und irgendwo auch mitbekam, sollte die eigene Ungläubigkeit verdrängen, zumindest für diesen Moment. Sie wußte nicht, wie das anzustellen war. Sie schloß so fest die Augen, wie sie es als Kind gemacht hatte, wenn sie sich etwas wünschte. Ja. Es ist angekommen. Ja. Ich hab's kapiert.

27

Schaffner schloß auf und schob das Tablett mit den Käsebroten herein. Seit der Teufel gegangen war, hatte er nicht mehr gesprochen. Er kam, brachte Essen und verschwand. Jedesmal schien er dünner zu werden, er sah aus, als löse er sich auf.

Diesmal aber sagte er: »Toni hat angerufen. Wenn er alles beisammen hat, kommt er. Das dauert nicht mehr lange, ich soll das sagen.«

»Henrik«, sagte Denise. Es war das erste Mal, daß sie ihn ansprach, und es klang wie ein Lockruf.

Schaffner blieb stehen, mit der Pistole in der rechten Hand.

»Er belügt dich. Das tut er immer.«

Schaffner blinzelte.

Sie ging weiter auf ihn zu. »Was machst du hier die ganze Zeit?«

Er schüttelte nur den Kopf.

»Laß uns raus. Zeig uns alles.«

»Nein«, krächzte er. »Toni kommt, dann könnt ihr gehen.«

»Und du?« fragte sie.

Er blinzelte wieder.

»Was ist mit deiner Frau passiert?« Sie stand jetzt dicht vor ihm. »Wann hast du sie zuletzt gesehen? Und wo?«

»Halt den Mund.« Heftig stieß er sie gegen die Schulter und lief hastig hinaus, während sie noch eine ganze Weile vor der Tür stand, auch als das Geräusch des Schlüssels längst verklungen war.

»Seine Frau«, murmelte Michael. »Vivian.«

Denise drehte sich zu ihm um, sie war noch bleicher als sonst. »Er soll mir Zigaretten bringen, nicht diesen beschissenen Käse.«

»Du hast zu wenig im Magen«, sagte er.

Sie sah ihn an, als hätte er den Verstand verloren.

»Das ist doch eine gute Gelegenheit«, sagte er, »sich das Rauchen abzugewöhnen.«

Er wußte nicht, was falsch an diesen Worten war, dennoch hörte er sie aufschreien, und weil es das erste Mal war, glaubte er, daß er diesen Laut seine restlichen Jahre noch hören würde, oder seine restlichen Tage, was wußte er schon. Sie sackte in sich zusammen, und er sah ihre Schultern zucken.

»Es tut mir leid«, sagte er.

»Du bist so blöd«, flüsterte sie, und als sie ihn endlich ansah, war er sich nicht mehr sicher, ob sie überhaupt weinte, es konnte auch ein Lachen sein.

»Komm her«, sagte er. »Schlaf ein bißchen, du bist immer wach.«

»Ich gewöhne es mir gerade ab. So eine gute Gelegenheit.« Sie legte sich wieder auf die Matratze, und als er die Stirn gegen das Gitter drückte, beugte sie sich vor und pustete ihm eine Haarsträhne weg. In solchen Momenten glaubte er, daß sie im Himmel waren, in einer Art Himmel, der sich noch über dem erbärmlichsten Loch erhob. Er schloß die Augen und wußte, daß er jetzt ein paar Minuten schlafen konnte. Alles war unwirklich hier, die Stille und das trübe Licht, doch würde trotzdem alles gut werden, anders konnte es nicht sein. Er wollte, daß Sterben unmöglich war.

Als er ihr die Briefe schrieb, hatte er sich vorgestellt, sie sei unendlich stark. Wenn er sie im Fernsehen sah, hatte er sich manchmal ducken müssen, weil sie wie eine Göttin über ihm erschien, so wie die Sonne über einem tristen Stückchen Land. So war es aber nicht, sie war zarter und viel wehrloser als die Fernsehfrau, er mußte sich um sie kümmern. Sie wollte nichts essen, sie tat es nur, wenn er es ihr sagte. Ein bißchen, bat er sie dann, sonst fehlt dir die Kraft. Manchmal sah sie ihn an, als wüßte sie nicht, was sie mit der Kraft noch anfangen sollte, doch nahm sie etwas von den Käsebroten und den Keksen, auch wenn sie dabei das Gesicht verzog.

Einmal war sie mit offener Bluse aus dieser lächerlichen Nische mit dem Waschbecken gekommen, und er hatte weggesehen, weil er das höflicher fand. Es war nicht leicht gewesen, doch selbst in diesem irren Gefängnis spürte er nicht mehr dieses Herzrasen, wenn er sie ansah, sondern eine Art Frieden. Trotzdem würde er sie gern in die Arme nehmen, um sie zu trösten, so wie er auch Kinder in die Arme nahm, wenn sie ihm auf der Straße weinend entgegenkamen, nur um zu sagen, es wird schon wieder, hörst du? Wird schon wieder gut. Nur daß sie nicht weinte und auch keine Angst zu haben schien, überhaupt keine Gefühle, nichts.

Als er die Augen wieder öffnete, sah sie ihn an, als hätte sie auf diesen Moment gewartet. Er spürte ein Flirren im Magen; tausend Tage hatte er davon geträumt, so kam es ihm vor, tausend Tage von diesem Blick. So ein verrücktes Leben. Da mußte ein Gefängnis kommen, ein irrer Hausmeister und ein schwarzer Teufel, all das. Vorhin hatte sie ihn einen Engel genannt und gemeint, daß er vielleicht doch die richtigen Briefe geschrieben hatte, doch kurz darauf bezeichnete sie ihn als Idioten, weil er nicht hier hätte landen müssen, weil er einfach losgelaufen war. So ein verdammter Idiot. Er hatte gesagt, daß sie ja nun auch freiwillig hier war und sich von Schaffner wie ein Lämmchen in dieses Gefängnis führen ließ, aus lauter Neugier, oder nicht? Jetzt, nach ein paar Minuten wirrem Schlaf, sagte sie: »Neugier ist das falsche Wort.«

Michael richtete sich auf und schob sich ganz nah an das Gitter heran.

»Ich habe zehn Jahre mit Toni gelebt«, sagte sie. »Und jetzt ist es ein Puzzle. Er sagt mir nicht, was er tut.«

»Was für ein Puzzle?«

Sie sah an ihm vorbei. »Man sieht etwas, hört etwas, findet etwas hier und da. Dinge kommen zusammen, die Angst kommt.«

Wie sie das meinte, wollte er fragen, doch er wußte schon, daß sie darauf keine Antwort geben würde, sie tat es nie, wenn er sie direkt fragte.

»Neugier ist etwas Schönes«, murmelte sie. »Das hier nicht. Ein

Wissen müssen ist es. Gucken, ob man danach noch –« Sie zog die Schultern hoch und starrte ins Leere. Nach einer Weile nahm sie den Deckel von der Teekanne. »Er tut nichts mehr rein«, sagte sie dann laut. »Was tut er denn in den Scheißtee, Baldrian?«

Michael hatte Angst, daß sie ihn wieder so ansehen würde wie vorhin, als er meinte, sie könnte sich das Rauchen abgewöhnen. Trotzdem sagte er leise: »Es ist nicht gut, wenn man so etwas nimmt.«

»Hin und wieder tut es gut«, sagte sie. »Toni hat mich eingestellt, er liebt es, Menschen ruhigzustellen. Das ist sein Spezialmix, ein bißchen Rohypnol, ein bißchen Valium, ein bißchen Atropin. Ich habe es freiwillig genommen, es half, ich konnte besser leben. Vorher hatte ich immer das seltsame Bedürfnis, Leute anzufallen. Andere haben Worte, wenn sie sich streiten, ich hatte nie welche.«

»Das ist doch verrückt«, flüsterte Michael. »Ein schwarzer Teufel, das ist er wirklich.«

Fast amüsiert sah sie ihn an. »Als wir uns kennenlernten, hat man ihn den blonden Engel genannt. Das ist eine Weile her. Er hat mir alles beigebracht, ich war eine ziemliche Proletengöre. Du hättest mich verachtet. Nein, du hättest mich nie gesehen, weil sie mich niemals in ein Fernsehstudio gesetzt hätten.«

Er fand, daß ihm etwas entgangen wäre, wenn er sie nie gesehen hätte, Gefühle, die er vorher nicht kannte. Sie hatten nicht viel mit Glück zu tun, was war schon Glück, aber sie waren so stark, daß sie ihn aus allem herausgerissen hatten, seinem Alltag, seinem langweiligen Leben. Von ihren Gefühlen begriff er wenig. Sie wirkte ruhig, fast starr, wie eine Katze, eine lauernde Katze.

»Wenn Toni zurückkommt«, sagte sie, »wird er Henrik einen Wisch in die Finger drücken, und Henrik wird zufrieden sein. Er hat kein Haus für ihn, das ist lächerlich.«

»Warum glaubt Schaffner das?«

»Weil er ihm alles glaubt«, sagte sie. »So ist es bisher gewesen. Henrik ist Tonis Spielzeug. Toni ist Henriks Gott.«

»Das verstehe ich nicht«, murmelte Michael.

»Wir haben Henrik in einer Kneipe kennengelernt. Er ging herum, bot seine Clowns an, und wir haben ihm alle abgekauft.«

Denise lehnte den Rücken an die Gummiwand und schlug leicht mit dem Kopf dagegen. Es gab kein Geräusch. »Toni hat ihn zum Essen eingeladen, und Henrik war schwer beeindruckt. Ein Typ mit Geld, muß er gedacht haben, ein Typ mit Stil. Wir haben ihn dann öfter getroffen, und Toni bestand jedesmal darauf, alles zu bezahlen. Ich mochte Henrik nicht, er war mir zu gedrückt, er redete nur über seine miese, kleine Wohnung, seine angeblich nörgelnde Frau, die ihn bloß verachtete, und daß er keine gescheite Arbeit fand, er jammerte über alles. Alle waren schuld an seinem Leben, wie es war, er konnte für gar nichts was. Vivian, seine Frau, wollte nie mitkommen, das hat er jedenfalls erzählt, aber ich glaube, er wollte sie nicht dabeihaben. Toni hat sie kennengelernt, mehr kann ich dazu nicht sagen. Er hat sie auseinandergebracht. Henrik war völlig auf ihn fixiert, Toni war der Erfolgreiche, der alles richtig machte, so wollte er auch werden. Toni muß es ihm versprochen haben, das war wohl die Grundlage für alles.«

»Für was?« fragte Michael.

Sie schwieg eine Weile. Vielleicht ging ihr durch den Kopf, daß sie ihn auslieferte, ihren Teufel, daß sie ihr Leben mit ihm beendete und einen Teil ihres Lebens auch.

»Toni war schon immer fasziniert von gewissen Geheimdienstmethoden«, sagte sie schließlich. »Er meinte, man könnte sie ins Positive wenden, um Menschen selbstbewußter und angstfreier machen. Das ist Blödsinn, willig sollen sie werden, fügsam, nichts anderes. Verhöre unter Streß, dann wieder mit Drogen, Isolierung, diese Gummizelle hier, Einflüsterungen, Techniken, mit denen man Menschen manipulieren kann, das muß er alles an Henrik ausprobiert haben. Hier. Mit Hypnose oder so einem Quatsch hat das nichts zu tun, eher schon mit Gehirnwäsche. Dazu braucht es natürlich so eine geduckte Kreatur wie Henrik Schaffner. Der ließ es mit sich machen, der war bereit dazu. Toni war ihm wichtiger als seine Frau, denn Toni versprach ihm ja ein besseres Leben, natürlich auch ein Haus. Wenn der ganze Psychoschrott nicht ausreicht, das wirkt immer. Ich wußte, daß er sich mit Henrik beschäftigte, ich habe ihn auch gefragt, warum. Er sagte, Henrik ist ganz schlecht drauf, ich tu, was ich kann.«

»Warum hat er das gemacht?«

Denise sah ihn lange an. »Weil er einen Killer brauchte?«

»Was ist das alles?« Michael spürte, wie die Angst kam, sie rollte wie ein schwerer Stein auf ihn zu.

»Was ist das alles«, wiederholte sie. »Du bist Polizist. Ich habe schon deiner Kollegin nichts gesagt, was ich nicht weiß. Und ich dürfte wegen Befangenheit darüber keine Sendung mehr machen. So ist das. Ein Puzzle. Vivian Schaffner habe ich lebend nie gesehen, und als deine Kollegin mir ihr Bild zeigte, das Leichenbild, wußte ich nicht, daß sie es war. Toni hat mal erzählt, er hätte ihr einen Job besorgt, als Putze in seiner Firma. Als ich ihn wieder danach fragte, schien er es vergessen zu haben. Johanna hat er auch einen Job besorgt, als Putze in seiner Firma, Johanna Mittermaier, eure Nummer fünf. Ein hilfsbereiter Mann mit vielen Angeboten.« Sie legte sich die Fingerspitzen auf die Augenlider wie ein Kind, das versuchte, unsichtbar zu sein. Ihre Finger zitterten, doch ihre Stimme klang gleichmütig.

»Toni ist während der letzten Wochen kaum zu Hause gewesen, er wurde dauernd in die Firma gerufen, nachts noch. Henrik habe ich ewig nicht gesehen, dann hörte ich ihn in Tonis Arbeitszimmer auf den Anrufbeantworter quasseln, jammernd, daß er das alles nicht mehr einsehe, so in der Art. Daß er am nächsten Tag schon am Nachmittag losginge, nicht mehr nachts, und zwar zum Südbahnhof. Er sagte, da kenne er sich aus, da würde es gutgehen, da würde es nicht wieder schiefgehen. Es ist etwas schiefgegangen, nicht?«

»Im Park«, sagte Michael. Ihm war kalt, er dachte, seine Zähne würden klappern, wenn er jetzt weiterredete, und sie würde ihn nicht verstehen.

»Ja«, sagte sie. »Der Junge, der im Park angeschossen wurde, war es das? Er hat zwei Männer gesehen, einer schoß ihn an. Dann habt ihr eine Leiche gesucht, weil ihr dachtet, er hätte es nach diesem Vorfall mit dem Jungen doch noch getan.« Sie sah ihn nicht an, sie sprach vor sich hin. »Toni war in Genf, als Henrik anrief, aber ich wollte ihn auch nichts fragen, alles hat sich aufgelöst, alles, als ob du ganz sicher und bequem auf einer Wiese stehst und plötzlich siehst, daß ein paar Zentimeter weiter ein Abgrund ist. Ich wollte es wissen, wollte Henrik am Bahnhof abfangen, ich dachte, es müßte gehen. Aber ich habe ihn verpaßt.«

»Und er ist gekommen«, flüsterte Michael. Er spürte, wie sein Körper sich verkrampfte. Es war, als fuhr er auf der Autobahn in eine Nebelwand. Als er Schaffner suchte, hatte er sich alles vorstellen können, jetzt aber, mit Schaffner in einem Gebäude, mit einem Mann, der zwar eine Waffe trug, ihnen aber Tee und Brote brachte, wollte er nicht daran denken. Nicht an so etwas, nicht an den Tod, schon gar nicht an den Tod.

»Was«, murmelte er, »haben sie mit all dem zu tun? Schaffner und er?« Es gelang ihm nicht, den Namen des Teufels auszusprechen. Er wartete auf ihn, weil sie dann wohl hier herauskamen, doch er konnte ihn nicht beim Namen nennen.

Denise starrte an ihm vorbei, und in ihrem Kopf mußte alles durcheinanderpurzeln. »Deine süße Kollegin«, sagte sie. »Frau Henkel hat mit messerscharfer Krimilogik geschlossen, weil ich ja als Maskenbildnerin gearbeitet habe, hätte ich durchaus die Leichen schminken können. Nicht daß sie mir das gesagt hätte, aber es war doch offenkundig. Gott, sie ist süß, aber doof, oder sie stellt sich doof, keine Ahnung. Weißt du was? Wenn ich ein Mann wäre und es mich nicht gäbe, könnte ich mich in sie verlieben. Das war eine Variation aus *Casablanca*, kennst du den Film?«

»Woher weißt du denn«, fragte er, »daß die Leichen geschminkt waren?«

»Bulle«, flüsterte sie, was beinahe zärtlich klang. »Dein Kollege Kissel von der Mordkommission hält mich gern auf dem laufenden. Er bildet sich ein, mich mit solchen vermeintlichen Gefälligkeiten unendlich dankbar zu machen, aber ich vögel nicht mit anderen Männern, das hab ich nie getan.«

Sie sprang auf, und er meinte, daß sie endlich schreien würde, um diese Starre abzuschütteln, die sie ausstrahlte, seit sie hier bei ihm war, und daß diesen Schrei niemand würde hören können außer ihm, doch sie sagte nur: »Einmal, ein einziges Mal habe ich mich direkt an ihn gewandt. An Kissel. Er war begeistert, der Hohlkopf, konnte gar nicht schnell genug mit euren geheimen

Details rüberkommen.« Sie legte den Kopf zurück und sprach zur Decke. »Ich wollte wissen, was mit Johanna war. Er sagte, daß die Kripo die Tatsache zurückhält, daß Johanna noch eine, wie er es nannte, besondere Verschandelung hatte, ein rotes *X* auf ihrem nackten Oberkörper.«

Michael nickte nur.

Sie tippte mit den Fingerspitzen gegen das Gitter, als schlage sie den Takt zu einer fernen Musik. »Wenn er kommt, sag nicht, daß du Polizist bist. Es ist besser, hörst du?«

Er wußte nicht, was er dazu sagen sollte, und als er sie vor dem Gitter auf die Knie sinken sah wie eine Sünderin im Beichtstuhl, nahm er an, daß sie womöglich doch ein bißchen durcheinander war. Vielleicht hatte sie diese Sendung zu lange gemacht und sah nur noch Verbrechen überall. Er griff nach ihren Händen, ihren eiskalten Händen, und sagte: »Es wird alles gut, alles wird sich aufklären.«

»Nein«, sagte sie nur, »nein.«

28

Ich weiß, was du wolltest, aber wenn wir Pech haben, stehen wir an der Endstation, noch bevor wir losgefahren sind. Dann wäre alles vergebens gewesen.

Immer wieder verspürte Ina das Bedürfnis, Pit Rehbein etwas mitzuteilen, bevor ein billiges Grab ihn verschlang, und manchmal wurde es zur Besessenheit, ihm gut zuzureden, hab Geduld, umsonst war das nicht. Sie gab keine Antwort, wenn Stocker sagte: »Wir können das nicht beweisen.« Sie sagte »die Täter«, sobald Stocker vom Täter sprach, und sie sagte »Versuchskaninchen«, wenn er sich selbst und die Welt fragte, wie viele Opfer es denn überhaupt waren. Er sagte, daß es einfacher sei, der Mafia beizukommen als der Pharmaindustrie.

Der Staatsanwalt schien das genauso zu sehen. »Was heißt denn Schäden?« fragte er. »Diese Obdachlosen, ich meine, die sind doch alle krank. Die leben ja schließlich nicht gesund.«

»Sie waren nicht krank«, sagte Ina. »Sie waren blind, gelähmt, sie waren –«

»Und das ist keine Krankheit?«

»Der Pathologe konnte es sich nicht erklären.«

»Aber ich bitte Sie«, rief Ritter. »Der Pathologe steht kurz vor dem Ruhestand, der ist auch nicht mehr auf der Höhe. Sie können doch nicht herkommen und das einer Pharmafirma in die Schuhe schieben, passen Sie bloß auf.«

»Ich habe mir auch die Grundbucheinträge geben lassen. Vicontas hat außer dem gemieteten Hauptsitz im Westend noch ein Grundstück. Ich würde es gern durchsuchen.«

»Das geht nicht«, schrie der Staatsanwalt. »Sagen Sie mir einen Punkt, an dem die Firma Vicontas konkret und nachweisbar auftaucht, dann kriegen Sie alles. Sie sind ja verrückt, was wollen Sie denn?«

»Zum Beispiel die restlichen Opfer finden«, sagte Stocker, »bevor wir sie als Leichen im Park aufpicken. Mit sechs Leuten macht man keine Versuche, da gibt es noch mehr.«

»Das ist eine ganz üble Spekulation. Wenn Sie so etwas herausposaunen, können Sie einpacken.« Ritter schien eine Hitzewallung zu erleiden und wurde rot als befinde er sich in einer Art Klimakterium. »Sie kriegen von mir keine Durchsuchungsanordnung für eine Luftnummer. Finden Sie diesen Fink, da haben Sie was in der Hand. Lassen Sie doch diese wüsten Spekulationen, es ist ja schon alles schlimm genug.«

»Leider haben wir keinen Verdacht auf Steuerhinterziehung«, sagte Ina. »Dann wären Sie mit der Durchsuchung schnell dabei.«

»Lassen Sie das«, sagte der Staatsanwalt.

»Oder wenn Sie ein paar anständige Kokser belästigen können, geilen Sie sich doch auf.«

»Ich?« schrie Ritter.

»Ihresgleichen.«

»Sie sollten sich endlich zusammennehmen«, sagte er. »Für eine schießwütige Politesse reißen Sie den Mund ganz schön weit auf.«

Sie schüttelte den Kopf, weil sie wieder nicht wußte, was sie sagen sollte. Keine Antwort, nie eine Antwort auf solche Fingerzeige, nur ein Schwindelgefühl wie bei einer alten Tante, die nach Luft rang.

»Ich entschuldige mich.« Ritter wischte sich mit einem Papiertuch die Stirn. »Wir sollten nicht so miteinander reden.«

»Sie bitten höchstens um Entschuldigung«, sagte Stocker. »Selber entschuldigen können Sie sich gar nicht.«

»Dann *bitte* ich um Entschuldigung.« Ritter errötete erneut. »Sie nehmen das hoffentlich an, Frau Henkel?«

»Nein«, sagte sie.

»Nun gut.« Ritter ging zur Tür. »Ich kann bei dieser Sachlage nichts tun. Finden Sie den Fink.«

Die Suche nach Michael Fink lief weiter. Er war ein verschwundener Kollege, und wie es schien, hatte er seine eigene, private Spur verfolgt. Sie wußten nicht, was er noch hatte oder wen, sie grübelten darüber nach, wer er überhaupt war und was er wollte. Niemand hatte die Berninger als vermißt gemeldet, die hatte eine kleine Nervenkrise und spannte irgendwo aus, Teilnehmer nicht erreichbar, nichts Ungewöhnliches. Das alles schien ein Sturm zu sein, der von allen Seiten heranfegte, Nordost, Südwest, und in dem man mühsame Schritte machte, ohne von der Stelle zu kommen. Wo setzte man an? Bei Prinz? Als Auermann erschien, wirkte das fast wie die Ankunft eines Heilbringers. Hans-Jürgen Auermann war kein großer Kombinierer, doch ein hartnäckiger Schnüffler, der sich nicht verzettelte.

»Toni Prinz. Viel ist es nicht.« Er schlug sein Notizbuch auf und seufzte. »Seinen Zivildienst hat er also als Pfleger in der Psychiatrie geleistet. Dort fiel er durch enormes Interesse am Fach auf und durch ein sehr gutes Verhältnis zu den Patienten. Bei den Psychiatern hat er sich allerdings unbeliebt gemacht, weil er beispielsweise die Elektroschocktherapie, die sie tatsächlich manchmal durchgeführt haben, als Folter bezeichnet hat. Die Ärzte waren froh, als er weg war, denn er trat zu heftig für die Patientenrechte ein.« Hans-

Jürgen seufzte erneut. »In dieser Klinik hat er seine Freundin kennengelernt, und das hat ja nun wohl bis heute gehalten. Sie war da Patientin, nicht wahr? Zwei Studienkollegen habe ich ausfindig gemacht, die heute an der Uni arbeiten. Die sagen, Toni hätte sie angebetet und immer eine Engelsgeduld mit ihr gehabt, denn Denise ist damals ein reichlich rüpeliges Mädchen gewesen, das im Restaurant schon mal Gläser nach anderen Gästen geworfen hat, wenn sie sich dumm angemacht fühlte.« Hans-Jürgen seufzte ein drittes Mal. »Volle Gläser.« Er blätterte um. »Prinz hat sein Studium der Soziologie, Psychologie und Biologie zielsicher innerhalb kürzester Zeit beendet. Interessante Kombination, wenn ihr mich fragt, der Mensch von außen, innen und ganz innen. Er bekam dann noch ein Stipendium von seinem jetzigen Arbeitgeber, Vicontas. Kurz darauf trat er in die Firma ein und ist heute stellvertretender Marketingleiter. In seiner glatt verlaufenden Karriere scheint es nur eine einzige Auffälligkeit zu geben.« Konzentriert sah er auf seine Notizen. »Als Student hat er mal einen kleinen, leerstehenden Raum in der Uni gemietet, ihn ausgepolstert, verdunkelt und dann einen Kommilitonen reingepackt, den er nicht mehr rausgelassen hat. Es gab damals ein Riesentheater, aber der schlaue Prinz konnte eine unterschriebene Erklärung des Kommilitonen vorweisen, wonach das alles freiwillig geschehen war. Übrigens hat es auch an einer deutschen Uniklinik solche Experimente von Psychiatern gegeben, und von den Geheimdiensten natürlich auch. Einen solchen Raum nannte man Camera Silens, stille Kammer. Man wollte herausfinden, wie sich Menschen beeinflussen und lenken lassen, wenn sie in völliger Isolation aller Sinnesreize beraubt sind.« Auermann sah hoch. »Allerdings ging das ohne Medikamente ab, nicht wahr? Manipulation, Propaganda, Psychotechnik, aber sonst?«

Stocker fragte: »Setzt man einen vielversprechenden jungen Mann als Vollstrecker ein?«

»Als Killer? Ach was.« Hans-Jürgen schüttelte den Kopf. »Der ist doch schon in der oberen Etage angekommen, da haben sie keine blutigen Hände.«

Stocker fragte ein weiteres Mal: »Und was haben wir?«

Was sie hatten, waren zerstörte Körper, denen ein Killer den Rest gegeben hatte. Konnte man das so sagen, konnte man es *ihnen* sagen? Der Staatsanwalt sagte, man dürfe so ein Unternehmen nicht belästigen mit einer dürren Theorie, wer wußte denn, wohin das führte. Und auch Stocker fand das Band zu dünn, das zu Vicontas führte. Nicht zu weit aus der Deckung. Doch wenn das stimmte, was er Hypothese nannte, mußte es noch mehr Opfer geben, jene, die auf ihre Hinrichtung warteten und noch in der Lage waren, all das zu bezeugen.

Das war alles, was sie hatten.

Ulrike Mauskopf am Empfang der Firma Vicontas konnte das nicht wissen, trotzdem mischte sich eine kleine Anzüglichkeit in ihr heiteres Lächeln. Diesmal wies sie den Weg nach oben, in ein Büro der Vorstandsetage, in dessen gut vierzig Quadratmetern ein Mann residierte, der sich als Dr. Nesser vorstellte und in gespielter Bestürzung klagte, daß sie da ja alle miteinander in die Fänge der Kriminalpolizei geraten waren! Um die Fünfzig mochte er sein, so zuvorkommend, gesichtslos und dezent gekleidet, daß er zur Kaste jener gehörte, die in der Gruppe auftretend, keine Männer mehr waren, sondern Herren. Er bat sie in ein gemütliches Eckchen, von dem aus Toni Prinz ihnen teilnahmslos entgegenstarrte.

Toni war noch nicht soweit, Toni übte noch und hockte wie das Kaninchen vor der Schlange da. Nach einem kurzen Nicken entdeckte er einen interessanten Punkt auf der weißen Wand, an der abstrakte Gemälde hingen, die viel bunter und viel größer waren als die düsteren Bilder des Pit Rehbein.

Dr. Nesser machte sich bereit für ein Plauderstündchen. »Wie ich hörte, glauben Sie ein kleines Problem mit unserem Labor zu haben?«

Plaudern konnte Stocker auch. »Es gibt den Hinweis auf eine Substanz, die eine deutliche Namensgleichheit mit Ihren internen Projektcodes aufweist. Das war unser erstes Problem. Aber unter der Bezeichnung *Vic553-delta* stellen Sie ja gar nichts her, wie Herr Prinz uns versichert hat, und er muß es ja wissen.«

»Nun«, sagte Nesser. »Klingt verdächtig nach unseren Codes, das ist nicht zu leugnen. Bei uns finden Sie das allerdings nicht.«

»Finden wir nicht«, wiederholte Stocker. »Nun haben unsere Recherchen ergeben, daß wir ein Mordopfer haben, das für Sie, sagen wir, tätig gewesen sein könnte. Es handelt sich um einen Medikamententest. So etwas machen Sie ja bisweilen?«

»Nicht nur wir«, sagte Nesser. »Möchten Sie genaueres wissen?«

»Bitte«, sagte Stocker.

»Das ist kein Problem«, murmelte Nesser, während er sich an seinen Schreibtisch setzte und den Computer befragte. »Wie war der Name?«

»Mittermaier«, sagte Stocker.

Nesser hob den Kopf. »Hatten Sie nicht gesagt –?«

»Nein«, sagte Stocker.

Toni Prinz beugte sich vor und fing an, sein Handy auf dem Tisch hin- und herzudrehen wie ein Kind seinen Kreisel.

»Nein«, sagte Dr. Nesser. »Mittermaier taucht in keiner Versuchsreihe auf.«

»Aha.« Stocker betrachtete die Gemälde an der Wand. »Rehbein.«

»Richtig, da kann ich Ihnen dienen. Womit eigentlich?« Nesser lachte. »Rehbein, Peter. Das war vor achtzehn Monaten. Getestet wurde ein Magen-Darm-Präparat, das heute unter dem Namen Stomavic erfolgreich im Handel ist. Der Test wurde in der Universitätsklinik durchgeführt, alles genehmigt, alles reibungslos. Sie können die Unterlagen einsehen, wenn Sie möchten.«

Sie gingen alle Namen durch, bis auf das sechste Opfer, das noch immer nicht identifiziert war. »Nein«, sagte Nesser jedesmal, nein. Sehr geduldig wirkte er, fast heiter, und während Ina seine manikürten Hände über die Tastatur fliegen sah, fiel ihr die Frage der Berninger ein, als sie im Auto über Tötungsarten sprachen: »Was ist mit denen, die das Morden befehlen?« Für einen Hinweis viel zu allgemein, doch im Präsidium, als Stocker ihr Johanna Mittermaiers Obduktionsbefund um die Ohren schlug und sie mit diesen Worten konfrontierte, Hirnschaden, Lähmung, da mußte sie endgültig begriffen haben, daß man ihr etwas angetan hatte. Wußte sie auch, wer das gewesen war? Ina brauchte alle Selbstbeherrschung, um den stummen Toni Prinz nicht anzubrüllen, *wo hast du sie versteckt?* Das hast du doch, oder?

Sie sah ihn so lange an, bis er ihren Blick erwiderte. »Ist Ihnen nicht gut?« fragte sie.

»Ich hab's am Magen«, murmelte er.

»Dann sollten Sie Ihr Stomavic nehmen.«

»Danke, das werde ich tun.«

»Wie geht es Ihrer Freundin?« fragte sie. »Man könnte ja fast denken, sie ist verschollen.«

»Nein«, sagte er laut. »Sie kommt nach Hause.« Er sah sie aus zusammengekniffenen Augen an, bevor er wieder seinem Handy beim Kreisen auf der Tischplatte zuguckte.

»Jeder Mensch braucht einmal eine Auszeit«, sagte Nesser lächelnd. »Vor allem, wenn er nervlich überlastet ist, stimmt es, Toni?«

Toni gab keine Antwort, doch Nesser lächelte immer weiter. »Kann ich noch mit etwas anderem dienen?«

»Nach welchen Kriterien«, fragte Ina, »wählen Sie Testpersonen denn aus?«

»Es sind Freiwillige.« Nesser kam um seinen Schreibtisch herum und setzte sich ihr gegenüber. »Sie sollten keine Allergien aufweisen und in möglichst stabilem Allgemeinzustand sein. Die Leute freuen sich, etwas zu verdienen. Das spricht sich herum, der eine hat es gemacht und erzählt es dem anderen. Das ist wie mit dem Blutspenden, wer interessiert ist, weiß davon. Wir testen gewöhnlich mit Studenten.«

»Ein Hautmittel war auch dabei?« fragte sie.

»Richtig«, sagte er. »Auch das ist heute auf dem Markt. Auch hier können Sie gerne die Unterlagen einsehen, es gibt da nichts zu verheimlichen. Die Neurodermitis-Fälle nehmen ja erschrekkend zu, schon Säuglinge leiden darunter. Es liegt, wenn Sie mich fragen –«

»Nein«, sagte sie. »Mir hat ein Obdachloser von einer neuen Salbe erzählt. Das ist dann wohl einer Ihrer Tests gewesen.«

»Möglich.« Nesser lächelte wieder, er lächelte eigentlich unentwegt vor sich hin. »Nebenbei gesagt, investieren wir jährlich große Beträge in die Forschung. Der Test eines Präparates steht ja am Ende einer gewaltigen Anstrengung. Sie müssen wissen, daß in diesem Land, in dem Bildung immer weiter verflacht und Begabte lieber ins Ausland abwandern, die pharmazeutische Industrie die einzige ist, die noch etwas für die Forschung tut.«

»Schön«, sagte Ina. Ihr lügt doch alle. Wieder wollte sie losschreien und Pit Rehbein um Vergebung bitten, weil sie hier plaudernd herumhockten, Nieten und Versager vor einer unzerstörbaren Wand. Sie wollte aufspringen und gehen, als Toni Prinz plötzlich ein Geräusch machte, das sich wie das Fauchen einer Katze anhörte.

»Sie kommen mir vor, als hätten diese Attac-Leute Sie geschickt«, sagte er. »Was wollen Sie eigentlich von uns? Kommen Sie jetzt noch mit unserem Aktienkurs und der Globalisierung?«

»Zuweilen ist es ärgerlich«, sagte Nesser begütigend. »Da wird so ein Popanz aufgebaut und das ist die pharmazeutische Industrie. Ich begreife wirklich nicht, was das alles mit Ihrer Ermittlung zu tun hat. Da haben Sie eine grausige Mordserie und kommen wegen einer Testperson zu uns, ich meine, gesetzt den Fall, eines Ihrer Opfer hat einmal Zeitungen ausgetragen, behelligen Sie dann auch die Druckindustrie?«

Prinz drehte wie besessen sein Handy auf der Tischplatte hin und her. »Vielleicht fallen Ihnen noch die abgelaufenen Medikamente ein, die wir natürlich in die Dritte Welt schicken.«

Nesser neben ihm lächelte wieder. »Haben Sie noch etwas?«

»Doch, ja.« Stocker lehnte sich zurück. »Sagen Sie, wenn Tierversuche nicht aussagekräftig sind und Sie aber mit einem Stoff experimentieren möchten, aus welchen Gründen auch immer, welcher Personenkreis wäre aus Ihrer Sicht der günstigste?«

Nessers Lächeln verschwand. »Das ist hypothetisch, nicht wahr?«

»Ach Gott«, sagte Stocker nur.

»Möchten Sie einfach provozieren?« fragte Nesser. Ich könnte dem Innenministerium mitteilen, daß sich Ihre Perspektive ein wenig verschiebt, aber solche Dinge liegen mir nicht sonderlich.«

Stocker stand auf und sagte: »Ach, lassen Sie mal.«

Draußen fing er an zu rennen. Wortlos lief er zum Wagen und ließ sich auf den Beifahrersitz fallen.

»Jetzt will ich sie scheuchen«, sagte er. »Wir können schon dankbar sein, wenn sie nur ein bißchen nervös sind. Das Vorgehen ist jetzt so: Auermann wird Prinz beschatten, und wir fahren zu diesem Grundstück von denen. Wir dürfen es nicht durchsuchen, aber wir können es beobachten.«

»Sie meinen –«, fing sie an.

»Ja«, sagte er. »Möglich, daß da Menschen herausgeschafft werden. Beschatten und gucken, mehr geht halt nicht.« Er griff zum Telefon und murmelte: »Es ist Ihre verdammte Theorie.«

29

Die Legende sagt, daß der Erzengel Michael nach dem Tod eines Menschen die Seelenwaage hält, mit der das Gute und das Böse im Leben abgewogen wird. Das hatte er ihr geschrieben, und es hatte ihr nicht gefallen, und jetzt begriff er, wie recht sie hatte. Nach dem Tod war zu spät.

Er hatte noch gesagt, daß er sich dringend rasieren müsse, Dinge, die man erzählte, wenn man eigentlich etwas anderes sagen wollte, ich will hier endlich raus und dich mitnehmen, für immer. Denise hatte ihn träge angesehen und gemeint, er käme ihr jetzt wie ein männliches Model aus dem Werbefernsehen vor, das gerade die Wüste durchquert, Löwen besiegt und Frauen flachgelegt hatte, um sich nach diesen Prüfungen endlich einen Stoß Achselspray zu gönnen.

»Gibt es überhaupt Löwen in der Wüste?« hatte sie noch gefragt, dann hörte alles auf. Schaffner kam auf ihrer Seite herein, leicht gebeugt, wie immer, als hätte er Rückenschmerzen. Nein, nicht wie immer – Schaffner hielt seine Pistole nicht in der Hand, nur ein Stück Pappe oder so was, ein Foto. Er guckte Denise wie ein resignierender Vater an, der feststellen mußte, daß seine minderjährige Tochter erst am frühen Morgen heimgekommen war.

»Toni ist hier«, sagte er.

»Was hast du da?« Sie nahm ihm das Foto aus der Hand. »Sicher, ein hübsches Haus im Grünen. Das Dumme ist, daß es schon bewohnt wird, wir sind schon zum Essen da gewesen.«

»Halt den Mund«, sagte er.

»Das ist nicht dein Haus, da kommst du nie rein. Er läßt dich hängen, Henrik, du bist am Ende.«

»So ist es immer.« Henrik Schaffner, ohne Pistole, in seinem grauen Hausmeisterkittel, sagte quengelnd: »Nachher steht man da. Nachher denken sie alle nur an sich, da zählt man nichts mehr.«

Michael umklammerte die Gitterstäbe. Er wollte ihr ein Zeichen geben, schau hin, der hat seine Waffe nicht dabei, aber sollte sie ihn anfallen und zu Boden schlagen? Das mußte er selber tun. Er kniff die Augen zusammen, weil sein Denken immer zäher wurde, und hatte schon Luft geholt für seinen Schrei, den einen, einzigen Schrei in diesem Loch, das Denise Camera Silens nannte, als er den Teufel wieder sah; *laß uns jetzt raus*, hatte er schreien wollen, *mach schon, mach*.

Der Teufel sah wie immer aus, mit seinem schwarzen T-Shirt und dem hellen Haar. Doch die Tür war nicht geschlossen und hinter ihm, auf dem Gang, konnte Michael einen weiteren Mann erkennen, einen Mann, der ihn nicht stören würde, wenn er ihm auf der Straße begegnete. Als Polizist auf der Straße konnte er den Leuten beinahe reflexhaft alles mögliche zuordnen, Lügen, Gewalt und die übrigen Schandtaten, die er sehen, die er riechen, die er fühlen konnte. Der hier, halb verborgen hinter dem Teufel, wirkte nervös, aber nicht so, daß ein Polizist auf der Straße sich auch nur nach ihm umdrehen würde. Guck ihn dir an, wollte er sich selber zuflüstern, der sieht anständig aus. Doch er trug einen weißen Mundschutz, und als ihre Blicke sich begegneten, ging er einen Schritt zurück, um aus seinem Blickfeld zu verschwinden. Drei Sekunden nur, er sah ihn da stehen mit seinem Mundschutz, dann sah er ihn nicht mehr, drei Sekunden, die ausreichten, daß die Angst, dieses Tier, das ihn bis zu diesem Augenblick nur spielerisch angesprungen hatte, ihm an die Kehle ging. Er wollte schreien, komm mit mir, Denise, und laß uns fliegen, durch Türen, durch Wände und Mauern.

»Jetzt kommst du nach Hause«, sagte der Teufel. »Alles ist gut.«

»Warum hast du nicht die Polizei gerufen?« Denise stand sehr aufrecht da, und ihre Stimme war jetzt ihre Moderatorinnenstimme, lauter, stolzer und energischer.

»Henrik hat sich entschuldigt«, murmelte der Teufel. »Er ist hier bloß der Verwalter.« Er deutete auf Schaffner, der umherblickte wie ein Fremder, der die Sprache der Einheimischen nicht verstand. »Ich wollte ihm die Chance geben für eine Arbeit. Er hält alles in Ordnung.«

»Das ist keine Antwort«, sagte sie.

»Doch«, sagte der Teufel wie ein unzufriedenes Kind. Er beachtete Michael nicht, ließ ihn da stehen wie einen Hund in der Ecke. »Bist du gesund?«

»Sie hat fast nix gegessen«, sagte Schaffner.

»Du weißt ja, wie er ist«, sagte der Teufel zu Denise.

»Nein.« Sie wirkte wie eine Katze auf dem Sprung. »Nein, das weiß ich nicht.«

Der Teufel tippelte nervös hin und her. »Eine Minute noch, dann ist alles gut. Ich muß noch mal gucken, ob alles in Ordnung ist. Das ist ein altes Lager hier, es muß in Ordnung gehalten werden, und wo Henrik jetzt doch ein bißchen durcheinander war –« Er legte ihr die Hände auf die Wangen, und sie ließ es geschehen. »Er kann dir nichts tun. Das konnte er die ganze Zeit nicht, seine Waffe ist kaputt.«

Er rannte hinaus, und wieder waren sie mit Schaffner allein. Michael wollte ihr sagen, daß noch ein anderer Mann draußen war, ein Mann, der einen Mundschutz trug, doch die Angst machte ihn stumm. Er wußte nicht, warum er solche Angst vor einem Mundschutz hatte, das war doch noch nie so gewesen. Bloß ein normaler Mann mit einer Marotte, nicht wahr, einer Grille, der hatte Angst vor Bakterien.

Er wollte, daß sie mit ihm sprach und ihm die Angst nahm, doch Denise tat etwas Merkwürdiges. Erst stand sie wie eine Schlafwandlerin da, mit aufgerissenen Augen, die nichts sahen, dann ging sie auf Henrik Schaffner zu, der noch immer in seiner Ecke stand, legte ihm eine Hand auf die Schulter und flüsterte: »Deine Waffe ist kaputt.«

Schaffner nickte bloß, Henrik Schaffner, der verrückte Geiselnehmer, ein Luftballon, in den man hineingepiekst hatte.

»Sie war am Südbahnhof schon kaputt«, sagte Denise mit kaum hörbarer Stimme. »Bei dem Mann auf der Toilette. Da mußtest du etwas anderes nehmen. Einen Strick.«

Schaffner blickte zu Boden wie ein Kind, das sich schämte.

»Stimmt das? Für den Mann am Südbahnhof hast du den Strick gebraucht, da blieb dir ja nichts anderes übrig.«

»Nachher steht man da«, murmelte Schaffner. »Macht man alles – und sie lassen einen hängen. Ich glaub ja auch nicht, daß das mein Haus ist.« Er warf das Foto, das er immer noch in der Hand gehalten hatte, in die Ecke.

»Henrik.« Ihre Stimme war sanft, aber drängend, und Michael spürte das Eis, in dem er versank. Eingebrochen. Mit Schlittschuhen über den gefrorenen See gelaufen, weg. Nur Kälte. Draußen weit über zwanzig Grad, hier drinnen nur Eis.

»Warum«, flüsterte Denise, »war auf Johannas Körper ein rotes *X*? Du weißt doch, wer Johanna war? Im Park, im Müll –«

»Weil er –« Schaffner knetete seine Finger und zog die Schultern hoch. Draußen auf dem Gang war nichts zu hören. Schaffner sagte: »Er hat mir das doch gesagt. Ich habe mir das alles nicht ausgedacht, ich hab doch längst nicht alles gemacht.«

»Was hat er dir gesagt?« Denise hielt ihn jetzt an beiden Oberarmen. »Henrik, du schaffst es. Sag's mir. Ich lass' dich nicht hängen wie er. Was hat er gesagt?«

»Toni. Bei diesem Mädchen.« Schaffner zog die Nase hoch. »Ich wollte das alles nicht. Das Anmalen wollte ich nie, das war ekelhaft, aber ich mußte es machen. Bei dem Mädchen hat er gesagt, ich soll noch Hure draufschreiben, da drauf, mit dem Lippenstift, auf ihren Bauch, aber das habe ich nicht gemacht. Sie war ein liebes Mädchen, sie war keine Hure. Das war nicht gerecht. Da habe ich das Schild mit dem Hund gesehen, das rote *X* da drauf, da habe ich das genommen, ja.«

»Ja«, wiederholte sie. Sie blieb aufrecht stehen, ohne sich zu bewegen.

»Hör nicht auf ihn«, flüsterte Michael, weil er das alles selber nicht hören wollte, er wollte nur raus aus der Welt, er wollte beten. Er erinnerte sich plötzlich, wie sie in einer ihrer Sendungen gesagt hatte: »So sieht die Hölle aus.«

Aber da hatte sie es noch nicht gewußt.

Denise stand mit dem Rücken zu ihm, sie drehte sich nicht um. Sie hatte Schaffner jetzt losgelassen, und als der Teufel zurückkam, schien es, als sei gar nichts geschehen, doch es war wie ein Beben gewesen, und wie ein Beben hatte es ein Stück aus der Welt gerissen.

»Komm jetzt«, sagte der Teufel. »Es ist vorbei, es ist gut. Wir gehen nach Hause.«

Denise deutete auf Michael. »Er kommt mit.«

»Was willst du?« fragte der Teufel. »So ein Landstreicher. Ich kümmere mich um ihn, erst bringe ich dich nach Hause, es geht dir nicht gut.«

»Du hörst, was ich sage.« Denise schnippte mit den Fingern. »Laß ihn endlich raus, wir fahren zusammen.«

Der Teufel zog die Brauen zusammen, als hätte er Saures im Mund. »Der kommt ja raus, aber erst –«

»Er kommt mit mir.«

»Hör auf.« Der Teufel nahm sie bei den Schultern, und sie schlug ihm ins Gesicht. Er ließ sie los, und sie zuckte kurz, dann schlug sie erneut.

Sie hatte keine Chance. Als er sie wieder packte, war sie nur noch ein kleines, schwaches Tier, das von einem Beute machenden Löwen überwältigt wurde. Schaffner stand daneben wie ein Statist.

»Hilf ihr«, sagte Michael, doch er sagte es nicht zu Schaffner, weil er wußte, daß Schaffner seine Befehle nicht entgegennahm. Er sagte es vielleicht zum Himmel, an den er nicht mehr glaubte, und als er sah, wie sie den Kopf drehte, um ihn anzusehen und es nicht schaffte, weil der Teufel sie aus dem Raum drängte, schrie er los, schrie immer wieder ihren Namen, schlug seine Hände gegen die Gitterstäbe und dann gegen seine Stirn.

»Siehste«, murmelte Schaffner. »So geht's.«

Michael schloß die Augen wie ein Kind, das sich dadurch unsichtbar zu machen glaubt. Sie durfte ihn nicht verlassen. Doch jetzt war er wirklich allein. Als er die Augen wieder öffnete, sah er den Mann mit dem Mundschutz still an der Tür stehen.

»Und wer sind Sie?« fragte er schlicht.

Michael atmete tief ein. Sag nicht, daß du Polizist bist, hatte sie gesagt. Er sprach mit ihr, wollte sie zurückholen. Ja, sagte er zu ihr, ja, ich weiß.

Doch im Grunde wußte er es nicht. »Ich habe Arbeit gesucht.« Er räusperte sich. »Ich habe gehört, man könnte es hier im Industriegebiet versuchen. Einfach anklopfen, haben sie gesagt, überall probieren, irgendwo gibt es immer einen Job.«

»Dann sind Sie eine Art Tagelöhner?« fragte der Mann mit dem Mundschutz.

Michael nickte. »Manchmal versuche ich es auch an der Markthalle. Auf dem Arbeitsstrich, da kommen Bauunternehmer vorbei und nehmen mich für einen Tag im Laster mit.«

»Aha«, sagte der andere nur.

»Lassen Sie mich jetzt bitte gehen«, sagte Michael, doch der Mann mit dem Mundschutz ging rückwärts aus dem Raum, als müsse er sich bis zum letzten Moment vergewissern, daß Michael nicht durch die Stäbe sprang.

30

Das unauffällige Gebäude, das sie eine Weile umkreisten, ließ nicht darauf schließen, daß hier gearbeitet wurde. Nur ein kleines Schild mit der Aufschrift *Vicontas AG* markierte das Grundstück. Sie parkten in einiger Entfernung und guckten zu, wie nichts geschah. Niemand kam, keiner ging.

»Was haben wir denn vom Glotzen?« fragte Ina.

Stocker schlug immer wieder leicht gegen das Armaturenbrett. Er hatte Auermanns Anruf noch nicht verdaut, denn Hans-Jürgen Auermann, geschickt im Schnüffeln und Beschatten, hatte ungeschickterweise die Beschattung des Toni Prinz versaut, was er aber nicht Stocker selbst, sondern Ina am Telefon mitteilte. Prinz sei herumgekurvt wie Bine, Auermanns Exfrau, wenn sie zum Einkaufen fuhr.

»Und wie fährt die?« hatte Ina gefragt.

»Vorsichtig«, hatte Hans-Jürgen gesagt. »Ängstlich. Sie fährt ja nur einmal die Woche.«

»Zum Einkaufen.«

»Richtig.« Eine Pause, dann sagte Hans-Jürgen: »Er hat dann seinen Scheiß-BMW einfach stehenlassen, ich also eine ganze Weile zu Füß hinterher, da hüpft der doch plötzlich in einen Scheiß-Volvo, der wohl auf ihn gewartet hat.«

»Was können denn die Autos dafür?« hatte Ina gefragt.

Seitdem klopfte Stocker auf dem Armaturenbrett herum.

»Wissen Sie was?« Ina öffnete die Autotür. »Hier tut sich doch nichts.«

Ein schmuckloser, glatter Bau. Sie fand ihn trotzdem bedrohlich, so wie es auch die unscheinbarsten Menschen waren, die ihnen besonders teuflische Taten präsentierten.

Sie stiegen aus und gingen langsam auf das Gebäude zu, zogen Kreise wie unschlüssige Spaziergänger, ohne einen Menschen zu sehen. Auf der Rückseite ein offenstehendes Tor, für Transporter vielleicht oder für Särge, daneben eine schmale Treppe, die zu einer Art Hintertür führte, die nicht verschlossen war.

»Gut«, murmelte Stocker. »Wenn es offen ist –«

Im Halbdunkel war ein langer, schmaler Gang zu erkennen. Undefinierbare Geräusche. Am Ende des Ganges wieder eine Tür, das Geräusch schien ein Schaben zu sein, als würde etwas über den Boden geschleift. Stimmen jetzt, Gemurmel. Ina sprang zurück, als die Tür aufgerissen wurde, wahrscheinlich zuckte sie wie Jerry, der Kater, wenn sie mit einer Zeitschrift vor seinem Gesicht wedelte.

»Ei?« fragte eine Frau. Sie hielt Besen und Schaufel in einer

Hand und würde auf jede Frage wohl nur antworten: »Ich hier nur putzen.« Sie schob sich an ihnen vorbei. Ein Mann kam hinzu, der einen dunklen Kittel trug. Abwartend blieb er stehen.

»Hallo«, sagte Ina.

Der Mann verschränkte die Arme. »Tag der offenen Tür oder was?«

»Ist das hier die Werbeagentur?« fragte sie. Hinter ihm konnte sie einen riesigen Raum voller Kisten erkennen.

»Was soll das hier sein?«

Ina nahm Stocker am Arm. »Wir wollten zum Casting.«

»Wohin? Hier ist Vicontas, eine Firma und keine« – der Mann ließ ein Schnaufen hören – »Agentur.«

»Ach je«, sagte Ina zu Stocker. »Hier sind wir falsch.«

Der Mann nickte und wiederholte so langsam, als sei es für komplett Beschränkte: »Hier seid ihr falsch.«

Gemächlich gingen sie zurück, ohne etwas Auffälliges zu sehen. Keine verzweigten Gänge, Winkel, dunkle Ecken, nur Kittelträger, Putzfrauen und Kisten.

Überflüssigerweise sagte Stocker im Wagen: »Die meisten Firmen haben Lager.«

Ja, und sie kamen nicht raus. Sie drehten sich im Kreis da drin, in diesem endlosen, dunklen Gang.

Als sie losfuhren, rief Auermann an, wieder diese hartnäckige Zuversicht in der Stimme. »Daß der Fink die Denise haben könnte, diese Sorge sind wir schon mal los. Ich bin noch mal zu ihrer Wohnung, da sehe ich sie auf der Terrasse. Sie ist also da.« Er räusperte sich geziert. »Der Prinz hielt sie sehr intensiv im Arm, ich meine, es sah nicht aus, als wollten sie springen.«

»Tröstlich«, sagte Ina. »Morgen nehme ich sie mir noch mal vor.«

»Ja«, sagte Hans-Jürgen. »Heute würdest du nur taktlos hereinplatzen. Ich denke, ich kann jetzt hier weg, die gehen heute nirgends mehr hin. Oder ist noch was?«

Nein, was sollte noch sein? Nur der dunkle Gang. Sie tasteten sich vorwärts, doch nirgends war Licht.

31

Er sprach mit dem Mörder wie mit einem Freund. Der Mörder bettete seinen Kopf höher, wenn der Taumel ihn überfiel, und er wickelte ihn in Decken, wenn er sah, wie die Lawine aus Eis und Angst ihn begrub. Der Mörder Henrik Schaffner war sein einziger Verbündeter gegen den gesichtslosen Mann.

Der Mann mit dem Mundschutz. Michael sah ihn hin und wieder, er sprang heran und hastete weiter. Schaffner hatte geflüstert, er sei vielleicht Arzt, ein Doktor, wie er sagte. Schaffner war beeindruckt von einem Mann, der Doktor war. Doch der Doktor half ihm nicht, er sagte, er solle den Mund halten, wenn er ihn förmlich um seine Freilassung bat. Er hatte ihm Spritzen gegeben, die ihm die Lawine brachten aus Angst und aus Eis, er machte ihn krank. Der Mörder Henrik Schaffner war gut zu ihm. Er sagte, die wüßten nicht, was sie mit ihm tun sollten, wahrscheinlich töten oder so. »Es sind Schweine«, sagte der Mörder.

Schaffner hockte neben seiner Matratze und sah ihm ins Gesicht. »Die denken ja, wenn du rausgehst, ist das nicht so gut. Du könntest loslaufen und reden.«

Michael versuchte sich aufzurichten, doch es gelang ihm nicht. »Wer?« flüsterte er. »Was machen die hier?«

»Es ist eine Krankenstation«, sagte Schaffner. »Ich bin hier der Pfleger.«

»Du Blödmann.« Michael spürte seine Beine zittern, und der Schweiß brach ihm aus, was aber nicht an Schaffners Worten lag, sondern an den Spritzen. Ihm war heiß, ihm war kalt, es war dunkel, es war hell. »Du bist doch ein Mörder. Hast es ja selbst zugegeben.«

»Ich habe mir das nicht ausgedacht.« Schaffner saß sehr ruhig da und blickte ins Leere. »Weil ich nämlich lieber so was mache als elend einzugehen. Toni sagt, ich bekäme dann was von dem Giftzeug, wenn ich es nicht mache. Außerdem sollte ich mein Haus kriegen, ein schönes Haus im Grünen, wo mich keiner mehr stört.

Ich hätte mein Auskommen. Wo ich so viel für sie getan hätte, würde ich mein Auskommen haben.«

»Du bist verrückt«, sagte Michael.

»Ich hab's nicht richtig gemerkt.« Schaffner beugte sich vor und wischte ihm die Stirn. »Du mußt was essen.«

»Nein.«

»Sagt jeder, aber wenn man mal abgebissen hat, ist es gut.«

Er ließ ihn allein. Nach vielen Jahren kam er wieder und tastete nach seinem Handgelenk. »Dein Puls ist ganz lahm, oh je, oh je, unter sechzig Schläge. Ich glaub, du mußt dich bewegen.«

Doch er wollte sich nicht mehr bewegen. Michael wollte, daß der Mörder Henrik Schaffner seine Hand hielt, wenn Denise es schon nicht tun konnte. Der Mörder saß mit gekreuzten Beinen da und erriet seine Gedanken.

»Ja, du siehst, was sie macht, die schöne Frau. Sie macht gar nix. Denise läßt dich hängen.«

»Nein«, flüsterte Michael. »Der will ihr was antun.«

»Meine Frau hat mich auch hängenlassen«, sagte Schaffner. »Sagt, es wär meine Schuld, daß wir so'n Scheißleben hatten. Nie war ihr was recht, dabei hat sie selber nie was gemacht, es hieß immer bloß, mach du mal. So ist es immer gewesen, mit Toni auch. Mach mal.«

»Und dann hast du sie einfach erschossen?«

»Sie war so krank.« Schaffner zog die Nase hoch. »Ist eine Erlösung für sie gewesen.«

Er ließ ihn allein. Nach vielen Jahren kam er wieder und sagte, sie ließen keinen mehr raus. »Mich auch nicht«, sagte er, »noch nicht mal in mein Kabäuschen. Ich würd gern wieder rein, ich möcht was basteln. Aber sie lassen mich nicht.«

Seine Clowns. Seine dämlichen Clowns. Michael begriff nicht, wieso einer basteln wollte. Aber Schaffner gab keine Antwort, er ließ ihn allein. Nach vielen Jahren kam er wieder und sagte: »Wir sollen weg.«

»Was meinst du?«

Der Mörder legte ihm eine Hand auf die Stirn. »Heiß«, murmelte er. »Ja, wir sollen alle weg. Weiß nicht, wohin, in eine andere

Stadt, glaub ich. Mir sagen sie ja nichts, ich kann nur lauschen. Nach allem, was ich getan habe, behandeln sie mich wie Dreck, ja wirklich.«

»Wirklich«, flüsterte Michael. Nichts war wirklich, alles versank um ihn herum. Er konnte nicht richtig denken. An Denise wollte er denken, um sich abzulenken von der Lawine aus Angst und aus Eis, doch flimmerte ihr Gesicht vor seinen Augen, erst konnte er es sehen, und dann löste es sich auf. Manchmal, wenn er glaubte zu schlafen, kam sie durch die Gitterstäbe und berührte seine Stirn.

Er wollte mit ihr sterben, nicht allein.

32

Sie konnte ihm nicht sagen, er solle nicht jeden Abend kommen, sie wußte ja selber nicht, was sie wollte. Sie konnte ihm nicht sagen, er solle kommen, wenn sie besser drauf war, wie sah das denn aus. Ina starrte in den Rest Tee, der längst kalt geworden war. Unmöglich ihm zu sagen, nimm mir die Angst, diese Angst, daß alles falsch sein könnte und sie ihren Job nicht richtig machte. Wie Schwangerschaftsübelkeit kroch sie jeden Morgen in ihr hoch. Dreimal binnen zehn Minuten hatte sie sich bei Benny entschuldigt, zweimal wegen geistiger Abwesenheit und ein drittes Mal, weil sie losgeflucht hatte, nachdem er milde meinte, das mache doch nichts.

»Im Moment ist alles so –« Sie breitete die Hände aus. »Ich bin nicht schlecht gelaunt, das kommt dir nur so vor. So bin ich auch nicht immer.«

»Verstehe ich«, sagte Benny, was sie schon wieder aufregte. Das war kein gutes Timing mit ihm. Alles auf Anfang, später. Den Anfang wiederholen, wenn das hier zu Ende war.

Und Denise, was für ein Ende hatte sie mit Toni? Was hat er

getan, dein Prinz, was hast du gewußt? Bist du langsam darauf gekommen, hast du es gespürt, entdeckt und nicht wahrhaben wollen? Hast du deswegen so gemauert? Läßt ihn aber weiter an dich ran, nicht wahr, Auermann hat euch gesehen. Kreuz und quer die Gedanken, auf dem Weg ins Präsidium hupte es ständig in ihrer Nähe, weil sie fuhr wie ein Schwein. Sie bremste, sah einen ausgestreckten Mittelfinger, wendete und hörte Beschimpfungen von irgendwoher. Vor dem Haus der Berninger blieb sie eine Weile im Wagen sitzen. Die Vorhänge waren halb zugezogen, die Fenster gekippt. Niemand öffnete. Sie wartete zehn Minuten, fuhr zwei Straßen weiter und rief Berningers Handy an. Teilnehmer nicht erreichbar. Sie versuchte es im Sender, wo die nervöse Meike Schmitt sagte: »Toni meint, sie müsse noch ausspannen, sie hätte eine böse Krise. Psychisch, nicht? Jetzt muß der Redakteur noch mal ran, die Zuschauer fragen schon nach ihr, wir kriegen Anrufe. Hier glauben sie, daß sie langsam aber sicher überzieht.«

»Haben Sie selbst mit ihr gesprochen?«

»Nein, mit Toni. Das ist doch« – Meike zögerte kurz – »dasselbe.«

Meinst du?

»Sie sind weggefahren«, sagte Meike. »Toni sagt, er hätte Urlaub genommen. Ich weiß allerdings nicht, wohin sie – hätte ich das fragen sollen?«

Ja, du hättest fragen sollen. »Nein, ist in Ordnung«, sagte Ina. Nichts war in Ordnung, jetzt hatten sie das vermasselt mit ihr.

»Was ist eigentlich los?« fragte Meike.

Ehrlich bleiben. Ina sagte: »Ich weiß es nicht.«

Kleine Schritte, Rumgestolpere. Im Präsidium wurde ein weiteres Team zusammengestellt. Noch einmal in die Parks und zum Bahnhof, in die Suppenküchen und Notunterkünfte, Leute finden, die man möglicherweise als Medikamententester hatte anheuern wollen, Leute finden, die schon einmal an Tests teilgenommen hatten, hier in der Stadt.

Ein Kollege kam mit einem Namen: Güdo, also Guido, Nummer sechs, der Tote vom Bahnhofsklo. In einem Wohnheim wollten zwei Leute ihn erkannt haben. Sie konnten seinen Namen nicht richtig aussprechen, behaupteten allerdings, daß er nicht blind gewesen sei.

»Nein«, sagte Ina. »Damals nicht.«

»Aber der eine Typ will ihn vor ein paar Monaten gesehen haben, da hätte er ein einwandfreies Augenlicht gehabt und soll noch nicht mal eine Brille getragen haben. So schnell kann's doch wohl nicht gegangen sein mit dem Güdo.«

»Doch«, sagte sie. »Manchmal geht's so schnell.« Sie beugte sich vor und sah Stocker beim Telefonieren herumhasten. »Nachname?«

»Nö«, sagte der Kollege. »Nennt ihn einfach Güdo Gibbetnich.«

Stocker hatte sein Gespräch beendet. Mit einem Zettel in der Hand kam er auf sie zu, grübelnd im Takt seiner Schritte.

»Da hat sich gerade einer aus dem Suchtrupp gemeldet, der glaubt, Finks Spur zu haben. Eine Küchenhelferin in einer Bar am Bahnhof gibt an, Fink sei bei ihr gewesen, um sich nach Schaffner zu erkundigen. Sie hat ihn ins Industriegebiet geschickt, dahin wäre sie selbst einmal mit Schaffner gefahren. Es könnte sein, daß er es war, der die Leute geholt hat, daß er sie gelockt hat mit dem Versprechen, sie bekämen Geld für eine Umfrage.«

»Schaffner?« Ina wiederholte es nur zur Vorsicht, doch Stocker sah sie empört an.

»Fink wohl kaum«, blaffte er sie an. »Bei dem hatte ich von Anfang an Zweifel.«

»Ach nein, aber seine Wohnung durchsuchen.«

Stocker wedelte mit seinem Zettel. »Sie konnte keine Adresse angeben, aber eine genaue Wegbeschreibung. Da fahren wir jetzt mal hin.«

»Das wäre die erste Spur von Fink«, sagte sie. »Und die ist sich sicher?«

»Ziemlich.« Stocker beobachtete eine Fliege an der Decke. »Er muß ihr gefallen haben. Sie gibt an, er wäre ungewöhnlich sanft und lieb gewesen, Gott, ja.«

Sie fuhren an den letzten Gebäuden vorbei und glaubten sich im Niemandsland, doch die Frau aus der Bar hatte gesagt, es ging weiter, wenn nichts mehr kam. Man sollte sich das merken, gleichsam als Lebensweisheit: daß es weiterging, wenn nichts mehr kam. Sie fuhren, bis Stocker auf die Schranke wies, denn nachdem nichts mehr kam, hatte die Frau aus der Bar gesagt, kam die Schranke. Sie blieben stehen, geradeaus starrend wie im Autokino. Eine bucklige Hütte. Der langgestreckte, flache Bau dahinter schien wieder ein Lager zu sein, in dem ein weiterer Kittelträger ihnen zu verstehen gab, daß sie zu doof waren, ans Ziel zu finden.

Daß sie sich verrannten, war ihre allergrößte Angst.

Stocker, der sich sämtliche Wegmarkierungen notiert hatte, sagte: »Hier haben wir aber nichts im Grundbuch. Zu Vicontas gehört nur das Hafengrundstück.«

»Irgendwo muß doch ein Schild oder so was sein.« Ina stieg aus und glaubte sich einen Moment lang in diesem Hitchcock-Film, den sie kürzlich zum zehnten Mal mit halb geschlossenen Augen gesehen hatte. Es war so still. Gleich mußten die Vögel kommen.

Doch hier schien kein Leben zu sein. Die Hütte diente wohl als Hausmeister-Unterkunft – flüchtig blickte sie durchs Fenster – eine Hausmeister-Unterkunft ohne Hausmeister. Mit dem Gebäude dahinter war es auch nicht anders, es wirkte wie ein stillgelegter Betrieb. Geschlossene Türen, geschlossene Fenster. Vergitterte Fenster. Sie ging weiter, drehte sich einmal um die eigene Achse und sah die Wagen, halb hinter einem Gebüsch versteckt, zwei Transporter und ein alter, roter Audi.

Rot. Ein roter Pkw war ein mehr als gewöhnlicher Anblick, doch irgendwo war ihr dieser hier schon aufgefallen, ein bißchen verbeult, wie er war. Sie rief die Kollegin aus der Einsatzzentrale an, von der sie wußte, wie fix sie war, und bat um Halterfeststellung, dann ging sie weiter weg, um nicht gesehen zu werden, weil sie plötzlich ahnte, daß es nicht gut war, hier gesehen zu werden. Vielleicht tauchten sie gleich auf und grinsten sie an, Geister, Dämonen, Höllenhunde. Die Antwort kam schnell, und die Kollegin klang atemlos. Halter des roten Audi: Fink, Michael.

Ina rannte zum Wagen zurück und sah Stocker mit seinem Handy fuchteln.

»Sie sind wie ein ungezogenes Gör«, schrie er. »Sie sollen sich nicht immer selbständig machen.«

»Finks Wagen steht hier. Versteckt. Und Transporter.« Sie spürte ihren Puls, als hätte sie eine harte Stunde Fitneßstudio hinter sich.

»Dann holen wir ihn raus.« Stocker sah sie aus zusammengekniffenen Augen an. »Das Gebäude gehört einer Firma namens Brings und Jeromin, Sanitärprodukte und ähnliches. Die sind bankrott gegangen und Vicontas hat sie übernommen. Und jetzt setzen Sie sich still in den Wagen und warten.«

Erneut nahm er das Telefon und forderte mit ruhiger Stimme ein paar Streifenwagen und zwei Spezialisten der Feuerwehr an. Er teilte ihnen diese neugewonnene Weisheit mit, weiter, wenn nichts mehr kam, weiter bis zur Schranke. Keine Blaulichtfahrt, kein Signal. Alles ruhig und geordnet.

Als das Licht sich veränderte, hätte sie schwören können, daß dies ein Zeichen war. Nicht nur ein Zeichen, viel mehr noch: ein Omen. Die wenigen Sträucher bewegten sich im Wind, und der Himmel wurde schwarz. Kein Blitz, kein Donner, nur dieser dunkle Schleier, hinter dem alles versank. Was glauben Sie, wollte sie Stocker fragen, was ist los da drinnen? Fink, der lebt doch noch? Sagen Sie, daß er noch lebt. Doch sie blieb so stumm wie er. Wäre sie Modezeichnerin geworden, wie es mal ihr Traum gewesen war, hätte sie jetzt vielleicht überhaupt kein Geld mehr, aber auch nicht dieses Herzrasen und diese dumpfe Angst. Als die Kollegen endlich kamen, schien ein halber Tag vorbei; im Rückspiegel tauchten sie wie Ufos auf, vorwärtsschlingernd auf unentdecktem Gebiet. Ordentlich hintereinander fuhren die Streifenwagen heran und ließen Beamte aussteigen, die so bemüht schienen, kein Geräusch zu machen, daß sie fast zaudernd wirkten. Die Feuerwehrleute kamen als letzte, und als sie ganz hinten in der Reihe stoppten, meinte sie sich zu erinnern, wo sie den roten Audi schon gesehen hatte: auf dem Parkplatz vor dem Sender, wie er dem schwarzen BMW hinterherzuckelte, in dem die Berninger mit ihrem Prinzen saß.

Fink, du Idiot. So sinnlos, so dumm.

Die Beamten scharten sich um Stocker wie eine Reisegruppe

um den Fremdenführer. »Wir vermuten hier zwei Männer, die wir suchen«, sagte er. »Zum einen den Kollegen Fink, zum anderen den vermißten Schaffner. Das Gebäude wird vorsorglich umstellt, wer es verlassen möchte, wird höflich aufgehalten.«

Sie nickten und bezogen Stellung. Der Beamte Hieber, der als eine Art Einsatzleiter fungierte, sagte, es sei eine merkwürdige Gegend hier, so einsam, so still. Er war Inas Lieblingsbulle, weil er sie immer so väterlich anblickte.

Er blickte sie väterlich an und murmelte: »Entseeltes Gelände.« Er redete immer so, was sie auch an ihm mochte. Er hatte Worte, auf die sie selbst niemals kam.

Auf Besucher war man nicht eingerichtet hier, denn die massive Tür des flachen Gebäudes hatte weder Schild noch Klingel.

»Dann mach mal Lärm«, sagte Hieber, worauf sein junger Kollege mit dem Schlagstock gegen die Tür stieß, erst zögernd, dann immer fester. Nach dem zehnten Schlag hörte er auf.

»Das weckt Tote«, sagte Stocker, worauf Hieber zu Boden blickte, als sei er peinlich berührt. Doch kurz darauf hob er den Kopf. Hieber ging drei Schritte zurück und sagte: »Da guckt jemand, da ist einer.«

Hinter dem vergitterten Fenster stand ein Mann, der nicht aussah, als riefe er gestikulierend um Hilfe. Er stand nur da.

Stocker machte ihm Zeichen aufzuschließen; sie alle gestikulierten und brüllten, bis sie sahen, wie er den Kopf schüttelte. Entweder hieß das, ihr kommt hier nicht rein oder es bedeutete, ich komme hier nicht raus. Dann war er verschwunden.

Schaffner? Sie hatten nur ein Foto von ihm, da war das Gesicht nicht von einem Gitter verdeckt.

»Wo ist die Feuerwehr?« Stockers Stimme lauter als gewöhnlich. Das war nicht mehr der Leiter der Mordkommission, der für jeden kleinen Schritt die Verwaltungsvorschrift zitierte. »Machen Sie auf, egal wie.«

Sie gingen mit dem Stemmeisen an. Es knirschte, es quietschte, und dann als die Tür endlich aufsprang, hörte es sich an, als würde das ganze Haus aus den Angeln gehoben.

Kahle Wände, Zementboden. Ina kniff die Augen zusammen, es

war sehr hell. Sie hatte mit einem dunklen Gang gerechnet, wie in dem Vicontaslager, das sie schon gesehen hatten, doch hier brannten Neonröhren. Links vom Eingang eine Küche, daneben eine verschlossene Tür. Hinter einer Krümmung wurde der Gang breiter, sie sahen eine Eisentür und eine riesige, weiße Flügeltür, sonst nichts. Hieber tippte mit seinem Schlagstock gegen die Flügeltür. Sie ließ sich öffnen, er ging ein paar Schritte, und sie klappte hinter ihm zu. Kein Geräusch, kein Ruf, der Raum schien leer zu sein.

Wo war der Typ vom Fenster? Stocker rief nach ihm, ein anderer rief Finks Namen, erst zaghaft, dann immer lauter.

»Das gibt's doch nicht.« Stocker rüttelte an der Eisentür, doch sie war verschlossen. »Da muß noch einiges geöffnet werden.«

»Hier ist auch keine –« Treppe hatte sie sagen wollen. Ina hatte sagen wollen, daß es weitere Räume wohl nicht gab, als sie Hieber wieder aus dem Raum hinter der Flügeltür kommen sah. Der Beamte Hieber, kurz vor der Pension stehend, ging zwei Schritte auf sie zu, dann ging er wieder zurück und lehnte sich gegen die Wand. Sie sah in seine Augen. Ein nervöses Zittern überfiel ihren rechten Arm.

»Da sind überall Menschen«, sagte Hieber laut.

Zwei Kollegen zogen ihre Waffen; Hieber schrie: »Nicht schießen, nicht schießen.«

Stocker ging voran, öffnete die Flügeltür, und sie standen im Licht. Es war ein gleißendes, kaltes Röhrenlicht, noch viel heller und kälter als auf dem Flur. In hohen, weißen Betten lagen Menschen auf weißen Laken, die an ihnen vorbeistarrten oder die Augen geschlossen hielten. Hohlwangige Menschen, sie lagen einfach da, sie lebten noch oder starben gerade, man konnte es nicht genau sehen. Zwischen ihnen der Mann, der am Fenster gestanden hatte. Er trug einen grauen Kittel. Mit einem Tuch in der Hand ging er von Bett zu Bett und wischte ihnen über die Gesichter. Auf einem Tisch an der Wand standen Töpfe.

»Jetzt ist Essenszeit«, sagte der Mann. »Warum sind Sie so laut? Die kommen erst nachts, wenn überhaupt. Ich bin hier ganz alleine, ich habe den Schlüssel zum Aufmachen nicht. Ich kann keine Auskunft geben, ich bin eingesperrt.«

Stocker hustete. »Sanitäter«, sagte er zu einem Beamten, der mit kleinen Schritten immer weiter zurückwich. »Wie viele sind das?« Er zählte durch, neun Betten, neun Menschen. »Krankenwagen. Notärzte. Exakte Wegbeschreibung, nicht daß die sich verfahren.«

Mit sechs Leuten macht man keine Versuche, davon waren sie ausgegangen, an sechs Leuten testete man keine Mittel, hier lag der Rest. Die Todeskandidaten, die er noch hinzurichten hatte – wer denn?

Warum sagten sie nichts? Ina sah auf den Mann herunter, an dessen Bett sie stand, sah einen Bart, eine zerfurchte Stirn und eine violett schimmernde Nase. Nummer sieben oder acht oder neun, wenn man ihn schließlich in irgendeinem Gebüsch gefunden hätte. Als er die Augen öffnete, meinte sie, daß auch er blind war, blind wie Nummer sechs, denn er starrte an ihr vorbei. Sein Arm zuckte kurz, als wollte er nach ihrer Hand greifen, ein Keuchen, bevor er die Augen wieder schloß. Sie konnte kaum atmen und sich nicht bewegen und wollte doch schreien und fortlaufen von hier, und als sie anfing, das zu tun, was von ihr erwartet wurde, merkte sie es kaum, als wäre jemand in ihren Körper eingedrungen, der für sie handelte, ohne etwas zu fühlen. Sie sah sich selber zu, wie sie ihren Ausweis aus der Tasche riß, doch dann stand sie mit dem Polizeiausweis da und wußte nicht, was sie damit machen sollte.

»Sie essen kaum«, beschwerte sich der Mann vom Fenster. Er schien der letzte der Gefangenen zu sein oder der erste, eine Art Kapo vielleicht. Er deutete auf den Mann, an dessen Bett Ina stand. »Der kann alleine. Aber er will nicht. Mit Vivian war das auch so, die hat gar nichts mehr gegessen.«

Vivian Schaffner, Nummer drei. Oder zwei oder vier? Sie geriet durcheinander, alles verschwamm. Ina hörte sich selber zu, als sie ihn nach seinem Namen fragte. »Henrik Schaffner?«

»Ja.«

Sie ging durch die Reihen. Drei Frauen, sechs Männer, ohne erkennbares Alter, die Gesichter maskenhaft starr. Sie sprachen nicht, und man sah sie nicht atmen, nur manchmal zuckte ein Bein oder ein Arm.

»Wo ist Fink?« fragte sie.

»Michael?« fragte Schaffner. »Der ist nebendran. Da hab ich auch den Schlüssel für, sonst hab ich keinen Schlüssel.«

»Aufmachen«, sagte sie. *Ist er tot*, wollte sie fragen, sag es mir gleich, doch sie brachte es nicht heraus. Sie stand hinter ihm, als er die Eisentür des angrenzenden Raumes öffnete und sah Fink auf einer Matratze liegen. Er bewegte sich, er lebte. Wände aus Gummi, wie es schien, und ein Gitter, das den Raum teilte. Sie kniete sich neben die Matratze; Stocker brüllte Schaffner an: »Was hat er bekommen?«

»Was zur Beruhigung«, sagte Schaffner. »Glaub ich.«

Fink hatte die Unterarme über die Augen gelegt, als wolle er nichts mehr sehen und nichts mehr hören von der Welt.

»Michael«, sagte sie leise.

Er versuchte die Arme herunterzunehmen. Er hatte Schwierigkeiten mit der Koordination, und als er es endlich schaffte, sah er sie eine Weile an. »Sie?« fragte er dann. Es klang enttäuscht.

»Der Krankenwagen kommt gleich«, sagte sie.

»Wo ist sie?« fragte er.

»Wer?«

»Denise.«

Ina legte ihm die Hand auf die glühende Stirn. Offenbar hatte er hohes Fieber.

»Wo ist sie?« fragte er wieder. »Er hat sie weggeholt.«

Mein Gott, Junge. »Ist gut«, flüsterte sie. »Es ist vorbei. Weißt du was? Ohne dich hätten wir es nie bis hier geschafft. Das war der Durchbruch mit dir. Hörst du?«

Mißmutig sah er sie an, wie immer. »Antworten Sie mir doch.«

»Das stimmt, was er sagt«, sagte Schaffner an der Tür.

Ina drehte den Kopf. »Was?« fragte sie, dann spürte sie Finks Hand.

»Er«, flüsterte er. »Der Täter. Die Obdachlosenmorde. Hat es gesagt. Aber« – rasselnd holte er Luft – »ich glaube es nicht. Die anderen. Die geben Befehle – er hier war gut zu mir. Henrik.«

Henrik Schaffner stand ruhig an der Wand und sah zu, wie sie abtransportiert wurden. Sanitäter und Notärzte gingen durch die Reihen und taten, was sie immer taten, aber es sah aus, als begriffen sie die eigenen Handgriffe kaum. Einer der Sanitäter kommentierte mit leiser Stimme alles, was er sah. »Sind vollständig bekleidet«, murmelte er, »liegen herum. Keine Behandlung, nur Pflege, notdürftige Pflege, nur Dreck.«

»Ich pflege sie«, sagte Schaffner an der Wand.

»Wenn sie ansteckend sind«, sagte ein Notarzt, »müssen alle hier Beteiligten isoliert werden.«

»Halte ich für unwahrscheinlich«, sagte Stocker. »Fragen Sie Dr. Gerlach, den Pathologen, der hat die anderen obduziert, er muß hinzugezogen werden.«

»Welche anderen?« fragte der Arzt. »Was heißt, obduziert?« Plötzlich brüllte er wie ein hilfloses Kind. »Was ist das denn hier?«

»Ja«, sagte Stocker nur, was keine Antwort war, doch der Arzt stellte keine weiteren Fragen. Von draußen warf das zuckende Licht der Krankenwagen blaue Muster auf die weißen Laken und auf das Gesicht von Henrik Schaffner. Nebenan hatten die Feuerwehrleute die letzte Tür geöffnet, hinter der sich ein kahler Raum verbarg, auf dessen Boden Matten lagen wie in einer alten Turnhalle.

»Da war ich nie drin«, sagte Schaffner.

Stocker fragte: »Wurde hier etwas gelagert?«

»Ja, die Leute«, sagte Schaffner. Am Anfang wurden sie da eingesperrt. Ich hab sie schreien gehört, weil sie nicht raus konnten.«

»Und dann?« Stocker sah aus, als glaube er ihm nicht oder wollte ihm nicht glauben.

Schaffner schüttelte den Kopf. »Ich durfte ja nicht viel sehen, mußte immer draußen sein in meinem Kabäuschen. Sie waren aber lange da drin, viele, viele Tage, und irgendwann waren sie still. Später sind sie dann in die Betten gekommen.« Er seufzte. »Da sind sie viel kränker geworden in den Betten, obwohl doch immer welche gekommen sind, die sie untersucht haben.«

»Wer ist gekommen?«

»Da durfte ich nicht dabei sein.« Schaffner faltete die Hände.

»Ich möchte was trinken. Ein bißchen Wasser. Das dauert sicher alles noch, oder?«

Es dauerte ein Leben lang, so lange würde Ina die Bilder sehen von den noch lebenden Toten in diesen hohen Betten. Es dauerte, und doch geschah alles zugleich, Auermann kam mit der Spurensicherung, die Techniker fragten, wonach sie suchen sollten und was hier passiert sei, Auermann sagte, draußen heulte ein Sanitäter, ein junger, viel zu jung. Auf dem Boden des geräumten Saales lag ein Stoffhund unter einem Bett.

In Schaffners Hütte vor der Schranke fanden sie seine Clowns, die sie nicht brauchten, und eine Pistole mit beschädigtem Magazin. Sie brachten ihn ins Präsidium, wo er anfing zu jammern. »Die letzten Tage haben sie mich eingesperrt«, sagte er. »Wir sollten alle weg, in eine andere Stadt. Sie haben mich immer nur verarscht.«

Stocker fragte: »Wie heißen die Leute?«

»Ich weiß nur Tonis Namen, Toni Prinz. Die anderen haben sich mir nie vorgestellt, die reden gar nicht mit mir, die habe ich auch nie richtig gesehen. So mit Mundschutz und so, wie Karneval. Ich mußte immer weg, wenn jemand anders als Toni kam.«

»Was haben Sie in dem Gebäude gemacht?«

»Auf die Patienten aufgepaßt. Ich habe sie gewaschen und gefüttert und geguckt, wie es ihnen geht.«

»Hat Ihnen jemand gesagt, daß Sie das tun sollen?«

Schaffner nickte. »Toni. Er hat mir alles gesagt. Und gelogen hat er auch. Bloß verarscht, alle miteinander.«

»Hat er Ihnen auch gesagt«, fragte Stocker, »daß Sie die Leute draußen ansprechen sollten, um Sie hierher zu bringen?

»Sie konnten sich Geld verdienen«, sagte Schaffner. »Ich sollte sagen, es wär für 'ne Umfrage, aber manche konnte ich auch direkt fragen, ob sie Medizin testen wollten. Wollten sie ja. Toni hat auch welche gebracht, zwei Männer und eine Frau.«

»Kennen Sie ihre Namen?« fragte Ina.

Schaffner kratzte sich am Bein. »Das waren Pit und Max und die Johanna.«

Sicher. Johanna kannte er durch Denise, und Pit Rehbein hatte schon einmal Medikamente getestet. Pit kannte Max Jakobi. Schneeballsystem. Ganz leicht.

Schaffner seufzte. »Meine Frau, daß die auch dabei war, das ist nicht meine Idee gewesen, ich wär nie drauf gekommen. Aber wir haben uns da schon längst nicht mehr verstanden, meine Frau und ich. Toni sagte immer, wir hätten noch zu wenig Leute, da kam meine Frau halt noch dazu. Es ging ihnen dann allen so schlecht, ich weiß nicht, wie das gekommen ist.«

»Hat Prinz Ihnen auch gesagt«, fragte Stocker, »was Sie mit den Leuten tun sollen, wenn es mit ihnen zu Ende geht?«

Schaffner blickte zu Boden. »Ich wollte das nicht.«

»Was?«

Schaffner verschränkte die Finger. »Mir wär das auch nie eingefallen, aber er sagt, es wär viel besser für sie. Daß sie nämlich erlöst sind, ja.«

»Haben Sie Ihre Frau erschossen?«

»Fragen Sie Toni.« Schaffner klang weinerlich. »Ich habe mir das doch alles nicht ausgedacht. Er hat gesagt, ich wär am Ende, wenn ich nichts tu. Würde nie wieder Geld haben und leben können und all das.«

»Warum waren sie geschminkt?«

»Das wollte ich nicht. Das hab ich nie gewollt, aber ich mußte. Ich habe es auch nicht ordentlich gemacht.« Er sah aus, als würde er gleich mit dem Fuß aufstampfen. »Extra nicht.«

»Pit Rehbein, Herr Schaffner. Wie war das, Sie haben ihn in den Park gebracht?«

»Fragen Sie Toni!« schrie Schaffner. »Ich sage nichts. Immer wird's auf mir abgeladen, immer auf mir! Fragen Sie doch Toni, fragen Sie Denise, die ist ja wieder bei ihm.«

»Gehörte sie auch zu den Leuten, die Sie da gesehen haben?« fragte Ina.

Schaffner nickte.

Sie starrte ihn an, hatte es nur vorsorglich gefragt und wollte es jetzt nicht glauben.

»Sie war doch mit dem Michael zusammen«, murmelte Schaffner. »Toni hat sie dann wieder weggeschafft.«

»Sie war –« Ina holte Luft. Er habe sie weggeholt, hatte Fink geflüstert, was sie seiner verrückten Leidenschaft zugeschrieben hatte, die ihn selbst in diesem Moment nicht verließ.

»Ja, die lag mit ihm in der Zelle. Auf der anderen Seite.« Schaffner blinzelte.

»Wer hat sie –«, fing sie an, doch Schaffner schüttelte heftig den Kopf.

»Mehr sag ich nicht«, rief er, »ich sage jetzt überhaupt nichts mehr, ich habe solche Rückenschmerzen. Ich will einen Doktor, ich kann doch nicht –« Er ließ sich vom Stuhl auf den Boden fallen, und Ina sah eine Weile auf ihn herunter. Er war nicht der Geist, mit dem sie geredet hatte, er war etwas anderes, und sie wußte nicht, was.

Mit kleinen Schritten stolperten sie wie Kinder durch die Nacht. Ein bleicher Staatsanwalt brachte die Durchsuchungsanordnung für die Wohnung von Toni Prinz und sah sie mit einer Mischung aus Schrecken und Widerwillen an.

»Gefahr im Verzug«, sagte Stocker. »Sie wissen, daß wir die Wohnung aufbrechen, wenn nicht geöffnet wird?«

»Ja, ja«, murmelte Ritter. »Wieso ist die Berninger in diesem Lager festgehalten worden? Und dann? Hat er die jetzt getötet, könnte die in der Wohnung liegen?« Er bestand darauf, dabeizusein, obwohl er kein Blut sehen konnte.

Doch lag in der weißen Wohnung niemand, kein Lebender und kein Toter, alles war aufgeräumt, und die vielen Pflanzen hatten genug Wasser für ein paar Urlaubstage. Denise schien kein eigenes Arbeitszimmer zu haben, Prinz hatte ein großes. Toni war ein systematisch denkender Mann, der seine Unterlagen in beschrifteten Schubkästen ordnete, *Firma*, *Forschung*, *Privat*. Interessant war das alles nicht, Marketingkonzepte und Patientenstudien zu den Präparaten der Firma Vicontas, zu allen Präparaten außer *Vic553-delta* natürlich, denn Notizen darüber fanden sie nicht. Dafür gab es Zeitungsausschnitte über psychiatrische Themen und über die Erfolge von Forschern, mit Hilfe von Medikamenten Erinnerungen gezielt zu löschen, um den Menschen unangenehme Gedanken zu nehmen. Sie fanden ganze Ordner voll mit Artikeln über Gehirnwäsche und den ganzen Hokuspokus über Bewußtseinskontrolle, sie fanden Ordner mit Berichten über Versuche der Geheimdienste, Menschen zu manipulieren.

In der privaten Schublade hatte er Steuerunterlagen und Fotos von Denise. Auf einem Bild waren sie beide zu sehen, Toni hielt sie im Arm. Ina guckte es an, als enthielte es Enthüllungen, die sonst niemand verstand; Denise saß halb auf seinem Schoß, Denise, von der sie geglaubt hatte, daß sie nicht lachen könne oder falls doch, das dann im dunklen Keller tat, lachte in die Kamera und sah wunderschön dabei aus.

Und jetzt? »Er tut ihr was an«, murmelte sie. »Sie hat immer zuviel gewußt. Oder sie hat sich zuviel zusammengereimt, sie ist ja nicht blöd.«

»Ja«, sagte Stocker. Er kam aus dem Bad und hielt eine Tablettenschachtel in der Hand. »Das ist die – also *die* Pille. Angebrochen. Die nehmt ihr doch gewöhnlich mit, wenn ihr freiwillig verreist.«

Sie nickte nur. Es war sein erstes halbes Du.

»Gut«, sagte er, und man hätte darüber Witze machen können, wie er da stand, mit einer Packung Verhütungsmittel in der Hand, und sagte: »Er kommt jetzt in die Fahndung.«

»Was ist das für ein Gefühl?« murmelte sie. »Da lebt sie zehn Jahre mit ihm und hat ihn doch geliebt, nicht? Und dann –«

»Frauen machen es immer so persönlich«, zischte Stocker. »Das sind jetzt nicht die Gedanken, die ich mir mache.«

»Ich weiß«, sagte sie. »Ich meine ja nur.«

Der Staatsanwalt sah die ganze Zeit zu. Er stand im Weg und seufzte unentwegt, er sagte: »Er hat doch längst alles fortgeschafft, wie sich selber auch.« Auch über diesen Satz hätte man Witze machen können, wären die Bilder nicht dauernd im Kopf, die Menschen, die Betten, weiße Laken, weiße Haut. Dieses langsame Sterben. Dieses Krepieren, um dann abgeführt zu werden und mit Genickschuß zu enden, weil das mysteriöse Auffinden von Krepierten mehr Fragen aufwarf als die irre Serie eines irren Killers. Das hatten sie sich so gedacht, ja. Hinter dem Faxgerät entdeckte sie einen Zettel mit der Aufschrift *PE 166 499*. Eine Formel? Sie hielt sie dem Staatsanwalt vor die Nase, doch der zuckte nur mit den Schultern.

Irgendwann, als sie entdeckte, daß Toni Prinz auch sämtliche Zeitungsartikel über Denise gesammelt hatte, genau wie Michael Fink, rief Benny an, um zu fragen, was los sei.

»Steckst du fest?«

»Ja. Ich kann nicht.«

»Geht's dir nicht gut?«

Das war jetzt zu persönlich. »Ich melde mich«, murmelte sie, »wenn's wieder geht.«

Es war kurz vor acht am Morgen, als Ulrike Mauskopf, die lächelnde Empfangsdame, sie in die oberste Etage der Firma Vicontas führte, in einen lichtdurchfluteten Raum, in dem Fotos lachender Kinder hingen. Natürlich waren die Herren des Vorstands nicht vollzählig, erzählte sie im Aufzug, Termine. Staatsanwalt Ritter hatte das Handy am Ohr und sprach mit dem Krankenhaus, er sagte einmal »ja« und ein andermal »oh nein.«

Von dem, was kam, schien schon etwas zu den Vorstandsherren durchgedrungen zu sein. Auf ihren Mienen war völlige Ratlosigkeit zu lesen. Nesser, Tonis Boß, mit dem sie schon gesprochen hatten, stellte ihnen förmlich einen leitenden Herrn namens Matthiesen vor, der sich daraufhin selbst noch einmal vorstellte, ein dünner Mann mit lichtem Haar, der erklärte, er sei erschüttert.

»Da haben welche gelagert?« fragte er. »Was war denn da los?«

Seltsamerweise war es Staatsanwalt Ritter, der die erste Frage stellte: »Sie haben diese Liegenschaft seinerzeit von der Firma Brings und Jeromin übernommen?«

»Wir nutzen sie nicht«, erklärte Matthiesen. »Wir haben diese Firma übernommen und damit auch deren Gelände, aber unser Lager ist am Hafen.«

»Der Grundbucheintrag ist nicht korrekt«, sagte Ritter schlicht, als sei das jetzt das Problem. Dann riß er sich zusammen und fixierte die blaugraue Krawatte des dünnen Vorstandsherrn. »Meine Beamten haben in dieser Liegenschaft eine entsetzliche –« Er schwieg und fing von neuem an: »Sie haben dort einen Saal geöffnet, in dem neun Menschen lagen. Hilflos lagen, das Wort *lagern* ist insofern nicht korrekt. Hilflose Personen. Wir haben inzwischen einen ersten Bericht aus der Klinik, daß diese Menschen schwer geschädigt sind. Einigen werden nur geringe Chancen eingeräumt. Man spricht unter anderem von Nervenschäden und Lähmungen. Dem Anschein nach sind es Obdachlose.« Ritters Stimme versickerte förmlich, als er fragte: »Wie kommen die denn auf Ihr Gelände?«

»Wie ich bereits sagte«, sagte Matthiesen. »Strenggenommen ist das nicht unser Gelände.«

»Strenggenommen doch«, sagte der Staatsanwalt.

»Der Form halber vielleicht«, sagte Matthiesen. »Wir hätten besser aufpassen müssen, wer sich da herumtreibt.«

»Zum Beispiel Ihr stellvertretender Marketingleiter, Herr Prinz«, sagte Stocker. »Es gibt Zeugen.«

»Unbegreiflich«, sagte Matthiesen. »Was wollte er dort?«

»Ich wiederhole«, sagte Stocker. »Neun Menschen befanden sich auf Ihrem Gelände, in einem Raum, der halbwegs professionell zu einer Art Krankenstation hergerichtet war. Die Schäden, die sie erlitten haben, sind weitgehend identisch mit denen, die bei den sechs Opfern der sogenannten Obdachlosenserie festgestellt wurden, vergiftungsähnliche Schäden, wie sie beispielsweise nach der Einnahme illegaler Präparate auftreten können.«

Schweigen.

»Haben Sie das verstanden?« fragte Stocker.

»Nein«, sagte Matthiesen, der Herr aus dem Vorstand. »Das ist ein bißchen bunt jetzt. Was ist mit dieser Mordserie? Mögen Sie das bitte erklären?«

»Gern«, sagte Stocker freundlich. »Wir haben ein Täterprofil, bei dessen Erstellung die Experten darauf hinwiesen, daß das kalte, methodische Vorgehen des Täters sich im Widerspruch zu der Tatsache befindet, daß er an seinen Opfern eine rituelle Handlung vollzieht. Daraus wurden zwei Schlüsse gezogen: Wiedergutmachung an den Opfern oder Ablenkungsmanöver. Mit anderen Worten, Psychopath oder einer, der so tut. Das ist die Täterseite.«

»Ja und?« fragte Matthiesen.

»Andererseits die Opfer«, sagte Stocker. »Sie weisen ohne Ausnahme schwerste physische Schäden auf, von denen die Schußverletzung, gestatten Sie mir diese Bemerkung, noch die harmloseste ist. Wenn wir nun Verbindungslinien zu einem pharmazeutischen Unternehmen ziehen können, weil wir einerseits wissen, daß Leute aus dem Personenkreis der Opfer sich gelegentlich etwas Geld mit Medikamententests verdienen, und wir andererseits auf einem Grundstück dieses Unternehmens Menschen gefunden haben, die ähnliche Schäden aufweisen wie die bereits Getöteten, können wir annehmen, daß sich das Unternehmen möglicherweise mit den verheerenden Folgen eines unzulässigen Medikamentenversuches konfrontiert sah. Wir stellen nun nämlich auch die Frage, warum sich ein Mensch kurz vor seinem Tod ein Wort notiert, das er vermutlich aufgeschnappt hat. Sehen Sie, bei einem der Getöteten haben wir einen Zettel mit der Notiz *Vic553-delta* gefunden, ein interner Code vermutlich, der perfekt in Ihre Produktlinie paßt.«

»Es gibt kein solches Produkt«, sagte Nesser ruhig.

Stocker sah Ina an und spreizte zwei Finger: weiter. Sie atmete tief ein, sie konnte es nicht so gut wie er.

»Es gibt Testpersonen, also wird auch etwas getestet«, fing sie an und wurde von Nesser unterbrochen, der sagte: »Es ist durchaus möglich, daß dieser Prinz – er hat nun einmal fixe Ideen – sich Obdachlose von der Straße geholt hat, um sie dort zu pflegen. Vielleicht zu beobachten, ja. Diese Leute sind alle krank, das hat nichts mit dubiosen Versuchen zu tun.«

Sie wollte ihm etwas ins Gesicht rammen, aber sie machte weiter. »Wenn so ein Test mißlingt und plötzlich nur noch Schwerkranke übrigbleiben, muß man sie loswerden oder man wird alles andere los, seinen Ruf, vielleicht das ganze Unternehmen. Man muß sich der Opfer und damit zugleich der Zeugen entledigen. Wie macht man das am geschicktesten? Man könnte dieses Vorgehen einem Auftragstäter überlassen, der uns die Mordserie eines Psychopathen vorspielt. Nicht sehr geschickt, aber es geht.«

»Abenteuerlich.« Matthiesen blickte den Staatsanwalt an. Der Staatsanwalt sah zur Decke.

»Wir haben übrigens einen weitgehend geständigen Auftragstäter«, sagte sie.

»Was sagt der? Das kann doch nur ein Geisteskranker sein.« Matthiesen schlug mit der Faust auf den Tisch. Ina hätte schwören können, daß ihm ganz langsam der Schweiß ausbrach. Schaffner war abgerichtet worden, aber verläßlich war er nicht. Das einfachste der Welt, mein Herr, der wollte Geld, einen Besitz, der wollte sein wie du. Und er wollte es gleich, in diesem Leben noch. Der bestand darauf, dafür tötete er auch seine Frau.

»Vergessen Sie nicht, daß auch die Menschen, die wir da herausgeholt haben, sich an etwas erinnern«, sagte sie. Sie sah ihm an, daß er das bezweifelte, und sie bezweifelte es auch.

»Wir sind hier nicht in der dritten Welt«, erklärte Nesser. Er stand auf und stopfte die Hände in die Hosentaschen. Er wechselte die Linie. »Sie können die möglichen Taten von ein oder zwei Verrückten nicht einem ganzen Unternehmen unterstellen.«

Der Staatsanwalt wurde keck. »Kann ein einzelner Mann einen ganzen Medikamententest durchführen? Oder können es gar zwei Verrückte?«

»Kaum«, sagte Nesser. »Er kann aber Stoffe, die er sich irgendwo besorgt hat, an Menschen ausprobieren. Ich weiß nicht, welche dunklen Kanäle es da gibt. Das hat er dann praktisch in seiner Freizeit gemacht.«

»Von wem sprechen Sie?« fragte Stocker.

Nesser sah ihn mit dem Kummer eines Schloßbesitzers an, der gleich sagen würde: *Immer dieser Ärger mit dem Personal.* »Ich weiß nicht, welches abnorme Hirn in Prinz steckt. Das weiß man ja leider vorher nie.«

»Wir haben Zeugen«, sagte Stocker, »die noch einen anderen Mann dort gesehen haben. Mindestens einen.«

»Unmöglich. Wer sagt das?« Nesser setzte sich. »Welche Hilfstruppen hat er denn da zusammengezogen, um Himmels willen?«

»Wer?« fragte Ina.

»Prinz«, zischte er. »Durchsuchen Sie uns. Sie werden nichts finden. Sie können hier jeden Stein umdrehen.«

Sie hatten ihre Linie. Es ließ sich regeln, da war einer aus dem Ruder gelaufen, Toni Prinz, der hatte sich einen Handlanger gekauft, schlimmstenfalls zwei oder drei. Prinz war verschwunden; möglich, daß sie ihn zu seiner Flucht gezwungen hatten, nimm deine Tussi mit, die setzt sich sonst noch ins Fernsehen mit dieser unerfreulichen Geschichte. Oder andersrum, der panische Prinz floh freiwillig, Denise im Gepäck, aus denselben Gründen. Egal, sie hatten Prinz auf jeden Fall, auch wenn er nicht greifbar war. Es gab keinen Großeinsatz, von dem nichts nach außen drang, auch nicht, wenn er sich auf entseeltem Gelände, wie der Streifenbeamte Hieber es genannt hatte, abspielte.

Als die ersten Schlagzeilen erschienen und im Fernsehen ein Reporter vor dem Lager stand, um von unbegreiflichen Szenen zu berichten, die sich hier, auf dem Grundstück des Pharmakonzerns Vicontas, abgespielt hatten, setzte das Unternehmen die erste Pressemeldung an: Visionen umzusetzen und Innovationen voranzutreiben, seien die Ziele des Unternehmens, das seit mehr als dreißig Jahren Stoffe entwickelte, die Leiden linderten und Krankheiten heilten. Erschüttert nahm man zur Kenntnis, daß die unfaßbaren Taten zweier Männer auf einem Gelände des Unternehmens begangen worden waren.

Als das Fernsehen berichtete, daß einer der Männer Angestellter von Vicontas war, kam die zweite Pressemeldung. Ein ehemaliger Angestellter hatte ihr Vertrauen zutiefst mißbraucht, und man werde alles Erdenkliche tun, um zur Aufklärung beizutragen.

Die Presse sprach von Dr. Frankenstein und seinem grausamen Vollstrecker, der in Verdacht stand, die Obdachlosenmorde begangen zu haben. Denise blieb verschwunden. Daß sie Frankensteins Braut war, hatten die Reporter noch nicht mitbekommen.

Schaffner war untersucht worden, sein Körper war vollgepumpt mit dämpfenden Mitteln. Ein Junkie, eingestellt wie ein Diabetiker. Die Mediziner fanden Hinweise auf Scopolamin, das in geringen Dosen gegen Reisekrankheit verabreicht wurde. In höheren Dosen, erklärten sie, könne es die Willenskraft beeinträchtigen, wobei Denk- und Sprechfähigkeit erhalten bleiben.

Er wurde weiter vernommen. Er sprach kurze, abgehackte Sätze und schwieg dann eine Weile. »Ich bin nervös«, sagte er. »Toni hat mir immer Medizin gegeben. Ich brauche meine Medizin.«

Seine Waffe war die Tatwaffe. »Sie ist kaputtgegangen«, sagte er.

In seiner Hütte waren die Schminkutensilien gefunden worden, Lippenstifte, Rouge, Kajal. »Das habe ich im Auto gemacht«, sagte er. »Ich wollte das nie, ich fand das nicht gut. Aber ich mußte.«

Immer wieder fingen sie von vorne an, gingen alle Opfer durch, dann nickte Schaffner jedesmal und sagte: »Ich mußte.«

»Pit Rehbein«, sagte Ina. Sie wollte Schaffner nicht ansehen. Sie haßte ihn nicht, wie sie ihn als Geist gehaßt hatte, doch sie hatte eine dumpfe Angst vor ihm.

»Ja«, sagte Schaffner. »Hat im Auto auf der Decke gelegen. Ich mußte ihn tragen. Manche Leute konnten selber noch gehen, er nicht. Dann schreit er auf einmal, ich wollte ihn wieder zurückfahren, es war so schlimm. Vorher ist er immer frech gewesen, wollte rumschnüffeln, dauernd telefonieren und so. Wollte Anwälte, war ein ganz Schlimmer. Er hat mich angespuckt, dabei habe ich ihm nur zu essen gegeben.«

Sie nickte. Rehbein, ihr Held, der Augen und Ohren offenhielt, auch als er kaum noch konnte. Daß sie ihn als ersten loswerden wollten, war nachzuvollziehen, Pit Rehbein, Nummer eins.

»Er war der erste«, sagte sie, »dem Sie geholfen haben, richtig?« So mußte man das formulieren, dann sagte Schaffner mehr. Er hatte geholfen, nicht gemordet.

Er starrte vor sich hin. »Meine Frau war doch auch so krank, aber das habe ich alles nicht zu verantworten, ich habe das nicht angerichtet. Es war doch kein Leben mehr, man mußte was tun.«

Der Mann vom Bahnhofsklo, sein letztes Opfer – ja, sagte Schaffner, Guido. Den Nachnamen kannte er nicht, Guido, den er am Hauptbahnhof angesprochen hatte, um ihm einen Job anzubieten, ganz wie Toni es gesagt hatte, eine leichte Arbeit, Fragen beantworten, Geld verdienen. Du kannst auch was testen, hatte er Guido gesagt, ein neues Medikament. Ja, er war gleich einverstanden, wenn's Geld gibt, hatte er gesagt, dann mach ich das.

»War er blind?« fragte Ina.

»Oh nein«, sagte Schaffner. »Damals konnte der sehen. Die haben ihn versaut, wissen Sie? Das Mißgeschick hat er auch nicht gesehen, ich meine, ich bin ja erst wieder zurück mit ihm, wußte nicht, was ich machen sollte.«

Natürlich. Der Junge im Park, Sebastian, der sie überrascht hatte.

»Ja«, sagte Schaffner, »so ein Kerl, der war plötzlich da, aber den bring ich doch nicht um.«

Immer wieder fragten sie nach dem anderen Mann, den er den Doktor nannte, der sich um die Leute kümmerte, nachdem sie aus diesem Raum herausgebracht worden waren, in dem sie die ersten Wochen verbringen mußten. Der trug einen Schutz vorm Gesicht. Der redete nie mit ihm, der sah ihn gar nicht an.

Wie sah er aus?

Wie ein Gespenst, wiederholte er monoton, ein weißer Geist.

Was war in diesem Raum passiert?

Das durfte er nicht wissen. Er war der Handlanger, der Hausmeister, der Pfleger und der Diener, begriffen sie das nicht?

Ab der dritten Vernehmung Schaffners kamen zwei Beamte vom Landeskriminalamt hinzu, aus reiner Neugier, wie sie sagten. Später erklärten sie, sie hätten doch alles, einen geständigen Mörder und seinen Auftraggeber. Fast war alles beisammen, der Auftraggeber fehlte halt noch und eventuell der Mann in Weiß, falls der kein Hirngespinst war.

»Einen Menschenversuch«, sagte Stocker, »führt doch nicht einer allein durch. Das geschieht im Auftrag des Unternehmens.«

»Beweisen Sie das mal«, sagte der LKA-Beamte.

»Der Auftraggeber wird uns hoffentlich von allen Einzelheiten berichten«, sagte Stocker. »Auch von *seinen* Auftraggebern.«

»Schutzbehauptung«, sagte der LKA-Beamte, und Ina wollte ihn fragen, wieso decken Sie die? Sie sind doch sonst nicht so pingelig, auch nicht bei Unternehmen, wieso behindern Sie die Ermittlungen? Aber sie wußte, daß man bei dieser höheren Stelle nur sagen würde, dies sei eine üble, unkollegiale Unterstellung. Sie hatten alle die gleiche Sprache, das war bei Vicontas nicht anders als bei übergeordneten Behörden.

Irgendwann, als sie vor Müdigkeit kaum noch geradeaus gucken konnte, sagte Stocker: »Sie schlucken jetzt was, dann gehen Sie in die Klinik und sehen nach dem Fink, der ist vernehmungsfähig.«

»Ich schlucke nichts mehr.« Ina starrte ihn an. »Ich schlucke gar nie mehr was, ich finde das ziemlich taktlos von Ihnen, so –« Sie rang nach Luft und wußte, daß sie keinen vernünftigen Satz herauskriegen würde, und Stocker nickte nur und sagte: »Ja, ja.«

Michael Fink lag in Shorts und T-Shirt auf dem Bett und beobachtete den Spaziergang einer Fliege auf der Wand.

»Hallo«, sagte sie.

Er riß sich von dem Anblick los. »Tag«, sagte er matt.

»Wie geht's dir?«

»Die Ärzte sagen, ich hätte massive Dosen von Psychopharmaka bekommen. Sie machen noch zwei Tests, dann kann ich raus.«

»Das ist doch wunderbar.« Sie setzte sich auf den Stuhl neben seinem Bett. »Wir hatten solche Angst, daß sie dir auch dieses –« Wie nannte man es denn?

»Das Gift«, sagte er schlicht. »Aber ich glaube, davon ist nichts mehr da.«

»Nein.«

»Zwei Kollegen haben mich schon besucht«, sagte er, und sie registrierte, daß er sie in den Kollegenkreis noch immer nicht einbezog. »Sie haben erzählt, was war. Das ist komisch, die wußten mehr als ich. Wir haben sie nicht gesehen, wir sind nie in diesem Raum gewesen.«

»Wen hast du außer Schaffner gesehen?«

»Prinz und einen Mann mit Mundschutz. Der war für mich so schwer zu erkennen, weil mir dauernd schlecht war. Ich überlege die ganze Zeit, aber ich könnte den gar nicht richtig beschreiben. Sie wollten uns wegbringen, woanders hin.« Er sah an ihr vorbei, während er von seiner Suche nach Schaffner erzählte und von der Gefangenschaft mit Denise, von seiner Angst, seinen Schmerzen und, wie es schien, von seinem kleinen Glück. Immer wieder versuchte er den Mann mit Mundschutz zu beschreiben, doch es wollte ihm nicht gelingen. »Ich wollte aufpassen«, sagte er, »aber es ging nicht.«

Sie nickte nur und sah ihn an, den Iren, dessen zerzaustes Haar so rot gar nicht war, eher kastanienbraun. So viele Fragen, aber sie bekam die Worte nicht zusammen und glaubte auch nicht, daß sie ihn jetzt erreichten. Vielleicht fühlte sich sein Hirn genauso leer wie ihres an, weil zuviel darin gewesen war, zu viele Bilder, zuviel Schrecken, zuviel Angst. Als sie die Schwester hörte, wollte sie sagen, daß sie später noch einmal kam, wenn es ihm besser ging, wenn –

Doch es war nicht die Schwester. Es war Denise. Leise und behutsam schloß sie die Tür, und als müßte Ina dem ein Geräusch entgegensetzen, sprang sie so hastig auf, daß der Stuhl hinter ihr zu Boden fiel. Fink zuckte zusammen, bevor sich alles an ihm entspannte. So schnell ging das, seine zerfurchte Stirn wurde glatt und seine Augen begannen zu leuchten. Langsam ging Denise auf ihn zu, setzte sich auf das Bett und tastete mit den Fingerspitzen nach seiner Hand. Eine Weile blieben sie so, die Finger merkwürdig ineinander verschränkt, als sei etwas dazwischen, dann beugte sie sich über ihn und küßte ihn leicht auf den Mund. Ina sah zu, unfähig sich zu rühren, wie im Kino, wenn der Film haarsträubend und trotzdem ungeheuer spannend war.

»Ich hab keine Blumen«, sagte Denise und streichelte seine Wange.

»Meine Pflanzen zu Hause«, flüsterte er, »sind jetzt alle hin.«

Nein, wollte Ina sagen, denk dir, wir haben deine Wohnung durchsucht, da waren sie noch okay. Die halten was aus.

»Hallo, Ina«, sagte Denise. »So heißen Sie doch?«

Sie nickte. Verdammt, wir suchen dich überall.

»Ihr Kollege Kissel«, sagte Denise, »war so nett, mir zu sagen, wo er liegt.«

»Er scheint Ihnen eine Menge zu sagen.«

»Manchmal.« Denise hatte immer noch ihre Hand auf Michaels Wange. »Sie haben den Gulag gefunden. Sie sind sehr gut.«

»Frau Berninger, ich muß dringend mit Ihnen sprechen.«

»Ja«, sagte sie. »Natürlich. Toni hat mich in unser sogenanntes

Wochenendhaus gebracht. Eine Hütte im Grünen, Kissel hat bereits die Adresse. Ich konnte ihn austricksen und bin ihm abgehauen.«

»Wie?«

»Mit einem Taxi.«

»Sie hätten die Polizei rufen können. Sollen.« Sie hustete. Sollte sie jetzt noch *müssen* sagen?

Denise sah sie an, als hätte sie nicht daran gedacht. »Ich wollte nur weg.«

Ina rief Kissel an, der erklärte, man sei schon unterwegs zur Hütte.

»Ich vertraue ihr«, schrie er ins Telefon, er schrie immer.

»Aha«, sagte sie nur und steckte das Handy wieder weg, dann ging sie mit Denise in die Kantine, wo zwei bleiche Krankenschwestern gähnend Kreuzworträtsel lösten.

»Wie still sie waren.« Denise spielte mit einem Zuckerwürfel. Ihre Hände zitterten leicht. »Ich habe nichts gehört, auch auf dem Flur nicht. Sie lagen einfach nur da?«

Ina nickte.

»Wie leben Sie damit? Ich meine, wie leben Sie überhaupt mit dem, was Sie sehen?«

»Das ist jetzt nicht das Thema.« Ina schob ihr Wasserglas zur Seite, und eine kleine Welle schwappte über.

»Gut.« Denise legte die Hände flach auf den Tisch, wie sie es auch im Studio machte, wenn sie moderierte. »Deltavic. Interner Code: *Vic553*. Deltavic war sozusagen der Wunschname, als sie noch Hoffnungen hatten.«

»Ja«, sagte Ina. Deltavic. Sie hatte gewußt, daß es so hieß.

»Toni hat sehr lange nicht mehr darüber gesprochen, ich hatte es schon vergessen.« Denise sah sie eine Weile an. »Deltawellen sind eine EEG-Frequenz, es sind Wellen, die das Gehirn nur im Tiefschlaf aussendet. Toni hat vor langer Zeit erzählt, daß sie an einem Mittel arbeiten, das etwas Vergleichbares erzeugt, sozusagen einen Schlaf auf Befehl. Nicht etwa ein Schlafmittel, sondern eine Stillegung des Menschen für begrenzte Zeit. Eine Stillegung des rebellierenden Menschen, sollte ich hinzufügen.«

»Ein Mittel für die Psychiatrie?« fragte Ina.

»Nein, für die Polizei.« Denise lächelte sie an.

Ina biß sich auf die Lippen. »Was soll das?« fragte sie schließlich.

»Vicontas arbeitet mit Sicherheitsbehörden zusammen. Wußten Sie das nicht?« Denise rührte in ihrem Kaffee, doch sie trank nicht davon. »Nein, woher auch. Das weiß man nur an höherer Stelle.«

Dann mußte man Vicontas schützen, war es das? Der Staatsanwalt Ritter, *dieser Arsch von Staatsanwalt*, der immer wieder abgewiegelt hatte, die höheren Beamten, die ihnen einreden wollten, alles sei gelöst, der Lauf der Welt, wie ihre Mutter immer sagte, da kannst du nichts machen.

»Und wie sieht diese Zusammenarbeit aus?« murmelte sie.

»Darüber denkt man woanders nach«, sagte Denise. »Zum Beispiel in Ministerien. Es ist ein Gefühl der Bedrohung, man muß die innere Sicherheit stärken, sich verteidigen gegen Demonstranten, Aufrührer, Terroristen, aber man kann viel effizienter vorgehen als bisher. Was ist denn ein Gummiknüppel gegen die Möglichkeit, aus ein paar Metern Entfernung mit einem Fünfzigtausend-Volt-Pfeil aus einer Pistole Muskellähmung auszulösen? Warum sollte man noch primitives Reizgas einsetzen, wenn man so eine Art Klebekanone hat, mit der man Aufrührer und Demonstranten an Mauern festkleben kann? Hatten Sie schon mit Demonstranten zu tun?«

Ina schüttelte den Kopf.

»Toni hat sich immer begeistert für effizientes, klinisches Vorgehen«, sagte Denise. »Nicht Elektroschock und Zwangsjacke in der Psychiatrie, sondern zwanzig Tropfen oder eine Spritze. Und überall, wo Aufruhr ist, auf der Straße, in Betrieben, im Gefängnis, wo auch immer – kein Blut und Geschrei mehr, sondern nur ein Knopfdruck. Sie haben an einem Mittel gearbeitet, das Menschen in Sekundenschnelle in einen schlafähnlichen Zustand versetzen soll, eine Art Gas. Die Vorstellung ist, jeden Aufruhr, jeden Krawall in ein paar Sekunden zu beenden. Das ist unblutig und sehr wirkungsvoll, der Körper bleibt verschont, aber das Bewußtsein wird ausgeschaltet und das auf viele Meter Distanz. Toni hat es eine Chemikalie zur Unterstützung der Gesetzesvollstreckung genannt.« Sie nahm eine Packung Zigaretten aus ihrer Tasche und legte sie auf den Tisch. »Aber, wie gesagt, er hat dann aufgehört, davon zu sprechen.«

»Weil es schiefgegangen ist«, murmelte Ina. Der Raum neben der Küche, mit den Matratzen auf dem Boden. Da mußte es passiert sein, sie sperrten sie ein, und da wurde man ja verrückt, nicht? Der Raum war nicht groß, und man hatte sie von der Straße geholt mit dem Versprechen, sich Geld zu verdienen, und dann wurden sie in diesen Raum gepfercht und kamen nicht mehr raus, da mußten sie aggressiv geworden sein, na klar, tobten, rebellierten, was sie ja auch tun sollten, um möglichst realistische Bedingungen zu schaffen. Dann kam einer und sprühte das Gas, war es so gewesen?

Aber sie hatten gepfuscht mit dem Gas. Unblutig schon, wirkungsvoll auch, doch der Körper blieb nicht verschont, der Körper wurde zerstört, und sie trauten sich nicht mehr, sie herauszulassen, Zeugen, die sie jetzt waren, Rufschädiger, lebende Beweise, sie brachten sie lieber um. Einfacher, zumal sie einen Deppen wie Schaffner hatten – und keinen Berufskiller, der sie hätte erpressen können.

Sie sah hoch und begegnete ihrem Blick. Denise berührte ihre Hand. »Sie werden es niemals aufklären. Nicht so, wie Sie das gewohnt sind, mit Hintermännern und all dem. So sind die Machtverhältnisse nicht. Man kann ihnen weh tun, wenn man die Öffentlichkeit ein bißchen hetzt, aber das dürfen Sie ja nicht.«

»Kennen Sie Nesser und Matthiesen?«

»Natürlich.« Denise lächelte. »Wir sind zum Essen bei ihnen gewesen, beim einen, beim anderen, da geht man doch sehr gepflegt miteinander um. Ein neue Chemikalie zu entwickeln, ist sicher ein phantastisches Geschäft. Jetzt mußten sie erst mal den Dreck wegkehren.«

»Wo ist er?« fragte Ina und hörte, wie heiser die eigene Stimme klang.

Denise zuckte mit den Schultern. »Ich bin mit dem Taxi von der Hütte weg, Toni hat mich mit seinem Wagen verfolgt. Der Taxifahrer ist fast hysterisch geworden, weil ich ihm dauernd eine andere

Richtung genannt habe. Sie werden ihn finden. Sie sind gut.« Sie steckte ihre Zigarettenpackung wieder weg. »Michael sagte in diesem komischen Knast, es wäre eine gute Gelegenheit, mit dem Rauchen aufzuhören. Ich versuche, mich daran zu halten.«

Ina sah sie an, sie war bleich. Die gleichmütige Stimme paßte nicht zu ihren unendlich traurigen Augen. »Sie haben ziemlich viel gewußt die ganze Zeit.«

»Ich habe es mir zusammengereimt, nach und nach.« Denise packte einen weiteren Zuckerwürfel aus und zerbröselte ihn auf dem Tisch. »Als Sie mir diese Notiz vorlasen, *Vic553-delta*, kam es mir bekannt vor, aber ich konnte es nicht einordnen. Damals noch nicht. Es gab dann ein paar Dinge. Tonis Experimente mit Schaffner, er dressierte ihn zum Hündchen und führte sich wie ein Psychiater auf, nur waren seine Dosen noch ein wenig stärker. Er wollte immer schon wissen, wie weit man jemanden beherrschen kann.« Sie nahm den nächsten Zuckerwürfel, die Tischplatte sah schon wie eine kleine Schneelandschaft aus. »Er hat mir auch erzählt, daß Johanna im Ausland ist, daß er gehört hätte, sie wäre getrampt. Ich hatte sie vermißt, so einfach war das. Später habe ich bei ihm einen Zettel gesehen. Zwei Namen standen darauf, einer, der mir nichts sagte, damals noch nicht, und Johannas Name. Marschall und Mittermaier, unter ihren Namen Zahlen, Zahlen, Zahlen. Ich denke, es waren Dosierungen. Dann Ihr Boß, Stocker sagte, Johanna hätte einen Hirnschaden. All das. Ich wollte nicht, daß es wahr ist, er ist mein Mann. Sehen Sie, jetzt kann ich sagen, ich habe mit dem Bösen gelebt, in dieser albernen Sendung könnte ich das sagen. Es ist ein so hilfloser Begriff.«

»Ja«, murmelte Ina nur.

Denise schob den verstreuten Zucker zu einem kleinen Hügel zusammen. »Letztlich war es meine eigene Geschichte mit Johanna. Daß er sich an ihr vergriffen hat. An meiner kleinen Schwester, die ich vernachlässigt habe, meiner ungezogenen, verrückten kleinen Schwester.«

»Sie müssen –« Die Stimme sackte ihr weg; Ina räusperte sich umständlich und fing von vorne an. »Sie müssen noch mal mit aufs Präsidium.«

»Zu Protokoll geben, ich weiß.« Sie standen auf, und Denise sagte: »Sie wirken viel kleiner als Sie sind.«

Mauern, Wände, wie am Anfang, Mauern, Wände, wohin man sich drehte. Schaffner wurde weinerlich und sprach mit jedem Mal weniger; er sei krank, erzählte er, und brauche seine Medizin. Er ist ein Junkie, sagten die Ärzte, muß beobachtet werden. Der findige Auermann hatte Fotos von einer Aktionärsversammlung besorgt, auf denen der halbe Vicontas-Vorstand zu sehen war, doch Schaffner schüttelte den Kopf. »Fragt Toni«, sagte er nur, Toni aber blieb spurlos verschwunden.

Reporter umlagerten den Sitz von Vicontas, und im Fernsehen verbat sich ein empörter Pressesprecher jede Frage nach Menschenversuchen. Die Polizei fahndete nach einem kriminellen Subjekt, stellte er klar, von dessen Tun man keine Ahnung hatte, ganz gleich, was das Subjekt selbst und sein Handlanger auch behaupten könnten. Er hielt ganze Akten in die Kamera, jeder durchgeführte Medikamententest war ordnungsgemäß und mit Genehmigung der Gesundheitsbehörden erfolgt. An der Börse sank der Kurs der Vicontas-Aktie, doch als sich die Erkenntnis durchsetzte, daß die auf firmeneigenem Gelände gefundenen Menschen Obdachlose waren, deren Angehörige, weil es sie nicht gab, das Unternehmen auch nicht entschädigen mußte, stieg er wieder an.

Alles schien geregelt, man hatte Schaffner und suchte Prinz. Keine Spur von *Vic553*, es war alles getilgt. Nicht spekulieren, lautete die Weisung an die Mordkommission, streng an die Fakten halten. Am Abend eines langen Tages hockten sie zwischen Kaffeebechern und Wasserflaschen und hielten sich an die Fakten: Ein Mann aus dem Lager war gestorben, die anderen dämmerten dahin. Eine Vernehmung war nicht möglich, denn sie erinnerten sich kaum, manche noch nicht einmal an den eigenen Namen. Sie konnten kaum sprechen, und alles war gleich, hier in der Klinik oder drüben im Lager, Menschen in Weiß um sie herum, mehr konnten sie nicht sagen.

»Ich kann mich nicht bewegen«, hatte ein Mann geflüstert. »Ich weiß nicht, wie das kommt.«

Der Staatsanwalt saß sehr aufrecht da und sagte: »Wenn ich Glück habe, klage ich den Prinz wegen Mordes an, nicht bloß wegen Anstiftung.«

»Wenn Sie Glück haben«, sagte Ina, »kommt Vicontas heil da raus.«

»Wie meinen Sie das?«

»Weil es ein Gemauschel ist. Was macht man denn mit einer Firma, die irgendwelchen Dreck für die innere Sicherheit entwickelt? Das sind doch Partner, und wenn mal was schiefgeht, muß man halt gucken, wie man Schadensbegrenzung betreibt.«

Sie wartete, daß Staatsanwalt Ritter etwas von Unterstellung schrie, von *übler* Unterstellung, doch er seufzte nur und sah vor sich hin. Daß man sich ringsumher im selben Dreck suhlte und bisweilen einer hinter dem anderen sauber machte, daß Absprachen getroffen und Deals ausgehandelt wurden, war ihr immer ziemlich egal gewesen, das war halt so. Doch da hatte sie noch keine lebenden Tote gesehen, wie sie auf ihr Ende warteten, in ein Lager gepfercht und zum Abschuß bereit.

»Das hat Ihnen die Berninger erzählt«, sagte Ritter. »Aber denken Sie nicht, Sie hätten da etwas Besonderes.« Er sprang auf und lief vor ihrem Stuhl auf und ab. »Sie können Dokumente nachlesen, veröffentlichte Dokumente der EU, die das alles zusammenfassen, sämtliche in der Entwicklung befindlichen Technologien zur Überwachung oder die Pläne für neue Polizeiwaffen, das ist doch kein Geheimnis. Daß ein Unternehmen wie Vicontas an dieser Entwicklung beteiligt ist, kann ja wohl kein Delikt sein. Das war mir auch nicht unbekannt, nur glauben Sie doch bitte nicht, ich hätte gewußt, daß –« Er rang nach Luft und lief rot an, er konnte das von jetzt auf gleich. »Daß sie da einen Verrückten beschäftigen«, fuhr er mit zittriger Stimme fort.

»Das ist die Linie«, sagte sie, »ich weiß.«

»Ich *habe* es nicht gewußt«, schrie Ritter.

»Daß sie diese Versuche machen«, sagte sie.

»Daß *der Prinz* diese –« Er setzte sich und schnaufte vor sich hin. »Mir hat das auch keinen Spaß gemacht, in die Gesichter dieser Vorstandsleute zu gucken.«

»Das kann keiner alleine durchziehen«, sagte sie. »Das wissen Sie doch.«

»Was wollen Sie?« fragte er. »Ein ganzes Unternehmen vernichten? Wie stellen Sie sich das denn vor, seien Sie nicht blöd.«

Stocker nannte es Hinterherräumen, was sie taten. Schaffner jammerte über jeden einzelnen Mord, zu dem er gezwungen worden war, manchmal nannte er es Hinrichtung und manchmal Erlösung. Er war der Pfleger, hatte die Menschen im Lager gefüttert, später, als es immer schlechter um sie stand.

»Die wollten gar nicht mehr essen«, sagte er. »Nachher auch nicht mehr leben, und wenn einer nicht will, was soll man da machen?«

Räumen, beiseiteschieben und nur das Licht am Ende des Tunnels sehen, es brannte ja hell genug, nicht den Tunnel selbst. Nachts träumte sie von Schaffner und hörte seine monotone Stimme immer dasselbe sagen, Toni hat mir doch befohlen, es so zu tun. Er hat doch gesagt, nach dem ersten Mal, da käme ich nie wieder raus.

Seine Gestalt konnte sie sehen, wie sie die Menschen umfaßte, die kaum noch laufen konnten, Johanna, Pit Rehbein und Vivian, seine Frau, wie er sie führte, fast trug, wie er sie hin zu ihren Todesplätzen trug, wo er ihnen die Waffe nur noch ins Genick zu drücken brauchte, sie hielten ja still. Ein Geist in der Nacht, der bloß behilflich war, falls ihn ein Zeuge sah, der Besoffene stützte oder hilflose Personen begleitete.

Sie träumte von Schaffner und manchmal auch von Denise; von Denise, die ihr Handy wieder auf Mailbox gestellt hatte, träumte sie sogar am Tag, wenn sie vor sich hinstarrte und dann zu Stocker sagte: »Wenn die sich jetzt umbringt –«

»Wegen Liebeskummer?« fragte er.

»Hören Sie doch auf! Ich möchte Sie mal sehen, wenn Ihre Frau –«

»Ja, ja«, sagte er nur.

Sie rief im Sender an, wo eine aufgewühlte Redaktions-Assistentin Meike Schmitt, sagte: »Sie hat die Sendung abgegeben. Respektive, man hat ihr das nahegelegt. Respektive, wie soll ich sagen –« Sie sagte nichts, sondern fing leise an zu schluchzen.

»Natürlich wegen Toni«, flüsterte sie nach einer Weile. »Was soll sie machen, sie kann doch nicht in ihrer Sendung nach Toni fahnden, und es heißt, man kann sie dann auch nicht mehr ernst nehmen. Sie soll eine neue Sendung kriegen, wenn sich das alles beruhigt hat, etwas mit Natur.«

»Aha«, sagte Ina. Sie wußte ohnehin nicht, was sie sagen sollte.

Meike sagte: »Man möchte hier auf keinen Fall, daß das bekannt wird, Toni und Denise, nicht? Was soll sie denn überhaupt noch machen, wenn das bekannt wird?«

Alles zerfaserte, Mauern, Wände, Einbahnstraßen. Ina konnte sie sehen, Denise, wie sie Zuckerwürfel zerbröselte und dabei von Toni und von Johanna sprach, immer wieder von Johanna. Erneut rief sie an und sagte: »Bitte rufen Sie mich zurück«, und schließlich tat sie das auch, freundlich, distanziert. »Machen Sie sich nicht solche Arbeit«, sagte sie, »es hat keinen Zweck.«

»Was machen Sie jetzt?« fragte Ina und merkte, wie hilflos und dämlich so eine Frage klang.

»Warten«, sagte Denise. »Haben Sie meine Wohnung noch unter Beobachtung?«

»Na ja, es ist ja auch seine.« Ina räusperte sich. »Sie können da ruhig wieder rein, wenn Sie wollen.«

Aber wahrscheinlich wollte sie nicht, wie denn auch, mit all seinen Sachen und dem Leben mit ihm, das sie angrinste, auf jedem Quadratzentimeter, wie ein Gespenst.

»Wo sind Sie jetzt«, fragte sie, »im Hotel?«

»Nein.« Es hörte sich an, als nehme sie einen Zug aus der Zigarette. »Ich stehe unter Polizeischutz.«

»Michael?« Ina wußte es plötzlich, doch sie hätte fast aufgeschrien.

»Ja.«

Unglaublich. Der kleine Irre. Mußte nie wieder Briefe schreiben. Sie räusperte sich erneut. »Prinz«, murmelte sie. »Toni, fällt Ihnen da noch etwas ein? Ein Ort, wo er sich versteckt, irgendwas?«

»Nein.« Denise zog erneut an der Zigarette. »Sie sind gut, Ina. Ich glaube, Sie werden ihn finden.«

»Ich?« Sie hustete; warum kam sie sich immer so dämlich vor, wenn sie mit der Berninger redete?

»Ja, Sie. Sie haben ein Gefühl für manche Dinge, ich habe das zunächst nicht begriffen.«

»Schön. Wenn ich etwas für Sie tun kann – «

Denise schien zu überlegen, tatsächlich. »Nein«, sagte sie dann.

»Nein«, wiederholte Ina und starrte ihr Telefon noch an, als das Gespräch längst beendet war.

Abends guckte sie in Bennys Augen, sah das Flackern in Schaffners Blick, die Schatten in den Augen von Denise und hörte den halbtoten Mann im Krankenhaus flüstern: »Ich kann mich nicht bewegen, ich weiß nicht, wie das kommt.« Als Benny wissen wollte, was los war, hätte sie ihm gerne Schmiergeld bezahlt, damit er das nie wieder fragte.

»Das liegt an mir«, murmelte sie. »Ich kann wieder nicht abschalten, das ist manchmal blöd.«

»Sag doch nicht immer, daß es an dir liegt.« Benny schob ihr ein Stück Käse in den Mund. »Es liegt an der Scheiße, die du da hast.«

Klar, vor allem an der Scheiße, die liegenbleibt, vergiß das nicht, an dem Dreck, der liegenbleiben soll, aber wie kannst du das wissen. Sie sah ihn an und wollte ihm sagen, daß sie Schaffners Augen sah, wenn er sie in die Arme nahm, und die lebenden Toten, wenn er sie küßte, und daß das fast noch schlimmer war als die weiße Wand anzustarren, an der das Blut herunterlaufen konnte, als spielten sich da Wunder ab. Sie wollte ihm sagen, daß sie sich nicht rechtfertigen mußte, wenn er sie fragte: Was ist los?

Er mußte ja nicht jeden Abend kommen, sie bat ihn um nichts.

»Ich gehe zum Arzt«, sagte Benny. »Der soll mir ein anderes Kreislaufmittel geben, nicht mehr von Vicontas.«

Sie nickte. »Das wird sie ruinieren.«

»Wenn jeder so denken würde, schon«, sagte er. »Ich rede doch mit den Leuten, da gibt's echt keinen, der glaubt, sie hätten nichts gewußt. Die haben es angeleiert, so ist es gewesen.«

Sie sagte nichts.

»Das glaubt ihr doch auch, oder?«

»Wir haben den Täter«, sagte sie. »Nach einem weiteren Mann

wird gefahndet, es ist also weitgehend aufgeklärt. Kannst du in jeder Zeitung lesen.«

»Da könnt' ich kotzen«, sagte er. »Denen könnt' ich das Haus anzünden.«

Ja, ja, menschliche Reaktionen. Verkneifen Sie sich die, hatte Hauptkommissar Stocker gesagt, schreien können Sie im Keller. Frauen, hatte er gesagt, machen es immer so persönlich.

Ja.

Sie starrte ihn an, doch alles flimmerte, und auch seine Stimme klang, als spräche er unter Wasser mit ihr.

Da sollte man ganz genauso –

Er saß da, als gucke er sich einen Krimi an und langte gleich nach den Chips. Sie wußte aber nicht, wie er anders hätte sitzen, welchen Gesichtsausdruck er hätte haben sollen, sie konnte sich einen Moment lang kaum erinnern, warum er überhaupt hier neben ihr auf dem Sofa saß.

»Benny«, murmelte sie. »Ich muß noch mal weg.«

Er sah auf die Uhr, natürlich tat er das, und er fragte: »Jetzt noch?«

»Ja, ich weiß, es ist gleich elf, das brauchst du mir nicht zu sagen.« Sie sprang auf, lief ins Schlafzimmer und zog das alte Sweatshirt an, das schwarze mit der Kapuze. Dunkel, am besten noch das Gesicht geschwärzt, am besten noch einen Schlagstock genommen, falls sie einen hätte, am allerbesten Deltavic, ja fein, wisch und weg, auf Knopfdruck alle ruhigstellen. Sie band das Holster um, schloß die Kommode auf und nahm ihre Waffe. Als sie sich umdrehte, stand Benny hinter ihr und sagte leise: »Pudelmütze fehlt.«

»Es dauert nicht lange«, sagte sie. Es ist bloß so ein Gefühl, wollte sie hinzufügen, etwas Persönliches, weißt du, wie das halt so ist, wie die Berninger es ihr ja auch unterstellte, als sie sagte, sie hätte ein Gefühl für manche Dinge, so ein Scheißgefühl.

Die Nacht war mild, weil der Sommer nicht zu Ende ging, trotzdem fing sie an zu frieren, sobald sie im Wagen saß. Taxilichter hinter ihr und Blaulicht von Kollegen, schöne Grüße auch. Winken wollte sie ihnen und aus dem offenen Fenster schreien, kommt mit und laßt mich nicht allein.

Sie fuhr so nahe wie möglich an das Gelände heran, stellte den Motor ab und lauschte ins Dunkel. Alles ruhig, tausend Geräusche. Sie tastete nach ihrer Waffe und nahm die Stablampe aus dem Handschuhfach.

Ein Park in der Nacht war ein Ort voller Geister, und auf den ersten Metern sah sie immer wieder zum Wagen zurück, auf jedes Geräusch achtend, jedes Wispern im Dunkeln. Büsche schlugen gegen die Beine und die tiefhängenden Äste der Bäume verfingen sich im Haar, und womöglich würde sie jetzt ihre Waffe heben können, ohne daß der Arm verkrampfte, weil sie getötet hatte.

Sie blieb stehen, konzentrierte sich auf ihren Atem und ließ die Lampe kreisen, bis sie die Schilder sah, Vorsicht Giftpflanzen, Fahrradfahren nicht gestattet. Zehn Schritte noch bis zu jenem Schild, das Kinder den durchgestrichenen Hund nannten, den schwarzen Hund mit dem roten *X*, zehn Schritte bis zu der Stelle zwischen Steinen und weggekipptem Abfall, wo Johanna Mittermaier starb.

Nein, gestorben war sie schon früher, im Lager, als Versuchskaninchen, gelähmt und halb verhungert auf einen wie Schaffner wartend, der es nur zu Ende brachte, der immer nur getan hatte, was Toni von ihm wollte.

Johanna mit dem roten *X* auf dem nackten Körper, hier.

Hier. Schau nicht hin. Geh weg.

Der tanzende Lichtkreis fiel auf Schuhe, Hosenbeine und auf ein blutdurchtränktes Hemd. Schwarzes Blut überall, auf der Brust des Mannes, auf den Beinen und auf seinem Bauch. Helles Haar, in dem sich der Dreck verfing, Augen, die blicklos in den schwarzen Himmel starrten, ein paar Tage lang und ein paar Nächte, wie Johannas Augen auch.

Sie stöhnte auf, richtete reflexhaft die Waffe auf die Leiche und spürte ein hysterisches Kichern, als sie merkte, wie leicht das war. Ziehen und zielen; sie wollte in den Himmel feuern, auf die Bäume, überallhin, wollte Lärm machen, Geister vertreiben, den Sensenmann. Sie stolperte zurück und trampelte alle Spuren nieder, doch was kümmerten sie Spuren, sie rannte nur und sank vor ihrem Wagen auf die Knie.

Das Gefühl also, das blöde, beschissene Gefühl.

Als sie die Kollegen anrief, mußte sie beteuern, daß es stimmte, weil es nicht üblich war, daß Kriminalbeamte in ihrer Freizeit Leichen fanden. Nein, ich bin nicht im Dienst, das heißt, doch – nein, ich verarsche euch nicht.

Sie wollte nur weg, saß zitternd hinterm Steuer und schloß sich ein. »Ich muß weg«, sagte sie, sobald die Beamten eintrafen. »Macht es wie üblich.«

»Wie«, fragten sie, und guckten sie fassungslos an, »wie meinst du das jetzt?«

»Mordkommission verständigen. Tut, was ihr immer tut, ist das so schwer?«

»Aber Sie sind doch schon da«, sagte ein Beamter.

»Ich muß aber wieder weg.« Sie ließ sie stehen und rief Auermann an, als sie endlich wieder auf der Straße war, unterm Licht, den Geistern entronnen.

»Du, hör mal.« Ihre Stimme zitterte, alles zitterte, auch ihre Hände am Steuer.

»Ina?« Im Hintergrund ein brüllender Fernseher. »Ich höre.«

»Ich hab Prinz gefunden.«

Er sagte nichts. Ein paar Sekunden lang brüllte der Fernseher weiter, dann war es still.

»Im Park«, sagte sie. »Wo Johanna lag, im Müll, genau da.«

»Grundgütiger! Tot?«

»Ach wo, der macht da ein Picknick, der – paß auf«, sagte sie. »Kannst du kommen und alles in die Wege leiten, die Streife ist schon da. Kannst du kommen, ich bin nicht mehr da, ich muß woanders hin.«

»Ganz ruhig, Ina.«

»Ich *bin* ruhig«, schrie sie. »Kannst du? Bitte!«

Hans-Jürgen seufzte schwer. »Warum rufst du Stocker nicht an?«

»Das will ich nicht.«

»Um Himmels willen, Ina«, sagte Hans-Jürgen. »Was für ein Schlamassel.«

Fünf Minuten lang stand sie wie ein Depp im Dunkeln und brachte es nicht fertig zu klingeln. Da ist ein Knopf. So einfach. Keine Leere mehr im Innern, dafür ein Berg von Gefühlen, diese Wut, die unterdrückten Tränen.

Als sie endlich klingelte, war es fast behutsam, doch sprang der Summer sofort an. Sie rannte die vier Treppen hoch und sah ihn da stehen. Sie wollte ihm etwas sagen, das er begriff, doch sie brachte es nicht heraus. Was immer zwischen euch passiert ist, kleiner Ire, ich muß sie dir wegnehmen, weißt du? So beschissen ist das, so sinnlos, so dumm.

»Hallo, Michael.« Sie sah auf den Boden.

»Guten Abend«, sagte er steif und deutete auf die angelehnte Wohnzimmertür.

Denise stand in der Mitte des Zimmers und blickte ihr ruhig entgegen. Sie trug Jeans und T-Shirt und sah aus, als sei sie hier zu Hause, in dieser kleinen, ordentlichen Wohnung eines kleinen, ordentlichen Polizeibeamten.

Was sie jetzt mache, hatte Ina sie am Telefon gefragt. Warten, hatte sie gesagt.

Ina sah sich um. Eine Flasche Rotwein und zwei Gläser, wie bei ihr zu Hause. Eine CD-Hülle auf dem Boden, *Schumann, Klavierkonzert.* Dann richtete sie den Blick wieder auf Denise und starrte sie an, eine ganze Weile, ein halbes Leben lang, wie es schien, bis sie es endlich herausstieß: »Du dämliche Kuh.«

Denise nickte nur, der Racheengel, ja, mit diesen *taubengrauen* Augen die ganze Welt fixierend, reglos und erhaben, wie im Fernsehen.

»Du verdammte, dämliche, blöde –«

»Du siehst gut aus.« Denise legte ihr eine Hand auf die Schulter und strich ihr mit der anderen durchs Haar. »So dunkel, so undercover.« Genauso plötzlich ließ sie wieder los. »Ich sag doch, du bist gut. Du denkst mit.«

»Wie kann man so bescheuert sein?« Ina wollte sie schlagen und umarmen zugleich. Anscheinend hatten sie das mit ihr nicht hingekriegt in der Psychiatrie. »Du hast nicht nur dir alles kaputt gemacht, auch uns. Wie einfach sie es jetzt haben, nicht? Jetzt kann er nicht mehr gegen sie aussagen, das ist das eine, jetzt bleiben ihre Lügen bestehen.«

»Sie haben schlaue Anwälte«, sagte Denise. »Stärker als ihr wären sie ohnehin gewesen, ob er nun am Leben ist oder nicht. Sie haben einen kleinen Image-Schaden erlitten, aber das gibt sich. Sie haben mächtige Freunde. Es ist erledigt.«

»Und du –« Ina schnappte nach Luft. »Mußte das denn sein?«

»Ja«, sagte Denise nur. Sie griff nach ihren Zigaretten. »Damals bei meinen Eltern konnte ich noch aufhören. Jetzt nicht mehr. Aber beruhige dich, ich kenne auch sehr gute Anwälte.«

Ina schüttelte den Kopf. »Wie –«, fing sie an, und Denise, die ewig Wissende, sagte: »Mit dem Messer. Etwas anderes habe ich nicht.«

»Weiter.«

Denise sah auf ihre Hände. »Ich bin ihm abgehauen, das habe ich schon gesagt. Mit dem Taxi, er kam mit seinem Wagen hinterher. Ich habe den Taxifahrer zum Park geschickt, dann bin ich zu Fuß weiter, Toni hinterher.« Sie kniff die Augen zusammen. »Sein Wagen steht da noch irgendwo, falls du den nicht auch gefunden hast.« Sie sah Ina wie eine Lehrerin an, die wissen möchte, ob das Kind auch mitkommt. »Ich wollte ihn da haben, genau da, wo sie lag. Ich sagte doch, es ist meine Geschichte mit Johanna. Und nein, es tut mir nicht leid.«

Frauen machen es immer so persönlich. Ina lehnte sich gegen die Wand. Sie wollte sich nicht setzen, hatte Angst, nicht mehr hochzukommen. Michael Fink stand still an der Tür, als traue er sich nicht in sein eigenes Wohnzimmer. Ja, sie hatten schon alles besprochen, Denise und er. Sie hatten gewartet.

»Schaffner hat mir etwas erzählt in diesem Loch.« Denise sah zu ihm herüber. »Toni hatte ihm befohlen, Johanna nicht nur zu schminken wie die anderen Opfer, sondern sie auszuziehen und mit Lippenstift auf ihren Körper *Hure* zu schreiben. Henrik war ziemlich empört.« Sie verzog die Lippen, ohne zu lächeln. »Toni hat Johanna nicht ausstehen können, aber er hat es gut verborgen. Er hatte jahrelang Angst, ich würde auf sie hereinfallen, wie er das nannte, und mit ihr schlafen. Da wollte er seinen kleinen Triumph haben, nicht? Er war schon tot, als Schaffner mir das erzählte, er wußte es nur noch nicht.« Sie sah zur Decke. »Daß er so billig ist. War.« Sie drückte ihre Zigarette so heftig aus, als hätte sie gerade beschlossen, daß es die letzte war.

Ina atmete den Rauch ein. Ihr Exfreund hatte die gleichen Zigaretten geraucht, Toms schwarzer Tabak, der gleiche Gestank. Das Jaulen ihres Handys ließ sie zusammenzucken, und fast wollte sie sich entschuldigen für dieses Geräusch, für irgendwas, für alles. Dafür, daß sie Polizistin war.

»Hören Sie mich?« Stocker, wer sonst.

»Ja.«

»Machen Sie jetzt keinen Fehler, Ina.«

Sie schnappte nach Luft, nicht weil er wußte, wo sie war, er war ja nicht blöd, sondern weil er sie beim Vornamen nannte, das erste Mal, seit sie ihn kannte. »Nein«, sagte sie.

»Sie ist extrem gewalttätig.«

»So.«

»Ja.« Lärm im Hintergrund, Stimmen. »Prinz hat ein gutes Dutzend Messerstiche, vorläufig geschätzt.«

»Schön«, sagte sie nur.

»Machen Sie keinen Mist.« Seine Stimme klang angespannt. »Auermann ist unterwegs.«

»Aha.«

»Sie bauen immer Mist am Schluß.«

Sie nickte.

»Auermann ist unterwegs«, wiederholte er.

»Ich muß aufhören.« Sie schaltete das Handy aus.

»Jetzt wirst du mich abführen«, sagte Denise. Sie seufzte ein bißchen.

Ina schüttelte den Kopf. Wie traurige Duellanten standen sie einander gegenüber, ohne böse Absicht, ohne Wut. Schließlich sagte sie: »Mein Kollege kommt her. Ich bin ja hier allein mit dir. Michael ist nicht im Dienst, der wohnt hier.«

»Sicher«, sagte Denise.

»Da kann man mir keinen Strick draus drehen, wenn du mir abhaust.«

Denise schüttelte den Kopf. Langsam kam sie auf sie zu, dann legte sie einen Finger auf Inas Lippen. Ein schwarzer Schleier lag über ihren grauen Augen. »Soll ich mich vielleicht im Fernsehen suchen lassen? Flucht ist mir zu billig. Ich sagte doch, ich kenne gute Anwälte.«

»Die ersparen dir auch nicht viel.«

»Ich werde aussagen vor Gericht. Ich werde alles sagen, was ich von Toni weiß. Alles über Deltavic. Vielleicht schreibe ich ein Buch, das macht man ja jetzt.«

»Die werden es überstehen. Sie haben ja keine Steuern hinterzogen. Du sagst es ja selbst, es ist gegessen. Hast ja auch noch dazu beigetragen.«

»Maximal Totschlag.« Denise zuckte mit den Schultern. »Schätze ich.«

Ina sah den stummen Michael an. Wieder wollte sie ihm etwas sagen, und wieder fiel ihr nichts ein. Verrückt, nicht? Jetzt seid ihr hier. Da steht dein Schreibtisch mit deinem PC, da sind deine Briefe drin. Deine Videos im Regal, tausend Sendungen, und jetzt ist sie hier und muß wieder weg. So verrückt. Und so falsch. So ein Drecksjob, Fink, und daß alles schiefgelaufen ist, das ist nicht meine Schuld, diesmal nicht.

Michael lehnte sich gegen den Türrahmen und blickte auf den Boden.

Bis Auermann kam, redeten sie nicht mehr. Unten standen zwei Streifenwagen mit laufendem Motor, ohne Blaulicht, und Hans-Jürgen kam wie ein verlegener Partygast herein, der wußte, daß er falsch gekleidet war.

»Handschellen?« fragte Denise.

Er schüttelte den Kopf. »Das kriegen wir auch so hin.«

Auf dem Weg ins Präsidium saß sie neben Denise auf der Rückbank. Ina wollte sie berühren, doch sie schaffte es nicht. Falls Benny noch anrief, würde sie ihm sagen, es wird spät und später, ja, ja, gewöhn dich dran oder laß es sein, ich mag dich und in ruhigeren Zeiten sicher noch mehr, aber nie wieder gebe ich Antwort auf die Frage *Was ist los?* Die ganze Fahrt über wollte sie Denise etwas sagen, doch sie wußte nicht, was, und sie wußte nicht, ob sie es hinbekam, ohne zu stottern.

Glaubst du, ich wollte dich festnehmen? Etwas in der Art. Festnehmen will ich andere, einmauern, für immer.

Sie konnte ihre Schultern spüren. Sie zitterten nicht, Denise saß ruhig da. Die eigenen Tränen konnte sie spüren, wie im Kino, wenn sie hoffte, in der nächsten Szene hörte das ganze Elend auf. Denise sah sie an und schüttelte leicht den Kopf.

»Ich komm schon klar, Ina«, sagte sie. »Guck doch nicht so.«

33

Michael stellte seine Einkäufe in den Flur und blieb einen Moment lang reglos stehen, um sich an das Geräusch ihrer Schritte zu erinnern, wie immer, wenn er nach Hause kam, und an den Klang ihrer Stimme.

Er hatte Sachen gekauft, die sie mochte, Schokolade und Traubenzucker gegen die Müdigkeit. Sie sei vom Nichtstun kaputt, hatte sie gesagt, vom Herumliegen auf diesem Ding, das sie tatsächlich Pritsche nannten, Pritsche. Erst als sie eine Wärterin hatte Pritsche sagen hören, hätte sie gewußt, daß sie im Knast war, auf der Pritsche, in der Zelle, hinter Gittern.

Im Bau, sagte er selbst, aber nicht zu ihr. Du fährst in den Bau, fuhr er manchmal kleine Strolche an, wenn sie Zicken machten, um dann ihr Lachen zu sehen und ihre angedeutete Verbeugung, jawoll, Chef, jawoll. Kleine Strolche, die er längst nicht mehr haßte, manchmal lächelte er sogar zurück. Gewöhnlich ging er wie eine aufgezogene Puppe neben seinem Kollegen Jendrik her, über Straßen und Plätze und in Häuser, schlichtend und eingreifend, fragend und antwortend, handelnd, als zöge jemand die Fäden. Nach Dienstschluß war das anders. Stand er vor dem Altbau, in dem Vicontas residierte, wünschte er sich den Marionettenspieler zurück, der an ihm zog und ihm einflüsterte, was zu tun war.

Er starrte nur hin. Er sah den Angestellten entgegen, wie sie leichtfüßig aus dem schönen Gebäude kamen, und manchmal, wenn sie einander zuwinkten und er ihr Lachen hörte, wollte er sie zur Rede stellen, wie ein Polizist das tat, aber warum sollte man Angestellte zur Rede stellen, die auf dem Heimweg waren? Jeden Mann, der herauskam, stellte er sich mit Mundschutz vor, doch der Mann in Weiß hatte das Fieber gebracht und die Lawine aus Angst und aus Eis, er war ein Schreckbild ohne Gesicht. Manche Männer, denen er sich in den Weg stellte, auf ein Aufblitzen in ihren Augen hoffend, weil der Mann mit Mundschutz sich doch an ihn erinnern mußte, gingen mit angewiderten Gesichtsausdruck zur Seite oder rempelten ihn einfach an. Nach einer Stunde merkte er gewöhnlich, wie sinnlos das war, dann drehte er sich um und ging nach Hause.

Es gab so viel zu tun. Er besuchte Denise, so oft es möglich war, und einmal, als sie einander gegenübersaßen und sie mit den Fingerspitzen nach seinem Haar tastete, sagte sie, daß es ihr Schicksal sei, sich an einem Ort zu treffen, an dem man nicht mehr spürte, ob Sommer oder Winter war, weil man so schlecht herauskam.

»Ich lerne dich kennen«, hatte sie gesagt. »Und das ist sehr schön.«

Manchmal kam sie ihm mutlos vor, wenn sie mit müden Augen an ihm vorbeistarrte, wenn sie sagte, daß sie beinahe Muskelkater bekam von jeder Bewegung, weil sie tagelang nur auf der Pritsche lag, hinter Gittern, im Knast. Doch sie wollte sich nicht hängenlassen, sie wollte vor Gericht alles sagen, was sie wußte, über Toni und seine Vorgesetzten, über Johanna, über Schaffner und über Deltavic. Aber Deltavic schien niemanden mehr zu interessieren, denn die Schlagzeilen besangen nur noch die schöne, kühle Moderatorin, die in einem Anfall rasender Wut ihren Lebensgefährten erstochen hatte. Die eine Zeitung präsentierte zehn Messerstiche, die andere legte nach, und da waren es zwölf. Sie wollten ein Liebesdrama, kein Betäubungsgas. Der Firma Vicontas gefiel das auch, denn in einem Interview hatte der Pressesprecher erklärt, wie sehr er das alles bedauerte, und daß er das Leid nachvollziehen konnte, das Toni Prinz über Denise gebracht hatte, denn über ihre Firma hatte er es schließlich auch gebracht. Manchmal schrieb die

Presse noch über Schaffner, Tonis willigen Roboter, den Obdachlosenmörder. Dann wühlten sie in seinem Leben, das sie kaum finden konnten, und zitierten fassungslose Menschen, die erzählten, wie arbeitsam er immer gewesen war, wie harmlos.

Nachts konnte er ihn hören, immer wenn er aufwachte und nicht wieder einschlafen konnte, seine schlurfenden Schritte und den monotonen Singsang seiner Worte. Dann stellte er sich vor, wie er zwischen den halbtoten Menschen umherging, die so nah gewesen waren, Tür an Tür. Man hatte sie in Hospize gebracht, dort dämmerten sie dahin, namenlos wie der tote Mann, den er im Bahnhofsklo gefunden hatte, Schaffners letzten Auftrag.

Einmal hatte er die Henkel auf dem Hof des Präsidiums getroffen; Schaffner mache Terror, hatte sie erzählt, drohe mit Selbstmord und stehe unter Beobachtung. Er kann sich ja erhängen, sagte sie, bloß soll er warten, bis sein Prozeß vorbei ist.

Es war ein Tag, der so kalt und windig war, daß die Zeitungen darüber schrieben, daß Kälte und Wind nach diesem langen, heißen Sommer die Menschen durcheinanderbrachten und daß der Blutdruck stieg bei klammer Kälte. Ina wirkte wie Denise, wenn es ihr nicht gutging, mutlos und still, aber dann wieder bis zum Platzen angefüllt mit unterdrückter Wut. Sie sagte, daß sie sich um einen erschossenen Frauenhändler kümmern mußte und sich einen Scheiß für einen erschossenen Frauenhändler interessierte. Sie war ins Reden gekommen und hatte erzählt, daß sie während der Obdachlosenmorde an ein Theaterstück hatte denken müssen, das sie in der Schule gesehen hatte, *Woyzeck* von Büchner. Woyzeck, sagte sie, das war nämlich auch so ein Verarschter, mit dem man es machen konnte. Wie die Leute eben, die sie aufgesammelt hatten, tot und halb lebend.

»Jetzt hab ich mir das Buch sogar gekauft«, sagte sie. »Mein Zweitbuch gewissermaßen. Paß auf, ich hab mir was abgeschrieben.« Sie hatte einen Zettel herausgekramt und es ihm vorgelesen:

»Sehn Sie, Herr Hauptmann: Geld, Geld! Unsereins ist doch einmal unselig in der und der andern Welt. Ich glaub, wenn wir in Himmel kämen, wir müßten donnern helfen.«

Er hatte gelächelt, als sie sagte, das stimmt. Es war das erste Mal, daß er ihr so etwas wie Sympathie entgegenbrachte, weil sie plötzlich nicht mehr so zickig war und arrogant.

»Wie geht es dir sonst?« hatte er gefragt. »Privat, meine ich, hast du da einen Ausgleich?« Er hatte nicht direkt fragen wollen, ob sie einen Freund hatte.

Mit schiefgelegten Kopf hatte sie ihn angesehen, als wüßte sie nicht genau, was er meinte. »Es geht so«, sagte sie schließlich. »Ich komm schon klar.«

Wieder hatten sie eine Weile geschwiegen, ohne daß das Schweigen peinlich gewesen wäre, bis sie sagte, daß sie Denise besuchen werde, obwohl es nicht gerne gesehen wurde, wenn sie das vor dem Prozeß tat.

»Mach das«, hatte er gesagt. »Sie mag dich.«

»Ich denk an sie«, sagte sie und dann, mit einem halben Lächeln: »Aber da sag ich dir nichts Neues.«

»Nein«, hatte er gesagt, nein.

Er packte seine Tüte aus und stellte die Sachen für Denise auf die Fensterbank, dann kochte er Kaffee und machte sich ein Brot zurecht. Hier an seinem Eßtisch hatte sie gesessen, in den kurzen Tagen vor ihrer Verhaftung, und sie hatten geredet, über sein Leben und ihres und über Johanna Mittermaier, immer wieder über Johanna und darüber, wie schön sie es fand, auf einer Wiese zu sitzen und die Sonne und das Wasser zu sehen.

Nachts, wenn sie neben ihm im Bett lag, war es wie in den Nächten in jenem Raum gewesen, den sie Camera Silens nannte, sie schliefen ein bißchen und dann redeten sie weiter. Nur war das Gitter nicht mehr zwischen ihnen, und in der ersten Nacht, als sie ihm sagte, es sei zu früh nach diesen zehn Jahren und nach allem, was geschehen war, hatte er das richtig gefunden und gesagt, es sei gut. In der zweiten Nacht, als sie ihm sagte, daß sie Toni getötet hatte, meinte sie, es sei doch nicht zu früh, und in der Morgendämmerung, als sie ihn an sich zog, und er ihren Atem hören und ein Beben in ihrem Körper spüren konnte, passierte ihm etwas, von dem er dachte, daß nur Frauen es täten. Er weinte ein bißchen, weil es so schön war, und weil er wußte, daß sie weg mußte für lange Zeit.

»Bleib so«, hatte sie gesagt, als sie wieder ruhig atmen konnte. »Bleib bei mir, geht das?«

Er ging ins Wohnzimmer und goß seine Pflanzen. Sie hatten alle überlebt. Neben dem Regal lagen die gestapelten Bänder, die er nicht mehr brauchte, hundert Folgen *Fadenkreuz* mit einer schönen Moderatorin, die in die Schlagzeilen geraten war. »Ich lerne dich kennen«, hatte sie gesagt. »Und das ist sehr schön. Wir machen nur eine Pause, dann geht es weiter.«

Er setzte sich an seinen kleinen Schreibtisch und zog die Tastatur heran. Liebe Denise.

Er schrieb ihr immer an den Tagen, an denen er sie nicht besuchen konnte, weil er Überstunden machen mußte oder ihre Anwälte da waren, ernst blickende Männer, die mit ihr über Taktik und solche Dinge sprachen, auf die sie sich nicht einlassen wollte. Sie denke nicht darüber nach, ob sie es bereue, hatte sie gesagt, sie hatte ihn geliebt, doch sie sah Johanna, immer nur Johanna, wenn sie an Toni dachte.

Michael saß noch eine Weile da und sah auf den Bildschirm. Daß er so oft vor dem Vicontas-Gebäude stand, schrieb er ihr nicht, auch von Schaffner schrieb er kein Wort, Henrik Schaffner, von dem er träumte und den er hassen sollte, obwohl er ihm doch sein Glück gebracht hatte, Denise.

Er mußte ihr Bücher kaufen. Das letzte Mal, als sie im Besucherraum einander gegenübersaßen, hatte sie seine Hände gestreichelt und erzählt, daß sie einmal vor vielen Jahren ein ganzes Buch auswendig gelernt hatte, ein Buch mit Gedichten. Er mußte sehen, was es da gab. Es war immer etwas zu bedenken und zu tun, er mußte sich um alles kümmern. Ob er glücklich war, wußte er nicht, weil Glück bedeutete, miteinander zu sein und weil es bedeutete, nicht an Männer mit Mundschutz zu denken und Angst dabei zu haben, kurze Blitze zu spüren aus Angst und aus Haß. Doch wenn er sie sah, war er glücklich, ja schon. Es waren kurze Stunden in seinem Leben. Er war zufrieden.

PIPER

Heinrich Steinfest

Ein sturer Hund

Kriminalroman. 314 Seiten. Serie Piper

Wer ist die Mörderin, die ihre Opfer porträtiert und anschließend mit ritueller Präzision köpft? Und was hat sie mit dem Wiener Privatdetektiv Cheng zu tun? Denn als er sich selbst porträtiert findet, startet sein Wettlauf gegen die Zeit, und er muß feststellen, daß nicht nur sein Mischlingsrüde Lauscher ein sturer Hund ist …
Der zweite Roman um den einzelgängerischen, sympathischen Detektiv Cheng.

»Ein Virtuose des geschmackvollen Pöbelns, ein Meister der schrägen Figuren, ein sanfter Terrorist.«
Thomas Wörtche

01/1365/01/L

PIPER

Susanne Mischke

Das dunkle Haus am Meer

Roman. 269 Seiten. Gebunden

Aus Mangel an Beweisen. Selbst in ihrem wildromantischen Haus am Meer geht Helen der Satz nicht aus dem Kopf. Aus Mangel an Beweisen wurde ihr Paul im Mordfall an der jungen Frau freigesprochen. Seine Geliebte soll sie gewesen sein. Aber Helen vertraut Paul, jetzt möchte sie nur noch die Schrecken des vergangenen Jahres hinter sich lassen. In Saint-Muriel, in ihrem einsamen Haus an der bretonischen Küste. Merkwürdig ist nur, daß niemand aus dem nahen Ort Pauls Tante zu kennen scheint, von der er das Haus geerbt haben will. Und ist es wirklich Zufall, daß in das einzige Nachbarhaus Pauls alter Schulfreund, »der Richter«, einzieht? Die beiden haben noch eine ganz alte Rechnung offen, in der die junge Tote eine nicht unerhebliche Rolle spielt.
Niemandem ist zu trauen in Susanne Mischkes schaurigem Kriminalroman »Das dunkle Haus am Meer«, am allerwenigsten der abgründigen Helen, die ihren Paul abgöttisch zu lieben scheint.

01/1275/01/R

PIPER

Anne Holt

Die Wahrheit dahinter

Roman. Aus dem Norwegischen von Gabriele Haefs.
385 Seiten. Gebunden

Ein prachtvolles Stadthaus im Zentrum Oslos wird zum Schauplatz einer erschütternden Familientragödie: Noch am Tatort sterben der wohlhabende Reeder Hermann Stahlberg, seine Ehefrau und der älteste Sohn an ihren Schußwunden. Doch wer verbirgt sich hinter der vierten Leiche, die Hauptkommissarin Hanne Wilhelmsen in der mondänen Wohnung der Stahlbergs vorfindet? Der Unbekannte trägt keine Papiere bei sich. Wurde er tatsächlich das zufällige Opfer eines geplanten Mordes, wie Hannes Kollege Billy T. glaubt. Oder ist er der Schlüssel zu diesem grausigen Verbrechen?
Während es privat für Hanne Wilhelmsen allmählich aufwärts geht und sie mit Hilfe der verständnisvollen Nefis wieder zu sich findet, ringt sie beruflich noch immer um ihren Platz im Team. Vor allem ihr Verhältnis zu Billy T. ist seit dem Tod von Cecilie äußerst angespannt. Und es erschwert die Lösung des brisanten Falls ebenso wie das unerklärliche Verhalten ihres neuen Vorgesetzten.

01/1331/01/L